Diogenes Taschenbuch 23657

de
te
be

JESSICA DURLACHER, geboren 1961 in Amsterdam, ist mit ihren preisgekrönten Romanen *Das Gewissen, Die Tochter* und *Emoticon* in den Niederlanden eine Bestsellerautorin. Für *Der Sohn* erhielt sie 2010 den Opzij-Literaturpreis als bestes Buch des Jahres. Sie lebt mit ihrem Mann und ihren zwei Kindern in Bloemendaal und in Kalifornien.

Jessica Durlacher

Emoticon

Roman

Aus dem Niederländischen
von Hanni Ehlers

Diogenes

Titel der 2004 im Verlag De Bezige Bij, Amsterdam,
erschienenen Originalausgabe: ›Emoticon‹

Die deutsche Erstausgabe erschien 2006 im Diogenes Verlag
Eine Liste der Emoticons befindet sich im Anhang des Buches
Covermotiv: Foto von Todd Wright

(((Leon))): xx
(((Moos))): xx
(((Moon))): xx

Veröffentlicht als Diogenes Taschenbuch, 2008

info@diogenes.ch · www.diogenes.ch
In Fragen zur Produktsicherheit (GPSR):
truepages UG (haftungsbeschränkt)
Westermühlstraße 29, 80469 München
info@truepages.de
ASR / 20 / 852 / 4
ISBN 978 3 257 23657 6

Jerusalem, 30. Mai 2001

Vom Damaskustor aus hatte sie ein Taxi zum zeitweiligen Busbahnhof in der Salah ad-Din Street genommen. Es war voll, auch außerhalb der Altstadtmauern waren an diesem Mittag viele Menschen auf den Beinen.

Sie schwitzte ungebührlich. Hätte sie doch bloß etwas anderes vereinbart als die schwarze Hose und die karierte Bluse! Die Hose spannte, und unter dem dicken Blusenstoff lief ihr der Schweiß in Strömen herunter.

Sie wußte sofort, daß er es war – von dem Foto her und weil so etwas Erwartungsvolles in seinem Blick lag. Wider Willen war sie einen Moment lang verlegen. Barsch sagte sie seinen Namen, beinahe ohne die Augen zu ihm aufzuschlagen.

Er antwortete mit einer Gegenfrage: »Bist du Mischa?«

Danach liefen sie nebeneinanderher. Es vermittelte ihr ein eigenartiges Gefühl, neben einem Jungen herzugehen, dem sie von Gefühlen und Begierden erzählt hatte. Den sie hatte glauben machen, das Wort Brüste stünde für ihre Brüste und es erregte sie, an seinen Blick zu denken. Hart und stark machte sie das. Sie wußte, daß es gut war, was sie tat.

Er war groß, aber jung, jünger, als sie angenommen hatte. Auch das war gut – jung mußte er sein, noch an seiner Mutter kleben. So sah siebzehn in Israel und im Westen aus, glatt und sauber. Weiß. Unlädiert. Bei ihr waren Sieb-

zehnjährige älter, schmutziger und kaputter. Nur Raschid bildete vielleicht eine Ausnahme, der war vierzig und sah aus, als wäre er jung. Aber der war ja auch ein halber Amerikaner, der weichliche Arschkriecher.

Der Junge hatte ein klein wenig Ähnlichkeit mit Ibrahim, wie er früher, mit dreizehn, gewesen war. Aber vor allem die Haare waren ganz anders. Sie standen ihm wie Stachelschwänzchen vom Kopf ab, sorgsam nach dem Vorbild amerikanischer Skater gestylt. Und er roch nach After-shave.

Dieser blöde Duft machte sie noch zorniger. Keine Spur von Rührung über seine defensive Schüchternheit. In ihrem Kopf quengelten die Sätze, die sie ausgetauscht hatten, und ein leichter Schauder überlief sie, vor Abscheu, aber auch einem letzten Rest der Lust, die sie beim Schreiben empfunden hatte. Nie zuvor hatte sie ihre Worte so sehr gemeistert.

Mit dem Taxi fuhren sie in den Osten Jerusalems, wo sie das Auto abgestellt hatte.

»Ist das deins?« fragte er.

»Mm«, summte sie bejahend. Es war Hadis Auto, aber was machte das schon.

»Wohin fahren wir?« fragte er. Sie hörte die Erwartung in seiner Stimme.

»Zu einem Haus von Freunden. Steig ein.«

Raschid. Raschid, der mit der Amerikanerin herumscharwenzelte. Raschid, der Verräter, der feige Hund, der einer amerikanischen Schlampe wegen alles andere vergaß. Der würde nicht mal auf die Idee kommen zu wagen, was sie wagte, der mit seinen soften Sprüchen. Mach doch die Augen auf, Mann!

Lammfromm stieg der Junge ein. Auch das war gut und genau so, wie es sein sollte. Gesprochen wurde nicht. Sie fühlte seinen Blick, einen leichten Hauch auf ihrer rechten Wange – nichts wußte er, nichts. Sauberer, geiler Milchbubi, der keine größere Sorge hatte, als an möglichst viel frischen Sex zu kommen.

Wenn sie so darüber nachdachte: Sauber fühlte auch sie sich, rein, als desinfizierte das Feuer in ihr alles Ungute, das in ihr umging, die Hintergedanken, die Ängste, die Zweifel. Noch konnte sie sich nicht mit einem Schahid, *einem Märtyrer, messen, doch während sie so dahinfuhr, gewann sie eine ungefähre Ahnung davon, wie sich ein Schahid auf dem Weg zu seinem Ziel fühlen mußte. Rein, präzise, himmlisch, wie ein brennender Pfeil, ein kurzlebiges Feuer, nur Augen und Ohren, einen hohen Pfeifton im Kopf vom Gott der Gerechtigkeit. Und durch diesen hindurch hörte sie von irgendwo weither das Weinen der Mütter, das sie so gut kannte und das sie begleitete wie ein Klagegesang.*

Von jetzt an führte sie die Regie. Das war ihre Geschichte.

Erster Teil

I

Ein guter Tischler war er gewesen, Arik.

Stundenlang hatte Ester vorher zugeschaut, wie er ein Stück Holz so fräste und schliff, daß es sich präzise mit dem Gegenstück verband. Es war herrlich anzusehen, wie er die Teile mit seinen breiten, trockenen Händen zusammensetzte – als würden alle Neurone in ihrem Hirn für einen Augenblick geordnet: Ruhe, Stille!

Das war danach vorbei gewesen. Hatte sie später je noch einmal so in sich geruht?

Zwei Dinge hatte sie daraus gelernt. Es war schwer vorherzusagen, was bleibende Erinnerungen liefern würde, so sehr man sich auch bemühte, sich alles gut einzuprägen. Und völlig unvorhersehbar war, wann Erinnerungen wiederkamen. Von dem einen Mal waren ihr sämtliche physischen Details glasklar vor Augen geblieben; es erstaunte sie immer wieder, wenn die Bilder aufschienen, wenn das Gefühl wieder da war. Wenn sie einen schönen Tisch sah, den Geruch von Holz auffing. Manchmal waren Assoziationen naheliegend. Hinterher. Doch warum, wenn sie im Supermarkt eine Packung Milch aus dem Kühlfach nahm oder die Dekanatssekretärin, mit der sie befreundet war, von weitem »dieser Scheißcomputer!« schreien hörte und danach einen Knall, als werde etwas auf den Boden geworfen?

Jedesmal – heute noch! – spürte sie, wie ihr das Blut in den Kopf stieg und ihr Körper zu glühen begann, wenn sie wieder vor sich sah (oder *fühlte*: War es nicht nur eine Erinnerung ihres Körpers?), wie sie in der Hitze jenes kleinen Zimmers auf dem niedrigen, harten Bett gefangen war, während er vor ihr kniete und mit der gleichen schweigsamen, überlegenen Geduld agierte, die sie in seiner Werkstatt so fasziniert hatte, vor hundert Jahren oder so. Wie er sein Geschlechtsteil aus der Hose hervorholte, als handle es sich um einen Schatz, und es, als sei er selbst darüber erstaunt, andächtig auf der flachen Hand wog.

Das war geblieben, und nicht das endlose stumme Werben, die Spannung, die unter ihren Rippen gepocht und in ihren Kleidern geklebt hatte. Verweht der Anlauf voller Frust und Qualen. Geblieben war die Katharsis in ihrem wahrsten Sinne – kein Drumherum mehr. Was zählte, war allein dieses Ergebnis. Und natürlich die Wut über das, was dann folgte.

Quadratisch, hatte Ester mit noch erstaunlicher geistiger Präsenz festgestellt: rechte Winkel, gerade Seiten. Das also war ein Mann. Da waren auch noch das Gesicht, die leuchtendblauen Augen, die muskulösen Schultern, aber mehr als alles andere war er vielleicht quadratisch, massig gewesen. Eine erschreckende Feststellung – bedrohlich, aber auch erregend. Zumal für sie, die sich damals sogar noch an die eigene Nacktheit hatte gewöhnen müssen.

Manchmal kam es ihr unerträglich vor, daß sie ihn nie wiedergesehen hatte, daß seine Existenz kaum zu beweisen war.

Wie Arik trotz seiner Masse und seiner Eckigkeit mit

der Präzision eines Ingenieurs sicher und ohne Eile in sie eingedrungen war, sich scheinbar *festgeschraubt* hatte, trotz seiner vermeintlichen Eckigkeit überzeugt von seiner technischen Erkenntnis: daß er passen würde. So konzentriert, fast ohne eine Bewegung, nur dieses sanfte und doch erbarmungslose Schrauben, das sie beide so fest ineinandersetzte – sie war beinahe ohnmächtig geworden. Ein kurzer, flammender Schmerz hatte sich mit etwas wunderbar Überwältigendem vermischt, wobei sie gleichermaßen von ihm weg wie sich an ihm festklammern wollte, ihm etwas antun wie von ihm beschützt werden wollte.

Sie wußte noch, wie sehr es ihr geschmeichelt hatte. Daß ihr Körper stimmte. Daß sie paßte. Herrliche Herabwürdigung, erfüllende Erniedrigung. Sie war noch so jung gewesen, daß sie an diese Vollkommenheit glaubte. Rechte Winkel waren heilig, die Geometrie auf die Liebe anwendbar. Damals war Ester noch mit tiefem Glauben ausgestattet gewesen.

An jenem Tag war die Ordnung zerstört worden. Ihre Ordnung. Doch das wußte sie damals noch nicht.

Das kam später.

2

Schiphol, 2. April 2001, vormittags

Als sie frühmorgens auf dem Flughafen Schiphol, in der hintersten Halle, endlich für sich war, um sich den Fragen der Sicherheitsleute zu stellen, kam ihr die Erinnerung an den Kibbuz fremd vor, als sei sie zu einem Zitat geworden, zu einer Erinnerung an eine Erinnerung.

Daß sie erneut auf dem Weg nach Israel war, hatte unbestreitbar etwas zu bedeuten, und das mußte auch so sein. Die zurückliegenden achtzehn Jahre konnten nun zusammengerollt und weggelegt werden, die Geschichte konnte von vorne beginnen. Philip hatte sich immer lustig gemacht über ihr Bedürfnis, in Zyklen zu denken. Sie hörte es ihn förmlich sagen: »Ja, ja, und jetzt hat sich der Kreis wohl wieder geschlossen. Wenn du das glaubst, dann ist es auch so. Du machst wahr, was du wahrhaben möchtest. Kunststück!« Aber jetzt war es unleugbar, das würde selbst Philip zugeben müssen.

Das letzte Mal hatte sie in einem anderen Leben hier gestanden, neunzehn Jahre alt, voll jugendlicher Unbändigkeit. Oder waren es die Fotos, die das suggerierten: strahlend junges, verlegen unausgeschlafenes Gesicht, Rucksackgurte über den Schultern, viel zu weit oben abgeschnittene Shorts, Beine – die sie zwar als die ihren erkannte, die aber doch mittlerweile anders geworden waren, dünner, härter, älter. Ihr Tagebuch und ihre Erinnerungen waren viel zurückhaltender, als es das verspielte, leichtsinnige Wesen auf den Fotos hätte erwarten lassen, die Nervosität über diese erste große Reise im Tagebuch aus der Detailliertheit der Beschreibungen spürbar.

Inzwischen wußte Ester: Je mehr sich tatsächlich eine Geschichte entsponnen hatte, desto stummer war das Tagebuch geworden. Von ihren extremsten und somit interessantesten Erinnerungen an jene Zeit fand sich letztlich so gut wie gar nichts auf dem Papier.

Daß sie ihren Koffer öffnen mußte, machte nichts. Auch ihre Schuhe zog sie ohne innere Gegenwehr oder Verärgerung aus. Die Detektoren schnupperten still an ihren Besitztümern, ohne Ansehen der Person. Es war nicht viel los, die Zahl der Sicherheitsleute überstieg mit Leichtigkeit die der Passagiere, aber dennoch ging es nur langsam voran, an den vielen Röntgenapparaten und den kräftigen jungen Frauen und Männern entlang, denen jeder Reisende erklären mußte, was er oder sie in Israel suchte.

So eindringlich und drohend die Fragen auch gestellt wurden, sie klangen müde und bedrückt. Ein Land am Ende seines Lateins, dachte Ester, die aufgekrempelten Hemdsärmel zerfranst, die strahlendweißen Zähne matt, ein solches Maß an Bedrohung und Sicherung erschöpfen ein Land. Tag für Tag passierte dort gerade etwas zuviel, und das schon so lange.

Die Spannung bewirkte, daß ihr Körper wie gefühllos war. Und bei dem Gedanken, daß Philip nicht da stehen würde, wenn sie in einer Woche wiederkam, ergriff sie ein Schwindel – der wieder abebbte, wie sie es in einem ganzen Jahr vorweggenommenen Heimwehs geübt hatte.

Ob sie Angehörige in Israel habe, wollte der junge Sicherheitsbeamte wissen, und sie konnte nicht umhin zu registrieren, wie umwerfend gut seine schmucke Uniform zu seiner Haut und seinem kurzen schwarzen Haar aussah, das glänzte, als wäre es naß. Der Anblick der zarten Haut seines Halses und seines kräftigen, wehrlosen Nackens schmerzte, weil sie dabei erneut an Philip denken mußte – an das, was blieb, wenn man alle Streitereien und chaotischen Entscheidungen vergaß. Sie könnte ihm jetzt beruhigend und mütterlich über den Hals streichen. Wenn sie nicht hier wäre. Wenn sie ihn nicht verlassen hätte.

Angehörige in Israel? Wenn es doch so wäre. Sie hatte schon hier in den Niederlanden niemanden mehr. Ihre Mutter war gestorben, als sie vier war, ihr Vater vor sechs Jahren, und sie hatte keine Geschwister. Es gab nur noch einen Onkel in der Schweiz.

Sie dachte kurz an Daniel, ihren Leihsohn, wie sie ihn nannte, ihren Schatz, der wuchs und wuchs und wuchs, mit seinen großen Händen, die sie so rührten, weil sie nach wie vor die Babyhändchen darin sah, mit den kleinen Polstern und den kurzen, ungeschickten Fingerchen, die vor langer Zeit ihre Nase und ihre Wangen betastet hatten. Daniel, der Junge, den sie schon sein Leben lang kennenzulernen versuchte.

Sie antwortete mit niedergeschlagenen Augen, als führte sie etwas im Schilde. Daß sie eine Spionin sei, konnte sie abstreiten, aber letztlich reiste sie nicht nur zum Vergnügen. Dennoch sagte sie, sie wolle Urlaub machen.

Wer machte noch Urlaub in Israel, außer vielleicht in Eilat?

Doch die jungen Beamten nahmen es hin, als wäre es völlig selbstverständlich, daß immer noch Menschen zum Vergnügen in ihr lebensgefährliches Land reisten. Sie selbst wohnten ja auch dort – sei es vielleicht auch mit Tunnelblick, dachte Ester, während sie die resoluten jungen Frauen musterte, die nach routinierter Entschuldigung geduldig mit ihren Apparaten ihre noch saubere Kleidung und ihre Bücher und Papiere durchpflügten.

Selbst die schlimmste Angst wird offenbar normal, wenn sie Tag für Tag da ist, dachte sie. Am Ende ist dir gar nicht mehr bewußt, daß diese innere Ungeduld, diese Effizienz, mit der du dich außerhalb deiner vier Wände bewegst, diese Hast und Gleichgültigkeit in deinem Herzen und dein zerstreutes, unwirsches Gehabe gegenüber Freunden und Fremden Angst heißt. Angst wie eine problematische Liebe: Du weißt, daß du bei ihm bleiben willst, nein, bleiben mußt, aber jede Minute mit ihm bist du im Widerstreit und unsicher. Nein, nicht so wie bei Philip. Bei ihm war sie am Ende nur noch über ihre eigene Grausamkeit beunruhigt gewesen.

Ester hatte geglaubt, sie könne die Angst von sich fernhalten, indem sie, bei aller Zwiespältigkeit, Kritik an Israel übte. Als würde ein kritisches Bewußtsein kugel- und bombensicher machen. Doch schon gleich nach dem Passieren der Sicherheitsschranken für Reisende in das am strengsten bewachte Land der Welt drängte sich ihr das Bewußtsein auf, daß in Israel allwöchentlich Anschläge verübt wurden, und da verging ihr die Lust auf einen Kaffee, geschweige denn, daß sie der zollfreie Einkauf von Parfüm und Gesichtscremes noch reizen konnte.

Grau und starr kam sie sich vor. Der Ernst des Landes, in das sie reiste, versetzte sie unwillkürlich in Alarmbereitschaft.

3

Tel Aviv, 2. April, 16.00 Uhr

Die Miene des Taxifahrers, an den eine energische junge Jüdin in einem Glashäuschen Ester verwiesen hatte, verfinsterte sich. Auf Ostjerusalem hatte er keine Lust. *Dangerous*, rief er, *expensive!* Und auf hebräisch schrie er dem jungen Mädchen, das ihm diesen Fahrgast hatte aufhalsen wollen, Verwünschungen zu.

Auch der zweite Fahrer, dem Ester den Namen ihres Hotels nannte, erteilte ihr eine Abfuhr: Er habe Feierabend und müsse nach Tel Aviv zurück. Er rührte sich nicht vom Fleck, bis Ester wieder ausstieg.

Der dritte nannte lediglich den Fahrpreis, der hoch war. Sie stieg ein. Während der Fahrt wurde nicht gesprochen, und Ester hatte reichlich Gelegenheit, nach draußen zu starren. Durch das Fenster wehte ein laues Lüftchen herein, in das sich hin und wieder scharfer Petroleumgeruch mischte, und sie wurde sich schockartig bewußt, wie echt dieses Land nun geworden war.

Vor achtzehn Jahren war Israel einer jungen, nicht allzu übermütigen Abenteurerin als das absolute Schlaraffenland erschienen, dessen hübsche, kunterbunte Städtchen, exotische Dörfer und Viertel – arabische wie jüdische –, Wüsten und Seen, Meeresstrände und Berge allesamt binnen weniger Stunden zu erreichen waren, indem man sich einfach an den Straßenrand stellte und den Daumen hob. Die heutigen Bedrohungen existierten zwar auch damals schon, hatten für sie aber noch etwas Unwirkliches gehabt, das das Abenteuerliche dieser urwüchsigen Welt höchstens erhöhte. Daß alle jungen Leute, gleich welchen Geschlechts, zum Militär mußten, hatte Ester seinerzeit für eine zwar aufregende, aber überholte Tradition gehalten, die aus den unbegreiflichen Kriegszeiten lange vor ihrer Ankunft herrührte. Wie frisch der Libanonkrieg 82 noch war, hatte sie sich nicht bewußt gemacht. Sie war neunzehn und hatte Semesterferien – wie Lola.

Sie war in einem Kibbuz gewesen (mit Lola) und danach (ohne Lola) durchs ganze Land gezogen. Für eine noch nicht mal Zwanzigjährige hatte das Israel des Jahres 1983 einen geradezu feierlichen Charakter gehabt: die Welt im Kleinformat, noch nicht ausgewachsen, nichts war ganz fertig, vieles improvisiert, der westliche Einschlag bereits vorhanden, aber die Kibbuzim immer noch überall im Land als leuchtende Beispiele für ein ideales sozialistisches Gemeinwesen lebendig und präsent.

Das heutige Israel hatte inzwischen richtige Autobahnen mit Autobahnkreuzen wie im Westen, sah Ester durch ihr Autofenster. In den Hunderten von Dörfern und Städten lebten Millionen Einwohner, und nicht überall bekam man etwas von den Verbrechen, Anschlägen und Scharmützeln mit, von denen man täglich in der Zeitung lesen konnte. Sie wußte: Die Bedrohung, die sie damals zu Unrecht nicht so ernst genommen hatte, war überaus real und hatte sich fest in der Gesellschaft eingenistet. Hier war der Wurm drin, und die Wahrscheinlichkeit, daß dem beizukommen war, ging mittlerweile gegen Null.

Ester erinnerte sich noch genau, was seinerzeit den Schatten auf diese spannende, wilde kleine Welt geworfen hatte, die sie von den Golanhöhen bis nach Eilat bereiste.

Im Jerusalemer Suk hatte sie Dschihan und Lifta kennengelernt, israelische Araber, bei denen sie ein paarmal Datteln gekauft hatte, kultivierte, liebe Menschen mit Sinn für Humor, beide Mitte Sechzig. Sie hatten nicht immer auf diesem Markt gestanden. Früher einmal waren sie reich gewesen, und ihre Kinder hätten studieren sollen. Sie hatten in einem schönen, geräumigen Haus auf einem kleinen Hügel in einem Dorf südlich von Jerusalem gewohnt, das schon seit Generationen im Familienbesitz war, mit Olivenbäumen darum herum, von denen sie gut hätten leben können.

Dann war der Brief gekommen, in dem stand, daß ihnen ihr Haus nicht länger gehöre. Die Olivenbäume waren konfisziert, viele auch vor ihren Augen zerstört worden. Sie hatten fliehen müssen, im eigenen Land. Daß sie ihre israelischen Ausweise behalten durften, mußten sie als großes Privileg betrachten. Und sie durften froh sein über ihren Marktstand und ihre winzige Wohnung in Ostjerusalem, wo auch ihre verheiratete Tochter mit ihrer Familie wohnte.

Zweimal waren Ester und dieser Australier – hieß er nicht Bratt? – von Dschihan und Lifta in ihre primitive Mietwohnung eingeladen worden. Und diese mit viel Essen und langen Geschichten angefüllten Abende waren vielleicht der Auslöser für Esters Sympathie für die Palästinenser gewesen. Während Lifta die tiefgreifenden Veränderungen im Laufe ihres Lebens schilderte, fuchtelte die kleine, rundliche Frau lebhaft mit den zarten Händen. Und bewegt hatte Ester festgestellt, daß die Gestik dieser Hände nichts von ihrer quirligen Eleganz eingebüßt hatte, obwohl doch alles im Leben dieser Menschen stetig bergab gegangen war. Sie hatte in dieser Fuchtelei eine verinnerlichte, beherrschte Verblüffung über das Schicksal gesehen, machtlose kleine Menschenhände, und das war ihr auf ganz eigentümliche Weise zu Herzen gegangen. Die Geschichte von Lifta und Dschihan hatte die ohne weiteres von ihrem Vater übernommene bedingungslose Liebe zu Israel erstmals angekratzt, und sie hatte begonnen, über die Paradoxe nachzudenken, die auch Lola wenig kümmerten. Lola, die sich nicht schämte zu rufen: »Diese Scheißaraber, das sind doch keine Menschen!«

Dabei war es ironischerweise gerade Lolas entschiedene Loyalität gegenüber Israel gewesen, die Ester am Anfang ihrer Freundschaft so ein unergründliches Gefühl von Sicherheit gegeben hatte. Mehr noch: Diese Loyalität war vielleicht sogar der Grund für ihre Freundschaft gewesen.

Was würde Lola wohl dazu sagen, daß sie jetzt hier war? Nach all den Jahren hielt sie ihre älteste Freundin nicht mehr unbedingt über ihre Reisen auf dem laufenden.

Lola. Immer wieder Lola.

4

Das Taxi fuhr durch einen chaotischen Teil Jerusalems, wo eine breite Straße zwei Viertel voneinander trennte. Auf der einen Seite der Fahrbahn sah man Frauen in dunkelblauen langen Röcken und mit so dickem, glattem Haar, daß es sich nur um Perücken handeln konnte, den mageren Rücken häufig über einen Kinderwagen gebeugt, hinter ihren Ehemännern herschlurfen, die schwarze Mäntel und schwarze Hüte trugen. Auf der anderen Seite, hinter einem kleinen Steinwall, liefen Musliminnen mit Kopftuch, Plastiktüten mit Lebensmitteln am Arm, lebhaft miteinander redend.

Sie waren hier noch nicht in Mea Shearim, dem Viertel

der ultraorthodoxen Juden, doch auch in dieser Gegend wohnten jetzt schon viele orthodoxe Familien, erzählte der Fahrer ungefragt.

Wie identische Puppen gingen sie, ungewaschen wie im neunzehnten Jahrhundert, in die Schul oder kamen von dort nach Hause zurück in eine, angesichts zahlreicher Nachkommen, beengte Etagenwohnung über irgendeinem der schmalen, dunklen Devotionalienlädchen in irgendeiner der engen, zugemüllten alten Gassen.

Das Taxi fuhr kreuz und quer durch die Stadt, und hin und wieder tauchten auch Neubausiedlungen auf: diagonal angeordnete, gleichförmige Betonblöcke. Daß sie danach plötzlich wieder in einem arabischen Viertel waren, erkannte Ester an der Straßenbeschilderung, dem noch graueren Grau des Straßenbildes und den Kindern, vor allem kleinen Jungen, die dort herumlungerten.

Esters Hotel fand sich im ärmlichen Wirrwarr einer Straße direkt um die Ecke einer der Hauptquartiere der Palästinensischen Autonomiebehörde. Auf Anraten eines befreundeten Journalisten hatte sie hier auf eigene Faust ein Zimmer gebucht, während die anderen Konferenzteilnehmer in Hotels am anderen Ende der Stadt untergebracht waren. Und sie war froh, daß sie darauf bestanden hatte, hier zu übernachten (die Universität kam für einen Teil der Kosten auf), denn es war ein Gebäude wie aus einem orientalischen Märchen, arabisch-christlich, üppig begrünt, mit einem elegant geschwungenen Eingangstor, blauen und türkisfarbenen Wandkacheln und Holzschnitzereien. Auf dem Parkplatz standen Geländewagen von Fernsehsendern; hier stiegen viele Journalisten ab.

Durch die Lobby, die auf mehrere Räume rund um einen langgestreckten Innenhof verteilt war, führte Esters Weg zu ihrem Zimmer über schöne alte Steinböden, an Tischen und langen Bänken entlang, auf denen Männer saßen und rauchten. Sie hörte zwei Männer laut debattieren. Anderswo saßen ältere Leute redend um einen Tisch. Überall wurde konferiert, schien es.

Es kam ihr eigenartig vor, daß immer noch so leidenschaftlich mit Worten gearbeitet wurde, selbst hier, im Zentrum des Geschehens, mitten in der Welt der Konflikte, die sie aus Zeitung und Fernsehen so gut kannte, im alten Jerusalem, dem Ort, der wohl von alters her von jedermann als das Gewissen der Menschheit betrachtet wurde.

Sie hatte unwillkürlich erwartet, daß in diesem Brennpunkt alles stillstehen würde, wie im Auge eines Orkans.

5

Das herzförmige Schwimmbad war zu dekorativ für Esters verbissene Zielsetzung. Nach langen Bahnen war ihr, nach schnellem, befreiendem Fortkommen, und nicht danach, die hier sachte vor sich hin dümpelnden Objekte zu umschiffen: drei sogar im Wasser noch mächtig nach Parfüm riechende deutsche Damen, die ihre gutfrisierten Köpfe über Wasser trocken zu halten trachteten. Auch einen männlichen Schwimmer sah sie, schwergewichtig und träge.

Sie stellte sich vor, ein Seehund zu sein, der glatt und

pfeilschnell das Wasser durchschnitt, im Slalom um die drei fülligen Badeanzüge und den trägen Einzelgänger herum. Ihr war klar, daß ihre Anwesenheit deren ach so statischen Badespaß trübte, und ja, als sie bei ihrer vierten unvergleichlichen Wende prustend neben dem am vorsichtigsten manövrierenden, weil am aufwendigsten toupierten und geschminkten Kopf auftauchte und geräuschvoll nach Luft schnappte, wurde ihr der erste böse Blick zugeworfen.

Ein stiller Krieg setzte ein. Sie war das U-Boot aus Amsterdam, jünger, hübscher und unendlich viel schneller. Ein Schwimmbad ist zum Schwimmen da, nicht zum Schwatzen und Sichtreibenlassen, fand Ester. Sie wollte hören, wie ihr der Wind um die Ohren pfiff und wie das Wasser klatschend gegen die Kraft ihrer flossengleichen Arme, ihres geraden, schmalen Körpers protestierte.

Es war ein ungleicher Kampf, und sie siegte. Die Damen zogen sich beleidigt in eine der Buchten am oberen Ende des Beckens zurück. Schuldbewußt herrschte Ester über ihre freigeräumte Strecke. Jetzt war nur noch der Schwimmer da, der sie mit seinem langsamen Tempo quälte. Er meckerte nicht und ließ sich auch nicht vertreiben. Er wurde zu ihrer Bake, um die sie herum- und an der sie vorbeischoß. So schnitt sie unverwandt durch das weiche, laue Wasser. Seine Anwesenheit förderte ihren Fanatismus.

Ob einem nun Beachtung geschenkt wird oder nicht, man wähnt sich immer von einem Zuschauer bewundert, dachte sie. Komisch, sich vorzustellen, daß sich vielleicht jeder so beobachtet fühlt.

Sie zählte. Achtzig Bahnen waren ihr Quantum. Die Bewegung, im Grunde nichts weiter als eine statische Mechanik des Hin und Her, nichts Darüberhinausgehendes, einfach nur sinnlose Bewegung, vermittelte ihr die schöne Illusion des Vorwärtskommens. In großen, unbekannten Seen zu schwimmen reizte sie nicht. In solchen unüberschaubaren Gewässern war die Bewegung beängstigend, führte zu nichts – jedenfalls nicht zu der Klarheit und tiefen Zufriedenheit, die ihr die statische Bewegung innerhalb des gesteckten Rahmens, der Grenzen eines Schwimmbeckens brachte. Zuviel Abenteuer lenkte ab. Nur die Wiederholung förderte die innere Bewegung.

Achtzig Bahnen und ein leerer Geist voller Erwartung.

6

Auch nach dem Schwimmen fühlte sich ihr Magen noch seltsam taub an. Ester sah sich in ihrem Zimmer um, das quadratisch und geräumig war. Auf dem bernsteinfarbenen Steinfußboden lag ein kostbarer alter Teppich. Darauf stand das Bett, über dem ein Baldachin angebracht war. Das Badezimmer schien dem Boudoir einer Haremsdame aus einem Märchen von Tausendundeiner Nacht nachempfunden zu sein, mit filigranen blauen Lämpchen an den Wänden und einem Mosaik am Kopfende der Badewanne.

Gerade als sie sich in die Wanne setzen wollte, klopfte es an der Tür. Im ersten Moment fürchtete sie, sie könnte sich in der Zeit vertan haben und es wäre schon die Kontaktperson von der Kongreßorganisation, doch ein Blick auf ihre Armbanduhr beruhigte sie. Sie schlug sich ein Handtuch um und ging zur Tür. So geräuschlos wie möglich hängte sie die Sicherheitskette vor und öffnete die schwere Tür einen Spaltbreit.

»Ja?«

»Entschuldigen Sie die Störung«, tönte es auf englisch aus dem großen Gesicht eines kräftigen Mannes mit wildem, grauschwarzem Haar. Es war der Schwimmer.

»Ja?«

»Ich habe das hier am Schwimmbeckenrand gefunden. Ich sah Sie schwimmen ... und bin der Spur zu Ihrem Zimmer nachgegangen.«

Ungläubig faßte sie sich an den Hals. Nichts. Das Goldkettchen mit dem sentimentalen kleinen Davidstern war weg. Sie streckte die Hand aus, panisch, gierig. Als sei es selbstverständlich, daß der Gegenstand sofort wieder den Besitzer wechselte, ohne das Opfer der Höflichkeitsfloskeln.

»Ich dachte mir, ich bringe sie Ihnen am besten gleich selbst, bevor sie jemand stiehlt. Ich brauchte ja nur den Fußabdrücken zu folgen.«

Hinter ihm sah Ester in der Tat noch feuchte Flecken auf den Fliesen, die von ihren nackten Füßen stammten.

»Gehört sie Ihnen?«

»Ja!« Mit einer Hand krampfhaft das Handtuch festhaltend, öffnete sie die Tür ganz. Weiterhin bemüht, die Formalitäten auf ein Minimum zu beschränken, streckte sie erneut die Hand aus, ganz Bettlerin. »Ich hatte sie noch gar nicht vermißt, was für ein Glück. Meine Mutter ...«

Ihre Stimme erstarb – war so viel Demut nötig? Es war ja ihre Kette!

Sachlich und ohne weiteren Kommentar ließ er die Kette

in ihre Hand gleiten. Ester zuckte zusammen und bog sich im selben Moment vornüber, weil sie spürte, daß ihr Handtuch ins Rutschen geriet. Sie stießen mit den Köpfen zusammen. Sie roch sein Haar, ganz kurz nur, ein leichtsinniger Erdgeruch. So viel Nähe hatte sie nicht erwartet.

Er lachte. »Harter Kopf!« In seinem Gesicht blitzte gelassener Spott auf. »Halten Sie Ihr Handtuch fest«, fügte er hinzu, und in seinen zuvor distanzierten, fast schon desinteressierten Blick schlich sich für den Bruchteil einer Sekunde Neugierde. Eine leichte Verschiebung, die etwas veränderte.

Esters Erinnerungsvermögen würde damit noch Probleme haben, das wußte sie schon jetzt. Nur mit Mühe würde sich aus dieser Folge von Wahrnehmungen: daß dieser Mann nach Erde roch, daß die Zeit seinem Gesicht und seinem Körper heftig, aber in beruhigender Weise zugesetzt hatte, und dann diese zugekniffenen Augen, die sich mit einem Mal durch ihr Handtuch zu brennen schienen, eine Logik des Geschehens machen lassen.

Es hatte etwas Unwirkliches, so gut wie nackt zu sein. Vor allem das nicht vorhandene Höschen war ihr bewußt, die nassen Füße, die Blöße ihrer Schultern. Sie fühlte, wie sie für einen Moment zu einer anderen wurde, einer Frauenfigur, einem Abziehbild des Verführerischen. Aus dem festen Griff um die Handtuchecken wurde eine subtile Geste: eine lockende Möglichkeit. Sie sahen einander an, nicht mehr spöttisch, sondern besiegelnd, mit dem Ernst einer Verabredung, die unausgesprochen blieb. Ein kleines Auflachen folgte, und es trat eine kurze Stille ein.

»Also vielen Dank.«

Hochgezogene Augenbrauen, herablassend. »Keine Ursache.«

In seinem Blick lag etwas atemberaubend Kühles. Er drehte sich um und ging, den Flur hinunter. Das Kettchen mit dem kleinen Davidstern fiel nun doch noch auf den Steinboden.

7

Restaurant Luce, Jerusalem, 2. April, 20.00 Uhr

»Ich mache das, weil deutsche Kinder nicht mehr wissen, wer Hitler war!« sagte die alte Dame mit dem ausgeblichenen roten Haar. Ruth Lasker hieß sie. Mit gekrümmtem, leicht gelblichem Finger grub sie das weiche Innere aus ihrem Brötchen und klemmte es, während sie sprach, zwischen Zeige- und Mittelfinger.

»Ich habe einen Dokumentarfilm gesehen. Darin hat ein junger Deutscher auf die Frage, was Hitler für ihn bedeute, gesagt, Hitler habe viel für Deutschland getan, die Autobahnen gebaut, die Wirtschaft angekurbelt. Vom Rest wußte er nichts – oder wollte er nichts wissen.«

Jetzt fuchtelte sie mit der Hand, in der sie das Brot hielt, als wollte sie jedermanns Aufmerksamkeit darauf lenken. Eine Inszenierung, sah Ester, die fasziniert zuschaute, eine Inszenierung aus Unsicherheit.

Sie hatte sich schon an den Tisch gesetzt, Ruth schräg gegenüber, obwohl die Runde, der Zahl der Stühle nach zu urteilen (acht), noch nicht komplett war. Außer Ester hatten sich zwei Soziologen von der Hebrew University sowie ein Schriftsteller dazugesellt, von dem sie noch nie gehört hatte. Keiner von ihnen durfte wohl den Krieg mitgemacht haben.

Ruth schien die neuen Tischgenossen kaum registriert zu haben. Sie redete einfach weiter. »Und eines der interviewten Mädchen, ich schätze, sie war um die Zwanzig, rätselte doch tatsächlich: ›War das nicht der Erfinder des Fahrrads?‹ Ungelogen, das hat sie tatsächlich gesagt! Erschreckend, finden Sie nicht?« Sie schnaubte und zog geräuschvoll die Nase hoch. Ihre Klauenhand bewegte sich über den Tisch. Ester sah, daß sich das Stück Brötchen allmählich zu einer kleinen Kugel formte.

Rundum wurde respektvoll und beipflichtend genickt.

»Ihre Großmütter und Großväter haben mich früher im Namen des Monsters verhöhnt und verfolgt«, sagte die alte Frau. »Drei Jahre war ich als Kind in vier verschiedenen Konzentrationslagern eingesperrt. Und jetzt, jetzt wissen ihre Enkel nicht einmal mehr, wer er war? Selig sind die Unwissenden und die Armen im Geist, aber ich klappere die Schulen ab mit meiner Geschichte, und die hat es in sich! Sollen sie ruhig ein bißchen unseliger werden. Und wenn ich mit ihnen fertig bin, ist es immer totenstill.«

Ruth warf einen Blick in die Runde – alle starrten auf die Tischplatte: totenstill, dachte Ester – und steckte sich das Brotkügelchen in den Mund.

Ruths Stimme war anfangs tief und laut gewesen, hatte aber im Laufe ihrer Erzählung immer höher und dünner geklungen, als sei sie allmählich selbst nicht mehr so ganz von ihrer Geschichte überzeugt. So recht sie auch hatte, da war etwas in ihrer Art zu sprechen, etwas Grobes, Heftiges, weshalb ihre Worte nach anfänglichem Wohlwollen keine Resonanz in der Runde fanden, schon gar nicht bei Ester. Alle waren bewegt, doch es blieb unbehaglich still.

Daß der Krieg in dieser Runde Gesprächsthema war, verwunderte nicht, aber Ester spürte sofort die altvertraute Müdigkeit in ihrem Rücken und die dumpfen Kopfschmerzen wiederkehren – ihre Examensarbeit war beinahe fertig gewesen, aber das Essen schmeckte ihr nicht mehr, und die Stimmen anderer klangen immer so hohl.

8

Daß es Ester sein würde, die Karriere an der Universität machte, noch dazu mit Tagebüchern, und nicht einer der ehrgeizigen Knaben ihres Jahrgangs, war für alle, nicht zuletzt für sie selbst, eine Überraschung gewesen. Examen zu machen war ihr lange utopisch erschienen, doch als sie dann ihr Abschlußzeugnis hatte, wurde ihr bewußt, daß ihr die Ruhe der Forschung fehlen würde. Nachdem sie sich jahrelang schwergetan hatte, Disziplin und Kontinuität zu entwickeln, war ihr die Besinnlichkeit der Lektüre von handschriftlichen Aufzeichnungen, des geduldigen Suchens nach Konstanten und Parallelen in den darin festgehaltenen Beobachtungen und Gedanken zu Zeit und Leben und der Anfertigung von Notizen dazu zu einem wirklichen Bedürfnis geworden. Sie hatte das leise Geräusch ihres Füllers auf dem glatten weißen Papier der alten Schulhefte, die sie benutzte, zu lieben begonnen.

Nur in den Stunden an ihrem Schreibtisch war sie ruhig und fühlte sich am richtigen Platz. Da war sie ein Mensch mit Plan und Ziel und mit einer Persönlichkeit, die sie überschauen und steuern konnte, ohne allzusehr in Verwirrung zu geraten. Es schien ihr, als seien diese Stunden aus einer reizvolleren, unbeschwerteren Substanz als die Zeit, die sie unter Menschen zubrachte. Sobald sie ihren sicheren Ort verließ, war ihr, als verliere der Boden unter ihren Füßen an Festigkeit, und überzeugt von Unzulänglichkeiten auf breiter Front, entwickelte sie leichte Symptome von Seekrankheit.

Ester war süchtig nach Tagebüchern. Zwar verbannte sie alle ihre eigenen alten chinesischen Notizbücher, schwarzen Moleskinkalender und Schulhefte voller zwanghafter Gedanken und Beobachtungen immer mal wieder in einem weißen Pappkarton in den hintersten Winkel, um sie ein für allemal aus ihrem Gedächtnis zu streichen, doch auch auf dieser Reise steckte wieder ein Notizheft in ihrer Tasche, das danach schrie, beschrieben zu werden.

Das Angebot zur Promotion hatte wahrhaft befreiend auf Ester gewirkt, denn sie war sich schnell darüber im klaren gewesen, daß das unter anderem dank der verschlungenen Wege der Fördergelder Jahre in Anspruch nehmen würde. Manchmal mußten Untersuchungen für Monate unterbrochen werden, weil das Geld ausblieb und sie gezwungen war, sich mit Artikeln und Buchbesprechungen in Wochen- und Monatszeitschriften etwas dazuzuverdienen.

Die Tagebücher, die sie untersuchte, stammten vom Anfang des zwanzigsten Jahrhunderts und waren von ganz gewöhnlichen Menschen geschrieben. Material, das bei Haushaltsauflösungen, in Archiven und Nachlässen aufgetaucht war. Ester mußte sie sichten und analysieren. Verblüffend für sie war, mit welcher Selbstverständlichkeit die Laienschriftsteller offenbar die nachweislichen Neuerungen ihrer Zeit hinnahmen. Mit sehr viel größerer Leidenschaft widmeten sie sich dagegen den universellen persönlichen Angelegenheiten: Liebesdingen, Klatsch und Tratsch, Vorsätzen und anderen allzu menschlichen Umtrieben – woran Ester ihre Freude hatte.

Auf die Einladung, bei einer Konferenz über Holocaust-Unterricht in Yad Vashem, Jerusalem, von ihrer früheren Arbeit und deren Ergebnissen zu berichten, hatte Ester zuerst gar nicht reagiert. Die Kriegstagebücher hatte sie nach ihrer Examensarbeit erleichtert ad acta gelegt, das Thema war für sie passé. Sie war bei ihrer Untersuchung seinerzeit beinahe verrückt geworden. Verrückt über den Krieg, das Elend, die Assoziationen mit dem Ungesagten ihres Vaters, verrückt über die Erkenntnis, daß sich so vieles Entsetzliche der Wahrnehmung der Tagebuchschreiber entzogen hatte. »Tragische Ironie« hieß so etwas in der klassischen Literatur, aber sie als Forscherin hatte allmählich ein immer größeres Schuldbewußtsein beschlichen. Erst als sie ein sanftmütiger alter Therapeut davon hatte überzeugen können, daß es bei ihrem familiären Hintergrund nicht unbedingt sinnvoll sei, sich andauernd mit dieser einen widerwärtigen Periode der Geschichte zu befassen, hatte sie beschlossen, das Thema nach dem Studium abzuhaken und sich etwas Neuem zuzuwenden. Damit wurde zugleich eine Phase großer Ruhe, ja buchstäblicher Stille eingeläutet, nachdem ihre Recherchen sie zuvor wer weiß wohin geführt hatten.

Gerade in Israel war sie aber nie mehr gewesen. Und so war es außer der Möglichkeit, sich physisch von Philip zu entfernen, vor allem die Aussicht darauf, dieses Land wiedersehen zu können, die sie schließlich doch für die Teilnahme an der Konferenz hatte zusagen lassen. Ja, sie glaubte an Kreise, die sich schlossen.

9

Am Tisch begann nach höflichem Schweigen ein Amerikaner von einem Holocaust-Museum zu erzählen, mit dessen erzieherischem Konzept ein ungeahnt hohes Maß an Holocaust-Empathie erzielt werde. Mit auf den Arm gestempelter Nummer dürften die Besucher dort einen gewöhnlichen Tag in Auschwitz erleben. Die Leute seien hinterher fix und fertig, behauptete er freudig.

Ruth schien den Mann kaum gehört zu haben, denn sie hatte sich mit mächtigem Appetit über ihr Essen hergemacht. Das Zuhören lag ihr offenbar weniger als das Reden.

Unglaublich, wie sich diese Frau binnen weniger Sekunden zur Außenseiterin gemacht hat, dachte Ester. Und das, obwohl sie doch so umgänglich als erste das Wort ergriffen hat. Ester selbst hielt sich immer eher zurück und hoffte, irgendwie aus der Lähmung ihrer Schweigsamkeit errettet zu werden.

Zwischen zwei Bissen lancierte Ruth schnell noch einen

Satz: »Ich möchte, daß Menschen begreifen, was Krieg für den einzelnen bedeutet. Was ist erschütternder und beeindruckender als das Persönliche? Dieser Krieg darf einfach nicht vergessen werden, das wäre das Schlimmste, was passieren könnte.« Obwohl sie über ihren Teller gebeugt war, tönte ihre Stimme wieder so laut wie zu Beginn.

Es wurde zustimmend gemurmelt.

Im Zusammenhang mit dem Krieg konnte Ester bestimmte Dinge kaum noch ertragen. Zum Beispiel, wenn darauf hingewiesen wurde, wie notwendig es sei, darüber Bescheid zu wissen. Das war doch eine so unumstößliche Tatsache, daß es schon fast etwas Beschämendes hatte, überhaupt daran zu rühren. Der Banalität des Bösen stand die Banalität des Guten gegenüber, in dem sich alle einig waren: Nie wieder A. Natürlich nicht, klar.

Oder war das etwa nicht mehr so selbstverständlich?

Die Soziologin, die zu den Organisatoren gehörte, eine tadellos gekleidete Frau mit sanften Augen, versuchte nun auch etwas einzuwerfen, zögernd, mit ängstlichem Blick auf Ruth. »Ich wollte vorschlagen…«, sagte sie, doch weiter kam sie nicht, denn es trafen neue Gäste ein. Flüsternd wurden Begrüßungen ausgetauscht, Hände geschüttelt. Leise setzte man sich dazu, um die Unterhaltung nicht zu stören.

»Aber ich spreche bei Tisch nicht gern von meiner Arbeit«, fuhr Ruth fort und drehte ihre Lautstärke erbarmungslos noch höher, während sie den Neuankömmlingen gemessen zunickte. »Reden wir lieber über Politik, die verdammte Politik der schmutzigen Hände, die diese Regierung betreibt. Eine Schande für die Geschichte ist das! Für mich gehört Scharon auf den elektrischen Stuhl. So wie der die Palästinenser in unserem Namen verrät!«

Die Runde schreckte auf. Es war, als gehe ein Beben durch die Anwesenden, und es wurde unangenehm still – wie in der Achterbahn, unmittelbar bevor man aus der Schwebe nach unten kippt, dachte Ester.

Der israelische Autor, dessen Gesichtsausdruck bei Ruths vorherigen Worten unergründlich, aber respektvoll geblieben war, holte tief Luft. Mit starrem Blick auf Ruth sagte er: »Eine Schande, ja, ja! Zumal man jetzt in jedem x-beliebigen Café in die Luft gesprengt werden kann! Wissen Sie überhaupt, wovon Sie reden?« Er bemühte sich sichtlich, seine Stimme zu beherrschen. An seiner wütend erhobenen Gabel zitterte ein Stückchen rotes Fleisch. Als Ruth seinen Blick nicht erwiderte und auch nicht antwortete, ließ er es in seinem Mund verschwinden und kaute schnell und wild.

Die beiden Soziologen von der Hebrew University sahen einander mit aufkeimender Verzweiflung im Blick an. Der Mann begann Ruth zu erklären, daß die Palästinensische Autonomiebehörde eine korrupte Bande sei, die die eigene Bevölkerung benachteiligt und sich selbst bereichert habe. Die sanfte Frau löste ihn mit einer langen Reihe von Beispielen ab. Ein amerikanischer Psychologe mit langem, pockennarbigem Gesicht, der müde und grau aussah, schaltete sich mit vorsichtigen Rückschlüssen auf die menschenfreundlichen Ideen der Palästinenser ein, die er aus einem Interview mit der Mutter eines Selbstmörders gezogen hatte, was den israelischen Autor erneut in Rage brachte.

Als hätte Ruth einem Rudel Wölfe ein Stück Fleisch hingeworfen, dachte Ester. Zunächst nähern sie sich vorsichtig und mit scheinbarem Widerstreben, doch wenn sie einmal angebissen haben, wird gekämpft und gezerrt und nach einander geschnappt, bis kein Härchen und kein Knöchelchen mehr von der Beute übrig ist.

Sie dachte an den Wachtposten, der draußen vor dem Restaurant auf seinem Stuhl gehangen und interessiert auf ihre Beine unter dem kurzen Rock geguckt hatte. Zu dem kurzen Rock trug sie ein tailliertes weißes Jäckchen. Ihre langen rotbraunen Haare hatte sie hochgesteckt, und den Lidstrich hatte sie heute abend nicht zu vorsichtig aufgetragen. Wie ein läufiger Teenager. Bescheuert.

Es gebe keine Hoffnung, hörte sie den Schriftsteller im Brustton der Überzeugung sagen, es gebe keine Lösungen mehr. Nicht von ungefähr sei ein zweiter Aufstand ausgebrochen. Warum hätten die Palästinenser nicht einen einzigen Kompromiß akzeptiert?

Jetzt hatte jeder eine inbrünstige Überzeugung und sprach sie aus, ob man ihm nun zuhörte oder nicht. Nur Ruth war derweil definitiv verstummt.

Auch Ester, die nun endlich Worte in sich brennen fühlte (»Und wenn die Israelis ihre Siedler endlich irgendwo anders unterbrächten als in diesen vermaledeiten Siedlungen in den besetzten Gebieten?«), schwieg. Sie hatte keine Lust, Ruth beizuspringen. Sie trank zwei Gläser Wein und nahm einen Bissen Pittah mit Humus. Es schmeckte ihr nicht. In ihrem Magen hatte sich ein höllischer Kreisel in Gang gesetzt. Einen Moment lang schien sich der Tisch, an dem sie saß, zu bewegen, als triebe er auf dem Wasser, und es war ihr fast unerträglich, sitzen zu bleiben.

10

Restaurant Luce, Jerusalem, 2. April, 22.00 Uhr

Hinter dem gläsernen Vorbau, in dem sie gegessen hatten, befand sich, wie sich zeigte, ein beachtlicher Saal, in dem der offizielle Empfang stattfand. Schon während des Essens hatte Ester in einem fort Leute hereinkommen sehen und sich gefragt, wo sie alle blieben.

Kaum daß sie den Saal betreten hatte, schlug ihr die leicht hysterische Atmosphäre entgegen, die sie schon von anderen Zusammenkünften in Verbindung mit dem Zweiten Weltkrieg her kannte. Da gab man sich die größte Mühe, sich ja nicht zu amüsieren, war aber zugleich sichtlich entzückt über die Begegnung mit Menschen, die die gleiche Obsession hatten. Und da diese Obsession mit Geschehnissen verknüpft war, die schon vor ziemlich langer Zeit stattgefunden und dementsprechend nivelliert worden waren, sah Ester auch hier wieder Leute, die trotz ihrer aufrichtigen und ernsten Betroffenheit nicht verschleiern konnten, daß sie sich ganz in ihrem Element fühlten. Ester hörte, wie sich geübte Konferenzgänger in vertrauter Weise begrüßten: gefühlsbetont und herzlich, aber auch gelangweilt, da mittlerweile routiniert im relativ ungerührten Umgang mit den grauenhaften Erfahrungen und Erinnerungen, die sie miteinander verbanden und vom Rest der Welt trennten.

Flott gekleidet und frisiert spazierten die verantwortlichen Damen umher, stolz auf die harte Arbeit, dank deren diese vortreffliche Gesellschaft nach Israel und hierher gekommen war.

Ester schlenderte zum Getränketisch hinüber. Sie fühlte sich nicht wohl in ihrer Haut, wie immer bei Treffen, die mit dem Krieg und dem Judentum zu tun hatten. Wie ein Eindringling kam sie sich vor, illegal durch die Maschen des Netzes geschlüpft, zu jung und eigentlich auch, ohne es zu wollen, zu frivol. Daß sie schon siebenunddreißig war, sich dieser Materie etliche Jahre ihres Lebens gewidmet hatte (und dabei rechnete sie noch nicht einmal die Jahre mit, in denen sie sich um ihren Vater gesorgt hatte) und meistens eher introvertiert als leichtfertig war, änderte nichts daran. Überdies war es ungewohnt, sich der Welt wieder allein stellen zu müssen. Das war lange her.

Es hatte Zeiten gegeben, da sich Ester auf gesellschaftliche Ereignisse gefreut hatte, auf Semesterfeten, Kneipen- und Diskothekbesuche und die großen anonymen Partys, die früher oft gegeben wurden. Mit Lola zusammen hatte sie eine Zeitlang jede Möglichkeit zum Ausgehen wahrgenommen, und eine Party war ein vollkommener, sei es auch vorübergehender Lebenszweck gewesen. Etwas, worauf man sich freute und was man anschließend, mit hemmungslos mythisch verklärenden Partygeschichten, gerne erinnerte. Auch sich selbst hatten Lola und Ester seinerzeit als Figuren in Geschichten betrachtet. Manchmal hatten sie die Geschichten sogar in Briefen festgelegt.

Nachdem sie mit Philip zusammengezogen war, hatte sich Ester allmählich immer mehr zu Hause verschanzt. Nun, da sie mit ihm zusammen war, erschien ihr das Ausgehen, ob zu Ausstellungseröffnungen, Universitätsfesten oder Restaurantbesuchen, immer weniger nötig, weniger interessant und somit auch immer weniger reizvoll. Komischerweise hielt sie das für ein gutes Zeichen, einen Beweis dafür, daß sie mit Philip ein wahrhaftiges, ruhiges, glückliches Leben führte, schlicht und rein, ursprünglich. Das Berufsleben an der Universität, die Geborgenheit zu Hause, mit dem Besuch von Verwandten und Freunden als hauptsächlicher Ablenkung, das alles paßte zu alten Vorsätzen, zu ihrem Bild davon, wie das Leben zu sein hatte. Sie war stolz auf die Präzision, die Übersichtlichkeit, stolz, daß es funktionierte und sie es im Griff hatte. Die Briefe und E-Mails von Victor L. vor vier Jahren, das Geknutsche mit Ad Z., dem Professor ihrer Fakultät, ein halbes Jahr danach und die vielen Flirts mit anderen bei Studientreffen oder Gesprächen in der Mittagspause hatten so wenig damit zu tun, daß keiner dieser Vorfälle für sie ins Gewicht fiel. Selbst das eine Mal vor knapp zwei Jahren, als sie sich im Archiv von einem ihrer wissenschaftlichen Mitarbeiter, Allard E., oberhalb ihrer halterlosen Strümpfe hatte befummeln lassen, hatte keinerlei Raum in ihrem Leben mit Philip eingenommen (und war auch Gott sei Dank folgenlos geblieben). Lola, die immer alles herausbekam, hatte über ein solches Maß an Heuchelei nur den Kopf geschüttelt.

Und dann, urplötzlich, war es vorbei gewesen mit der Ruhe. Ester konnte nicht mehr schlafen und erbrach regelmäßig alles, was sie zu sich genommen hatte. Wie sie sich mit Philip verstehe, wollte der Therapeut wissen, den sie erneut zu Hilfe gerufen hatte. Wolle sie denn keine Kinder?

»Natürlich möchte ich Kinder!« hatte sie in einem Ton entgegnet, als handle es sich dabei um ein gewagtes Unternehmen, das sie noch längst nichts anging. Und dann hatte sie einen Lachkrampf bekommen, der unmerklich in Weinen übergegangen war.

Zum erstenmal hatte sie sein Gesicht wahrgenommen. Mit, wie es schien, aufleuchtenden runden, braunen, klaren Augen lächelte er sie an, sein Bart so rot, daß er flammte. »Du bist siebenunddreißig«, sagte er. »Noch ist es nicht zu spät!«

»Zu spät!?« Sie war hochgefahren. Ja, was hatte sie denn gedacht? Etwa, daß sie noch viel zu jung dafür sei? Und dann hatte sie ihm erzählt, was bis dahin niemand wußte, nicht einmal sie selbst. Daß sie wegen Philip kein Kind haben konnte oder wollte. Weil sie selbst mit ihm Kind bleiben wollte, Studentin, nicht Mutter. Weil sie bei ihm niemals genug Bodenhaftung entwickeln würde, um Mutter werden zu können.

Sie hatte zwei Koffer gepackt, Essen gekocht und auf Philip gewartet. In geradezu amtlichem Ton hatte sie ihm ihren Entschluß mitgeteilt. Sie wußte, daß sie keine Zeit mehr zu verlieren hatte. Sie mußte weg.

Er war in Tränen aufgelöst gewesen, als sie ihn zurückließ, bis ins Innerste seiner Seele verletzt. Er habe schon seit Jahren von Kindern gesprochen, hatte er gesagt.

»Wirklich?« hatte sie gefragt, ohne grausam sein zu wollen, denn ihr Erstaunen war aufrichtig. Sie konnte sich tatsächlich nicht erinnern, je mit ihm darüber gesprochen zu haben.

Bis auf ein vages Schuldgefühl hatte sie bei dem Gespräch nicht viel empfunden. Nüchtern und hart war sie gewesen, als ginge es sie nichts an. Philip hatte einen vollen

Aschenbecher nach ihr geworfen, der sie nur um ein Haar verfehlte. Sie war Philip dankbar für den Versuch, aber geholfen hatte es nichts. Kalt wie Stein war sie geblieben.

Die Einladung nach Yad Vashem hatte zu dem Zeitpunkt schon seit einer Weile neben ihrem Computer gelegen. Nun überwand sie ihr Widerstreben. Eine Reise würde die Trennung festigen. Und in weniger als einer Woche fand sie eine Wohnung im Amsterdamer Pijp-Viertel.

II

Von seiten der Organisation wurden Begrüßungsworte an sie gerichtet, und ein Konservator von Yad Vashem erläuterte Sinn und Zweck der Konferenz. Es wurde geklatscht, und danach stand es jedem wieder frei, umherzugehen und sich mit den anderen bekannt zu machen. Auch hier im Empfangssaal – modern und hell, viel Glas und Holz – gab es mehr als reichlich zu essen. Gierig bediente sich eine lebhaft redende Menge von dem Büfett mit Dolmas, Humus, Tehina und Pittah; nicht jeder war wie Ester vorher zum Abendessen eingeladen gewesen.

Leicht beschwipst von dem Weißwein, den sie zum Essen getrunken hatte, blieb Ester einige Minuten lang stehen und schaute sich um. Die seltsame, fast schon sündhafte Erwartung, die sie im Laufe des Abends verspürt hatte, hatte sich noch nicht verflüchtigt, und so war sie leicht verärgert, als ihr jemand zuwinkte, dem sie lieber nicht wieder begegnet wäre: Aram, der israelische Autor. Er stand im Kreis einiger anderer Männer und lachte ihr entzückt zu.

Sie lächelte schwach zurück, begann sich aber dennoch einen Weg durch die Menge zu bahnen.

»Heee«, sagte der Autor. Seine Stimme klang freudig und schmeichelnd, ganz anders als beim Essen, bei dem er sich als kurzsichtiger rechter Falke erwiesen hatte. Ester bedachte ihn mit einem leicht spöttischen Blick. Männer, die einen in seriöser Runde als Gesprächspartnerin aufgegeben hatten, aber plötzlich einen ganz anderen Ton anschlugen, wenn das Licht schummriger wurde, der Wein floß und die Arbeit getan war, vor denen mußte man sich in acht nehmen.

»He, Schönheit, leiste uns doch Gesellschaft! Ich stelle dich allen vor.« Dieses Zwinkern! Sie gab den drei anderen Männern die Hand, alle Israelis, deren Blicke sich erwartungsvoll aufhellten.

»Aus welchem Krieg?« fragte einer von ihnen, blaß, schütteres Haar, als er hörte, daß Ester über Kriegstagebücher geschrieben hatte und deswegen zu der Konferenz hier war.

»Dem zweiten, Weltkrieg, Juden, die untertauchen mußten. Ester hat viel über Kriegstagebücher geschrieben, sie ist zu der Konferenz hier.«

Es folgte eine kurze, peinliche Stille. Man beäugte sie neugierig, beinahe scheu, als käme sie vom Mond, mit Problemen aus einem anderen Universum. Und sie hatte gedacht, daß alle hier etwas mit der Konferenz zu tun hätten. Dann fragte der Israeli weiter, und die drei anderen versuchten schmunzelnd, ihr in dem Lärm die Reaktion vom Gesicht abzulesen: »Und, was war die Schlußfolgerung?«

Der Autor nahm ein Getränk für sie von einem Tablett.

Durch die Oberlichter des Restaurants schallten Fetzen von arabischer Musik aus einem vorüberfahrenden Auto in den Raum hinein.

Ester antwortete wie aus der Pistole geschossen, sie machte das nicht zum erstenmal. »Daß Menschen sich zum Gegenstand einer Geschichte machen, um nicht im eigenen Vergessen zu verschwimmen. Daß die wahren Menschen, die, die nicht so leicht aufgeben, die, die überleben, ihre Erinnerungen pflegen und ordnen. Daß es hilft, wenn man die Welt, die man kennt, festzuhalten versteht, und sei es nur auf Papier.«

»Wow.«

»Ja, wow. Aber trotzdem haben Tagebuchschreiber nicht immer überlebt. Meistens überlebte nur ihr Tagebuch.«

»Warum beschäftigst du dich damit?«

»Oh, das war einmal. Ich habe schon vor Jahren damit aufgehört. Inzwischen untersuche ich andersartige Tagebücher. Ich hatte genug vom Krieg.«

»Bist du Jüdin?«

»Teilweise.«

Hier griff der Autor, der amüsiert, ja fast schon mit Beschützermiene zugehört hatte, mit strengem Auflachen ein: »Du kannst doch nicht teilweise Jüdin sein.«

»Doch. Ich bin Halbjüdin. Durch meinen Vater...«

Die Männer scharrten mit den Füßen und lachten blöd. Als Vaterjüdin zählte man praktisch nicht, das wußte Ester. Sie wollte sich gerade empört dazu äußern, als sie neben sich einen tiefen Seufzer hörte. Es war Ruth, die Frau mit dem fahlroten Haar.

»Hach«, entfuhr es Ruth sichtlich erleichtert, als hätte sie alte Freunde wiedergefunden. Das Gespräch verstummte augenblicklich. Ester sah, daß die alte Frau viel kleiner war, als sie bei Tisch gewirkt hatte. Und die vermeintliche Unerschrockenheit, mit der Ruth in ihre Gesichter aufschaute, ließ zum erstenmal blanke Angst erkennen. »Schon wieder Essen!« stöhnte Ruth laut. »Da tue ich heute nacht bestimmt kein Auge zu.«

Die Augen der vier Männer wurden glasig. So gierig ihre Blicke bei einer relativ jungen Beute geworden sind, so rasch flaut das Interesse im Beisein dieser schwermütigen alten Frau ab, dachte Ester. Schnippischer als beabsichtigt entgegnete sie: »Keiner zwingt uns, davon zu essen.«

»Du gehörst offensichtlich einer anderen Generation an«, sagte Ruth beinahe vergnügt. »Wenn etwas zu essen da ist, muß es gegessen werden. Das läßt sich nicht mehr austreiben.«

Darauf stahlen sich die Israelis wie auf ein vereinbartes Zeichen hin leise davon. Als sei Ester nun, da sie mit Ruth sprach, in derselben deprimierenden Aura gefangen. Da standen sie denn. Ester war in Verlegenheit, mit einem Mal empfand sie unendliches Mitleid.

»In welchem Hotel sind Sie?« fragte sie.

»Weitestmöglich von der Altstadt entfernt. In Neubauten fühle ich mich viel wohler als in all diesem vornehmen, alten Mist.«

»Oh«, sagte Ester.

»Michaels war doch dein Name, nicht?« fuhr Ruth fort, lebendiger denn je. »Kann es sein, daß ich deinen Vater gekannt habe? Aus Westerbork? Ich kannte einen Simon – hieß er Simon? – Michaels.«

»Mein Vater hieß Jacob«, sagte Ester. »Aber in Westerbork ist er in der Tat gewesen.«

»Verdammt, Jacob! Jacob? Nein – oder doch? Jetzt muß ich mal ganz genau nachdenken. Das ist das Abscheuliche am Alter, daß man so viel vergißt. Jacob ...«

Ester antwortete nicht. Sie spürte das Brennen eines Blicks im Rücken.

12

Es gab nicht viel, worauf man zurückgreifen konnte. Da war er, der spöttische Riese, mit seiner sympathischen Mission: Das Kettchen bringen wir dem Mädchen einfach mal eben. Oder hatte schon gleich etwas mehr hinter dieser Geste gesteckt? Und da war sie: mit dem umgeschlagenen Handtuch für einen Augenblick ein verführerisches Filmwesen, verhalten anfangs, und danach dieser eigenartige Moment. Ihre Überraschung, daß das Los auf sie gefallen war, wo sie doch gänzlich, na ja, *fast* gänzlich arglos gewesen war. Gesehen und bemerkt zu werden war wunderbar, und zugleich hatte es etwas Unheimliches, wie zu fallen. Ihr Schnauben und Prusten beim Schwimmen: Was war zum Beispiel damit? Und wie hatten ihre Schenkel ausgesehen, als sie sich aus dem Becken hochstemmte?

Es war nur so wenig passiert. Er hatte kurz ihre Hand berührt, als er ihr die Kette gab, das war alles. Das hätte auch gar nichts bedeuten können. Verdammt, sie hatte keine fünf Minuten mit dem Mann geredet. Trotzdem hielt irgend etwas sie davon ab, sich umzudrehen.

Daß sie nicht zuhörte oder antwortete, fiel Ruth offenbar nicht auf. »Einen Jacob Paardekooper habe ich gekannt, in Theresienstadt.«

Und da trafen sich ihre Blicke. Seine Augen erstarrten kurz in der gleichen Ausdruckslosigkeit wie die ihren, klammerten sich dann aber (wenn sie sich nicht täuschte) an ihnen fest. Es dauerte einen Moment, ehe sie sich wieder an ihre Manieren erinnerte. Nun ja, Manieren: Ruth war vergessen.

»He, was machst du denn hier?« fragte sie heiser. Angesichts einer solchen Schicksalhaftigkeit kam ihr Reden banal und unnütz vor. Daß Ruth kopfschüttelnd und in sich hineinmurmelnd davonging, nahm sie nur halb wahr.

Er hatte sich, ohne sich zu verabschieden, von dem lachenden Grüppchen abgewandt, mit dem er sich zuvor unterhalten hatte. Der Ausdruck in seinen Augen blieb konstant, ein konzentrierter Blick, der nichts verriet. »Ich wurde eingeladen. Man lade mich ein, und da bin ich.«

»Ich auch.« Jetzt kam das schiefe Grinsen von ihr: Einvernehmen über geteilte Lasten der Konversation. Nur hatte sie eigentlich nichts für Ironie übrig.

Die war auch schon nicht mehr nötig. Er faßte sie sanft beim Oberarm und sagte tatkräftig: »Raphael Goldberg, BBC. Soll ich ein Interview mit dir machen?«

»Ester Michaels. Ein Interview?«

»Auf zweieinhalb Stunden Band kriegt man schon ein ordentliches Stück Leben.« Er kniff die Augen zu und grinste. »Und es ist ein Alibi, um eine ganze Weile mit dir in einem geschlossenen Raum sein zu können, ohne daß irgendwer mißtrauisch wird.«

»Das hast du bestimmt schon öfter gesagt«, sagte Ester und schnappte verstohlen nach Luft. »Du weißt ja nicht mal, was ich mache.«

»Ebendarum. Und du unterschätzt mich.«

Wie wir einander jetzt anstarren, so nehmen auch Tiere aus der Distanz Witterung von den gegenseitigen Intentionen auf, dachte Ester. Sie sah, wie sein Gesicht beschaffen war. Der erste, oberflächliche Eindruck von Wildheit rührte von seinen Augen her, die dunkel waren, mit schweren, schwarz umrandeten Lidern. So verlebt sein Äußeres auch auf den ersten Eindruck gewirkt hatte – vielleicht hatte er sich nicht rasiert gehabt –, er hatte ein ebenmäßiges Gesicht. Die wirren Locken sollten bestimmt kaschieren, daß sich sein Haar schon ein klein wenig zu lichten begann. Es störte sie nicht. Vielmehr konstatierte sie mit leichtem Schwindel, daß alles an ihm sie ruhig machte. Es gefiel ihr, daß er so kräftig war und sich sein Haar lichtete. Das machte ihn nicht weniger anziehend, im Gegenteil.

»Na?« fragte sie.

»Ich weiß, weshalb du hier bist.«

»Woher weißt du das?« fragte sie beinahe patzig.

Er antwortete nicht gleich. Vielleicht aus Effekthascherei. »Du kommst mir auch wie eine Tagebuchschreiberin vor, weißt du das?« sagte er dann.

»Ist das ein Makel?«

»Keineswegs! Ich führe selbst seit zwanzig Jahren Tagebuch. Kurze Notizen, um mir bei all dem Irrsinn hier den Kopf freizuhalten.«

Sie schwieg.

»Ertappt! Du erforschst Tagebücher, da wirst du dich

doch wohl deines eigenen nicht schämen!« sagte er lachend.

Es tat ihr gut, daß er allem Anschein nach wußte, wer sie war und was sie machte. Sie faßte sich wieder. »Mein eigenes Tagebuch ist wirklich nicht für andere bestimmt«, sagte sie und bedauerte sogleich ihren Ernst. Daher fügte sie hinzu: »Trotzdem … hoffe ich auf so etwas wie einen allwissenden Strandräuber, der die Flaschen mit meinen Botschaften findet. Dann kennt mich wenigstens *einer.*« Sie dachte an das Motto in ihrem Tagebuch: *Unbemerkt ist so gut wie tot.*

Er musterte sie einige Sekunden lang beinahe ernsthaft. Sie fragte sich, ob sie betrunken war.

»Ein allwissender Strandräuber – das kann nur einer sein, scheint mir. Jetzt verstehe ich, warum dir unwohl dabei ist: Das klingt religiös!«

»Mir ist durchaus nicht unwohl«, sagte sie. »Und religiös bin ich auch nicht.«

Sie sah, wie er auf ihre Beine schaute.

»Nein«, sagte er. »Den Eindruck hatte ich auch nicht. Bist du allein hier?«

Sie tat so, als beobachte sie mit großem Interesse ein junges Mädchen, das seinen Hund zu dem Empfang mitgebracht hatte. »Die Tagebücher, die ich untersuche, enthalten eine Fülle von Fakten und Begebenheiten und sind doch alle beinahe genauso persönlich wie meines. Ja, ich bin allein.«

Sie lächelten unterdessen einfach weiter, als sei die Unterhaltung eine Art Alibi, um lächeln zu können.

»Was ist denn?« fragte sie.

»Nichts. Du hast eine ulkige Nase. Sie bewegt sich ein bißchen, wenn du sprichst.«

Sie bemühte sich, nicht zu lachen. Von anderen, die vorübergingen, fing sie Gesprächsfetzen auf. »Und bin dann allein aus Theresienstadt zurückgekommen... Mußte dann sehen, wo ich unterkomme...«, hörte sie, und unvermittelt überkam sie das Gefühl, daß sie träume und alle ihre Erinnerungen, Eindrücke und Empfindungen der vergangenen Jahre wie Gegenstände durch die Luft schwebten. Als wohne sie in diesem Augenblick einem Finale bei und ihr Leben werde nun die Richtung finden, in der sie weitergehen würde.

Wahrscheinlich hörte Raphael nichts, so intensiv sah er sie an. Plötzlich sagte er: »Ich beschreibe Fakten, nichts als Fakten, ich verstehe nichts, analysiere nichts. Ich ersaufe in Fakten und Realitäten. In Israel ersäufst du in der Realität – und von daher ist hier alles wie eine Art Traum. Beziehungsweise ein Alptraum.«

»Bist du schon lange hier?«

»Arbeitest du für den Mossad?«

»Als Korrespondent, meine ich.« Sie sang es, um nicht lachen zu müssen.

»Ach so. Ja, schon Jahre. Seit 1997. Davor war ich in Istanbul. Herrlich, der Nahe Osten, hier gibt es immer was zu tun...«

Sie bemerkte, daß Ruth sich wieder näherte, und versuchte, sich so von ihr wegzudrehen, daß es nicht auffiel.

»Machst du etwas über diese Konferenz fürs Fernsehen?« fragte sie. »Wozu bist du eigentlich hier?«

Er lachte nicht.

»Um dich schwimmen zu sehen, wozu sonst? Kommst du mit?«

Seine Hand krümmte sich sanft und doch fest um das weichste Stück ihres rechten Oberarms. Auch er hatte Ruth gesehen.

»Bitte?« bat er.

13

23.10 Uhr

In seinem Jeep sagten sie zunächst eine Weile nichts. Sie schaute auf seine Hände am Lenkrad. Seine Finger waren behaart. Ihr war schwindlig, sie vergaß beinahe zu atmen. Langsam und schwer klopfte ihr das Herz in der Kehle.

»Wohin fahren wir?« fragte sie.

»In unser Hotel?«

»Ach, du wohnst auch dort?«

»Wenn ich in Jerusalem zu tun habe, schon. Ich wohne in Tel Aviv, aber nachts fahre ich nicht gern.«

Sie starrte nach draußen. Diese Stadt war unbekannt, dunkel und wutgeladen, und sie kannte sich nicht in ihr aus, und dennoch hatte sie keine Angst. Sie kannte diesen Mann nicht, aber das war ihr einerlei. Sie erkannte sich selbst nicht wieder, und das war wunderbar.

Sie fuhren am verlassenen Jaffator vorüber und weiter an der hohen Mauer entlang, die majestätisch die Altstadt schützte. Bis auf einige lärmend hupende Autos war es still und ruhig auf der Straße zum Damaskustor, und doch war hier für Ester latent alles da: die Hitze, die Menschenmengen, die geschäftstüchtigen Händler, die kauflustigen Kunden. Nur den Haß, den Haß, der Menschen einander töten ließ, den konnte sie sich in diesem weichen Licht, dieser erwartungsvollen, mit orientalischen Lauten angefüllten Stille nicht vorstellen.

»War ich froh, daß ich deine Kette fand. Wie du durchs Wasser gepflügt bist, diese Aggression, ich dachte gleich: Die muß ich kennenlernen.«

»Du warst mir im Weg.«

Er bog auf den Hotelparkplatz ein, hielt und drehte sich zu ihr hin. Bougainvilleen streckten die zarten Zweige durchs Wagenfenster herein wie gierige Arme. Das Licht einer Laterne ließ das Purpurrot der Blüten aufleuchten. Er zog sie an sich. Seine Hand tastete unter dem Spaghettiträger ihres Tops nach ihrem Schlüsselbein. Behutsam prüfte er ihre Kraft, die Zartheit ihrer Haut, die Muskeln und die dünnen Knochen darunter.

Seite an Seite betraten sie das Hotel, begrüßten noch umwerfend höflich die Hotelpagen an der Rezeption. In ihrem Zimmer ließ sie sich von ihm rückwärts bis an das Himmelbett drängen. Entwaffnet. Jetzt wurde es wirklich ernst.

Sie sahen einander einen Moment still, ja fast boshaft an. Dann schlang er die Arme um sie, innig und verlangend, als hätte er sie vermißt, rieb seine rauhe Wange an der ihren und hob sie hoch, ganz hoch, so wie man ein Kind hochhebt und zu ihm aufschaut, demütig und übermächtig zugleich. Sie schlang die Beine um seine Mitte, und so blieben sie stehen, schwankend. Langsam ließ sie sich hinab, an ihn geschmiegt. Er zerrte ihren jetzt schlappen und scheinbar willenlosen Körper zur Längsseite des Bettes und legte sie hin, wie eine Beute. Die eine Hand auf ihrem Bauch, schälte er geschickt, lässig, gekonnt, einige Kleidungsstücke von ihr ab und deponierte sie ordentlich zu einem Häufchen am Fußende.

Sie ließ ihn, weil er es so präzise machte. Und es war angenehm, daß er so zwingend und entschieden vorging und ihr keinen Raum für Zweifel ließ. Seine Hände brachten ihre Haut, ja alles zum Singen... und als sie wieder zu sich kam, war die Zeit nicht mehr da, ein für allemal schien es fast.

Schweißnaß erwachten sie aus ihrem Gefecht. *When the saints come marching in* – häßliche Töne, gewöhnliche, häßliche Töne aus der vergessenen, gewöhnlichen Welt. Es war ein Handy, das dieses Lied sang. Sein Handy. Er ließ es läuten. Viermal, fünfmal. Sie legte den Kopf auf seinen Arm.

Das Telefon setzte erneut ein: *When the saints come marching in...* Er sah auf die Nummer auf dem Display. »London«, sagte er. »Die können mich mal! Ich habe frei!«

Er küßte sie, und die Kraft kehrte wieder. Eine enorme Kraft, wie Musik. Doch wieder war da diese andere Musik, das Telefon. Jetzt nahm er das Gespräch an. Und sofort fuhr er hoch, und sie mit ihm, weil er seinen Arm mit solchem Ungestüm unter ihr hervorzog.

Zu Tode erschrocken – er hatte schon die Hose an. Und mit jedem weiteren Kleidungsstück, das er anzog, wurde sein Körper fremder. Schon stand er wieder da, der unbekannte Bekannte von vorhin, vor einem ganzen Leben.

Der *»ein Anschlag«* blaffte. Der *»ich ruf dich an«* bellte und die Tür hinter sich zuschlug.

»Wo? Wo?« schrie sie.

Schreien, jetzt schon? Aber er war bereits weg, sie hörte seine Schritte verhallen. Das ist das Geräusch, mit dem er aus meinem Leben wegläuft, dachte sie.

Sie blieb noch kurz liegen, starr, als wollte sie das Wunder noch festhalten, bevor sie es der Wirklichkeit preisgab. Ein Anschlag. Die dumpfen Magenschmerzen, die sie den ganzen Tag über begleitet hatten, wurden zu einer handfesten Übelkeit.

14

Ester verstand nichts von dem, was im israelischen Fernsehen gesagt wurde. Aber nach einigem Suchen stieß sie auf die typischen verwackelten Bilder, die sie schon von früheren Anschlägen her kannte. Sie entnahm ihnen, daß es gerade erst passiert sein mußte. Trümmer, Blut auf der Straße, schreiende Menschen, ein wimmernder Mann auf einer Trage – sie versuchte, nicht zu genau hinzusehen, das alles kam ihr so vertraut vor, fast so, als hätte sie es schon einmal miterlebt. Jeruschalajim verstand sie, hier in der Stadt also, vielleicht ganz in der Nähe.

Es war beinahe nicht zu fassen, daß Raphael jetzt dort war. Warum war er gegangen? Also war er wohl an erster Stelle und vor allem Journalist, denn warum sonst hätte er dort hingewollt, so schnell?

Ihr war jetzt so schlecht, daß sie nicht aufstehen konnte. Sie wagte kaum, sich zu bewegen. Draußen vor ihrer Zimmertür schien plötzlich ein Heidenbetrieb zu herrschen.

Das jagte ihr eine solche Angst ein, daß sie es schließlich nicht mehr aushielt und sich keuchend vor Magenschmerzen zur Tür schleppte. Doch auf dem Flur war niemand.

Nun wurde die Übelkeit plötzlich akut. Gerade noch rechtzeitig erreichte sie die Mosaikpracht ihres Badezimmers, wo sich ihr der Magen umdrehte.

Als es vorüber war, kniete sie auf den Badezimmerfliesen und fand sogar die Wände bespritzt. Zähneklappernd wischte sie den Boden mit einem Handtuch auf und säuberte die Wände, so gut es ging. Eiskalte Zugluft strich ihr um die kraftlosen Beine, während sie sich zum Bett zurückschleppte. Draußen konnten es kaum weniger als achtzehn Grad sein, aber ihr war, als friere es.

Trotzdem fühlte sie sich jetzt gut genug, um die Rezeption anzurufen und sich nach weiteren Neuigkeiten zu erkundigen. Es nahm niemand ab. Sie zog sich an, langsam und zittrig, den Blick auf den Fernseher geheftet, den sie auf einen Nachrichtensender eingestellt hatte. Dabei bohrte sich etwas in ihr Bewußtsein, messerscharf und grauenvoll, das sie einfach nicht an sich heranlassen konnte. Später würde sie sich fragen, wieviel Wirklichkeit sie brauchte, bevor sie sie erkannte.

Schwindlig ging sie zur Tür, die Kilometer entfernt zu sein schien, und von dort zur unendlich fernen Rezeption.

Auch in der Lobby war der Fernseher eingeschaltet. Der Rezeptionist, der gerade telefonierte, hörte ihre Frage nicht, aber ein Amerikaner, der das Geschehen auf dem Bildschirm verfolgte und offenbar Hebräisch verstand, übersetzte für sie ins Englische: »Zwei Tote, zwanzig Verletzte. Sie haben sogar noch Glück gehabt. Der Selbstmordattentäter ist nicht weit in das Restaurant hineingelangt, seine Sprengladung ist schon im vorderen Teil hochgegangen, und da war zu dem Zeitpunkt so gut wie niemand.«

Der Mann hatte ein so unangenehmes Gesicht, daß sich Ester wieder dem Rezeptionisten zuwandte, der den Hörer aufgelegt hatte und nun gleichfalls auf den Bildschirm schaute. Sie sah seiner Miene an, daß ihn dieser Anschlag nicht sonderlich aus der Fassung brachte. Es schien sich für ihn nur um irgendeinen sensationellen Vorfall, ein spannendes Unglück zu handeln.

»Wo?« fragte sie. »Wo ist es passiert?«

»Hier im Zentrum«, antwortete der Mann sonor und sachlich.

»Wo? Welches Restaurant war es?«

Doch während sie diese Frage stellte, wurde ihr klar, daß sie es bereits wußte, und nur mit Mühe gelang es ihr, den sofort wieder aufkommenden Brechreiz zu unterdrücken. Es war ein Name, den sie in Amsterdam noch in ihrem Terminkalender notiert hatte.

Restaurant Luce.

Mit einem Mal überkam sie die Angst, senkte sich auf sie herab wie eine Masse, die sie ersticken wollte. Nach Luft ringend, erkannte sie, wie tödlich die Gefahr in diesem Land war, das so trügerisch wohltuend anmutete. Und nirgendwo konnte man sich verstecken. Mein Gott, wie weit sie von zu Hause weg war.

Vor anderthalb Stunden hatte sie den sonderbaren, aber unwiderstehlichen Drang verspürt, mit einem ihr unbekannten Mann vorzeitig von einem Ort wegzugehen.

Und nun hatten sie einander das Leben gerettet.

Zweiter Teil

I

Bloemendaal, Niederlande, 3. Februar 2001

Nicht daß Vitos Vater so polterte, war der Grund. Oder seine jovialen Oberflächlichkeiten, die er unter all den anderen großen Jungen (Väter mit Heimweh, die treuesten Kunden der Fußballkantine ihrer Söhne) zum besten gab. *Genau wie Vito.* Oder der Umstand, daß er da war, was Vitos und Daniels Pläne für diesen Nachmittag hätte erschweren können. Es war etwas anderes, was Daniel bedrückte, etwas Trauriges, Unsagbares, und es dauerte eine Weile, bis er es sich selbst einzugestehen wagte, beziehungsweise bis ihm aufging, was er sich einzugestehen hatte.

Schon als er auf sein Fahrrad gestiegen war, hatte er sich verflucht. Der Streit, den er zu Hause ausgefochten hatte, damit er am Samstag nachmittag (»Muß es denn immer am Samstag sein!« hatte Maurice geseufzt) mit Vito in die Stadt konnte (das heißt nach Haarlem), stand in keinerlei Verhältnis zu dem, was er sich davon versprach. Wenn er an die schwitzenden und schreienden Spieler des Vereins dachte, in dem er sich nie zu Hause gefühlt hatte, wurden ihm die Beine schwer. Ihm war zwar klar, daß die dort herrschenden Gesetze für ihn nicht mehr galten, und darüber war er froh, aber dennoch beschlich ihn immer wieder die gleiche verwirrte Einsamkeit wie früher – na ja, vor ein paar Jahren. Die Tretmühle des Trainings, die humorlose Killerethik, das aufgebrachte Schreien und Fluchen – mit all dem, was für die anderen so selbstverständlich zu sein schien, wollte er eigentlich nichts mehr zu tun haben. Das allwöchentliche Spiel, die Zurückstufungen oder Beförderungen innerhalb der Mannschaft, die dummen Witze, die gespielt gleichgültige Kumpelhaftigkeit – rückblickend fand er alles gleichermaßen beklemmend.

Nur gut, daß Vito nichts von seiner Haltung wußte, sonst würde er ihm schon längst nicht mehr vertrauen.

Langsam schlappte Daniel die Treppe zur Kantine hoch. Doch drinnen realisierte er, wie in letzter Zeit öfter, daß seine trübsinnigen Gedanken nicht mit der Wirklichkeit übereinstimmten. Denn wenn er den vier, fünf aufgekratzten kleinen Jungen an der Theke zusah, wie sie sich beim Aufschneiden übertrumpften, ging es ihm gleich wieder besser. Er mußte sogar über die kleinen Wichtigtuer lachen.

Wo war Vito?

Seit Beginn der weiterführenden Schule war es Vito d'Amalfi, der Daniel in die Herausforderungen des Lebens einführte, seien es der Sport, die Musik oder die unbestimmte Gefahrenzone, die Mädchen und Frauen für ihn darstellten. Obwohl Daniel jetzt nicht mehr Fußball spielte, verabredeten sie sich gelegentlich in der Kantine, wo Vito nach wie vor seine Rolle als Star und alter Hase auskostete.

Zwischen einander boxenden und nachjagenden Jungen in miefiger Fußballkluft hindurch bahnte sich Daniel einen Weg zum Fenster, von wo man die Spielfelder überblicken konnte. Kein Vito zu sehen. Er ging wieder nach draußen.

Ein vertrautes Brüllen beruhigte ihn. »Mensch, verdammt! Mach mal 'n bißchen Dampf!« Vitos Stimme hörte man aus allen heraus. Daniel stieß einen erleichterten Seufzer aus. Doch dann ging ihm auf, wessen Stimme das war. Er erstarrte. Groß und stark wie ein Bär war er, schon fast ein Mann, und kam sich doch in diesem Moment wieder wie ein kleiner Junge vor, so klein und jung, daß es fast hätte möglich sein müssen, sich unsichtbar zu machen.

Er sah Lou d'Amalfi hinten am Geländer stehen, ein Bier in der einen Hand und mit der anderen Hand sein Haar zurückstreichend.

Genau wie Vito.

Das war der Auslöser gewesen. Daß Vitos Vater genauso sprach wie Vito, daß sogar seine Anfeuerungsrufe haargenau so klangen wie bei Vito mit seiner großen Klappe, ihre identische Motorik und Behaarung – all das erklärte Vitos unerschütterliche, feste Position in der Welt.

Da hatte Daniel plötzlich gewußt: Er haßte Vito, weil er so spürbar in der Menschheit verankert war.

Haßte.

»Hallo, Herr d'Amalfi«, stieß er hervor. »Hat er 'n paar Tore gemacht?«

Der arglose Blick von Vitos Vater, als er sich zu ihm umdrehte und ihn vertraulich beim Arm faßte, beschämte Daniel so sehr, daß ihm ganz heiß um die Augen wurde.

»He, Dani«, sagte Lou d'Amalfi. »Kommst du Vito abholen?« Er sah Daniel freundlich an und ließ die Hand auf seinem Arm. »Schade, daß du nicht mehr spielst, du warst so ein guter Verteidiger!«

Wieder traf es Daniel, wie sehr alles, die Stimme, die

physische Erscheinung, das Temperament (fröhlich, laut – Italiener der dritten Generation, im Versicherungsgeschäft groß geworden, nicht sonderlich klug, immer in beruhigendem Maße frei von Selbstreflexion oder Hintergedanken), mit dem identisch war, was Vito verkörperte. Falls es überhaupt noch Unterschiede gab, würden die in weniger als zwanzig Jahren restlos verschwunden sein, so wie Vito jetzt schon rauchte und schrie. Mochte das an sich auch wenig schmeichelhaft sein, es beruhte auf einer Beziehung mit zäher Struktur, auf unverwüstlichen Banden des Blutes, des Samens, des Stolzes und der Treue.

Einen Moment lang hatte Daniel ein ganz flaues Gefühl im Magen.

Und genau das war der Moment.

Sie mußte schon vorher dagestanden haben, aber erst jetzt sah er, wer sie war, als stellten seine Augen ihr Bild mit Verzögerung scharf ein. Fünf Jahre war es her, daß er sie zum letztenmal gesehen hatte. Dana, Vitos kleine Schwester.

Er wußte von Vito, daß Dana einige Jahre bei ihrer Mutter in Deutschland gelebt hatte und erst vor kurzem nach Haarlem zurückgekehrt war – warum, hatte Vito nicht erzählt. Die großen Schleieraugen erkannte er wieder: die dichten, schwarzen Wimpern akzentuierten das Glitzern des Lichts in ihren Augen. Früher waren das die Augen eines etwas eigenartigen, irgendwie bedrohlichen Kindes gewesen, einer stillen, schlaksigen, geschlechtslosen Zehnjährigen, die praktisch nie zu Hause war. Das Mädchen war jetzt so vollkommen verschwunden, daß man meinen konnte, die Augen wären an einer anderen angebracht worden.

Die Veränderungen waren extrem und doch natürlich, und Dana schien diesen neuen Körper akzeptiert zu haben und zeigte ihn ganz selbstverständlich her. Wie makellose Apfelhälften lagen ihre Brüste hoch unter ihrem T-Shirt auf dem schlanken Torso, grausam vollkommen, wie in einer einzigen fließenden Bewegung modelliert. Ihre Hüften waren schmal und dennoch weiblich, und sie bewegte sie anders, lockerer als früher. Die Brüste (vollendet, nicht zuviel und nicht zuwenig), die Hüften, der herausfordernde Streifen nackter, straffer Bauch, die langen Beine – es war so überwältigend, daß es beinahe weh tat.

Daniel wurde sich erst nach einer Weile bewußt, daß er sie anstarrte. Sie steckte einen Schlüssel in ihre Tasche und nickte ihm zu, nicht unfreundlich. Sie kannte ihn noch! Sein Gedankenfluß stockte. Es spukten noch Reste von den Gefühlen in seinem Kopf herum, die er sich kurz zuvor zu verkneifen versucht hatte, doch sie hatten jetzt keinen klaren Inhalt mehr.

»Das ist aber verdammt lange her«, murmelte er an Lou gewandt, während er unauffällig seinen Arm zurückzuziehen versuchte. Er wußte eigentlich nicht, zu wem er das sagte, war es die Antwort auf eine Frage? Der Druck auf seine Schläfen verstärkte sich. Er blickte zu Boden, um das Gesicht von Vitos Vater nicht sehen zu müssen.

Dana tätschelte ihrem Vater mit einer für den Anlaß etwas übertrieben zärtlichen Geste die unrasierte Wange und schwang sich ihre Tasche über die Schulter. »Tschüs, Paps, ich bin heute nachmittag im Reitstall, komme gegen fünf nach Hause.« Sie winkte Daniel vage zu, ohne ihn anzusehen. »Ciao!! Bye Daniel! Kuß an Vito!«

Und schon war sie weg, während Lou und Daniel ihren ausholenden langen Beinen noch einen Moment hinterherstarrten.

»Na, dann geh ich jetzt Vito suchen«, sagte Daniel und konnte seinen Arm nun mit einem kleinen Ruck aus dem Griff des Vaters seines Freundes befreien, rasch, als fürchte er, den Eindruck erweckt zu haben, er wolle etwas stehlen, was ihm nicht gehörte.

Während er zu den Umkleideräumen lief, um Vito dort zu suchen, fühlte er Lous Hand auf seinem Arm brennen. Beunruhigt versuchte er sich die Momente zu vergegenwärtigen, in denen er sich sichtlich nicht im Griff gehabt hatte.

Vor ihr, ja. Vor Dana.

2

Daniel hatte keine große Ahnung von Mädchen. Allerdings hatte er in den vielen Jahren, die er mit seiner Mutter allein gewesen war, aus nächster Nähe beobachten können, wie sie ein junges Mädchen zu bleiben und mit Hilfe diverser Liebschaften ihre fertige Form zu finden versucht hatte. Ob er bei dieser Gralssuche gelegentlich ein Hindernis gewesen war, hatte er sich lieber nie gefragt.

Als Daniel zehn war, war Lola dem Mann begegnet, in dem sie offenbar das passende Modell und den nötigen Widerstand gefunden hatte: Maurice, einen ziemlich neurotischen, autoritären, aber geistreichen, wohlhabenden jüdischen Antiquitätenhändler, den sie geschickt und mitleidlos in den Wahn getrieben hatte, er könne sie vielleicht erobern, wenn er sich ganz viel Mühe gab. Was ihm gelungen war, das heißt, er hatte die erforderliche Mühe aufgebracht und infolgedessen seine Eroberung gemacht.

Daniel hatte anfangs keine sehr hohe Meinung von ihrer Ehe gehabt, zumal Lola auch noch gleich schwanger geworden war. Es war ihm unmöglich gewesen, nicht böse und nachtragend zu sein, und er hatte der Frau gegenüber, zu der seine Mutter wurde, totale Gleichgültigkeit vorzutäuschen versucht. Er vermißte die fröhliche mädchenhafte Mutter voller Pläne, die ihn zwar früher manchmal mit ihrer Inkonsequenz genervt, die ihn aber gebraucht und immer sehr ernst genommen hatte. Von ihr geliebt und gehätschelt, hatte er den Mann im Haus gespielt – Partner, bester Freund und Lieblingssohn in einem.

Nach ihrer Heirat tat Lola nichts mehr, ohne Maurice um Rat zu fragen, als hätten sich die Fragen in all den Jahren in ihr aufgetürmt. Sie verschwendete ihre gesamte Energie an Maurice' Angelegenheiten, seine Reisen, seinen Auktionsfrust, seine Ankäufe. Und sie tat alles, um ihm zu gefallen, mit ihren hohen Absätzen, ihren engen Hosen und tiefen Ausschnitten – die sie zwar auch früher schon getragen hatte, die aber nun um ein Vielfaches teurer waren.

Für Daniel waren die Jahre, in denen sie noch nach einem Halt gesucht hatte, rückblickend die besten Jahre gewesen, denn da hatte nur einer das Wesen seiner Mutter geformt: er, Daniel. Mit ihm zusammen war sie eine Art großes Kind gewesen, voller beruhigender Gegensätze, erdverhaftet und flüchtig, streng und übermütig, labil und eisern, verläßlich und unberechenbar.

Maurice machte sie unausstehlich erwachsen und dabei zugleich ängstlicher, besorgter und unselbständiger, als Daniel sie je erlebt hatte. Sie sei jetzt eine Dame mit Kicherherz, hatte er zu seinem Freund Eli gesagt. Und danach hatte er sich schuldig gefühlt.

Dann kam die Sache mit der Bar-Mizwa. Daniel war von Lola, die zwar mütterlicherseits Jüdin war, aber nur die allerwichtigsten Feiertage beging – weil's so gemütlich ist, hatte sie immer gesagt –, in Glaubensfragen wenig konsequent erzogen worden. Mit Maurice änderte sich das, und die beängstigende neue Ordnung wurde von Lola vorbehaltlos akzeptiert. Maurice ging mindestens zweimal im Monat in die Synagoge, und hin und wieder begleitete ihn Lola (»Aber du hast doch nie was damit am Hut gehabt!« hatte Daniel gebrüllt). Schlimmer noch: Daniel und Nonnie mußten mit.

Nonnie, seine kleine Halbschwester, war jetzt fast sechs, und er liebte sie. Doch seinem Empfinden nach bildete sie mit ihren Eltern eine andere Familie als er. Eine Zeitlang hatte er sich vergeblich bemüht, sich als alleinstehend zu betrachten, als freundlich geduldeten Untermieter.

Aber Maurice nahm seine Aufgabe als Familienoberhaupt sehr wörtlich. Er hatte immer gern einen Sohn haben wollen und duldete nicht, daß der Junge in seinem Haus, ein Jude wohlgemerkt, keine jüdische Erziehung bekam. Und so hatte er praktisch sofort damit begonnen, Daniel an den Glauben heranzuführen, indem er ihn hin und wieder mit in die Schul nahm und ihm ungefragt Dinge über die jüdische Geschichte erzählte.

Daniel hatte zunächst höflich zugehört. Einem Mann

wie Maurice widersetzte man sich nicht so leicht (auch weil es in seiner Welt undenkbar zu sein schien, daß man sich ihm widersetzte), und insgeheim und wider Willen hatte Daniel auch Zuneigung zu ihm gefaßt. Doch als Maurice eines Tages bei Tisch behauptete, daß Daniel *selbstverständlich* seine Bar-Mizwa machen würde, wurde es Daniel zu bunt.

»Ich bin nicht mal richtiger Jude, wie kann ich da die Bar-Mizwa machen?«

Maurice lachte: »Deine Mutter ist Jüdin, Daniel, dann bist du es doch auch!«

»Ich fühle mich nicht als Jude, ich war nie Jude, und wir hatten nie was damit am Hut, bevor du gekommen bist! Meine Mutter will gar nicht, daß ich die Bar-Mizwa mache!«

»Äh, Dani, vielleicht denke ich inzwischen anders darüber«, sagte Lola und sah Maurice dabei auf eine Art an, die Daniel nicht verstand. Mehr sagte sie nicht, als hindere sie irgend etwas daran, weiter darauf einzugehen.

Daniel nahm es verbittert zur Kenntnis, für ihn war das der wer weiß wievielte Beweis dafür, daß Maurice sie einer Gehirnwäsche unterzogen hatte.

»Was mischt sich der Heini überhaupt ein?« schrie er später Eli gegenüber und war selbst verblüfft über seine ausgewachsene Wut.

Maurice ging allen weiteren Gesprächen aus dem Weg und meldete Daniel einfach bei seiner Synagoge an.

»Ich geh da nicht hin!« brüllte Daniel am nächsten Samstag. Jetzt haßte er seine beiden Ernährer. Hassen zu können hatte durchaus etwas Befreiendes, stellte er fest. »Ich will samstags Fußball spielen! Und sonntags! Bei Punktspielen muß ich dabeisein!«

Und so tat sich erst einmal nichts, zumal es Lola auch nicht gelang, ihm auf überzeugende Weise böse zu sein. Daniel ging jeden Samstag mit seiner Fußballtasche aus dem Haus und kam erst spät wieder heim. Die Samstage waren Wettkampftage. Das zog sich fast über ein halbes Jahr hin, und in dieser Zeit entwickelte sich seine Haßliebe zum Vereinsfußball (dabei war er gar nicht mal schlecht). Es lag nicht nur daran, daß er einen immer größeren Widerwillen gegen den Wettkampfdruck, ja das Fußballspielen selbst entwickelte, sondern auch daran, daß ihn die Atmosphäre zu Hause mürbe machte. Denn Maurice und er redeten nicht mehr miteinander. Und Maurice und Lola bekamen sich dauernd in die Haare – was ihn weniger kaltließ, als er erwartet hätte. Er vermißte die Gespräche am Tisch und litt unter der angespannten Stille.

Eli hatte schon hundertmal gesagt, daß der Hebräisch-Unterricht gar nicht so übel sei und nette Leute mitmachten. Eli mußte auch die Bar-Mizwa machen, und ihm wäre nie der Gedanke gekommen, daß man das vielleicht nicht wollen könnte. Aber Daniel konnte nicht mehr von seinem einmal eingeschlagenen Weg abweichen – obwohl er gar nicht mehr so genau wußte, warum es denn partout *nicht* der jüdische sein sollte.

3

American Colony Hotel, Jerusalem, 3. April

Einen Summton im Ohr, erwachte Ester aus einem Fiebertraum. Die Übelkeit der Nacht schien sich aufgelöst zu haben, nur dieses Summen war geblieben. Oder hörte sie die Moschee? Sofort war sie hellwach, und das Wort *Anschlag* verschaffte sich rückwirkend Geltung. Erbarmungslos skandierte ihr Hirn, was wirklich und unwiderruflich geschehen war, und auch die Übelkeit stellte sich wieder ein.

Sie versuchte, telefonisch Verbindung zu Leuten von ihrer Konferenz aufzunehmen, doch offensichtlich wollte keiner an den Apparat gehen. Auf dem Weg zum Frühstücksraum – ihr tanzten schwarze Flecken vor den Augen, und sie fühlte sich so federleicht, daß sie ganz vorsichtig den Flur hinunterging – erkundigte sie sich an der Rezeption, ob es etwas Neues gebe, und man schien doch tatsächlich nicht zu wissen, wovon sie sprach. Da in dem Moment eine Gruppe aufgeregter Engländer auftauchte, die auf der Stelle auschecken wollten, räumte sie von sich aus das Feld.

Draußen schien die Sonne, und das Hotel war so lichtdurchflutet, daß es fast in den Augen weh tat. Das Frühstück war angerichtet, als wäre alles ganz normal. Um nicht die Gerüche auffangen zu müssen, bemühte sich Ester, nicht zu atmen, als sie an den braven, unwissenden Menschen vorübertaumelte, die an dem farbenprächtigen Büfett ihre Teller mit zivilisierten Mengen von diesem und jenem füllten. Mit abgewandtem Kopf, als handle es sich um etwas Gefährliches und Ansteckendes, schob sie sich an

Salaten, Brötchen, Obst, Joghurt und Hüttenkäse vorbei. Auch einen gigantischen Schinken hatte sie bemerkt, und daneben – ganz und gar unjüdisch – ein reichhaltiges Käseangebot. Mit leichtem Schaudern registrierte sie, wie die Hotelgäste freudig ihre Serviette auf den Knien ausbreiteten, um die Rituale des Luxus auszukosten: das Anschlagen eines weichgekochten Eis, das vorsichtige Abpellen der Schale am oberen Ende, das erste Löffelchen Weiß daraus, bestreut mit einer Prise Salz. Das Aufbrechen des knusprigen Brötchens, um das vorgeformte Stückchen Butter in dessen weiche Mitte zu streichen – und dann mit Appetit den Mund öffnen und hineinbeißen in dem Wissen, daß dies eine einmalige Gelegenheit ist, die zwar verdient ist, aber nicht so schnell wiederkommen wird.

All das undenkbar für Ester. Schreiend zu Boden sinken, um von einer Vater- oder Mutterfigur resolut aufgehoben und ins Bett gesteckt zu werden – das wünschte sie sich jetzt. Daß alles wieder gut wäre.

Sie bestellte Tee und forschte nach bekannten Gesichtern. Doch die gab es nicht. Dagegen sah sie sich plötzlich der Titelseite von *Haaretz* gegenüber, auf der eine blutüberströmte, nur noch halbwegs als Mensch zu erkennende Gestalt abgebildet war. Sie fühlte sofort, daß es ihr hochkam, und stürzte auch schon davon, um sich in der Geborgenheit ihres Zimmers übergeben zu können. »Emergency!« rief sie, der Form halber ihr Handy ans Ohr haltend, und rannte, wie eine übergeschnappte Königin mit der Hand wedelnd, an den Essenden, Obern, Pagen, Tabletts mit Orangensaft vorbei.

Am Empfangsschalter, an dem sie entlangmußte, stand

er und telefonierte. Ein bekannter, aber fremder Körper. Sie hörte nicht, was er sagte, flog nur so an ihm vorüber. Doch obwohl ihr der Magen schon hoch, sehr hoch unter der Brust hing und gegen ihre Kehle preßte wie ein Luftballon, der davonfliegen will, verspürte sie kurz den Drang, sich umzuschauen.

Sie stieß auf seinen Blick, ohne Erkennen darin und schon gar nicht persönlich. Er sah müde und grau aus. Ester bezweifelte plötzlich, daß er je in ihrem Zimmer gewesen war, daß sie einander je so angesehen hatten wie vor ein paar Stunden. Sein Blick wirkte unabsichtlich, als schiele er und schaue daher nur scheinbar zu ihr herüber.

»Hi«, sagte sie ernst und hob die Hand, immer noch wie im Flug.

Seine Hand ging beinahe mechanisch nach oben. Er nickte kurz und wandte sich dann ab, um weiterzutelefonieren. Zu Esters Übelkeit kamen nun heftige Bauchschmerzen. Und Wut senkte sich auf sie wie ein schwarzes Laken. Ein paar Schritte später kniete sie auf den Fliesen ihres Badezimmers vor der blauen WC-Schüssel und wartete auf die Erlösung von der Übelkeit.

Während ihr die Zähne klapperten und von Zeit zu Zeit sich ihr Geist zu trüben schien, als zögen graue Wolken darüber hinweg, sah sie auf einmal Lola vor sich, im Krankenhaus, vor siebzehn Jahren. Wie sie beide geschrien hatten, als sich Lolas Becken durch die Preßwehen zu etwas Mißgestaltetem in die Länge zu ziehen schien, zu einem haarigen Auswuchs monströsen Ausmaßes, der niemals so beabsichtigt gewesen sein konnte. Erst nachdem die Hebamme an der Deformation zu fingern begann und behutsam eine spaltartige Öffnung freilegte, wurde deutlich, daß dort das Köpfchen steckte, haarig und naß. Ganz kurz zog es sich noch einmal zurück, und alles schien wieder normal, hatte Ester, vor unwillkürlicher Erleichterung zitternd, gesehen, doch dann, als hätte es Mut gesammelt und legte jetzt seine ganze Kraft in einen weiteren Versuch, schob sich das Furchtbare, Beängstigende unter resoluter Mithilfe der Hebamme erbarmungslos durch Lolas elastisches Fleisch nach draußen. Unter lautem Brüllen, hatte es geschienen, als sei er brüllend zur Welt gekommen – aber das mußte eine Verzerrung der Realität sein.

Daniel, ungewolltes Kind.

Wie hatte sie geweint.

4

Bloemendaal, 6. Februar

Als Daniel am Dienstag nach ihrer ersten Begegnung morgens zur Tür herauskam, stand Dana vor ihrem Haus, Kopfhörer auf und fast unmerklich die Hüften zur Musik aus ihrem Walkman wiegend.

Im ersten Augenblick dachte er, sie sei seinetwegen da, und ihm setzte fast das Herz aus. Es folgte ein Moment der Versteinerung. Stumm starrten sie einander an, wie unzivilisierte Wesen aus der Vorzeit, die noch keinerlei Regeln menschlichen Umgangs kannten, böse vor Verlegenheit.

Dann fielen ihm Vitos Techniken ein, sich Respekt zu verschaffen, und er sagte laut: »Hee.«

Sie grüßte ihn mit einem ernsten Nicken, das er zunächst als Abfuhr auffaßte, das aber auch ein Zeichen sein konnte, daß sie seine Bemühungen um die Wiederaufnahme der üblichen Umgangsformen würdigte.

»Wartest du etwa auf mich?« fragte er, gröber als beabsichtigt.

Sie schüttelte den Kopf, mit hochgezogenen Augenbrauen. »Nicht, daß ich wüßte«, sagte sie.

Gleich darauf erschien das Nachbarmädchen, Kai. Dana schlang theatralisch den Arm um sie und begann ihr eine lange Geschichte ins Ohr zu flüstern. Es ging dabei offensichtlich nicht um ihn, das sah er. Dana schaute mit leerem Blick in seine Richtung, scheinbar so konzentriert auf das, was sie gerade besprach, daß ihr sogar entging, was ihre Augen sahen.

Er blieb stehen, wartete höflich, als wären sie verabredet gewesen und er müßte ihr noch etwas Wichtiges sagen. Er forschte nach etwas Aufgesetztem in ihrem Verhalten, das mit ihm zu tun haben könnte.

»Müßt ihr auch zur Schule?« fragte er. Die Mädchen sahen einander an und kicherten. »Ja-ha!« sangen sie gleichzeitig.

»Dann laßt uns doch zusammen fahren.«

Das klang weitaus selbstbewußter, als er sich fühlte. Nur der Gedanke, daß sich Dana vielleicht vor ihm aufgespielt hatte, gab ihm den Mut dazu. Zu seiner Überraschung willigten die beiden ein, und als sei jetzt keine Sekunde mehr zu verlieren, stiegen sie alle gleichzeitig auf ihre Räder. Die Einträchtigkeit der Bewegung verschlug ihm den Atem. Noch bevor er neuen Mut gesammelt hatte, um irgendeine

Frage zu stellen oder sich nach ihrer ersten Stunde zu erkundigen, fuhren sie schon vor ihm her die Bakkerlaan hinunter. Und es war ohnehin viel zuviel Verkehr auf der schmalen Straße, um sich unterhalten zu können.

Eigentlich war es ihm gar nicht unangenehm, daß er schweigen konnte. Jetzt, da er ihre Augen nicht mehr sah, sondern nur ihre halblangen, glatten dunklen Haare mit der blondierten Strähne, ihren biegsamen Rücken, die leichte Rundung ihrer schmalen Hüften und ihren Hintern, der unter ihrem Gewicht auf dem Sattel federte, waren seine Gedanken schon bald derart abgelenkt und erhitzt, daß ihm der Mund trocken wurde und er schlucken mußte. Sie überquerten die Bahnlinie und bogen nach rechts ab, auf den Radweg entlang dem Kanal. Normalerweise haßte er diese Route, weil sie so eintönig war, aber diesmal empfand er die Aussicht darauf, immer nur geradeaus hinter ihr herfahren zu können, als geradezu himmlisch. In seiner Vorstellung fühlte er kurz die Berührung ihres Mundes und fing einen süßen Duft auf, bevor er sie an sich drückte.

5

An den folgenden Morgen dieser Woche sorgte Daniel dafür, daß er immer zufällig an seinem Fahrrad herumfummelte, wenn Dana kam, so daß sie zusammen auf Kai warten konnten, die immer zu spät dran war.

So standen sie denn zusammen da. Er lachte sie an, und sie lauschte ihrem Walkman. Einmal war sie gestreßt (sie achtete als einzige auf die Zeit), und einmal hatte sie ihm auch ein beiläufiges einvernehmliches Grinsen zugeworfen (kannten sie einander nicht schon seit Jahren?), aber sprechen tat sie nicht (wegen des Walkmans).

Diese Morgen waren zugleich Höhe- wie Tiefpunkte. Oft konnte Daniel seine Muskeln nicht mehr in Gang bekommen, wenn er schon so früh am Tag übermannt wurde von ihrem Augenaufschlag, ihrem körperlich-aromatischen Geruch, der sinnlichen und verführerischen Art, wie sie sich manchmal die Kopfhörer von den Ohren weghielt, oder der Anziehungskraft ihrer Hüften, die ihn erschauern ließ, Hüften, die permanent von Musik gesteuert zu sein schienen, während Dana, wartend auf dem Sattel zurückgelehnt, ihr Fahrrad im Takt hin- und herbewegte.

Sie war in diesen Momenten ganz geballte Fruchtbarkeit und Lebenskraft, eine Knospe kurz vor dem Aufbrechen – und dann diese tiefe, rauchige Stimme!

Einmal rief sie ihm *»Hee, Danielboy!«* zu. Wahrscheinlich in einer Pause zwischen zwei Stücken auf ihrer CD. Es klang viel zu jovial für ihren Umgang miteinander und dementsprechend unwirklich und unglaubwürdig. Trotzdem dröhnte das *Danielboy* einige Tage lang durch seinen Kopf. Es war, als spürte er zum erstenmal, daß er existierte – weil sie ihn sah, er war *Danielboy*, plötzlich ein Individuum mit Daseinsberechtigung.

Wie konnte er *Danielboy* bleiben?

Die Devise lautete, entspannt zu bleiben, auch wenn sie ihn total ignorierte.

»Hee, Daantje!«

Die Verniedlichung war ein Kraftakt.

»Gut drauf heute?«

Kleines Nicken. Schweigen. Noch tieferes Schweigen.

Die Begrüßung und das Lächeln verloren in dieser einen Woche dramatisch an Gehalt. Schon nach wenigen Tagen war ihre Bedeutung verschlissen, und sie wirkten forciert und hohl – ein vages Überbleibsel einer vielversprechenden ersten Begegnung nach fünf Jahren. Und obwohl sie die ganze Woche lang jeden Morgen zu dritt zur Schule radelten, war keinerlei Fortschritt zu verzeichnen. Daniel begann sich zu fragen, ob sie wohl auf ihn warten würden, wenn er einmal nicht dastand. Immer stärker empfand er die Umstände als Einschränkungen. Er wollte mehr, unendlich viel mehr, und wußte nicht, wie.

In der darauffolgenden Woche ließ er sich morgens nicht mehr blicken. Er fand, daß nach so viel Treue seinerseits jetzt Unkalkulierbarkeit angezeigt war.

6

American Colony Hotel, Jerusalem, 3. April

Während sich Esters Körper entleerte, tropften ihr Tränen aus den Augen. Im Badezimmer schien die Klimaanlage nicht zu funktionieren, und es war schon jetzt, am frühen Morgen, erstickend heiß. Mit jedem Würgen wurde sie schlapper und schwächer. Sie bedachte, daß sie auf diese Weise bewußtlos werden könnte, und dabei mischte sich Angst mit einer seltsam süßen Lust.

Immer wieder blitzten Bilder in ihrem Kopf auf, zwanghaft wie ein visualisierter *Beat*: die Verwüstungen an den unschuldigen Körpern all der Leute, die sie erst vor kurzem kennengelernt hatte. An alten, verletzlichen Leibern von Überlebenden, die die Vorsehung durch den langen Krieg geschleppt hatte. An den tadellos gekleideten Körpern und frisierten Köpfen der flotten Organisatorinnen, scheinbar so gut verpackt in ihrem soliden Damenstoff. Oder denen des Schriftstellers und seiner Freunde... dieser im nachhinein so unschuldig interessierten Freunde! An lebendigen Menschen mit Gedanken, Späßchen, kleinen Freuden, der Erwartung eines folgenden Tages, einer folgenden Woche, folgender Monate und Jahre, Träumen. Wie mochte es Ruth gehen? Ester hatte noch ihre selbstbewußten Stimmen im Ohr, aber letztlich bestanden sie aus nichts als weicher, verletzlicher menschlicher Materie, genau wie sie selbst.

Erstes Gebot im menschlichen Umgang war die Achtung der körperlichen Unversehrtheit des anderen. Dieses zarte vitale Gewebe war nun mal allzuleicht zerstörbar. Es war zum Verrücktwerden, wenn man über die hilflose irdische Verletzbarkeit menschlicher Körper nachdachte. Wenn man mit anderen Menschen umging, abstrahierte man von ihrem Körper: Das war höflich. Gewalt war äußerste Unhöflichkeit. Gewalt scherte sich nicht um Abstrahierungen und Gebote des menschlichen Umgangs. Bei Gewalt hörte die Kultur auf.

Beschämt wurde sie sich ihres eigenen Körpers bewußt, der sich gestern abend so lebendig angefühlt hatte, so viel lebendiger denn je, sogar noch, als sie plötzlich so krank wurde.

Das Läuten hörte sie beim wer weiß wievielten Würgen,

aber es gelang ihr nicht, sich zu erheben. Sie schrie irgend etwas. Es blieb einen Augenblick still, dann wurde abermals geläutet, offenbar jemand von der hartnäckigen Sorte. Schlapp und zitternd raffte sie sich auf, schlug sich im Zimmer die Bettdecke um und taperte zur Tür. Durch den kleinstmöglichen Spalt raunzte sie: »Ja?«

Als sie sah, wer es war, drückte sie die Tür panisch wieder zu, bevor er etwas von ihrem deplorablen Zustand hätte mitbekommen können. Sie keuchte. Die Stirn auf den erhobenen Unterarmen, blieb sie einige Sekunden an die Wand gelehnt stehen, bis sie bemerkte, daß auch ihre Eingeweide durch den Schock verstummt zu sein schienen. Aber als sie Tür erneut öffnete – Haare gekämmt, Badezimmertür geschlossen –, war keiner mehr da.

7

Später an diesem Tag ließ Ester einen Arzt kommen, einen kleinen, rothaarigen Mann, der sachlich, ja beinahe schon unbeteiligt ihren entblößten Bauch abtastete und horchte, welche Geräusche ihre Eingeweide von sich gaben. Mit geradezu unverschämter Hast forderte er sie dann auf, sich auf den Bauch zu drehen, damit er mit einem Stethoskop ihren Rücken abhorchen konnte.

Waren denn alle hier so gehetzt?

Zum Schluß schüttelte er den Kopf und stellte rasch ein Rezept aus, auf arabisch. »Ich rate Ihnen, die nächsten zwei Tage im Bett zu bleiben. Und viel trinken! Es ist kein Infekt, sondern ein Virus, das hartnäckig sein kann. Diese

Tabletten müssen Sie zweimal täglich einnehmen. Haben Sie verstanden? Sind Sie allein?«

Es entging ihr nicht, daß ein gewisses Interesse in seinen Wüstenaugen aufblitzte, während er sie ungeduldig musterte.

»Äh, ja, allein.«

»Irgendwer muß die Tabletten für Sie holen. Bitten Sie jemanden vom Hotel«, bellte er.

Für seine Leistungen mußte sie ihm eine beträchtliche Summe hinblättern. Danach war er plötzlich wundersam entspannt. Er legte Brille und Stethoskop ab und begann ihr Fragen zu stellen – als wäre seine Doktorrolle nur Teil einer Theateraufführung gewesen, die möglichst schnell über die Bühne gebracht zu werden hatte. Was sie hier mache, wollte er wissen, und wozu und mit wem? Er war wieder ein Mann, ein Araber.

Es klopfte an der Tür.

Die Hast war sofort zurück. Abrupt griff der Arzt zu seiner Tasche und blaffte, ohne sie anzusehen, einen kurzen Gruß. Sie erhob sich, um die Tür zu öffnen.

Es war Raphael.

Der Arzt suchte ihren Blick.

»Alles unter Kontrolle!« sagte sie und konnte nur mit Mühe ihre Freude kaschieren.

Er nickte nur. Seine Tasche schwang noch kurz vor der Tür hin und her, dann war er nicht mehr zu sehen.

Regungslos stand Ester da.

»Wer war das?« fragte Raphael so beiläufig, als würden sie einander täglich sprechen.

»Ein Arzt. Ich bin heute nacht mit einem Mal ziemlich

krank geworden.« Sie starrten einander an, doch dann zitterten Ester so sehr die Beine, daß sie nicht mehr stehen konnte. In ihre Bettdecke gehüllt, ließ sie sich auf den Boden sinken.

Es wurde still.

Er setzte sich neben sie.

Sie berührten einander nicht.

8

Westjordanland, 3. April 2001

Aischa Hammami hatte an diesem Morgen von ihren Nachbarn, mit denen sie sich ein Scherut zum Checkpoint geteilt hatte, von dem Anschlag gehört. Aber erst abends auf dem Heimweg hörte sie Ibrahims Namen. Er war in ein Restaurant hineingelaufen und hatte zwei Menschen mit sich in den Tod gesprengt. Darüber hinaus gab es noch zwanzig Verletzte.

Ibrahim war einer aus der Gruppe der Steinewerfer, zu der sie früher, während des ersten Aufstands, gehört hatte. Sie erinnerte sich noch genau, wie er ausgesehen hatte: klein, schwarze Schäfchenlocken, sanftes Gesicht. Er rieb sich immer über das rechte Ohr, wenn er ängstlich oder nervös war, und das war damals häufig der Fall gewesen.

Sie wußte, daß Ibrahim aus einer religiöseren Familie kam als der Rest von ihnen, aber daß er Ambitionen in diese Richtung gehabt hatte, war ihr entgangen. Sie hatte ihn aber auch schon sehr lange nicht mehr gesehen, seit sie vierzehn war oder so. Die Nachricht erschreckte sie und riß alte Wunden auf. Ibrahim war dabeigewesen, als sie damals mit ihrem Stein einen jungen jüdischen Soldaten ins Auge getroffen hatte. Sie hatten den Mann zusammenbrechen sehen und sein Geschrei gehört, regungslos, ohne daß sie sich anzusehen wagten. Gleich darauf waren sie völlig unvorbereitet, denn sie hatten nicht damit gerechnet, daß die Juden sie so schnell finden würden, in ihrem Versteck verhaftet und unsanft in einen Jeep gestoßen worden. Einen vollen Tag hatten sie jeder in einer Zelle verbracht, ohne daß sie einander sehen durften. Ibrahim hatte Angst gehabt, wußte sie noch, schon im Jeep, der sie zum Russian Compound in Westjerusalem brachte, wo sie verhört werden sollten, hatte er geweint und gebibbert. Sie selbst hatte sich anfangs auch gefürchtet, aber seine Angst hatte ihr geholfen, Würde zu bewahren. Später hatte sie ihm schwören müssen, niemandem zu erzählen, daß er solche Angst gehabt hatte.

Und Ibrahim hatte sich in die Luft gesprengt... Sie hatte im Sammeltaxi kein Wort gesagt und beim Aussteigen sogar vergessen, sich von den anderen Fahrgästen zu verabschieden. Während sie vor dem Checkpoint wartete, warf sie sich, verwirrt, wie sie war, vor, daß trotz all ihrer Bemühungen und Anstrengungen doch irgend etwas in ihr einschlief. Sie war in letzter Zeit nur mit sich beschäftigt gewesen. Ibrahim war in ihrem Alter.

Der Soldat, der ihren Ausweis kontrollierte, ein Unbekannter, sah sie kurz forschend an. Herausfordernd schaute sie zurück. Zu spät wurde ihr bewußt, daß sie den widerlichen Lippenstift noch trug, mit dem ihre beiden Nichten sie an diesem Nachmittag geschminkt hatten. Sie hatten Verkleiden gespielt. Ihre Nichten waren sechs und ganz vernarrt in sie.

Sonst trug Aischa natürlich nie Lippenstift, höchstens zu ganz besonderen Anlässen. Ihr Äußeres war eher jungenhaft, ihr Gesicht kräftig, mit schwarzen Augen, hoher Stirn und kleiner Nase. Sofort wischte sie sich mit dem Handrücken den Mund ab. Sie sah den Soldaten nochmals an, aber er war schon mit jemand anderem beschäftigt.

Aischa hatte sich in letzter Zeit ohnehin schon zu nichts nütze gefühlt, aber jetzt fühlte sie sich lustloser und unnützer als je zuvor, während sie den steinigen, unebenen Pfad hinauf nach Hause trottete. Wie immer graute ihr davor, nach Hause zu kommen. Unter sich sah sie in der Ferne den Checkpoint. Eine lange, trostlose Menschenreihe schob sich auf der aufgebrochenen Straße davor langsam dem Wachtposten entgegen, in dessen unmittelbarer Nähe verhaßte Armeelaster quer auf der Straße standen, unüberwindlich, beleidigend. Selbst aus dieser Entfernung konnte Aischa, wenn sie genau hinsah, die Gewehrläufe aus den Wagenfenstern ragen sehen, und auf einmal wünschte sie, sie wäre noch zwölf, ihr Vater lebte noch und die Welt wäre noch spannend – das heißt: in der Lage, sich zum Guten zu verändern.

Alles veränderte sich nur zum Schlechten. Manchmal wußte sie nicht mehr, wie es weitergehen sollte. Sie arbeitete ehrenamtlich, mußte sich ihre Arbeit im Grunde jeden Tag wieder neu ausdenken. Schon seit einigen Jahren bemühte sie sich, Märtyrerwitwen durch Gespräche über ihre Wut und ihren Kummer hinwegzuhelfen. Auch kümmerte sie sich oft um Frauen, die im Kampf gegen die Juden Kinder verloren hatten. Nicht, daß sie gewußt hätte, was sie ihnen sagen sollte – sie ließ sie einfach erzählen, weinen, manchmal schreien. Sie hielt es für sinnvoll, möglichst viel über die Verbrechen der Juden zu wissen. Wenn es sie bis dato auch noch nicht viel weitergebracht hatte.

Wenn man es genau betrachtete, versackte ihr Leben allmählich einfach. Sie verdiente nichts, weil es kaum bezahlte Arbeit für sie gab. Sie hatte keinen Mann (nicht, daß sie einen gewollte hätte, nein, gräßlich!), mit dem sie wenigstens woanders hätte wohnen können. Ihre Familie hatte kein Interesse an ihr, war aber immer ängstlich und aggressiv wegen nichts und wieder nichts. Ihre Freundinnen waren allesamt verheiratet, und ihre männlichen Freunde, die Freunde aus dem Widerstand, verdienten sich ihr Geld mit irgendwelchen dubiosen Arbeiten, manche sogar für die Juden, oder waren Vollzeitaktivisten und nur noch mit der Beschaffung von Waffen beschäftigt. Nein, das war auch nichts für sie.

Sie gehörte zu allen und niemandem.

Ibrahims Tod schockte sie mehr als das Sterben anderer Märtyrer, das sie in letzter Zeit öffentlich so laut beklagt hatte. Es mußte schon sehr schlecht stehen, wenn er, der sanftmütigste der Jungen von damals, es für nötig gehalten hatte, sein Leben zu opfern. Und je mehr sie sich das bewußtmachte, desto schlimmer fand sie es. Sie entschied, daß es ihrem Haß zu lange an seiner früheren Intensität gefehlt hatte, und ließ, als sie oben beim Haus angelangt war, die ganze Unlust, die sie unterwegs registriert hatte, mit einem Mal fahren. Plötzlich wußte sie wieder, wie sich Haß anzufühlen hatte. Und die Hoffnung, daß diese geballte Wut etwas bewirken könnte, gab ihr neue Energie.

Für Ibrahim war jetzt wohl alles vorüber, für ihn hatte etwas anderes begonnen, und er hatte etwas erreicht. Sei es auch nur, daß man von ihm sprach, daß man seinen Tod beklagte und beweinte, daß alle wieder wußten, warum sie kämpfen mußten. Er sei ein Held, hatten sie im Scherut gesagt, er habe gesagt, daß er es tun wolle, und er habe es getan: Er sei ein Held.

Daß er jetzt tot war... das hatte etwas Unvorstellbares, da ging es um höllische Regionen, über die sie lieber nicht zu sehr nachdachte. Aber es bewies, daß Ernst gefragt war und daß es kein Zurück gab. Das hier ist kein Leben, sagte sich Aischa. Das hier ist Gefangenschaft, das ist ein Alptraum ohne Ende. Vielleicht mußte man ja sogar nur an das Schlimmste denken, um dieses Dasein verändern zu können. Der Feind mußte bekämpft, die Zähne gezeigt, die Fäuste geballt werden. Allah brauchte Aischa dafür nicht einmal.

9

Seit der ersten Intifada 1987 hatte Aischa ihre Freunde von der Straße, wie sie sie nannte, nie ganz aus den Augen verloren.

Elf Jahre alt war sie gewesen, als sie in ihre Mitte aufgenommen wurde, und fast fünfzehn, als ihre Gruppe mit dem Ende des ersten Aufstands auseinanderzufallen begann. Aischa, das jungenhafteste Mädchen ihres Dorfes, war damals bekannt gewesen wie ein bunter Hund. Was nicht schwer gewesen war, denn es hatte kaum andere Mädchen gegeben, die den Mut hatten zu tun, was sie tat.

Aischa war damals oft zum Russian Compound abgeführt worden. Dort verhörten die Juden die jungen Steinewerfer, schlugen sie und sperrten sie manchmal sogar für einen Tag ein, wie das eine Mal mit Ibrahim. Aischa wurde dort berüchtigt, weil sie als einziges Mädchen so oft dort landete und als einziges Mädchen so frech zu sein wagte, ohne sich um die Konsequenzen zu scheren. Wohl weil es immer den Anschein hatte, als könne ihr nichts angst machen, haßten die Juden sie denn auch ganz besonders. Davon war sie fest überzeugt.

Seit sie zum erstenmal in einer Einzelzelle eingesperrt gewesen war, und erst recht seit sie immer mal wieder von ihrem Bruder Tarik verprügelt wurde, war auch das letzte bißchen Angst, das sie noch gehabt hatte, verschwunden, und sie war mehr denn je zu der Überzeugung gelangt, daß sie eine einsame Mission zu erfüllen hatte. Seltsamerweise war es ihr beinahe eine Genugtuung, geschlagen zu werden, und sogar die Schikanen der Juden im Compound betrachtete sie als eine Art Prüfung, die sie mit gutem Ergebnis zu absolvieren hatte. Am liebsten hätte sie allen ins Gesicht gespuckt.

In Ramallah hatten die meisten gewußt, was Aischa alles tat und sich traute. Als sie an der Bir-Zeit-Universität Psychologie studiert hatte, waren sogar manchmal Leute zu ihr gekommen, die von ihr hatten reden hören. Aischa hatte das genossen. Sie unterhielt sich oft mit Leuten, auch spontan, auf der Straße und in Geschäften, und sammelte ständig Geschichten und Beweise. Das alles schrieb sie auf. Für Tarik, dachte sie, den Mistkerl, aber auch für den kleinen Nadar. Es half, die Wut in ihrem Herzen zu nähren. Die Wut war für Aischa beinahe zu einer Sprache geworden, zu einer Sprache für ihre Freundschaften mit Männern, die eigenartigerweise auch half, sie vor den Bösewichten unter ihnen zu schützen.

Eine solche Wut zu hegen war nicht schwer, wenn man sah, wie alles immer mehr verkam, aber Aischa hatte schon, wie auch jetzt wieder, gemerkt, wie leicht man nachließ, wie man sich an alles gewöhnte, wie man sich, wenn man nicht aufpaßte, der Langeweile und dem Alltagstrott ergab und Trost in dummem Geschwätz mit Leidensgenossen suchte.

Fast alle ihre Freundinnen schienen ungeachtet ihres notorischen Gejammers insgeheim durchaus mit ihrem neuen Status als Ehefrau und Mutter und ihrer gefestigten Position innerhalb der Familie und des Dorfes, in dem sie wohnten, zufrieden zu sein. Bei ihren früheren Schulfreundinnen war die Wut eher zur Gewohnheit, zum Automatismus geworden und war nicht mehr Überzeugung wie bei ihr. Aber Aischa war sich auch bewußt, daß sie eine Sonderstellung einnahm – und das beschämte sie. Weil sie aus Jerusalem kamen, verfügten die Mitglieder ihrer Familie über die heißbegehrten israelischen Ausweise. Bis auf die Ausgangssperren in der allerschlimmsten Zeit nach der ersten Intifada hatten sie daher auch relativ wenig unter den Sicherheitsmaßnahmen der Juden zu leiden gehabt, die dazu führten, daß so viele andere endlos lange an den Checkpoints warten mußten. Seit 1993 garantierten die Ausweise ihnen eine relativ schnelle Abfertigung, wenn die Warterei auch nach wie vor ärgerlich blieb. Auch war ihr Haus geräumiger als die Häuser der meisten anderen. Ihr Vater stammte aus einer ursprünglich nicht unbegüterten Familie. Seit nur noch Tarik und ihr Onkel etwas verdienten, war allerdings nicht mehr viel Geld geblieben.

Doch egal wie, wer nach Unrecht und Terror suchte, brauchte in diesem Teil der Welt nicht lange zu suchen.

10

Haarlem, 16. Februar

An einem grauen Morgen am Ende der zweiten Woche nach ihrem Kennenlernen (der Woche, in der er den Unkalkulierbaren gespielt hatte) plagte Daniel auf dem Weg zur Schule eine ungewöhnliche Unruhe. Mit der bevorstehenden mündlichen Geschichtsprüfung hatte sie ganz sicher nichts zu tun. In Geschichte hatte Daniel noch nie eine schlechtere Note bekommen als eine Neun plus, nicht einmal, als er die zweite Klasse der weiterführenden Schule übersprungen hatte, und wenn es nach ihm ging, würde sich daran auch nichts ändern.

Leicht und federnd waren seine Schritte, als er an Klassenräumen vorbeiging, in denen er nichts zu suchen hatte. Auf die Gunst des Zufalls hoffend, spähte er, ohne daß man es Suchen hätte nennen können. Dabei entging ihm freilich niemand. Nachdem er alle Klassenräume durchhatte, einen flüchtigen Blick in die Aula geworfen und auch die Toiletten (die für die Jungen und die für die Mädchen) im Vorübergehen kontrolliert hatte, blieb nur noch die Turnhalle. Wenn er auch dort noch nachschaute, würde er mit Sicherheit zu spät zu seiner Prüfung kommen. Er ging das Risiko ein.

Die Tür stand ein wenig offen. Er holte tief Luft und schaute hinein. Trotz allem erstaunte ihn, was er sah – als würde nun der überraschende Beweis dafür geliefert, daß man das Schicksal steuern konnte, wenn man nur wollte.

Es war ihre Klasse.

Schlösser sprangen auf. Der Himmel wurde azurblau, der Wind legte sich, Geigen setzten ein. Aber mit dem Erkennen dauerte es trotzdem noch ein Weilchen. Er hatte sie zwar im Prinzip gefunden, doch sehen konnte er sie unter all den anderen Mädchen, die auf Stufenbarren und Matte turnten, nicht sofort. Wie von selbst wanderte sein Blick nach oben, und da sah er sie an den Ringen hängen, minutenlang, wie es schien, unter dem Dachfirst der Turnhalle gefangen, bevor sie zurück- und an ihm vorbeischwang.

Sie sah ihn an, die Arme mächtig durch ihr Vermögen, sie hier so fliegen zu lassen, doch zugleich wie Zangen, die ihr Gesicht zu einer Maske des Triumphs und der Anstrengung zusammenpreßten.

Er faßte es als ein gutes Zeichen auf – sie flog zu ihm hin, weil sie nicht anders konnte. Es war keine Zeit für eine Geste oder auch nur einen Blick. Ihre Augen waren offen, als sie an ihm vorüberflog, das war alles.

Danach wollte er eigentlich wieder gehen. Doch dann hätte er verpaßt, wie sie am Ende dieses Flugs beide Beine in die Luft warf. Sie schwang sie in die Höhe und von dort, aus ihrer Mitte heraus, nach hinten, worauf sie erneut an ihm vorbeiflog. Jetzt schien sie ihn schon zu sehen, während sie mit weit aufgerissenen Augen über den Boden hinweg in die Höhe flog, dem Schwung der Taue nach.

Ihre völlige Nichtigkeit, wie sie hier so an den Ringen hing, klein und dienstbar, mächtig und souverän, aber doch gehorsam, mit nichts anderem beschäftigt als alle anderen Mädchen in dieser Stunde, überraschte ihn. Er hatte sie als Schülerin ertappt, nicht mehr und nicht weniger als alle anderen hier, einschließlich seiner selbst. Es hatte etwas Beruhigendes, daß sie sich auf gleicher Ebene bewegten.

Er spürte, daß seine Hände feucht waren.

Auf Zehenspitzen verließ er die Turnhalle.

An diesem Morgen bekam Daniel eine Neun plus für seine Prüfung in Frühgeschichte.

11

American Colony Hotel, Jerusalem, 3. April, später

Raf hatte die Geschichte erzählt, als läse er eine Zeitungsnachricht vor, leise und monoton. »Erinnerst du dich noch, daß London anrief?« fing er an.

Anderthalb Stunden nach dem Anschlag war einem seiner Kollegen plötzlich eingefallen, daß Raphael ja an diesem Abend zu einem Meeting in genau das Restaurant in Jerusalem hatte gehen wollen, das nun in den Nachrichten war: *Luce*. Und da hatte man ihn natürlich gleich angerufen, um sich zu erkundigen, ob er okay sei. Die Bombe mußte schon fünf Minuten nach ihrem Weggang hochgegangen sein, hatte Raf nachgerechnet. Ester zuckte zusammen. Anderthalb Stunden, so kurz hatte ihr Abenteuer also nur gedauert!

Raf sah sie nicht an, während er sprach. Sie bekam Details zu hören, von denen sie lieber nichts gewußt hätte – wieviel Blut er gesehen hatte, daß die Männer von »Zaka« (der israelischen Rettungsorganisation, die nach Anschlägen immer sofort an Ort und Stelle war) noch alle Hände voll zu tun gehabt hatten, als er eintraf...

Er hatte erzählt, sie hatte zugehört, und danach hatten sie schweigend auf ihrer Bettdecke am Boden gehockt. Für einen kurzen Moment hatte das durchaus etwas von Zusammengehörigkeit gehabt, ja sogar etwas Tröstliches, doch das war für Ester schnell vorbei gewesen. Sie empfand ihr Dasitzen als lahm, ohnmächtig, jämmerlich. Es war schön, wenn man aus Hilflosigkeit und Pietät gegenüber dem Unglück anderer schwieg, doch jetzt hatte mehr zu geschehen. Schweigen war zu diesem Zeitpunkt nicht die passende Sprache.

Sogar unter den extremsten Umständen wird noch Theater gespielt, hatte Ester gedacht. Dieses Schweigen jetzt, das war Theater. Und sie schämte sich dafür.

Sie merkte, daß sie Raphael nicht ansehen konnte. Da war irgend etwas – vielleicht ging das Theater ja von ihm aus.

»Wie geht es dir?« fragte sie und spürte, daß ihr in der warmen Hotelzimmerluft der Schweiß aufs Gesicht trat.

Er antwortete nicht.

Nicht das machte sie traurig und zugleich böse, sondern daß sie nun gezwungen war, ihr vorheriges Spiel aufzugeben und so zu tun, als hätten sie etwas Wahrhaftiges gemein, etwas, was mit dem wirklichen Leben zu tun hatte.

Sein Gesicht sah schmutzig, schwarz und fremd aus, und er sah sie nicht an.

Schließlich hatten sie sich aufgerappelt, mit gesenkten Köpfen. Fast so, als seien wir gemeinsam schuldig, war es Ester durch den Sinn gefahren.

Sie hatte ihn an die Tür begleitet. Er hatte nicht noch herumgedruckst, sondern ihr seine Visitenkarte gegeben.

»Ruf mich an«, hatte er gesagt. »Ich bleibe in Israel.«

»Ich nicht«, hatte sie geantwortet.

»Ja«, hatte er gesagt.

Es hatte kurz so ausgesehen, als wolle er noch etwas sagen, doch dann hatte er sich umgedreht – rasch, als wolle er sie auf der Stelle vergessen –, und die Tür war ins Schloß gefallen.

Ester hatte gewartet, bis seine Schritte verhallt waren, und hatte sich ins Bett gelegt. Von Alpträumen geplagt, schlief sie in dieser Nacht kaum. Gleich beim Aufstehen mußte sie weinen – eine verspätete Reaktion auf das, was ihr nicht zugestoßen war.

12

Westjordanland

Wenn Aischa irgendwo hinwollte, erzählte sie ihrer Mutter immer, sie ginge ins UNWRA-Waisenhaus. Dagegen konnte ihre Mutter nur schwer etwas einwenden. Aischa wußte nicht, ob ihre Familie von den Beisetzungen wußte. Auf jeden Fall erzählte sie zu Hause nichts mehr davon, seit Tarik sie einmal so verprügelt hatte, daß sie den Arm gebrochen und ein blaues Auge hatte, und ihr den Ausweis weggenommen hatte, so daß sie eine Woche lang nirgendwo hinkonnte.

Sie wußte noch genau, wie das damals abgelaufen war. Stolz und aufgeregt hatte sie ihrer Mutter erzählt, daß sie das verzerrte Gesicht des Märtyrers gesehen habe, weil das Tuch runtergerutscht sei, und daß ihm ein Ohr gefehlt habe und er blutüberströmt gewesen sei. Sie hatte nicht gewußt, daß Tarik mithörte.

»Bist du denn verrückt geworden, du dumme Gans, es ist lebensgefährlich, da hinzugehen!« hatte er sie später angefahren, als die übrige Familie weg war. Und dann hatte er ausgeholt. Mehr als eine Woche lang war sie mit blauem Auge herumgelaufen, und ihre Nase war zwei Tage lang so stark geschwollen gewesen, daß sie sich nicht aus dem Haus getraut hatte. Bis sie ihren Arm wieder benutzen konnte, vergingen zwei Monate.

Aischa war überzeugt, daß Tarik durch sie immer wieder auf etwas gestoßen wurde, worin er versagte. Immer wieder störte sie seine Gemütsruhe – und dann schlug er sie, bis sie ihm entwischen konnte, falls sie nicht schon zu schlimm zugerichtet war. Immer das gleiche Spiel.

Manchmal entlud sich seine blinde Wut auf sie, wenn sie gerade zur Tür hinauswollte – egal, wohin sie angeblich gehen wollte. Er mißtraute nun einmal allem, was sie tat und sagte. Wenn sie sich aber nach viel Geschrei und Gerangel und manchmal gehörigen Schlägen endlich losreißen konnte und zur Tür hinausstürmte, setzte er ihr nur selten nach. Es war, als werde sie vorübergehend abstrakt für ihn, wenn er sie verprügelt hatte, als sei seine Wut abreagiert und seine Aufgabe für ihn erledigt. Abends ignorierte er sie dann, und erst am nächsten Tag mußte sie wieder mit möglichen inquisitorischen Exerzitien rechnen.

Dennoch hatte sich selbst Tarik, sei es auch zähneknirschend, daran gewöhnt, daß Aischa jeden Morgen allein nach Ramallah fuhr. Wenn er Arbeit hatte, mußte auch er schon früh aus dem Haus, und dann schluckte er ihre Erfindungen meist.

Von Ibrahims Beisetzung morgen hatte sie natürlich nichts erzählt. Sie konnte mit jemandem mitfahren, von Ebbas Gemüseladen in der Hauptstraße aus, wenige Gehminuten von zu Hause entfernt.

13

4. April

Ununterbrochen waren Esters Tränen weitergeströmt, beim Kofferpacken, im Taxi zum Flughafen, ja sogar, als die jungen Frauen vom Sicherheitspersonal ihren Koffer wieder ausleerten und alles sorgfältig durchleuchteten, während des Fluges, beim Essen, beim Kauf einer aberwitzig teuren Sonnenbrille, hinter der sie ihre Augen verstecken konnte, bei der Landung, beim Warten auf ihren Koffer und ganz besonders, als ihr dieser Koffer – dummer, stummer Freund – endlich auf dem Band entgegengeholpert kam. Für das immer wieder aufkommende Schluchzen schien stets neuer Kummer vorhanden zu sein.

Um das, was nicht mehr war. Wo ihr doch kaum bewußt gewesen war, was sie gehabt hatte. *Daß* sie etwas gehabt hatte.

Aber wenn sie nun nicht früher weggegangen wäre?

Ester hatte den Rat des Arztes in den Wind geschlagen, obwohl es ihr auch am nächsten Tag noch nicht bessergegangen war. Es war der Schrecken, dachte sie, über das Ausmaß des Hasses, den sie aus nächster Nähe miterlebt hatte, des Hasses eines Mannes, der, ohne sich ein Bild davon gemacht zu haben, wie lieb und nett sie alle waren, nicht davor zurückschreckte, sich mit ihnen in die Luft zu sprengen. Weil es ihm, dem Fremden, dem Anderen, völlig schnuppe gewesen war. Dieser eiskalte Mangel an Empathie.

Das war eine Wirklichkeit, mit der sie bisher nie zu tun gehabt hatte, die Wirklichkeit, in der Menschen anderen Menschen das Böse antaten, das sie sich vorgenommen hatten.

»*Get a life*«, hatte Daniel einmal zu ihr gesagt, und da war er elf gewesen, erinnerte sie sich. Aber sie war immer noch naiv, so erschrocken, wie sie darüber war, daß urplötzlich so viel mehr hätte zerstört werden können als ihr sicheres, monotones Leben mit Philip. Sie hatte nicht gewußt, daß es nach jenem Leben noch – oder schon – so vieles gab, das zerstört werden konnte.

Die Konferenz war abgeblasen worden, hatte Raf ihr noch erzählt, neben ihr auf dem Fußboden, gestern erst. Von den zwanzig Verletzten des Anschlags schwebten drei in Lebensgefahr. Zwei Menschen seien getötet worden (den selbstmörderischen Heilssoldaten zählte er nicht mit). Das eine Opfer, eine Kellnerin des Restaurants, habe man sofort identifizieren können, beim zweiten habe sich erst nach einiger Verwirrung herausgestellt, daß es nicht der Wachmann vom Eingang war, wie zunächst allgemein angenommen wurde.

Es war Ruth. Sie hatte sich gerade von allen verabschiedet, als es dem Selbstmordattentäter gelang, ins Restaurant einzudringen (der Bewacher war zur Toilette gegangen). Wie durch ein Wunder explodierten die Bomben am Körper des jungen Mannes schon unmittelbar vor dem Eingang zum hinteren Saal. Wahrscheinlich war Ruth ihm in dem gläsernen Vorbau begegnet.

Daß ausgerechnet Ruth diesen grauenhaften Tod hatte sterben müssen, konnte Ester nur schwer fassen. Sie sah sie beide vor sich, wie sie sich an dem Abend unterhalten hatten, zwei Figürchen, die einander so ganz obenhin noch eine Menge Zukunft zugedacht hatten. Sie sah den Knopf von Ruths schwarzem Rock, wie er der Spannung ihres Bauches trotzte. Ein solider Knopf an einem langweiligen, gediegenen Rock.

Ruth mußte den Sprengstoffgürtel gesehen und erfaßt haben, daß sie dem Tod ins Auge blickte. Das Bild sah Ester immer wieder vor sich, als könnte sie Ruth damit postum einen Gefallen tun. Als könnte sie ungeschehen machen, was geschehen war, indem sie es sich immer wieder vergegenwärtigte.

Sie sah Ruth vor sich und versuchte sich vorzustellen, welche Blicke zwischen ihr und dem Besessenen hin- und hergegangen waren. Wie anders die Welt in dem Moment noch ausgesehen hat, dachte sie, einen Augenblick noch, bevor die Waage zugunsten seines Todeswillens und seines Hasses ausschlug. Noch näher konnte er nicht an die Vollkommenheit heranreichen. Die Zeit angehalten, ein zitternder Moment des Nichtseins, der größten Herrlichkeit... der sogleich in das Allerscheußlichste, Sinnlose, Gemeine umkippen würde: in Tod und Zerstörung. Und einen Augenblick noch die unermeßliche Stille, bevor das Schreien einsetzte, das Kreischen und Wimmern des unerträglichen Schmerzes und des Entsetzens über abgetrennte Gliedmaßen, blutendes Fleisch, gebrochene Knochen, zerfetzte Organe.

Es mußte einen Grund dafür geben, daß er seine Märtyrertat schon vor der Tür ausgeführt hatte. Irgend etwas mußte zwischen Ruth und ihm vorgefallen sein. Hatte sie etwas gesagt, ihn weggestoßen? Je länger Ester darüber nachdachte, desto überzeugter war sie, daß Ruths Mut den Wahnsinnigen daran gehindert hatte, weiter ins Restaurant vorzudringen. Es konnte nicht anders sein.

Darüber, über die Tragik von Ruths uralter Wut, weinte sie dann auch noch einmal, sicherheitshalber. Und dann kam auch gleich wieder das vertraute Schuldgefühl über ihren eigenen Ärger auf, den alten Ärger über die Last der Vergangenheit, die Ruth so hörbar und unübersehbar mit sich herumgeschleppt hatte.

Sie zwang sich, sich die Verletzten in den Krankenhäusern so genau wie möglich vorzustellen, ihre übel zugerichteten Körper, die sie kurz zuvor noch geduscht und hübsch angezogen hatten. Die Zerstörung und das Durcheinander in dem Gebäude, in dem sie selbst an dem Abend in ihren mit Bedacht gewählten Kleidern gestanden hatte. Und sie konnte das Wunder nicht fassen. Daß sie lebte. Menschenhände hatten das Gebäude gemacht, durch Willen und Tatkraft waren Steine, Beton und Holz zu einem Ganzen zusammengefügt worden. Damit man dort essen, lachen, Geld verdienen konnte. Das Gebäude war dazu bestimmt gewesen, daß man darin lebte – und es hätte zum Denkmal einer Zusammenkunft werden können, die von Bedeutung hätte sein können.

Das war ein weiterer gefährlicher Punkt. Wenn Ester dort angelangt war, begann sich alles zu drehen, in einem schwindelerregenden Mahlstrom unwiderruflicher, trauriger Tatsachen. Sie hätte eine Hand verlieren können, ein Stück Holz, Stein oder Metall hätte sich ihr ins Auge bohren können, ihr Körper hätte zerfetzt werden können – sie hätte wie Ruth den falschen Moment zum Gehen wählen können. Wenn Raf sie nicht mitgeschleift hätte. Ihr wurde schwindlig, wenn sie daran dachte. Und dann explodierte die Bombe aufs neue, und alles ging von vorne los.

Dritter Teil

1

Ramallah, 4. April 2001

Schon im Scherut spürte Aischa die Spannung auf der Straße. Nachdem sie den Fahrer bezahlt hatte, der vor dem Stadtzentrum hielt, um nicht in das Getümmel zu geraten, schlenderte sie durch eine kleine Gasse langsam auf die Hauptstraße zu. Lärm und Geschrei schlugen ihr entgegen. Überall waren die Rolläden heruntergelassen – ein Zeichen allgemeiner Solidarität mit der heutigen Beisetzungsdemonstration.

Als Aischa näher kam, wurde der Krach ohrenbetäubend. Und wie immer fühlte sie beim Anblick der brüllenden, Losungen skandierenden Menschen, die sich wie von einer unsichtbaren Hand geschoben voranbewegten, ihr Herz wild klopfen.

Wo war Hadi? Er hätte schon dasein müssen. Wahrscheinlich am mobilen Checkpoint aufgehalten, den die Juden heute in der Nähe der Zugangsstraße zu seinem Dorf eingerichtet hatten. Aber bei dem Gedränge hier hat es keinen Sinn, auf ihn zu warten, entschied Aischa.

Sie zog das Banner, das sie zu Hause gemacht hatte, unter ihrem T-Shirt hervor, holte tief Luft und ließ sich von der Menge erfassen. Dann hielt sie mit einer Art Indianergeheul ihr Transparent in die Höhe.

»Ehre denen von mutigem Geist« stand darauf. Ihr eigener Text.

Wie im Freudentaumel wirkte die Menge, in einer fast schon ekstatischen Freude, die von Wut genährt war. Wut ist eine Form von Energie, dachte Aischa, während sie aus voller Kehle mit den anderen mitbrüllte. Auch sie spürte eine enorme Kraft in ihrer Brust aufsteigen und ein Flirren in Herz und Kopf, das die Gedanken an den ängstlichen Ibrahim von früher mit anderen Erinnerungen verschwimmen ließ. Sie dachte an das Schreien des jüdischen Soldaten, den sie mit ihrem Stein ins Auge getroffen hatte, und an Nadar. An Tarik dachte sie und an die Schmerzen, die er ihr zufügte. Und an ihren Vater, der lieb zu ihr gewesen war, als sie noch klein war, aber streng, hart und fast schon unpersönlich, als sie Frau zu werden begann. Danach hatte er seinen verdammten, unnötigen Unfall gehabt und war plötzlich gestorben – ohne daß sie noch einmal mit ihm hatte reden können.

Der scharfe Schweißgeruch der Menschen, zwischen denen sie sich fortbewegte, benahm ihr fast den Atem, stieß sie aber nicht ab. Schreiend folgte sie einer Menge, in der irgendwo weiter vorn ganz bestimmt die sterblichen Überreste Ibrahims mitgeführt wurden. An der Raserei um sich herum konnte sie es ablesen: daß diese Wut eine Überzeugung war, eine Überzeugung, die ihnen wie ihr ein Gefühl von Sicherheit und Zusammengehörigkeit vermittelte.

»Tod den Juden, Tod dem Staate Israel, es leben die Märtyrer, es lebe Ibrahim, der für uns gestorben ist! Allah sei gepriesen!« tönte es überall um sie herum.

Jetzt erst sah sie die leere Bahre. Es gab keinen Leichnam,

den man hätte tragen können, nur ein Foto von Ibrahims Gesicht, an einem Stock. Dahinter ballte sich die Menge, johlend und brüllend.

Unweigerlich war Aischa beeindruckt von dem Foto mit dem unergründlichen kantigen Gesicht Ibrahims. Diese strengen schwarzen Augen und diesen harten Mund hatte der sanfte Ibrahim offenbar in den letzten Jahren entwikkelt. Bei so viel neuer Härte in dem Gesicht, das früher vor allem von nervöser Bravour geprägt gewesen war, überkam Aischa fast so etwas wie Mitleid. Das also geschieht hier mit einem, dachte sie, daß sich jemand wie der nervöse, unbeholfene, brave Ibrahim genötigt sieht, mit entschlossen zusammengebissenen Zähnen eine Bombe auf seinem Bauch hochgehen zu lassen. Sterben als einziger Weg, berühmt und beliebt zu werden und die Angehörigen reich zu machen.

Sie ließ ihr Transparent kurz sinken, um die juckenden Hände an der Hose zu reiben. Sie litt von Kindesbeinen an unter einem Ekzem.

Aischas Familie hielt auf Traditionen, war aber nicht sehr gläubig. Sterben wollte Aischa ganz gewiß nicht, aber sie wünschte sich manchmal sehnsüchtig, daß ihr Name groß auf einem Transparent durch die Stadt getragen würde.

»Aischa!« hörte sie.

Der Ruf kam von einem jungen Mann mit grünem Tuch um den Hals und Sonnenbrille auf der Nase, hinter der seine Augen kaum zu sehen waren.

»Aischa! Aischa!« Seine Stimme war wie ein Befehl.

Jetzt erst erkannte sie ihn. Hadi, endlich.

Hadi war einer der Jungen von früher und Mitglied ihres

Familienclans. Er hatte sich verändert, seit er bei einem militärischen Angriff, vor jetzt schon wieder mehr als fünf Jahren, einen Bruder verloren hatte, war streng geworden. Er nahm seinen Glauben mit Sicherheit ernster als sie – daher auch das grüne Tuch –, aber er war kein Fundi. Meistens war er ganz normal gekleidet, trug Jeans wie sie.

Sie sahen sich oft; wie sie war er in einer der Fatahbewegungen aktiv. Und sie war sich ziemlich sicher, daß Hadi auch Freunde bei der Hamas hatte. Das erzählte man sich nicht. Hadi war einer der wenigen, die sie von Anfang an, seit sie sich an der Universität kennengelernt hatten, gemocht hatte, sei es auch nur, weil er trotz seines Glaubens keinerlei Probleme damit hatte, sie wie seinesgleichen zu behandeln.

»Hadi!« sagte sie in dem jovialen, kumpelhaften Ton, den sie sich für ihre Freundschaft vorbehielt. »Wie geht's? Kommst du noch?«

Er schüttelte den Kopf, ziemlich außer Atem. Er wollte ihr etwas zurufen, aber es gelang ihm nicht, den Krach zu übertönen.

»Was ist?«

Hadi versuchte, zu ihr aufzuschließen, doch die Menschenmenge hinter ihr schob sie voran, so daß sie ihn kurz aus den Augen verlor. Da war er wieder.

»Aischa! Raschid Farsun ist hier!«

»Raschid Farsun?«

Woher kannte Hadi Raschid Farsun? Sie wurde weitergeschoben und verlor Hadi erneut aus dem Blick.

Raschid Farsun war ein amerikanischer Palästinenser, der sich vor einem halben Jahr hier niedergelassen hatte. Er hatte in Amerika einen Haufen Geld verdient, das er hier in Ramallah zum Einsatz bringen wollte. Es wurde oft von ihm gesprochen, und er wurde bewundert, auch von Aischa. Wenn sie seinen Namen hörte, wurde sie ganz aufgeregt. Er hatte eine Zeitung gegründet, hatte sie gehört. Wer würde nicht gern für Farsun arbeiten – richtig arbeiten, gegen Gehalt?

»Mit dem wolltest du doch so gern mal reden!« Hadi hatte sich wieder nach vorn durchgekämpft und lief jetzt neben ihr.

»Ja, klar, wo ist er denn?«

»Komm, er ist in Mohammeds Café.«

Aischa wurde ganz leicht im Kopf.

»Kennst du ihn denn?«

»Aischa, du kennst mich doch! Ich kenne jeden.«

Sie lachte, von oben herab. Blöder Angeber.

»Wie willst du denn gegen die Menge zurücklaufen? Scheint mir ein bißchen schwierig.«

»Nein, komm, wir biegen hier ab.«

In der relativen Stille, die in der Seitenstraße herrschte, fragte sie unvermittelt noch einmal: »Woher kennst du Raschid Farsun?«

Gerade als Hadi betont lässig darauf antworten wollte, wurde Aischa von hinten gepackt, eine Hand um ihre Kehle und eine um ihre Augen. Das Geschrei im Hintergrund hielt unvermindert an. Sie sah nichts und wand sich, um sich zu befreien, der Schock verlieh ihr Kraft. Doch es gelang ihr nicht. Statt dessen verspürte sie einen fürchterlichen Schmerz im linken Arm, der ihr auf den Rücken gedreht wurde. Jemand zwang sie, durch die menschenleeren Seitenstraßen weiterzugehen. Sie konnte sich nur schwer orientieren, der Schmerz im Arm zwang sie, sich nach hinten zu biegen.

Ganz kurz hörte sie noch Hadi ihren Namen rufen.

»Hadi!« schrie sie. »Wer ist das? Hadi? Wo bist du?«

Aber sie erhielt keine Antwort.

2

Bloemendaal, 16. Februar

Als Daniel nach seiner Prüfung auf dem Heimweg war, wurde er sich bewußt, daß da etwas Neues, Beängstigendes war. Es war irgendwie schon die ganze letzte Zeit dagewesen, doch nie so deutlich spürbar wie jetzt.

Auch in der Turnhalle hatte er dieses heftige Brennen verspürt, in seinem Herzen, hinter den Augen, eigentlich überall. Es hatte etwas mit der ziemlich banalen Frage zu tun, ob Dana beim Turnen ein Höschen, einen Slip oder String oder wie man so was sonst nannte, angehabt hatte. Im Prinzip machte es ja keinen großen Unterschied, ob nun eine oder zwei Lagen Stoff ihren vollendeten kleinen Hintern umspannten, aber für Daniel schien das plötzlich von allergrößter Wichtigkeit zu sein. Das Rätseln darüber spielte sich nicht in dem Teil seines Kopfes ab, der dem Denken vorbehalten war, sondern in einem seltsam luftleeren Gebiet irgendwo hinter den tatsächlichen Gedanken. Das Fehlen eines gediegenen Unterzeugs hätte bedeutet, daß Dana sich seiner im Umkleideraum entledigt hatte, und das wiederum beinhaltete, daß man sich Momente ausmalen konnte, in denen sie so gut wie oder sogar ganz und gar *nackt* im Umkleideraum hätte angetroffen werden können.

Natürlich waren Mädchen schon immer Gesprächsthema bei ihm, Vito, Eli und anderen mehr oder weniger Gleichgesinnten gewesen, doch das hatte sich noch unter ganz normalem Interesse verbuchen lassen und Spaß daran, so schön perverse Wörter wie »Möse« und »Mordstitten« auszusprechen. Was Dana betraf, konnte davon keine Rede sein, denn an ihr war alles geheim und heilig und hatte das auch bis in alle Ewigkeit zu bleiben. Jetzt war etwas Fatales geschehen, wodurch die ungegenständliche, himmlische Vorstellung von dem Höschen (oder dessen Nichtvorhandensein) Daniel plötzlich fast körperliche Schmerzen bereitete und so den Atem stocken ließ, daß ihm schon der Verdacht kam, er könnte an einer seltenen, gefährlichen Krankheit leiden. Einer Krankheit, die bei Jungen seines Alters nur selten vorkam, einer Sache mit Schwindelanfällen, Blutmangel und Herzbeschwerden.

Anschließend tröstete er sich mit dem schmeichelhaften Gedanken, er habe eben ein so unvergleichlich großes Gerät, daß das Blut bei ihm, im Gegensatz zu normalen Männern mit äußerst durchschnittlichen Körpern, in solchen Mengen hierhin abgezweigt wurde, daß die Sauerstoffversorgung seines gesamten Gehirns, seiner Lungen und seines Herzens auf der Stelle lahmgelegt wurde. Deswegen.

Die Frage blieb indes ungeklärt. Wann genau war der Moment gewesen, da bei ihm die völlige Sprachlosigkeit ausgelöst worden war und die obsessive Geilheit, die ihn sogar schon beim Gedanken an ihre müffelnden Turnschuhe heiser machte und erschauern ließ, wann war denn dieser Moment bloß gewesen?

Daniel konnte ihn sich einfach nicht mehr vergegenwärtigen. Und genausowenig konnte er begreifen, daß es früher anscheinend völlig normal gewesen war, wenn Dana hin und wieder mit Vito und ihm zusammen nach Hause fuhr.

Das Rätseln versetzte ihn nicht nur in übermäßige Erregung, sondern machte ihn auch klein und unsicher, zu einem Wurm, für den er wenig Achtung aufbringen konnte. Und seltsamerweise nahm ihm diese Wende in seinem Leben jede Lust an anderen Dingen, die ihm zuvor noch so unglaublich wichtig vorgekommen waren, und sein Vermögen, klar zu denken, löste sich in einem brodelnden Meer körperlicher Phantasien auf.

Er hatte immer viele Gedanken gehabt, kluge Gedanken, mit denen er nicht nur seine Freunde, sondern auch seine Lehrer verblüffen konnte, hehre Gedanken hinsichtlich seiner Mission auf dieser schändlichen Welt, unschöne Gedanken in bezug auf die unausstehlichen Menschen, die ihm über den Weg liefen, aufgebrachte und verwirrende Gedanken darüber, wo wohl sein ferner Vater sein mochte, witzige Gedanken, mit denen er seine Freunde und seine kleine Schwester so zum Lachen bringen konnte, daß sie sich gar nicht mehr einkriegten, und jetzt also: körperliche Gedanken. Nur ließen sie sich leider nicht einfach einer weiteren Kategorie zuordnen. Statt dessen schluckten sie die anderen. Alle Ideen, Pläne, Erwartungen, die er hatte, schienen, wenn sie arglos in seinen Geist spaziert kamen, irgendwie auf halbem Wege eine schmutzige Richtung einzuschlagen.

So hatte er zum Beispiel mit mäßiger Begeisterung angefangen, an die alljährliche Radtour zum Strand zu denken. Was anziehen? Reifen nachsehen. Neue Badehose. Da war diese sachliche Planung übergangslos in Träumereien von jenem weiblichen Körperteil abgeglitten, der von dem verdammten Fahrradsattel gespalten und gedehnt und infolgedessen bestimmt sehr empfindlich und heiß werden dürfte, und dann war ihm schlagartig wieder ganz schwindlig, und er kriegte kaum Luft, und sein Herz klopfte viel zu schnell und nachdrücklich für einen Sechzehnjährigen, und dann mußte er, nach wütendem Gefecht mit dem Bewohner seiner Jeans, der sich mit einem Mal ostentativ bemerkbar machte, zu Hause gleich nach oben rennen, um sich etwas Sauberes anzuziehen.

Wo immer Daniel war, suchte sein Blick nach Dana, nach ihren riesigen Augen und ihrem geschmeidigen Körper.

Ihre scharfe Zunge und ihre laute Stimme paßten irgendwie haargenau zu der handfesten und doch fragilen Aggressivität dieses Körpers. Daniel assoziierte sie mit der Natur, mit einer heftig austreibenden Ranke, die in der Vase anmutig und grazil aussah, in Wahrheit aber leicht beängstigend war, weil Neugepflanztes davon erstickt werden konnte. Dann wurde ein solches Maß an Lebenslust vor allem grausam, unhaltbar, zu einer Gefahr.

Alles an Dana war stark und vehement. Sogar der Umstand, daß sie wie Vito katholisch war, unterstrich in Daniels Augen nur, daß sie auf begehrenswerte Weise recht hatte. Recht worin, wußte er auch nicht, aber sie hatte es. Ihre leichten Hautschäden, abheilende Wunden irgendeiner Hormonattacke, taten dem allen keinen Abbruch. Sie machten Dana sogar noch begehrenswerter und körperlicher, als wenn ihre Haut porzellanweiß und makellos gewesen wäre, so als stellte sie damit unter Beweis, daß sie mit aufregenden körperlichen Prozessen zu kämpfen hatte, sich davon aber nicht aus der Bahn werfen ließ.

Und weil ihre sichtliche Unruhe sie verletzbar zu machen schien, trotz ihrer großen Klappe, weckte sie bei ihm auch den Wunsch, sie zu trösten und zu beschützen – natürlich nur so lange, bis sich dieser beängstigende neue Daniel in ihm wieder rührte.

3

Ramallah, 4. April

Während Aischa gezwungen wurde, schnell durch die kleinen Gassen zu laufen, kam ihr ganz kurz der Gedanke, es könnten wieder die Juden sein, die eigentlich Hadi und nicht sie haben wollten – aber seit wann griffen die sich so einfach einen Palästinenser aus einer Menge heraus, noch dazu bei einer »Hochzeit«! Gleich darauf roch sie, wer sie da so festhielt, an seinem starken Zigarettengeruch, der Seife von zu Hause… Und ihr wurde übel, sie würde sich übergeben und ihr Frühstück erbrechen müssen, hoffentlich auf diesen Mistkerl.

Der Druck auf ihre Arme verstärkte sich. Hin und wieder hielt ihr eine große Hand den Mund zu, eine seltsam intime Quälerei, und ihre eigenen Hände juckten noch mehr als vorhin. Zu schreien wagte sie nicht.

Ihr Bedränger blieb abstrakt für sie, so gut sie ihn auch kannte, als sperre sich ihr Verstand gegen den Gedanken, daß sie in ihrer eigenen Stadt nicht sicher sein konnte, nicht einmal mitten in einem sakralen Umzug.

»Tarik! Laß mich! Laß meinen Arm los! Was hast du hier zu suchen?«

Sie hörte die verhaßte Stimme ihres Bruders an ihrem Ohr, über den Lärm hinweg, der jetzt schon etwas nachließ, weil sie sich vom Zentrum entfernt hatten. Altvertraute Stimme, erniedrigendste, verfluchteste aller ihr bekannten Stimmen.

»Hure. Jetzt hab ich dich ertappt, jetzt weiß ich, was du treibst. Ich werde dir beibringen, was Bewunderung heißt!« flüsterte er.

Er kannte Hadi schon eine Ewigkeit – was redete er da?

Sie fühlte einen Tritt gegen ihre Waden. Er stand dicht hinter ihr, klimperte mit Schlüsseln, während er sie nach wie vor am linken Arm festhielt. Sie erkannte das Haus, vor dem sie standen: Es war das kleine Büro, wo Tarik hin und wieder Kunden abholte, wenn er als Führer arbeitete.

Wo war Hadi geblieben? Hatte sich dieser Schlappschwanz tatsächlich aus dem Staub gemacht? War sie in eine Falle getappt? Was hatte Tarik von ihrem Gespräch aufgeschnappt? Sie sah, wie er den Schlüssel ins Schloß steckte. Dann wurde sie nach drinnen gezerrt. Wie alle anderen Büros und Geschäfte hatte auch diese Agentur heute zu, und die Rolläden waren heruntergelassen. Es war stockfinster.

Ein heftiger Stoß in den Rücken ließ sie beinahe vornüberschlagen. Wider Willen bekam sie es mit der Angst zu tun, doch die Angst verlieh ihr auch Kraft. Und so gelang es ihr unter äußerster Anspannung und mit einem Tritt nach hinten, sich aus Tariks Griff zu befreien. Behende tauchte sie unter seiner Faust hindurch und suchte im Dunkeln nach der Tür zur Straße und in die Freiheit. Die Tür war nicht abgeschlossen. Aischa riß sie auf, bekam aber im gleichen Moment einen weiteren Stoß, der sie zu Fall brachte. Ein stechender Schmerz fuhr ihr in den Ellbogen. Unter dem Gewicht Tariks, der auf sie gefallen war, konnte sie kaum atmen. Draußen war niemand. Das Büro befand sich in einer Sackgasse. Mit großer Mühe konnte sie den Kopf heben und sah ein zerschossenes Auto dastehen. Nirgendwo Fenster, überall nur blinde Wände.

Unsanft riß Tarik sie hoch. Groß und drohend stand er jetzt vor ihr, mit seinen dunkelroten, tiefen Aknenarben und seiner schiefen Nase von einer lange zurückliegenden Schlägerei. Er versuchte, sie in den Raum zurückzudrängen, doch sie hielt sich krampfhaft am Türrahmen fest. Draußen würde er nicht wagen, ihr etwas anzutun, das wußte sie.

Dann sah sie, wie er sich blitzschnell bückte und etwas hell Blinkendes aufhob. Ein Messer? In der darauf eintretenden Stille sah sie, was es war: ein Stück Konservenblech. Unvermittelt schlug die alte Panik zu. Jetzt war ihr Bruder wirklich verrückt geworden. Wollte er sie tatsächlich... mit diesem Blech...?

Reflexartig duckte sie sich und versuchte auf die Straße zu flüchten. Doch mit einem einzigen Griff bekam er sie zu fassen, riß sie nach drinnen und schlug ihr mit der anderen Hand in den Magen. Das Stück Blech fiel scheppernd zu Boden. Sie sank keuchend auf die Knie.

Unvermittelt mußte sie sich übergeben, mit um den Kopf gelegten Armen, um sich vor den Tritten seiner neuen Sneaker zu schützen. Die Panik verebbte. Es war seltsam beruhigend, so dasitzen und seine Tritte gegen ihren Nakken und ihre Schultern aushalten zu können. Der Schmerz wurde zu Musik, zu einer Melodie, die sie von sich, von Tarik weggleiten ließ. So viel Schmerz verdiente sie, dies war der Schmerz, den sie brauchte, um zu wissen, wer sie war, Aischa, eine Kämpferin. Wer war dem Kampf, war Ibrahim treuer als sie?

»Und jetzt kommst du mit nach Hause«, herrschte Tarik sie schließlich an, während er sie an ihrem Pferdeschwanz hochzerrte. Groß blieb er hinter ihr stehen, ungeduldig, als mache sie ihm viel zu viele Umstände mit ihrer Stöhnerei und ihrem Erbrechen. Ganz kurz verspürte sie sogar eine eigenartige Verbundenheit mit ihm, ihrem Peiniger.

»Sind Sie ein Verwandter dieser Frau?«

Die Stimme brach den Bann der Schmerzen. Eine unbekannte Stimme mit amerikanischem Akzent.

»Er war's«, hörte sie eine andere Stimme flüstern. Dieselbe Stimme, die sagte: »Tarik, Mann, guter Freund, alles in Ordnung?« Hadis Stimme. Die Tarik überhörte.

»Ja, ich bin ihr Bruder«, sagte Tarik. »Wer sind Sie, was wollen Sie hier? Sie haben nicht das Recht, mich hier in meinem Büro zu bespitzeln.«

»Mein Name ist Raschid Farsun. Erfreut, Ihre Bekanntschaft zu machen. Wir kamen zufällig hier vorbei. Und Sie sind…?«

Tarik nannte seinen Namen, mit einem Mal merkwürdig zahm. Aischa hatte das Gefühl, nie mehr aufstehen zu können, aber sie brachte es dennoch fertig, keuchend, mit schwirrendem Kopf, sie schmeckte Blut.

Sie nahm die beiden Männer in einem Nebel aus Scham und Schmerzen wahr. Fragend standen sie vor ihnen, der eine, Hadi, mit dem Tuch eines Hamaskämpfers, der andere westlich, anders, gepflegter, sauberer.

»Und Sie sind?«

»Aischa Hammami«, sagte sie.

»Aha.«

Daß sie diesem Mann antwortete, konnte Tarik erneut in Harnisch bringen, doch der Mann redete weiter, als sehe und kapiere er nichts.

»Sollen wir einen Arzt für Sie holen? Das sieht nicht gut aus. Sie sind sicher vorhin in einen Krawall geraten?«

»Ja, Aischa, wir müssen zu einem Arzt«, flötete Tarik unversehens. »Meine Schwester geht aber auch Risiken ein, vor denen die meisten Männer zurückschrecken würden. Ich wollte ihr gerade helfen, sich ein bißchen herzurichten...«

Es wurde höflich gelacht.

Aischa sah Blut auf der Schwelle, ihr Ellbogen, es war von ihrem Ellbogen, den sie sich aufgeschürft hatte, als sie hingeschlagen war. Bei dem Anblick verstärkten sich ihre Schmerzen wieder, und als ihr unwillkürlich ein Seufzer entfuhr, spürte sie, wie ihre Rippen protestierten.

In Tariks Blick lag müde Deprimiertheit, Farsuns ruhige Art beschwichtigte ihn offenbar. Seine Brust hob und senkte sich unter einem letzten unterdrückten Schnaufen, aber er tat nichts mehr, stand nur da, während seine Wut in der Versenkung verschwand – wie ein U-Boot voll unsichtbarem, aber lebensgefährlichem Uran, dachte Aischa.

»Kann ich Sie zu etwas einladen? Tee? Ich kenne einen Arzt hier im Viertel, vielleicht möchten Sie zu ihm?« fragte Raschid Farsun.

»Nein, danke«, sagte Aischa mit niedergeschlagenem Blick, zitternd vor Schmerzen, aber mit einem schiefen Lächeln. »Es geht schon. Ich möchte gern nach Hause.«

Zu ihrer Wut und ihrer Empörung wandte sich Farsun darauf an Tarik: »Sie auch? Oder begleiten Sie uns?«

»Warum nicht?« sagte Tarik gleichgültig.

Farsun warf Aischa einen kurzen, ernsten Blick zu, den Tarik nicht sehen konnte, und da wurde ihr plötzlich klar, daß dieser Fremde ein kluger Mann war. Er weiß, was er tut, dachte sie. Er kam aus einer anderen, zielstrebigen Welt, und die Unverbindlichkeit, die ihr so vertraut war, war ihm fremd. Mit Versprechen und vagen Plänen kam man in ihrer Welt weit, doch er war anders.

Für einen Moment schien eine neue Luft durch die Straße zu wehen, etwas Frisches und Salziges, ein Geruch von früher. Und Aischas Bestrebungen wurden um ein neues Ziel bereichert. Humpelnd, aber voll neuer Hoffnung, machte sie sich auf den langen Weg nach Hause.

4

Haarlem, 24. Februar

Daniel und Vito hatten Computerspiele gespielt und ein Bier getrunken, auf Daniels Kosten, denn Vito sparte für ein Motorrad. Daniel wußte nicht so recht, ob er sich amüsiert hatte, aber die Unsicherheit hatte er bei Vito öfter. Man mußte bei ihm immer auf der Hut sein.

Und sie hatten an diesem Abend noch ein Gespräch geführt.

»Du bist doch wohl nicht scharf auf meine Schwester, he?« hatte Vito gefragt.

»Spinnst du, Mann?«

»Du hast sie neulich so angegafft.«

»Nicht, daß ich wüßte.«

»Du hast auf ihre Titten gegafft.«

»Ach, Quatsch.«

»Stehst du auf sie? Soll ich mal ein Date für dich ausmachen?«

»Herrgott, ich kenn sie doch gar nicht, Mann. Sie war zehn, als ich sie zum letztenmal gesehen hab.«

Vito lachte laut auf. »Kennen? Wozu denn das?«

»Ich will nichts von deiner Schwester, okay?«

»Sie hatte einen Freund in Hamburg. Aber mit dem ist, glaub ich, Schluß.«

Daniel atmete tief durch und schwieg.

»Früher hast du ihr ganz gut gefallen. Sie fand dich intelligent!« Vito lachte wieder und puffte Daniel in die Seite. »Hat die 'ne Ahnung! Noch 'n Spielchen? Warte mal. Arthur!«

Vito marschierte zur Theke, um mit einem der Betreiber zu sprechen. Vito, der Mann von Welt, der alles checkte. Daniel schwirrte der Kopf. Intelligent. War das von einem Mädchen wie Dana ein Kompliment oder nicht? Er war plötzlich seltsam niedergeschlagen und wäre am liebsten nach Hause gegangen, um diese Frage ausgiebig zu überdenken. Aber Dana war Vitos Schwester, und Daniel spürte, daß es unklug wäre, diesen Abend frühzeitig abzubrechen und damit unter Umständen die Selbstverständlichkeit ihrer Freundschaft zu gefährden.

Daniel und Vito waren in jeder Hinsicht verschieden. Vito war nie ein guter Schüler gewesen, Daniel bekam schon seit der Grundschule nur die besten Noten und hatte sogar eine Klasse übersprungen. Manchmal war es ihm selbst ein Rätsel, wieso er sich noch immer mit Vito abgab. Und was Vito an ihm fand, war ihm genauso schleierhaft. Es mußte irgendwie mit den früheren Reizen ihrer Beziehung zu tun haben, daß sie einfach nicht voneinander loskamen. Ohne diese Freundschaft lief Daniel Gefahr, den Zugang zu bestimmten weltlichen Bereichen des Lebens zu verlieren. Etwa denen der gut geschmierten Körpermotorik und des schlagfertigen Witzes, die er nie ganz beherrschen würde. Es war eine notwendige Verbindung, das spürte Daniel, die dazu diente, ihm das Unbehagen darüber zu nehmen, daß er eigentlich viel zu gut in der Schule war, um sich auf der Straße zu Hause fühlen zu können. Es war für ihn zwar eine Art Spießrutenlaufen mit Vito, der irgend etwas zwischen Freund und Feind war, aber unterhaltsam war Vito schon.

Daniel würde es zwar nie zugeben, doch er kopierte schon seit Jahren einige von Vitos beneidenswertesten Eigenarten. Wie etwa die Angewohnheit, sich bei jeder Gelegenheit und gleich in welcher Gesellschaft laut zu Wort zu melden und damit alle Hemmungen zu überspielen. Oder seine männliche Art, sich zu bewegen, vor allem zu gehen: geschmeidig und die Beine leicht auseinander, um den

Schmuckstücken dazwischen den Raum zu geben, den sie verdienten. Überlegenheit und Macht bedeuteten Vito nun mal alles.

Daher vermutlich auch der unverkennbare, forciert autoritäre Ton, den Vito anderen gegenüber anschlug, und seien es erwachsene Männer oder Frauen. Wie er jetzt dastand und mit Arthur redete. Als wäre er hier seit Jahren Stammgast und hätte unheimlich viel zu sagen. Dieses durch nichts gerechtfertigte, unverschämte Selbstvertrauen von jemandem, der auf dieser Erde zu Hause war. Es war ärgerlich, aber auch faszinierend.

Und schon kam Vito mit zwei Bierchen zurück, die er für sie besorgt hatte (natürlich gratis).

»Hab mal eben gedeichselt, daß wir nachher ins Dynasty können. Arthur hat auch immer das eine und andere zu verkaufen. Geil, he?«

Er sah Daniel erwartungsvoll an.

»Toll«, murmelte Daniel sorgenvoll. Lola und Maurice würden Zustände bekommen. Das gab womöglich 'ne Woche lang Gemecker.

»Doch wohl keine Bedenken, he?« sagte Vito fröhlich und haute Daniel auf die Schulter. Dann kippte er in wenigen Zügen sein Bier runter und schob sich wieder neben Daniel vor den Computer, breitbeinig. »Los, rutsch mal.«

»Ich hab gerade erst angefangen.«

»Okay.« Vito trommelte mit den Fingern auf den PC. »Meine Mutter da in Hamburg hat sie wahnsinnig gemacht«, fuhr er fort.

»Wen?«

»Daan natürlich.«

»Ach, Daan.« (Daan!)

»Meine Mutter hat seit 'm halben Jahr 'n neuen Freund. 'n richtiger Arsch, hat Dana gesagt, sie konnte ihn nicht leiden. Keine Ahnung, was sich da im einzelnen abgespielt hat, aber irgendwas war da faul, wenn du mich fragst.«

Er wartete kurz, dann fiel ihm etwas ein. »Vielleicht ist er ihr ja an die Wäsche gegangen!« Er verfiel in ein hohes, kindisches Gekicher. Dann verzog sich sein Gesicht plötzlich vor Wut über diesen Gedanken. Die Ehre seiner Schwester war kein Witz.

Daniel mußte an den Film *Der Pate* denken, den er vor einer Woche im Fernsehen gesehen hatte. Er lächelte gequält und ließ die Hauptperson seines Computerspiels in ihrem gestohlenen Auto losfahren. Ohne recht dabeizusein, raste er durch alptraumhaft verlassene amerikanische Straßen und dachte währenddessen an Danas glatten Bauch, der in Höhe ihres Nabels so schön flach war, und an die Fickgeschichten, mit denen ihr Bruder ihn schon malträtierte, seit er elf war. Mit Vito hatte er seine erste Ecstasy-Pille geschluckt. Vito nahm ihn zu Partys mit, die für Daniel völliges Neuland und für die sie beide eigentlich noch viel zu jung waren.

»Daan hat schon immer was mit älteren Männern gehabt«, sagte Vito und starrte Daniel dabei unverwandt an. »Sogar mein Pa macht, was sie will. Der ist wie Wachs in ihren Händen. Hat ihr gleich das Computerzimmer gegeben, weißt du. Das einzige große Zimmer und das einzige Zimmer mit 'n bißchen Aussicht. Der Tucke. Aber was soll's. Sie ist ein Mädchen, und ich bin ja sowieso nie zu Hause.«

Er erhob sich wieder, um sich zu strecken, ewig ruhelos, und schaute auf den Monitor. »He, machst du vielleicht noch mal 'n paar Punkte? Das sieht ja echt traurig aus, Mann. Da steck ich dich ja mit Leichtigkeit in die Tasche. Oder willst du dich etwa verpissen?«

Daniel schüttelte erschrocken den Kopf. Ohne nachzudenken oder einzugreifen, war er ziellos durch die Straßen auf dem Bildschirm geirrt. Eine Prostituierte hatte er noch nicht aufgelesen. Er riß sich zusammen. »Na warte«, brummte er.

Es war einen Moment still, dann ging es Schlag auf Schlag. Daniel überfuhr mit seinem virtuellen Auto eine virtuelle Hure, mit der er virtuell gefickt hatte, sein Alter ego stieg aus dem Wagen und erschoß einen neugierigen Passanten. Daniels Punktezahl stieg. Ihm war ganz schwindlig.

»Okay!« gackerte Vito und machte das Victory-Zeichen.

Sie holten sich noch Falafel in der Kleine Houtstraat, wo sie ein paar Freunde von Vito trafen, die Daniel nicht mochte. Gegen acht fuhr er dann mit zu Vito nach Santpoort, um sich bei ihm umzuziehen. Sie würden die Freunde vielleicht später im Dynasty wiedertreffen.

Bei Vito war niemand zu Hause. Es roch nach abgestandenem Zigarettenqualm und Bratfisch. Im Wohnzimmer mit den ungemütlichen schwarzen Ledermöbeln und den kahlen dunkelblauen Wänden ohne Bücherregale lagen Videokassetten auf dem Fußboden verstreut. Warum nur wollte Dana in diesem Männerhaus wohnen?

Sie guckten ein bißchen fern, tranken noch mehr Bier und

rauchten Hasch aus dem Päckchen, das Vito von Arthur bekommen hatte.

Um zwölf standen sie vor dem Dynasty, beide in Sakkos von Vitos Vater und mit naß gekämmten Haaren. Sie waren stoned und angetrunken, obwohl Daniel glaubte, noch genau zu wissen, was er tat.

5

Ramallah, 7. April

Es war Samstag. Achmed war heute nicht da, nur sein Bruder Lester. Ein Glück! Lester achtete nicht so darauf, wie lange man blieb. Meistens rundete er die Minuten auf dem Computer nach unten ab. Achmed paßte immer haargenau auf.

An diesem Nachmittag war nicht so viel los, und Aischas Lieblingsplatz am Fenster war frei. Sie humpelte an den Computer und ließ sich vorsichtig auf den Stuhl sinken. Sitzen und Luftholen taten so weh, daß sie hätte schreien können, und den linken Arm konnte sie noch nicht richtig benutzen, doch das hatte sie nicht daran gehindert, herzukommen.

Es waren noch zwei weitere junge Mädchen da, eine mit Kopftuch, die andere ohne. Wenn sie aus den Augenwinkeln blickte, sah Aischa ihren dicken Nebenmann auf hellrosa Gebilde einer vermutlich amerikanischen Site stieren, die ihrer Vermutung nach nur nackte Frauen sein konnten. Der Mann war geradezu versteinert in seiner Konzentration, sah sie mit Schaudern und zugleich fasziniert. Totenstill saß er da, allein mit seiner Phantasie, als könnte er sich unsichtbar machen, indem er sich möglichst wenig bewegte, und derweil die Bilder für eine spätere Verwendung speichern, speichern, speichern.

Nur ein eher symbolisches kleines Sperrholzbrett trennte ihre Welten voneinander.

Aischa hatte Achmed und Lester vor inzwischen fast drei Jahren über einen Freund kennengelernt. Seither kam sie jeden Samstag in ihr Internetcafé, heimlich. Wenn Tarik herausfände, wohin sie ging, wenn sie nicht ihre festen Alibis hätte – ja, was dann?

Immer dasselbe.

So wußte Tarik also nichts von ihren allwöchentlichen Interneteskapaden (Alibis: ihrer Freundin Suha mit ihren Zwillingen helfen, in Ramallah einkaufen und manchmal: waschen bei Tante Sira). Im Web zu surfen war für Aischa ein existentielles Bedürfnis: das Stillen des Hungers nach Nachrichten aus der fremden, prunkvollen, aber auch sorglosen Welt außerhalb der Gefangenschaft, in der sie lebte.

Im Netz suchte sie nach Berichten, die über das hinausgingen, was sie in der eingeschränkten lokalen Tagespresse zu lesen bekam. Hier konnte sie nicht nur die Seiten von Al Dschasira einsehen, sondern auch die Seiten westlicher Medien wie der *New York Times* und der BBC, so wenig sie auch von der Welt verstand, die dort beschrieben wurde. Manchmal setzte sie sich auch die Kopfhörer auf und hörte Musik. Das Mailen und Chatten hatte sie erst etwas später entdeckt – ironischerweise war es ihre alte Tante Sira gewesen, die sie flüsternd über die Vorzüge der Chatbox informiert hatte.

Der Internetverkehr, hatte Aischa entdeckt, war eines der wenigen Mittel, sich selbst erneuern und allein sein zu können; hier verspürte man für eine wenn auch noch so kurze Zeit das erregende Gefühl, ein Mensch mit Möglichkeiten zu sein, mit einem eigenen Universum, das aus mehr bestand als dem alltäglichen Mist und Irrsinn, den kreischenden Stimmen von Tarik, ihrer kleinen Schwester, ihrem Onkel, ihrer Oma und ihrer Mutter.

Sich im Internet zu bewegen sei, abgesehen von Kampf und Sabotage für den guten Zweck, vielleicht der einzige Weg, etwas in der Welt darzustellen, etwas Eigenständiges, etwas Wahres, hatte Aischa schon mal einem ihrer Internetfreunde geschrieben.

Wissensdurst gehörte zu Aischa. Zu einem großen Teil hatte sie ihn ihrer Mutter zu verdanken. »Wissen ist Macht«, schimpfte die oft, wenn sie allen hinterherräumte, die Küche aufwischte, die schmutzige Wäsche in die Maschine steckte oder die Einkäufe auspackte. Sie hatte ihre Kinder gezwungen, Hebräisch und Englisch zu lernen: »Man muß die Sprache der Besetzer lernen, wie könnte man sonst je von ihnen unabhängig sein!« In die Schule getrieben hatte sie sie! Sie habe keine Illusionen, sagte ihre Mutter immer, aber ein bißchen Hoffnung, sei es auch nur ein klitzekleines bißchen.

Am meisten hatte Aischa aber aus ihren Verhaftungen gelernt. Ihre Mutter fand es zwar schrecklich, daß ihre Tochter so jungenhaft war und sie sie schon vom zwölften Lebensjahr an alle paar Monate vom Russian Compound abholen durfte. Aber dort habe sie ihr Hebräisch am besten üben können, behauptete Aischa immer.

Ihr Zorn hatte ihr auch Neugierde gebracht. Von klein auf hatte Aischa wissen wollen, wie die Welt war, wie anders es anderswo auf der Welt aussehen konnte, anders als zu Hause in dem kaputten, schmutzigen Ort, in dem sie wohnte. Vor der Intifada war es dort noch ganz angenehm gewesen, und es hatte ein reges Leben geherrscht. Jetzt standen immer mehr Geschäfte leer, und überall lagen Autowracks herum. An den steinigen, unebenen Straßen dämmerten unfertige Häuser vor sich hin. Früher hatten hier sogar noch Juden eingekauft, samstags. Sie hatten die Atmosphäre belebt, sosehr Aischa sie auch haßte. Seit dem Ausbruch des zweiten Aufstands war das alles vorbei.

6

Haarlem, 25. Februar, 0.15 Uhr

Schon beim ersten Schritt in die Diskothek verfluchte Daniel das Sakko von Vitos Vater. Die Hitze hier war wie eine Flüssigkeit, die ihn augenblicklich umspülte, wie dicker Sirup, in dem man kaum atmen konnte. Es war so voll, und der Lärm war so ohrenbetäubend, daß man sich den Wogen nur stumm hingeben und den Körper widerstandslos von ihnen schaukeln lassen konnte. Vito kämpfte sich mit rudernden Armen durch die Menge, als bahnte er sich mit Buschmessern einen Weg durch den Dschungel. Daniel folgte ihm, aber wohin Vito wollte, war ihm nicht ersichtlich.

Vito machte an der Bar halt, an einem Ende, wo es ruhig

war. Er winkte Daniel und stützte sich rücklings mit beiden Ellbogen an der Theke ab.

»Ich hab was für dich«, flüsterte er mit triumphierendem Grinsen im Gesicht, das von nahem ziemlich fahl und glänzend aussah. »Schau mal, wer da ist!«

Mißtrauisch blickte Daniel Vitos Finger nach auf die Tanzfläche. Es traf ihn wie ein Stoß in den Magen, und er drehte sich wieder zu Vito um, um zu sehen, ob das eine Falle war, doch Vito war, immer noch an die Theke gelehnt, inzwischen mit einem Mädchen in rotem Lackbikini ins Gespräch gekommen. Er sagte gerade etwas zu ihr, und die Mundwinkel des Mädchens kräuselten sich zu einem Lächeln.

Daniel wandte sich wieder ab, seinem Schock zu. Rosa fluoreszierende Spaghettiträger hielten Danas kurzes Top. Ansonsten war ihr brauner Rücken über der extrem tief sitzenden Jeans weitgehend nackt. Mitleidlos drehten sich ihre Hüften im Takt der Musik. Die schmalen Schultern drehten sich anmutig mit, und sogar von hinten konnte man deren zarte Knochenstruktur durch die braune Haut durchscheinen sehen, zerbrechliche Knospen über den Flügeln ihrer Schulterblätter, und dann die langen glatten Arme. An den Schultern hatte er erkannt, daß sie es war, am Haar mit der blondierten Strähne, nicht daran, wie sie sich bewegte, so wild, so aggressiv und herausfordernd.

»Du kennst sie doch, Mann, tanz doch mit ihr, oder red mit ihr, was weiß ich, wir sehen uns dann nachher«, sagte Vito, der kurz mit den Augen von dem Lackbikini abließ.

Der führt sich ja auf wie ein Zuhälter, fand Daniel, aus dessen Blut Alkohol und Haschisch schlagartig verflogen zu sein schienen. Ihm wurde bewußt, wie gefährlich das Terrain war, auf dem er sich befand. Vitos sanft drängende Hand in seinem Rücken konnte zum Vorschlaghammer auf seinen Kopf werden, wenn er sich jetzt blöde oder unbeholfen anstellte. Nicht unter Vitos wachsamem Blick, dachte er.

Doch dann erinnerte er sich wieder an die Begegnungen der letzten Wochen. Danas Augen, der Schock des Wiedererkennens nach so vielen Jahren, oder besser gesagt: der Entfremdung, den er beim allerersten Mal empfunden hatte ... und da war er wieder, dieser köstliche Schmerz. Die Verblüffung darüber, daß sie eine andere geworden war, daß er jemanden kannte, der so aussah wie sie ... Was heißt, kannte? Kein Mädchen kannte er so schlecht wie sie, gerade weil er sie gekannt *hatte*.

Seltsamerweise waren seine körperlichen Gedanken gerade in diesem Moment so weit weg, als hätte es sie nie gegeben. Vielleicht traute er sich deswegen. Langsam schob er sich auf diesen vollkommen unbekannten bekannten Rükken zu. Er entschied sich, nicht groß nachzudenken, und schloß ganz kurz seine warme Hand um ihren Nacken, als wollte er ein Kind überraschen. Sie schaute sich um, im ersten Moment erschrocken, dann lachte sie mit ein wenig nach hinten gerecktem Kopf, als wisse sie sehr wohl, wie umwerfend verführerisch ihr Hals war, aber dennoch ein wenig ängstlich.

Daniel spürte, daß es ging, daß der Alkohol ihn vor zuviel Schmerz bewahren würde. »He, Daantje, lange nicht gesehen!« sagte er lächelnd und trat einen Schritt zurück, um abzuwarten.

Es schien wahrhaftig der richtige Tonfall zu sein, denn schon drehte sie sich ganz zu ihm um. Wie wenig doch für so viel Leichtigkeit vonnöten war. Sie streckte die Arme aus und sagte: »Hee, Daantje, wie geht es dir?« Und dann küßte sie ihn einfach auf den Mund, als wäre es ganz selbstverständlich.

Er versteifte sich kurz unter dem Blick aus ihren schwer bewimperten Augen. Von mir aus könnte es damit sein Bewenden haben, dachte er auch, kalt vor Glück, und alles war jetzt so einfach, daß er kurz die Augen schloß.

Da hörte er ihr Lachen, hoch und laut.

»Zieh doch das Jackett aus, Mann, viel zu heiß!«

Da war irgendein scharfer Unterton in ihrer Stimme, der ihn erschrecken ließ, doch schon genoß er wieder und beschloß, sich von nun an mit Liebe erschrecken zu lassen, was immer sie tat. Sie ist Vitos kleine Schwester, dachte Daniel benommen, mein Gott, seine Schwester, sie ist ihm vielleicht sogar ähnlich.

Er warf sein Sakko über einen Barhocker. Vito war verschwunden. Jetzt erst sah er das Mädchen, mit dem Dana getanzt hatte, eine aus ihrer Schule, glaubte er sich zu erinnern, und nickte ihr kurz zu.

»Bist du froh, wieder in Haarlem zu sein?« brüllte er Dana ins Ohr. Nicht zu nett sein, nicht zu lieb, sie ist nicht lieb, sie ist bestimmt nicht lieb.

»Doch, schon«, sagte sie, bereits gleichgültiger. Ihr Körper bewegte sich, ohne sich von der Stelle zu rühren, ihre Augen wandten sich von Daniel ab, der Menge zu, dem Abenteuer entgegen.

»Du möchtest doch tanzen, oder?« fragte sie.

Ach je, tanzen. Daniel war nicht darauf versessen, er tanzte nie, aber jetzt gab er sich alle Mühe. Sein Körper war zu groß, seine viel zu schnell gewachsenen Beine suchten noch nach der Eleganz der Ausgewogenheit, und er kam sich vor wie ein riesiger wackelnder Schrank, dessen Tür in einem fort auf- und zuschlug und aus dem Gläser und Teller herauszuscheppern drohten. Er blieb stehen.

»Warum hörst du auf?« fragte Dana.

Erst jetzt sah er, daß sie ihre Augen mit Gold und Glitter geschminkt hatte.

»Wollen wir erst was trinken?« fragte er.

Sie kam zu ihm. »Okay«, sagte sie.

Sie gingen zur Bar. Ihre Freundin unterhielt sich mit einem Jungen mit Piercings und orangefarbenem Igelkopf. Daniel kam sich langweilig vor in seinem T-Shirt, das von dem Sakko hätte verdeckt werden sollen.

»War es Zufall, daß wir dir hier begegnet sind?« fragte er Dana und fügte stichelnd hinzu: »Bist du nicht ein bißchen zu jung für den Laden hier?«

»Waas? Ich bin fünfzehn, nur zwei Jahre jünger als du! Und Mädchen lassen sie viel leichter rein als Jungs.«

Daniel bestellte zwei Cola und gab ihr eine davon. Einen Moment wirkte sie verlegen.

»Bist du oft hier?« fragte er.

»Na ja, ich bin noch nicht so lange wieder in Haarlem, aber seither jeden Samstag. Und jetzt scheint mein Bruderherz es für nötig zu halten, ein Auge auf mich zu haben.«

»Tanzt du gern?«

»Doch, schon.«

»Was hast du in Hamburg gemacht?«

»Was man eben so macht. Schule, reiten, ausgehen.«

»Du bist dort auch geritten?«

»Ja, wir wohnten ganz in der Nähe von einem Reitstall.«

Sie starrte auf die tanzenden Leute, während sie an ihrer Cola nippte. Die Musik war so laut, daß sich die beiden Palmen in der Ecke im gleichen Rhythmus mitzubewegen schienen.

Wenn sie doch jetzt auch mal was sagen würde, das wäre herrlich, dachte Daniel, während er ihren Unterarm an seinem Unterarm fühlte. Er sann über eine neue Frage nach. Ein hochgewachsener Schwarzer warf die Arme in die Luft und hopste mit seinen breiten Hüften direkt vor ihrer Nase auf und ab. Daniel grinste Dana an. Aber sie nippte an ihrem Glas und schaute unter ihren schweren Wimpern ungerührt zu. Ich halte sie auf, ich bremse sie, sie ist weit weg, dachte er. Er war sich des atemberaubend Kostbaren und Vorübergehenden dieses Moments bewußt. Es war, als dürfe er ein teures Schmuckstück oder einen superluxuriösen Power Mac G5 anfassen, so aufgeregt und leicht im Kopf machte ihn ihre Gegenwart. Nicht, daß er gewußt hätte, was er denn eigentlich mit ihr machen sollte, aber ihre Nähe war einfach unbezahlbar. Um sie nicht mit weiteren Fragen zu nerven, begann er im Takt der Musik mit dem Kopf zu nicken.

Ein vages Lächeln machte sich auf ihrem Gesicht breit, das zuvor ernst geworden war – aus Langeweile, fürchtete Daniel. Auch sie bewegte wieder Kopf und Hüften.

Erleichtert lachte Daniel sie an, als fühle er sich unheimlich wohl und spreche ihm die ohrenbetäubende Housemusik aus der Seele. Er steigerte sich sogar so sehr hinein, daß er es selbst glaubte. Und während sie so tanzten und Daniel inbrünstig ein anderer zu sein versuchte, fragte er sich zum erstenmal, wie er Dana küssen könnte, ohne daß Vito es sah.

Er entschied zwar sogleich, daß das nicht ging, weil Vito überall war, doch die Verzweiflung darüber, die Einzigartigkeit dieses Moments, die Wodkas und das Bier und das Haschisch und der Herzschlag der Urmusik, all das machte, daß er vergaß, wieso er dachte, er sollte das mit dem Küssen jetzt vielleicht besser lassen.

»Dana?«

Sie hörte auf zu tanzen und sah ihn an: »Ja?«

Er zog sie an sich und drückte ihr schnell einen Kuß auf den Mund. Er würde das büßen müssen, das wußte er, aber das war jetzt egal.

Dana entwand sich ihm, kokett und wild. »Mann«, schimpfte sie, »hättest du nicht was sagen können?«

»Du bist so schön geworden«, sagte er, aber er konnte nicht dazu lächeln, und er wußte, wie unbeholfen er aussah.

7

Ramallah, 7. April

Durch das Mailen mit ihren neuen Bekannten hatte Aischa viel über sich selbst erfahren, denn ihnen hatte sie geschrieben, was sie den alten Freundinnen aus Ramallah, die sie ohnehin nur noch selten sah, nicht zu erzählen wagte – von ihrer Wut auf Tarik zum Beispiel. Aus ihrer größten

Schande, die sie für sich behalten hatte, denn mit wem redete man schon über einen Bruder, der einen schlug, war ein Thema geworden, das sie im geheimen Austausch mit Leuten in der ganzen Welt zu meistern gelernt hatte. Das Herzklopfen, das sie bekam, wenn sie Tarik mit seiner heiseren, schleppenden Stimme alles kommentieren hörte, was sie sagte und tat, die Angst vor seinen blindwütigen Schlägen, die sie sich ihm gegenüber nicht anmerken ließ, das und vieles andere war durch die E-Mails mit den Freunden, die sie im Netz gewonnen hatte, erträglich geworden.

Nicht, daß sie sich deswegen plötzlich besser hätte verteidigen können – Tarik war nun einmal stärker als sie –, aber ihr Widerstand war realistischer und sinnvoller geworden, nun da sie nicht mehr so allein dastand und wußte, daß aus der Ferne mit ihr mitgefühlt wurde.

Auch hatte sie entdeckt, daß sie im Internet nicht nur aufrichtiger sein konnte, sondern im Prinzip alle möglichen Aischas spielen konnte, ganz wie es ihr gerade beliebte. Und welche Aischa war eigentlich die bessere: die insgeheim sterbensbange, aufmüpfige, aber pflichtgetreue Aischa von zu Hause oder die starke Aischa von der Straße? Warum sollte sie sich für eine entscheiden, wo es ein Internet gab, in dem sie sein konnte, wer sie wollte?

Es war ruhig im Internetcafé, so ruhig sogar, daß einige Computer unbesetzt waren, aber über das Rauschen der Ventilatoren hinweg drangen Straßengeräusche, wie die quäkende Musik aus den vielen Radios der Obstverkäufer, herein. Auch den Regen vom Vormittag konnte man hier noch riechen, und aus dem Kaffeehaus im Erdgeschoß stieg der Duft von Kardamom und Minze herauf.

Aischa freute sich darauf, Mitsuko aus Tokio, die sie seit zwei Monaten kannte, ausführlich von allem zu schreiben, was sie in den letzten Tagen erlebt hatte. Sie wählte ihre Mailfreunde danach aus, wo sie lebten. So verteilte sie ihr Leben zum Beispiel auf Mails an Pjotr aus Sankt Petersburg, Mohammed aus Chicago (ein geflohener Palästinenser mit amerikanischer Frau) und Marjanka aus Polen, die noch zur Schule ging. Am meisten aber genoß sie den Kontakt zu der Japanerin Mitsuko. Mitsuko war ein ganz besonderer Fall. Und Tokio faszinierte Aischa irgendwie mehr als alle anderen Städte – vielleicht, weil sie es am wenigsten verstand.

Der Kontakt zu Mitsuko war wie der zu den anderen zufällig, in einem Chatroom, entstanden. Mitsuko schrieb, sie habe in den Medien über die Palästinenser gelesen und wolle wissen, wie es wirklich bei ihnen sei. Ihr Ton war anders als der der anderen. Lustiger, lebhafter, unbefangener, selbst wenn sie bedrückt war. Sie und Aischa waren im gleichen Alter.

Mitsuko war mit zehn Waise geworden, als ihre Eltern bei einem Autounfall ums Leben gekommen waren, und hatte seither bei immer wieder anderen Verwandten gewohnt. Auch jetzt noch, mit sechsundzwanzig, lebte sie bei einer Tante, bei der sie sich, trotz des für Aischa unvorstellbaren Luxus (ein großes Zimmers für sich allein mit eigenem Computer und Fernsehgerät, ein eigenes Handy und die Möglichkeit, tagtäglich mit dem Zug zu fahren), von dem sie völlig nebenher erzählen konnte, hoffnungslos eingesperrt vorkam und deswegen häufig deprimiert war.

Für Aischa war alles gleichermaßen phantastisch, was Mitsuko ihr in ihren Mails schilderte, die Beschreibungen des japanischen Essens (auf Aischas Bitte hin) nicht weniger als die Erzählungen von Treffen mit Freunden in Sauerstoffbars. Sauerstoffbars! Und dann die Liebe! Auch darüber wußte Mitsuko unendlich viel mehr als Aischa, erschreckend viel mehr. Einmal hatte Mitsuko ihr ihre Korrespondenz mit einem Arbeitskollegen durchgemailt, die so schlüpfrig war, daß sie Aischa nächtelang den Schlaf geraubt hatte. Und sie hatte Aischa beschrieben, was für eine Geschäftsfrau sie gerne wäre. Mitsuko war Krankenschwester.

Japan war eine andere Kultur, ein anderes Universum, und irgendwann einmal, dachte Aischa, werde ich nach Tokio fahren. Raus aus dem Mist hier, aus Armut und Gefangenschaft, in eine neue Welt, von der sie sich nur mit größter Vorstellungskraft ein ungefähres Bild machen konnte. Weil sie befürchtete, daß letzteres für Mitsuko genauso galt, erzählte sie ihre Geschichten ihrerseits auch immer besonders ausführlich.

Hadi hatte sie schon mal gewarnt, daß die Juden das Internet absurften, um palästinensischen Komplotten beizukommen, und daß sie beim Mailen und Chatten mit der ganzen Welt daher ein bißchen aufpassen müsse, aber das hatte sich Aischa nie sonderlich zu Herzen genommen. Wenn es darauf ankam, fürchtete sie ihren eigenen Bruder mehr, und der hatte sich bisher als zu dumm erwiesen, um ihrem Cyberverkehr auf die Spur zu kommen.

In der vergangenen Woche hatte Mitsuko nur eine kurze Mail geschrieben.

»Liebe Aischa, wie geht es dir? Ich hab mich heute morgen mit Kiko, meiner kleinen Nichte, gestritten: Sie hatte eine

Stunde lang mit meinem Handy telefoniert! Wenn ich doch nur endlich von meiner Tante wegkönnte. Sie stinkt, sie heult immer öfter, sogar ihr Essen schmeckt schon nach Tränen, und ich kann anziehen, was ich will, immer sieht sie mich mißbilligend an. Ihrer Meinung nach vergesse ich, daß ich schon sechsundzwanzig bin.

Ich vergesse gar nichts! Ich weiß nur zu gut, daß ich schon sechsundzwanzig bin, und gerade deswegen will ich auch so gern von ihr weg! Aber in meinem neuen Job verdiene ich immer noch zu wenig, um selbst eine Wohnung mieten zu können. Vielleicht nächstes Jahr, wenn ich eine Gehaltserhöhung bekomme. Oder wenn ich endlich den göttlichen Doktor Hamamoto so weit kriege, daß er mal mit mir ausgeht, damit ich ihm zeigen kann, daß ich, die alte Jungfer, die einzig Richtige für ihn bin. Er ist reich, er hat eine Dreizimmerwohnung! Ich bin einmal dagewesen, ein einziges Mal, als ich eine Tasche holen mußte, die er vergessen hatte. Seine Putzfrau machte auf. Toll ist es da. Ich gehe jeden Morgen auf dem Weg zur U-Bahn an seinem Haus vorbei, aber ich habe ihn nur einmal herauskommen sehen. Kindisch, nicht?

Erzähl mir, was du so alles machst, und antworte mir bitte auf meine Fragen! Schreibst du mir noch, warum du dich dauernd vor deinem Bruder in acht nehmen mußt? Ich kann mir einfach nicht vorstellen, daß ein Bruder so viel Macht über seine Schwester haben kann. Mein Bruder ist Karatemeister, schuftet sich in einem Computergeschäft ab, und ich spreche ihn so gut wie nie. Er ist etwas älter als ich, aber er hat mir nie Scherereien gemacht. Schon gar nicht so wie deiner! Halt die Ohren steif!!!«

Dream on, Mitsuko, hatte Aischa gedacht, heiraten ist keine Lösung, für gar nichts. Das wußte sie von ihren verheirateten Freundinnen. Laila zum Beispiel, der ältesten von ihnen. Die bekam sie jetzt praktisch überhaupt nicht mehr zu Gesicht. Ihr zweites Kind war unterwegs, und ihr Mann wollte nicht, daß sie sich allein mit Aischa traf. Der hatte bestimmt Angst, sie würde Laila subversive Flausen in den Kopf setzen.

Aischa seufzte vor Anstrengung und Schmerzen. Alles ging heute äußerst mühsam, aber am Ende war sie zufrieden mit dem langen Brief, den sie Mitsuko geschrieben hatte.

8

Von Verliebtheit hatte Daniel oft genug reden hören – für ihn ging das einher mit nicht richtig zuhören und noch gravierenderen Formen des Verrats, mit laschen Ausreden und unkontrollierten Heulkrämpfen. Einmal war er nachts allein in der stillen, verwaisten Wohnung aufgewacht. Seine Mutter hatte, ohne ihn vorher zu informieren, bei einer neuen Eroberung übernachtet. Offenbar hatte sie mit einem Mal nicht mehr widerstehen können, weil die Verführung stärker war als ihre mütterlichen Instinkte und ihre Solidarität mit ihm, ihrem Sohn und einzigen wahren Freund.

Doch obwohl das Wort Verliebtheit für ihn einen so üblen Beigeschmack bekommen hatte (übrigens auch aufgrund des vorläufigen Schlußpunktes, der mit Maurice und der ganzen Liebe seiner Mutter zu ihm erreicht war – an den Anfang, dessen Resultat er war, mochte er lieber gar nicht erst denken), erleichterte Daniel jetzt die Erkenntnis, daß er verliebt war. Wenn er das, was jetzt in ihm vorging, Verliebtheit nannte, konnte er sich vielleicht wieder selbst in die Augen sehen. Mit der Legitimation der Liebe wurde die Wahrscheinlichkeit geringer, daß man ihn dem traurigen Lager der pathologisch versauten Typen und *Lustmörder*, der Exhibitionisten, Spanner, Kinderschänder zuordnen würde.

Verliebtheit ist besser, dachte Daniel.

Er schaute sich zu Danas Freundin um, die allein tanzte und nichts gesehen zu haben schien. Vito war Gott sei Dank noch immer spurlos verschwunden.

Wer bin ich? dachte Daniel verwirrt und betrunken. Er war so groß, wieso war er so groß? Was er wollte, war auch so … gigantisch, viel zu gigantisch, um es fassen zu können. Alles, was er sagen wollte, mußte ins Kleine transponiert werden: in kleine Bewegungen, Worte, Gesten. Sonst würde er sie, fürchtete er, umpusten, erdrücken, zermalmen oder schlimmer noch: verjagen. Wie machte er alles klein?

Jetzt, da Danas Geruch so nah gewesen war, ein Geruch, der völlig für sich zu stehen schien, losgelöst von ihren gefährlichen Augen oder von ihrem Getanze und ihrem leuchtenden Top, hatte sich alles verändert. Jetzt wollte er mehr. Der Geruch entspannte, beruhigte ihn. Dana war jetzt, da er sie gespürt und gerochen hatte, mädchenhaft menschlich geworden, weich und voller schöner, verlockender Geheimnisse – wenn er sie nur länger küssen könnte.

Sie sah offenbar das Wehrlose und Jungenhafte in seinem Blick, denn sie lachte schmeichlerisch und schaute mit den Augen flirtend und zugleich ernst zu ihm auf. Von diesem

Moment machte er Gebrauch. Rasch und fest zog er sie an sich (noch Wochen später fragte er sich, woher er den Mut genommen hatte), drückte erneut den Mund auf ihre Lippen und schob die Zunge suchend zwischen ihre Zähne.

Er fand ihre Zunge, ihre Zungen rangen miteinander, und er ging unter und kam wieder hoch und vergaß kurz, wo er war. Bis er ihre kleinen Hände an seinem Brustbein spürte, die ihn hart wegschoben. Aber diese Hände gehörten nicht zu dieser Zunge, das konnte er sich nicht vorstellen, und so preßte er Dana noch fester an sich, suchend, kostend.

Plötzlich fiel er, mit Wucht, von zwei Händen rücklings weggezogen und umgerissen. Eilig rappelte er sich wieder auf und blickte in das wutverzerrte Gesicht Vitos. Komisch, sie kannten sich schon so lange, schon so lange entwickelten sie sich auseinander und voneinander weg, aber noch nie seit ihrer Kindheit hatten sie sich geprügelt.

»Herrgott, du Arsch, du siehst doch, daß sie nicht will! Daß sie keinen Bock auf dich hat! Bist du blind oder was?«

»Ich, äh ...« Wieso jetzt das? Hatte sie ihn geküßt oder nicht, war das ihre Zunge gewesen oder nicht?

»Das ist ein Mißverständnis«, stammelte Daniel. »Du verstehst das nicht, Mann, du siehst das falsch.«

»Ich sehe nur einen, der falschliegt, und das bist du, Mister Mißverständnis!« zischte Vito.

»Mensch, Mann, was hast du denn?«

In Vitos Augen sah er einen Ausdruck der Leere, den er nicht an ihm kannte, die geweiteten Pupillen starrten ihn an, als wäre er ein Fremder. Doch bevor er das irre Glänzen darin einordnen konnte, hatte er sich schon einen mächtigen Kinnhaken eingefangen. Er taumelte. Beinahe hätte er gelacht, so absurd war das, der Tobsuchtsanfall seines alten Freundes und der Kinnhaken wie früher auf dem Schulhof.

»Hee«, rief er, »hast du sie nicht mehr alle?!«

Jetzt traf ihn Vitos Faust voll in den Magen, und er klappte vornüber.

Durch die Watte, in die ihn der von diesem zweiten Schlag ausgelöste Schmerz hüllte, drang eine weitere Stimme zu ihm durch, hoch und gellend. Die, zu der sie gehörte, stellte sich mit ausgebreiteten Armen und Beinen vor ihn und blickte über ihre Schulter zurück, zum Angreifer, zu ihrem Bruder.

»Laß ihn in Ruhe, du blöder Arsch, laß Daniel in Ruhe, du Idiot! Er ist nicht über mich hergefallen, er hat mich nicht vergewaltigt, verdammt noch mal! Kümmere dich um deinen eigenen Scheiß, du Blödmann! Ich geh nie wieder in irgendeinen Laden, wo du auch hingehst, du bescheuerter Choleriker!« An dieser Stelle überschlug sich ihre Stimme.

Vitos Haltung lockerte sich, und er verfiel in ein leises, dämliches Kichern, mit hängenden Armen. Es war kein Ausdruck von Heiterkeit, aber es wurde lauter und lauter, bis er sich schließlich krümmte vor Lachen und dann mit einem Mal verstummte.

Da erst ließ Dana von Daniel ab und trat zu ihrer Freundin, die alles interessiert mit angesehen hatte, wie auch einige andere, deren Aufmerksamkeit der kurze Tumult erregt hatte. Alle kamen jetzt wieder in Bewegung, die Musik donnerte wieder los, es wurde weitergetanzt.

Vito, immer noch ein Grinsen im Gesicht, ließ seine Hand mit vollem Gewicht auf Daniels Schulter nieder. »Okay, komm, laß uns was trinken. Lovebaby muß jetzt sowieso nach Hause zum lieben Pappilein.«

Dana wandte sich mit einem Ruck ab und zog ihre Freundin mit. Sie warf Daniel noch einen ganz kurzen Blick zu, einen Blick, den er nicht deuten konnte – Einvernehmen, Verachtung, Liebe? Und weg war sie.

»Zisch ab, Mann. Ich hab keine Lust«, sagte Daniel, die Hand am schmerzenden Kinn. Leicht unsicher auf den Beinen strebte auch er dem Ausgang zu. Er spürte, wie er zitterte. Der Weg bis zur Tür schien endlos, so unendlich viele Leute mußte er passieren.

Draußen, in der herrlich kalten Wirklichkeit unter freiem Himmel, sah er Dana nirgendwo. Sein Kinn tat weh, aber es war ein Schmerz, der einen Sinn hatte, einen wunderbar guten Grund. Er befühlte es. Es hatte einen solchen Umfang angenommen, daß es jemand anders zu gehören schien, doch die Schwellung entzückte ihn. Er schloß sein Fahrrad auf.

»Du solltest vielleicht zum Arzt.«

Dana. Sie fuhr hinter ihm. Allein.

»Ich wüßte nur *einen* Arzt.«

»Wen? Wo?«

»Dich. Hier.«

Daniel hielt an. Dana auch. Vorsichtig stieg er vom Rad und legte es hin. Es rauschte in seinem Kopf.

»Ich muß mich noch bei dir bedanken, weißt du«, sagte er.

Sie stand neben ihrem Rad und sah ihn unverwandt an. Dann legte sie ihr Rad gleichfalls hin.

Plötzlich war Gelegenheit für unzensierte Romantik, für

einen Filmkuß, lang und leidenschaftlich, auch wenn ihm das Kinn weh tat.

»Ich bring dich nach Hause«, sagte er.

»Kann ich nicht mit zu dir kommen? Bei mir ist dieser verdammte Vito.«

Darüber mußte Daniel kurz nachdenken. Wie kam sie danach nach Hause? Oder meinte sie …?

»Komm«, sagte er.

Es regnete. Und in Daniels Bewußtsein sickerte allmählich ein, daß es wirklich Dana war, die mit zu ihm nach Hause fahren würde – so wie irgendwo weit weg richtige Schmerzen in seinem Kinn flimmerten. Das ist wie beim Radfahrenlernen, dachte er vage: Mit einem Mal fahren deine Beine ohne Mutters feste Hand am Sattel mit dem Rad davon, und du kannst anhalten, ohne zu fallen. So unspektakulär war das, so unmerklich vollzog es sich, daß man überhaupt nicht mitbekam, daß man es einfach schon *machte*. Und dabei hatte man doch unwillkürlich gedacht, es würde eine Art Knall geben, wenn sich explosionsartig ein Einblick in das unergründliche Universum auftat, das nur andere kannten.

Jetzt fuhr Dana also mit zu ihm nach Hause, ohne daß er sich eine List hatte ausdenken müssen, und er hatte sie geküßt, zwei-, nein, dreimal. Plötzlich umgab sie beide eine ansehnliche Geschichte, hatte eine Verkettung von Umständen, hatte diese herrliche Misere sie einander in die Arme getrieben.

Ach, wie sehr liebte er Vito.

9

Ramallah, immer noch 7. April

Das Folgende hatte Aischa Mitsuko geschrieben (und spekulierte mit ihrer Ausführlichkeit auf eine dementsprechende Antwort Mitsukos):

»Ich glaube, ich verstehe, was du meinst. Meine Schwester, mein Onkel und meine Mutter, aber vor allem natürlich mein verfluchter Bruder sitzen mir dauernd im Nacken. Unser Haus ist für die hiesigen Verhältnisse zwar vergleichsweise geräumig, aber ich muß das Zimmer mit meiner jüngeren Schwester teilen. Und die ist ja ach so brav! Immer Mamas Liebling. Und so ängstlich! ›Aischa! Wo gehst du hin? Was machst du jetzt? Warum riskierst du so viel? Willst du uns zugrunde richten? Bleib zu Hause, Aischa, immer bist du weg! Zieh doch mal was Hübscheres an als diese ewigen Jeans! Du siehst ja aus wie ein Junge, Aischa! So findest du nie einen Mann!‹

Ja, das größte Übel ist mein Bruder, Tarik der Schreckliche. Vor ein paar Tagen sind wir mal wieder aneinandergerasselt. Grün und blau geschlagen sitze ich jetzt hier am Computer, die Details erspare ich dir, aber meine Rippen und meinen linken Arm hat er ziemlich zugerichtet, kann ich dir sagen. Zum Glück tippe ich sowieso fast nur mit rechts.

Tarik! Kaum zu glauben, daß ich früher zu ihm aufgeschaut habe und alles für ihn getan hätte. Früher war er für mich ein Held, mein großer Bruder, der fünf Jahre älter ist als ich. Meine Mutter hatte mir zum Beispiel schon ganz früh erzählt, daß er seine warme Kleidung den Waisen in einem Heim geschenkt hatte, an dem er auf dem Schulweg vorüberkam. Und er war es, von dem ich zum erstenmal hörte, daß die Soldaten auf Kinder schießen, einfach so, nur um ihnen angst zu machen. Was hat Tarik mir nicht alles erzählt! Und ich wollte das natürlich auch mit eigenen Augen sehen, aber das erlaubte er mir nicht. Ich war erst zehn und ein Mädchen.

Du hast letztens gefragt, warum ich immer so zornig bin und warum ich so viel riskiere. Das hat eigentlich mit Tariks Erzählungen angefangen. Ich war damals noch zu jung, um beurteilen zu können, ob er die Wahrheit sagte. Er sagte, die Kinder spielten, provozierten die Soldaten, schrien, würfen Steine, und schon hätten die den Finger am Abzug, und dann würden auch mal einige Kinder getötet. Mir schwindelte der Kopf. ›Einige?‹ fragte ich immer wieder. ›Kinder?‹ Er nickte: ›Ja, einige gehen immer dabei drauf.‹

Eine Geschichte erzählte er immer wieder: daß er so einen Soldaten von hinten angegriffen, mit aller Macht am Ohr gezogen und dann voll ins Gesicht geboxt habe. Und als der Soldat daraufhin zu Boden gestürzt sei, habe er ihn tüchtig vermöbelt.

War ich stolz auf ihn!

Natürlich war vieles von dem, was er erzählte, gelogen, denn keiner hat je davon gehört, daß solche Aktionen gut ausgehen. Aber, wie gesagt, ich war damals noch zu jung, um das zu durchschauen. Und ich hätte das alles ohnehin nicht hinterfragen können, denn Tarik konnte ziemlich ausflippen, wenn man ihm Fragen stellte, auch damals schon.

Tarik schwor oft, daß er die Juden allesamt verjagen werde. Sie hätten uns erniedrigt und versucht, unser Haus zu konfiszieren und unsere Ausweise einzuziehen, erklärte er mir. Er werde sie ermorden, sagte er. ›Ich werde diese Arschlöcher in die Luft sprengen, alle miteinander! Sie ermorden Kinder, sie nehmen uns unser Land!‹ Oh, wie mutig er sich anhörte! Ich kann mich entsinnen, daß ich genauso empört war wie er und mir vornahm, ihm zu helfen, wenn ich erst mal groß wäre.

Als ich dreizehn war, starb mein Vater, und ich himmelte meinen Bruder nur um so mehr an. Alles, was er sagte, beeindruckte mich. Und Tarik sollte sehen, daß ich das gleiche empfand wie er, das war für mich das allerwichtigste. Er alberte viel mit mir herum, warf mich hoch in die Luft und nannte mich Püppchen. Meine Schwester war eifersüchtig!

Als ich auf dem Gymnasium war, ging es dann los. Ich war fast vierzehn, als es mir mit einem Steinwurf gelang, das Gewehr eines jüdischen Soldaten unbrauchbar zu machen. Alle warfen Steine, alle machten mit, es war toll, wie plötzlich alle zusammengehörten. Ich hatte nicht einmal Angst. Hauptsache, die Jungen sahen, daß ich keine Memme war, kein Mädchen wie alle anderen. Ich glaubte, jetzt mehr denn je zu den Jungen und zu Tarik zu gehören – das ist bei uns etwas ganz Besonderes, kann ich dir sagen. Ich war schnell, sehr schnell, und ich konnte am besten und härtesten von allen werfen. Ich war so stolz auf mich, daß ich es kaum erwarten konnte, es zu Hause zu erzählen. Ich mußte mich ja erst noch eine Weile versteckt halten.

Tarik war allein zu Hause, als ich mit meiner Geschichte ankam, und weißt du, was er machte? Zuerst lachte er mich aus, lange und übertrieben, mit weit zurückgelegtem Kopf, und dann wurde er wütend, so wütend, wie ich ihn noch nie erlebt hatte. Er platzte fast vor Wut, und er schlug und schüttelte mich. Das müsse er, sagte er, wie ein Vater! Und er sagte auch, daß er mich schlage, weil er mich so liebhabe. Es tue ihm weh, sagte er, mich so schlagen zu müssen, aber er habe keine andere Wahl.

Mein Vater war zwar streng gewesen, aber geschlagen hatte er mich nie. Nach Tariks Schlägen hatte ich eine gebrochene Rippe und war am ganzen Körper grün und blau. Meine Mutter dachte, ich hätte das von den Juden. Ich hab ihr nichts gesagt, weil ich Angst hatte, daß er sie womöglich auch noch schlagen würde.

Trotzdem habe ich Tarik wirklich geglaubt, daß er nur deswegen so böse war, weil er fürchtete, mir könnte etwas zustoßen. Ich darf einfach keine Steine werfen, das ist zu gefährlich, sagte ich mir. Oder vielleicht denkt er, daß ich lüge und ihn an der Nase herumführe, und er bestraft mich für meine Überheblichkeit.

Aber immer wieder ritt er darauf herum, daß ich der Familie Schande machte, als Mädchen unter all den Jungen. Irgendwie dachte ich damals noch, das werde sich geben, er mache es mir nur deshalb möglichst schwer, weil er mich auf die Probe stellen wolle, denn im Grunde finde er es ganz toll, daß ich den Widerstand unterstützte. Erst später habe ich begriffen, daß er mich nur deswegen bremsen will, weil mein Mut ihm seine eigene Feigheit vor Augen führt. Ich hatte ohnehin schon nie einen Mucks getan, wenn er mich schlug, aber als mir aufgegangen war, warum er es tat, versteinerte ich regelrecht. Das war eine so große Enttäuschung für mich, und ich fühlte mich so verraten. Hast du gewußt, wie sehr man jemanden dadurch verraten kann, daß man ihn beneidet? Mich hat das um so mehr darin bestärkt, weiterzumachen. Und daß er mich weiterhin schlug, wertete ich nur als Beweis, daß es gut war, was ich tat.

Nach und nach verschärfte sich die Situation. Der Aufstand wurde immer aussichtsloser. Inzwischen hatte ich oft mit eigenen Augen gesehen, daß die Soldaten schossen, es trieb mich einfach immer wieder hin, nach Qalandia, zu dem Checkpoint in der Nähe unseres Dorfes, wo sie standen. Ich hatte mich einer Gruppe älterer und besser organisierter Jungen aus meinem Dorf angeschlossen. Die Schule fiel zu der Zeit oft aus, und es gab nicht viel zu tun. Also warfen wir Steine – mit Blick auf die Kameras der Journalisten –, sabotierten, schürten Krawalle. Es war immer etwas los. Ich wollte die Soldaten ertappen, ich wollte, daß sie etwas falsch machten. Haß ist eine unruhige, ja laute Regung, du kannst ihn buchstäblich in dir tosen hören. Und dabei wußte ich damals gar nicht genau, warum ich denn so zornig auf die Juden zu sein hatte; als hätte meine Wut auf Tarik alles andere überdeckt. Man hatte eben einen Haß auf die Juden, weil sie ganz einfach schlecht waren. Die Soldaten gehörten nicht dorthin, sie waren der Feind, man wollte ihnen weh tun, gegen sie kämpfen, obwohl einem klar war, daß sie tatsächlich schießen konnten. Und es war spannend zu sehen, wann sie reagieren würden, bei all den Kameras um sie herum.

Einmal hörten wir, daß ein Mann aus einem Nachbardorf niedergeschossen worden war, weil er sich nicht an die dortige Ausgangssperre gehalten hatte. Nach Aufhebung der Sperre haben wir uns sofort dorthin aufgemacht, eine Horde von fünfzehn wütenden, wilden Kindern. Wir wußten, daß es ganz in der Nähe passiert sein mußte, obwohl wir keine Schüsse gehört hatten. Unterwegs kam ein Trupp bewaffneter Siedler in einem Jeep an uns vorüber, mit einem Haufen Soldaten im Schlepptau. Ich weiß noch, daß ich dachte: Jetzt passiert es, jetzt werde ich es sehen. Ich hoffe, daß sie schießen, dann sterbe ich vor ihren Augen, und sie werden sich schämen, und Tarik wird untröstlich sein, und die Welt wird erfahren, daß die Juden Schweine sind.

Wir gingen gleich in Deckung, aber die Soldaten hatten uns schon gesehen und kamen hinter uns her. Sie versuchten, uns in ihre Jeeps zu bekommen. Da haben wir es plötzlich richtig mit der Angst zu tun gekriegt und sind nur so gerannt. Einige von uns haben mit Steinen und Erdklumpen geworfen, um sie abzuschütteln. Wir hörten sie schießen – um uns angst zu machen, dachte ich noch wütend.

Ich sah, wie sie die Gewehre auf uns richteten, ob aufs Geratewohl oder gezielt, weiß ich nicht, aber Tatsache ist, daß einer der Jungen, Nadar, plötzlich hinfiel und liegenblieb. Er war genauso alt wie ich. Er stieß einen fürchterlichen Schrei aus, einen Schrei, den ich nie vergessen werde, vor allem nicht, wie er abbrach, sofort, abrupt. Ich sah sein Blut strömen, ein kleines Rinnsal im Sand.

Wir konnten nicht bei ihm bleiben, wir mußten uns verstecken, sonst hätten sie auch auf uns geschossen. Und auf einmal wollte ich nicht mehr sterben. Erst Stunden später hörte ich von Nadars Mutter, daß er gestorben war. Von lauter Frauen umringt, die auf Matratzen saßen und schwarzen Kaffee tranken, weinte Nadars Mutter und raufte sich die Haare und zerrte an ihren Kleidern und schrie immer und immer wieder, es möge nicht wahr sein.

Als ich das hörte, fühlte ich mich komischerweise gleich furchtbar schuldig. Weil ich gewollt hatte, daß an diesem Tag mal richtig was passieren würde. Ich hatte gewollt, daß sie schießen. So lange schon warfen wir Steine auf die riesigen Panzer und hofften, die Juden würden beweisen, wie abscheulich sie sind. Und nun war also das passiert.

Wie verzweifelt diese Frau, diese Mutter war, werde ich nie vergessen. Ich habe mich zu den Frauen gesetzt und stundenlang mit ihnen geweint. Und da habe ich mich für kurze Zeit wieder wie ein Mädchen gefühlt und nicht wie ein Junge – vielleicht, weil ich mich so schuldig fühlte.

Seither ist meine Wut nie mehr abgeklungen, glaube ich, nicht für einen Moment. Sie war manchmal dumpfer, niedergeschlagener oder auch härter, aber ganz abgeklungen ist sie nie. *Stony Sadie* hieß ich damals bei meinen Freunden, in der Gruppe von Jungen, mit denen ich immer loszog.

Tarik hat recht, dachte ich, wir sprengen sie alle in die Luft, sie müssen weg, sie müssen sterben. Und von da an agierten wir noch systematischer, zogen jeden Tag los, als wäre es unser Job, und das in möglichst großer Zahl. Manchmal schwänzten wir auch die Schule, um die Orte aufzusuchen, an denen Soldaten standen.

Und meinst du, ich hätte Tarik je dabei gesehen? In der ganzen Zeit? Denkste! Ich ging immer allein. Mein Bruder ging wie meine Schwester immer den sichersten Weg und mied die Orte mit Soldaten soweit möglich. Vorsichtig, nicht?

Jedesmal wenn sie mich erwischt hatten und ich wieder mal im Russian Compound festgehalten wurde, kam Tarik mich mit meiner Mutter abholen. Immer mit diesem Blick in den Augen. Immer stinkwütend auf mich. Wütend über die Prellungen, die tränenden Augen (vom Tränengas, nicht daß du denkst vom Weinen) und alle anderen Blessuren, die ich mir bei den Juden zuzog. Zart besaitet waren sie da wirklich nicht gerade, auch Mädchen gegenüber nicht. Und zu Hause bekam ich es dann mit Tarik zu tun. Da pirschte er sich dann plötzlich an, wenn ich gerade etwas in der Küche machte oder so, und dann ging das Schlagen und Treten los, auch wenn ich schon grün und blau *war*.

›Du Hure, von jetzt an bleibst du im Haus, mit diesem Abschaum will ich dich nicht mehr sehen, hast du gehört? Hure!‹

›Haben die Juden mich denn noch nicht genug gestraft, Tarik?‹ fragte ich dann. Und: ›Warum tust du genau das, was auch die Juden tun?‹ Dann hörte es für eine Weile auf.

Einmal sagte ich zu ihm: ›Sie schießen wirklich auf Kinder. Wolltest du nicht was dagegen unternehmen?‹ Da war er dann ganz still. Aber es dauerte nicht lange, bis er wieder mit der alten Leier anfing: daß ich mit meinem schlechten Betragen der Familie Schande machte und seine Ehre verletzte.

›Schlecht? Ach, du meinst, nicht so feige wie du!‹ habe ich gerufen. Und da ist er wieder ausgerastet. Seine Schläge sind fürchterlich, weil er viel größer und kräftiger ist als ich. Ich habe ein paarmal versucht zurückzuschlagen, aber ohne großen Erfolg. In meinem Psychologiestudium ist mir aufgegangen, daß Tarik vielleicht wirklich gestört sein könnte, so unberechenbar, wie seine Reaktionen immer sind. Seit mein Vater tot ist, ist er einfach nicht mehr normal.

So, das war's. Sorry, daß so ein langer Brief daraus werden mußte. Ich erwarte bestimmt nichts Entsprechendes von dir zurück, keine Bange. Viel Erfolg mit deinem Arzt – warum schickst du ihm nicht so eine scharfe Mail wie damals Yukio? Oder hast du das schon wieder vergessen?

Denk dran: Heiraten ist keine Lösung. Deine Tante ist bestimmt besser zu verkraften als ein Mann, der dir womöglich gar nichts mehr erlaubt. Aber vielleicht ist die Ehe ja bei euch anders.

Herzliche Grüße, Aischa.«

10

Bloemendaal, 25. Februar, 3.30 Uhr

Zuerst hatten sie sich durch die Hintertür und die Treppe hinaufschleichen müssen, und nun standen sie in seinem Zimmer, in dem ganzen Mist, der auf dem Fußboden herumflog, Plastiktüten, Kleidung, dreckige Socken, CDs, Bonbonpapier.

Aber Dana zog kurzerhand die Hose aus und sprang in Daniels Bett, die Decke bis zum Kinn hochgezogen. »Komm, ich bin müde!«

Verblüfft schaute er zu – war es also wirklich wahr? Und

konnte sie so einfach hier bei ihm schlafen? Was würde Lola morgen sagen? Und Maurice?

Ja, natürlich ging das. Manchmal übernachtete eben jemand. Das tat Eli ja auch gelegentlich. Daniel zog T-Shirt und Jeans aus und legte sich neben sie, erst auf den Rücken, dann auf die Seite. Mit aufgestütztem Ellbogen, das Kinn, wo es nicht weh tat, in der Hand, schaute er auf sie hinunter, auf ihren Mund und ihre Nase, ihre Augen, die noch größer wirkten als sonst.

»Wir schlafen aber ganz normal, ja«, sagte sie, »ohne Rumgemache.«

Mit den Beinen befühlte er ihre Beine, fremde, weiche Beine in seinem Bett. Und seine Hand bewegte sich wie aus Versehen zu ihrem weichen, glatten Bauch hin.

Unter der Decke begann ein zweites Leben, es war so einfach, jetzt, da sich ihre Beine spürten. Ihn durchströmte ein gewaltiges Glücksgefühl, und er wagte einen weiteren Kuß, den sie erwiderte, vielleicht aus purer Verlegenheit, was ihn so erregte, daß er keine Hemmungen mehr hatte, sich mit den Fingern zu ihrem Höschen vorzutasten.

»Darf ich?« fragte er. »Dana – Dana?«

»Hm«, brummte sie, »aber paß auf, ja? Kein Rumgemache!«

»Klar«, sagte er, »wir machen doch gar nichts!«

Und sie kicherte, und er zog es aus, und unwillkürlich rieben sie sich aneinander, weil sich das so gut anfühlte – wie Kinder, die spielen, daß sie Sex machen –, und trotz ihrer keuschen Vorsätze küßten sie sich weiter, junge Tiere.

Daniel war plötzlich, als würde er verrückt, sein Atem stockte, und er drückte ihre Beine auseinander, um noch besser liegen und sich an ihr reiben zu können. *Blue Lagoon*, ging es ihm durch den Sinn, die Natur, so geht es in der Natur… genau wie radfahren…

»Hör auf!« rief Dana. »Bist du wahnsinnig, du mußt erst was drübermachen!« Sie wand sich unter ihm heraus.

»Was?«

»Hast du keine Kondome?«

Kondome? Das Wort kam in *Blue Lagoon* nicht vor. Langsam hob er den Kopf: »Oh, klar!« Und beinahe feierlich fügte er hinzu: »Nein, ich hab keine, aber Maurice vielleicht.«

Geduckt schlich er über den Flur ins Bad, das ans Schlafzimmer von Lola und Maurice grenzte. Sein Herz schlug wie wild, sein Kinn pochte, er hatte Angst, aber nichts konnte ihn jetzt mehr zurückhalten. Er suchte in dem Schränkchen, wo er die Dinger mal hatte liegen sehen. Und fand eines, Gott sei Dank.

Erleichtert huschte er in sein Zimmer zurück.

Dana lag mit weit geöffneten Augen da und starrte an die Decke. Als sie sich ihm zuwandte und die noch lebendige Erektion unter seinem T-Shirt sah, prustete sie los.

Daniel war nicht zum Lachen zumute. Er setzte sich mit dem ausgepackten Kondom aufs Bett. Eigentlich hatte er es schon drauf haben wollen, aber im Laufen ließ es sich schlecht überstreifen. »Himmelherrgott.«

Dana gackerte weiter, ohne ihm Hilfe anzubieten. »War denn bei euch nicht die Frau mit der Banane in der Klasse?« fragte sie.

»Banane? Wir hatten eine Gurke.«

Jetzt kriegte sich Dana überhaupt nicht mehr ein. Sein

Glied wurde schlapp, und das Kondom ließ sich noch weniger abrollen.

»Okay, also du willst gar nicht?« fragte Daniel verlegen und mit einem Mal mutlos.

»Ich will schon, aber es ist so… Geht das nicht zu schnell? Ich kenne dich doch gerade erst.«

»Ich kenne dich schon eine Ewigkeit, ungefähr seit du sechs warst!«

»So 'n Quatsch! Da kanntest du mich doch gar nicht! Du hast immer nur dummes Zeug mit Vito ausgeheckt, und ihr habt mich ständig geärgert. Bohnenstange hast du damals zu mir gesagt!«

»Ist das dein erstes Mal oder nicht? Sei ehrlich!«

»Nein.«

»Willst du nicht ehrlich sein, oder ist es nicht dein erstes Mal?«

»Ich bin ehrlich, es ist nicht mein erstes Mal.«

»Uff«, sagte er.

»Ich hatte doch einen Freund in Hamburg!«

»Trägst du ein Höschen unter deinen Turnsachen?«

»Wie meinst du das?«

»Unter deiner Turnhose, wenn du Sport hast.«

»Ja, natürlich, ich stell mich doch nicht mit nacktem Hintern in den Umkleideraum!«

»Ach.«

»War das so interessant für dich?«

»Ich wollte das nur mal wissen.«

»Wäre es dein erstes Mal, falls es noch dazu kommen sollte?« Wieder prustete sie los. Jetzt mußte sie aber aufhören.

»Ja.«

»Hast du denn noch keine Freundin gehabt?«

»Doch, aber nicht so, daß ich ...«

»Aber jetzt schon?«

»Ja, zumindest, wenn du es auch möchtest.«

Er begann zu zweifeln. Sie hatte recht, es ging zu schnell.

Schüchtern sahen sie einander an, ehe sie wieder unter der Decke verschwanden und sich an einen erwachseneren Kuß machten – Probanden in einem Experiment.

Jetzt wußten sie plötzlich doch ganz genau, was sie wollten. Er schob sich das Kondom über, in einem Rutsch. Sie wollte etwas sagen, verkniff es sich aber. Er legte sich vorsichtig auf sie und stocherte eine ganze Weile angestrengt in der Gegend herum, wo bei ihr eine bestimmte Öffnung sein mußte. Aber wo?

»Du mußt kräftiger stoßen und ihn reinschieben, das tut nicht weh, keine Bange.«

»Wirklich nicht?«

Er war so hart, daß es schmerzte. Sie legte sich etwas anders hin, und das half. Nach noch ein wenig Suchen und Tasten fand er einen Halt und glitt mit etwas Mühe in sie hinein.

Was er spürte, war so überwältigend, daß er glaubte, er würde ohnmächtig. Die Hände zu beiden Seiten ihres Kopfes aufgestützt, schaute er auf ihre geschlossenen Augen und mußte kurz daran denken, wie sie in der Turnhalle an den Ringen gehangen hatte. Er stieß einen erstickten Urschrei aus und ließ sich auf sie hinabsinken.

Es war schon vorbei. Sie blieb stocksteif liegen, als atmete sie nicht mehr.

Keiner von ihnen sagte etwas, als er von ihr heruntergliitt. Irgend etwas hinderte ihn daran, sich zu entschuldigen. Statt dessen begann er ihren Bauch zu streicheln, um etwas Zärtliches zu tun, beschämt und erschrocken über sich selbst. Aber sie schob ihn weg, nicht aus Enttäuschung, wie es schien, sondern eher erleichtert, ja sogar munter, obwohl es schon so spät war. Sie musterte ihn.

»Ich hab deinen noch nie gesehen.«

»Ich deine auch nicht.«

»Nein, ich meine: Er ist so glatt, wie wenn was ab wäre.«

»Ich bin beschnitten.«

»Oh. Und was besagt das?«

»Das ist hygienischer. In Amerika machen das alle.«

»Was denn?«

»Sie entfernen die Vorhaut.«

»Ai. Scheußlich. Hat das weh getan?«

»Weiß ich nicht mehr. Ist schon so lange her.« Daß es noch gar nicht *so* lange her war, mochte er jetzt irgendwie nicht erzählen.

Sie gähnte.

»Wollen wir jetzt schlafen?«

Sie drehte ihm den Rücken zu. Einmal schaute sie sich noch kurz zu ihm um. Dann legte sie den Kopf aufs Kissen, rollte sich zusammen und schlief auf der Stelle ein.

Ihre Schultern an seiner Brust und ihr Haar an seinem Mund, er wagte nicht, sich zu rühren. Sein Kinn tat weh. Es erstaunte ihn, wie wenig er sonst fühlte, nach einem so kosmischen Ereignis. Und schließlich schlief er ein, erschöpft, wie er war.

11

Morgens war er früh wach, steif und verspannt, weil er zu lange in ein und derselben Haltung gelegen hatte. Er vermißte etwas, fand es aber sogleich. Dana lag am Fußende seines Bettes, zusammengerollt wie eine Katze.

Unten im Haus hörte er typische Sonntagsgeräusche, Lola sang, und Nonnie krähte irgend etwas. Komisch, wie konnten sie glauben, daß alles beim alten war? Ihm war, als sei er gar nicht zu Hause, so ungewohnt wirkte alles. Das Licht schien silbrig und doch warm durch den Vorhangspalt, ein anderes Licht als sonst, und die unschuldigen Sachen, auf die es fiel, die Socken, die Plastiktüten, das Bonbonpapier, die CDs, gruppierten sich zu einem atemberaubend harmonischen Stilleben. Er mußte an früher denken, als er noch mit seiner Mutter allein in Amsterdam gewohnt und oft bei Ester übernachtet hatte, wenn seine Mutter mit irgendeinem Typ aus war. Wenn er dort morgens auf seinem Matratzenlager auf dem Wohnzimmerfußboden wach geworden war, hatte er sich immer vorgestellt, wie seine Mutter weit weg von ihm in einem fremden Bett aufwachte. Es war der Versuch gewesen, sie durch Gedankenübertragung zur Besinnung zu bringen. Geholfen hatte es nie. Hin und wieder hatte seine Mutter sogar einen dieser Hampelmänner mit nach Hause gebracht. Alles in allem war das Liebesleben seiner Mutter am besten für Daniel zu ertragen gewesen, wenn er zu Ester durfte, wo er Geschenke bekam und leckeres Essen und wo ihm endlos vorgelesen wurde.

Geräuschlos stieg er aus dem Bett und starrte auf die Stelle, an der Dana unter der Decke schlief.

Sein Bett.

Dann tappte er ins Badezimmer. Er erschrak, als er sein Kinn im Spiegel sah, blau und geschwollen, und auch sein Auge war dick. Er wünschte, Dana wäre wach, er wollte mit ihr reden, sie im Arm halten und nie wieder loslassen, sie zum Rahmen für seine Erinnerung machen.

Wieder im Zimmer, trat er zu ihr ans Bett. Sie öffnete ein schläfriges, verquollenes Auge. »Mann, siehst du aus!« sagte sie.

»Ja, was«, sagte er, als stecke er das lässig weg.

»Tut's weh?«

»Ein bißchen.«

Die Tür ging auf.

»Herrgott, Non, kannst du nicht anklopfen?«

»Wer ist das?« Nonnie blieb verlegen in der Türöffnung stehen. Meistens sprang sie gleich auf sein Bett und haute ihm mit einem Kissen auf den Kopf – das blieb ihm jetzt Gott sei Dank erspart. Jetzt war da dieses Problem.

Aber sie war schon weg, nach Lola rufend. »Daniel hat ein blaues Auge, und da ist ein Mädchen in seinem Zimmer. Maa-maa! Bei Daniel ist ein Mädchen!«

Er hörte sie unten reden, Maurice' unwirsche Stimme.

»Soll ich abhauen?« fragte Dana.

»Hm ... bist du scharf auf Croissants und blödes Geschwätz?«

»Nee, bloß nicht! Ich muß reiten.«

Ihre Stimme klang fremd, die Stimme einer Fremden. Der Schlaf hatte ihr alles Schwüle genommen.

Sie schlüpfte schnell in ihre Hose und zog ihre Jacke über das rosa Top von gestern abend. Ihre Wimperntusche war verlaufen und verschleierte ihre Augen, was schön verrucht aussah. Daniel spürte, wie ihn ein Schauer der Begierde und ohnmächtigen Verliebtheit überrieselte. Anstatt nachzulassen, war es noch heftiger geworden, sagte ihm das. Und mit jeder Sekunde wurde er verkrampfter und stiller.

Schweigend schaute er zu, wie sie sich ihre Stiefel anzog.

Sie sahen einander nicht an, als er sie zur Haustür brachte – die Tür von der Küche zum Flur war zum Glück zu. Er registrierte, daß Lolas Geträllere kurz abbrach, während er die Haustür möglichst lautlos öffnete.

Mit starrem, verschlossenem Gesicht trat Dana auf die Straße hinaus.

»Mach's gut. Bis zum nächstenmal.«

»Ja. Und gute Besserung für dein Kinn!«

Da fuhr sie auch schon auf ihrem Rennrad durch den Nieselregen.

12

Ramallah, 10. April

Raschids Büro befand sich über einem unscheinbaren kleinen Ladenlokal am hinteren Ende der Hauptstraße von Ramallah. Es war eher spärlich eingerichtet: drei Schreibtische mit Computer, ein Poster von der Al-Aqsa-Moschee an der Wand, ein stattliches Bücherregal mit arabischen, aber auch englischen Büchern. Viel über die Intifada und den palästinensisch-israelischen Konflikt, sah Aischa, auch von zionistischen Autoren.

Der Roman *Black Box* fiel ihr ins Auge, von dem Juden Amos Oz. War das nicht einer von *Frieden jetzt*? Für diese Organisation hatten ihre Bekannten nur Hohn und Spott übrig. Und auch Aischa mißtraute denen, die alles bereden wollten – auf beiden Seiten. Reden war ihrer Meinung nach nichts anderes als bemänteln, verschleppen, aufschieben. Dumm und lächerlich war *Frieden jetzt*, ein Witz.

Raschid streckte sich und sah sie überrascht an.

»Alles wieder heil?« fragte er.

Sie hob den noch verbundenen Ellbogen an.

Raschid nickte.

»Was kann ich für dich tun?« fragte er. Seine Stimme klang freundlich, aber sehr distanziert.

Falls Aischa versucht gewesen sein sollte, ihm von ihrem Leben mit ihrem gewalttätigen Bruder zu erzählen, wäre ihr das jetzt sofort vergangen.

»Setz dich«, sagte Raschid.

Sie trug die Jeans, die ihre Mutter am meisten haßte. Sie war weit und sackartig, und in ihren Taschen konnte Aischa die Hände tief vergraben.

»Ich möchte für Ihre Zeitung schreiben«, sagte sie.

Raschid lachte. »Du?«

Sie bedachte ihn mit einem vernichtenden Blick. »Ja, ich.«

Er nahm eine andere Sitzhaltung ein, musterte sie und sagte: »Ich weiß, daß du Mumm hast – dein Ruf ist dir vorausgeeilt – und Englisch und Hebräisch sprichst. Aber kannst du schreiben?«

»Ja, ich kann schreiben«, sagte Aischa schlicht.

»Mit welcher Hand?« fragte er mit spöttischem Nicken zu ihrem verbundenen Arm hin.

»Mit rechts«, sagte sie und schämte sich plötzlich so, daß sie die Augen niederschlug.

»Woher willst du wissen, daß du schreiben kannst?« fragte er. Sein Blick verriet nichts.

»Ich habe für die PA eine Zeitlang über die Kämpfe zwischen der Fatah und der zionistischen Armee berichtet«, sagte sie. »Ich habe beschrieben, wie meine Freunde mit Gewehrkolben bewußtlos geschlagen und mißhandelt wurden, auch wenn sie nichts getan hatten. Aber das blieb ohne Echo. Ich möchte gelesen werden, ich möchte mich in einer Zeitung lesen können!«

Während sie sprach, sah er sie so freundlich an, daß es sie ganz nervös machte und, schon wieder, eigenartig schwach. Irgend etwas in seiner Haltung, sie konnte nicht recht sagen, was, unterschied ihn von den Männern hier.

»Du kennst unsere Zeitung?« fragte er.

Sie nickte. »Ich finde sie sehr gut«, sagte sie schnell.

»Wenn sie auch nur wöchentlich erscheint, sie ist eine richtige Zeitung, findest du nicht?« sagte Raschid schon etwas weniger distanziert. »Informationen sind in diesen Zeiten von entscheidender Wichtigkeit, meine ich. Die Leute wissen nicht genug. Weder die hier im Westjordanland oder im Gazastreifen noch die in Israel. Sie kennen einander nicht. Und, was nicht weniger bedeutsam ist: Die einen wie die anderen fühlen sich auch verkannt. Am liebsten würden sie sich ihre jeweilige Geschichte zuschreien, aber dann müßten sie erst Ohren und Herz füreinander öffnen.« Er fixierte Aischa, als hätte er vergessen, daß sie hier war, weil sie bei ihm um einen Job betteln wollte.

»Unsere Leute liegen mir am Herzen«, fuhr er fort.

»Nicht von ungefähr schleicht sich der Fundamentalismus in diese Gesellschaft ein: Unwissenheit! Nachgeplapper! Deshalb möchte ich die Zeitung in erster Linie für uns, für die Palästinenser, machen. Aber sie soll prinzipiell für beide Seiten dasein: denn es gibt wirklich auch interessierte Israelis, und die sind extrem wichtig für uns. Und für die internationale Presse, die hier stationiert ist. Überall suchen Journalisten nach Geschichten. Geschichten erwachen erst zum Leben, wenn sie weitererzählt und wiederholt werden. Ein Dialog kommt erst zustande, wenn man weiß, was der andere durchmacht, und wenn man über sich selbst Bescheid weiß. Kannst du mir ein bißchen folgen?«

Aischa nickte ernst.

Seine Gesprächigkeit hatte sie verlegen gemacht. Meistens trat sie Männern gegenüber möglichst militant auf, doch bei Raschid schien das gar nicht nötig zu sein. Er behandelte sie nicht wie eine Frau. Er sah sie einfach an, während er sprach. Die meisten Männer lachten bei der ersten Begegnung irgendwie dumm rum oder maßten sich einen herrischen Ton an, um ihr Unbehagen zu überspielen. Raschid behandelte sie wie eine Ebenbürtige – er nahm sie ernst, ohne daß sie sich dafür hätte anstrengen müssen. Das war neu für sie, und zu ihrer Verärgerung schüchterte es sie ein.

Sie fragte sich, warum sie sich mehr als je zuvor bewußt war, daß er ein Mann war und sie nicht, ausgerechnet jetzt, wo das überhaupt keine Rolle zu spielen schien.

Unwirsch strich sie sich eine Haarsträhne aus dem Gesicht. Es glühte vor Verlegenheit, als sie aufschaute.

Raschid schien das nicht zu bemerken. »Kurz gesagt:

Falls wir überhaupt jemanden suchen, dann einen, der bereit ist, sich umzutun, der die Geschichten der Leute aufschreibt, die Geschichten der Namenlosen, deren Gedanken und Sorgen sonst unbekannt bleiben würden. Aber du bist eine Frau, und es fragt sich, ob man dir vertrauen würde. Und natürlich auch, ob du dir das zutrauen würdest.«

Also doch.

»Natürlich traue ich mir das zu«, sagte sie verächtlich.

Jetzt sah sie, was ihn von den anderen Männern, die sie kannte, unterschied. Es war die wohlüberlegte Zielgerichtetheit in seinem Auftreten, gepaart mit einer gewissen Ungeduld, die so ganz anders war als die vage Aggressivität, die sie von vielen Männern hier kannte. Raschid wollte einfach auf schnellstem und bestmöglichem Wege etwas erreichen, und er rechnete damit, daß ihm das gelingen würde. Er ist klug, dachte Aischa, aber seine ungeduldige Zuversicht beweist, daß er lange von hier fortgewesen ist.

Sie kannte in ihrem Umfeld viel zu wenige, die wirklich etwas erreichten oder überhaupt erreichen wollten. Und schon spürte sie wieder die vertraute alte Grimmigkeit aufkommen.

»Aber, nein, die Juden werden mir nicht vertrauen«, sagte sie mit einem kurzen ironischen Grinsen.

»Hast du nicht einen israelischen Ausweis?«

»Ja.« Sie fragte sich, woher er das wußte.

»Wenn du für mich schreiben solltest ... Gewöhnliche Leute wissen nichts über dich, und von den Israel Defence Forces mußt du dich ohnehin fernhalten. Auf die Geschichten ganz normaler Menschen kommt es mir an. Von den USA her weiß ich, daß es auch in Israel viel Widerstand gegen das zionistische Regime gibt und dort durchaus Interesse an den Geschichten von Palästinensern besteht. Wir wissen sehr viel mehr über Israel als sie dort über uns.«

Aischa warf sich mit einem Anflug ihrer alten Bravour in die Brust. »Aber Geschichten über bedauernswerte Juden schreibe ich nicht, tut mir leid. Schon gar nicht für unsere eigenen Leute! Bedaure, aber das geht mir zu weit.«

Raschid zog die Stirn kraus. »Ich wüßte nicht, daß ich dich darum gebeten hätte. Und noch schreibst du nicht für mich.«

Aischa starrte auf ihre Hände, ohne etwas zu erwidern. Ungerührt fuhr Raschid mit seinen Darlegungen fort.

»Ich hatte das langfristig gemeint, wenn wir einmal weiter sind. Vielleicht schreiben auch wir in Zukunft über die Probleme von Juden. Wer weiß.«

Er musterte Aischa erneut. »Ich könnte dich auf Probe einstellen«, sagte er dann.

Sie unterdrückte einen Freudenschrei und fragte: »Gegen Bezahlung?« Ihr Gesicht begann noch stärker zu glühen.

»Ja, klar.«

»In Dollar?«

»Halb halb.«

»Okay.«

»Und daß du's weißt, wir arbeiten hier momentan zu dritt, ausschließlich Männer. Aber daran bist du ja, glaube ich, gewöhnt.«

»Ja.« Jetzt wurde Aischa geradezu gesprächig. »Und ich kann wirklich schreiben, falls Sie daran zweifeln sollten. Ich schreibe eigentlich immerzu. Berichte. Briefe. Mails. Ich führe eine Art Tagebuch…« Sie stockte.

»Nenn mich ruhig Raschid«, sagte er.

Sie lächelte und bezwang ihren Triumph. »Warum machst du das?« fragte sie. »Das mit der Zeitung, meine ich, und mit den Betrieben, in die du hier investierst? Warum bist du zurückgekommen?«

Er schien nicht erstaunt zu sein, daß sie davon wußte.

»Ich habe auch in Amerika über Palästina geschrieben, einige Bücher veröffentlicht, aber ich habe nie aufgehört, davon zu träumen, in mein Land zurückzukehren. Und als ich mich endlich entschieden hatte zu gehen, stellte sich heraus, daß ich nicht mehr nach Jerusalem zurückkonnte, wo meine Familie immer ein Haus hatte – es ist beschlagnahmt worden. Da habe ich etwas in Ramallah gefunden und dieses Büro gemietet. Und einen Betrieb aufgemacht, ein Tochterunternehmen der Textilkette, die ich in den USA besaß.«

Aischa nickte zögernd. Daß er Bücher geschrieben hatte, in Amerika, beeindruckte sie. Aber ihr war nach wie vor schleierhaft, wie man in diese Trümmerhaufen hier zurückwollen konnte, wenn man einmal dort gelebt hatte und reich war – denn das war er ja wohl. Nachher konnte er nicht mehr zurück, es sei denn, er hatte einen amerikanischen Paß.

»Bist du mit einer Amerikanerin verheiratet?« fragte sie unverfroren.

Sein Lächeln erstarb. »Ich *war* mit einer Amerikanerin verheiratet. Geschieden sind wir zwar nicht, aber…«

»Aber du hast einen amerikanischen Paß?«

»Ja, noch.«

Sie nickte. Das änderte alles.

»Warum warst du neulich da, bei der Beisetzung?«

Er zögerte kurz. Dann sagte er förmlich: »Ich bin Journalist, ein Journalist läßt sich nichts entgehen. Warum warst du da?«

Aischa fragte sich, wen er wohl kannte.

»Aus Respekt«, sagte sie. Sie mußte an Hadi denken, wagte aber nicht, Raschid nach ihm zu fragen. Sie kannte ihn noch nicht lange genug, um ihm Einblick zu gewähren, mit wem sie umging.

Einen Moment lang maßen sie einander mit starren Mienen.

»Ich schlage dir eine Probezeit von drei Monaten vor«, sagte Raschid dann, mit einem Mal kurz angebunden.

»Okay.« Ihr Herz schlug wie wild.

»Mach einfach mal ein Interview mit irgendwem, den du kennst«, sagte Raschid. »Schreib auf, was du hörst. Ich lasse dir die freie Entscheidung.«

Aischa nickte dankbar.

In Raschids Augen blitzte etwas auf, doch über ihren Kopf hinweg suchten sie schon wieder nach etwas Neuem. Sein Telefon klingelte.

»Denk dran, mach's nicht zu sentimental, das erschlägt«, sagte er noch.

»Nein, natürlich nicht.«

Er lachte kurz. »In zwei Tagen will ich deinen ersten Artikel sehen.«

13

Bloemendaal, 25. Februar, später Nachmittag

Liebe Dana…

Weiter kam er nicht – was jetzt? Und schon mahlte es wieder in ihm: vom Allerallergrößten zum Kleinen, vom Gefühlschaos zu dem, was erträglich, überschaubar und simpel war und doch alles beinhaltete. Aber wie?

Den ganzen Tag war Daniel nicht aus seinem Zimmer herausgekommen. Eine Stunde nachdem Dana gegangen war, hatte Lola zu ihm hereingeschaut. Sie wolle »kurz mit ihm reden«.

Sie war sauer, daß er am Abend zuvor nicht angerufen hatte, um zu sagen, daß er mit Vito ausging. Dieses Vergehen hatte Daniel schon völlig vergessen gehabt. Er wußte, was Lola von Vito hielt. Sein Gesicht hatte er ihr sicherheitshalber nicht zugewandt.

»Ach ja. Entschuldige.«

»War Vito wieder die treibende Kraft?«

»Mmm.«

Lola war nicht weiter darauf herumgeritten. Jetzt standen andere Dinge im Raum, die auch sie im Moment mehr interessierten.

»Und was war das, hier hat heute nacht jemand geschlafen? Ein Mädchen?«

»Ja.« Nun hatte Daniel sich zu ihr umgedreht. Und erst jetzt hatte Lola sein Gesicht gesehen.

»Mein Gott, Daniel, wie siehst du denn aus! Hattest du eine Schlägerei? Doch wohl nicht mit… ihr?«

»Nein.«

»Sag doch was! Tut es weh? Kannst du nicht mehr sprechen?«

»Mmm. Doch. Es geht schon, Mam, laß mich doch.«

»Aber das Mädchen. Du hast doch hoffentlich … Du bist doch hoffentlich vorsichtig gewesen?«

»Herrgott, Mam, ich will das nicht, geh weg!«

»Ich vertraue dir ja, aber…«

»Eben, laß gut sein!«

»Möchtest du denn nichts essen?«

»Wenn ich Hunger hab, werd ich schon kommen, das müßtest du doch wissen.«

Widerstrebend war Lola gegangen, fast genauso aufgeregt und durcheinander wie Daniel.

Danach war Daniel an seinen Computer geschnellt, am ganzen Körper bebend, sanfte Musik im Ohr, ein anderer, ein Mann, der von Sätzen träumte, die voll reinhauten, verführerisch, zärtlich, voller Humor – aber eingefallen war ihm kein einziger. Eine wortlose Sprache, die suchte er.

»~~:-(,{{Daan}}, O :-),:-*«, schrieb er. »Komm bald wieder! =^*«

Er klickte auf *send*. Wie wenig er doch noch mit ihr geredet hatte. Wie wenig er von ihr wußte, wie wenig er gefragt hatte.

14

Die Tage danach erschienen ihm still und leer. Sein Kinn wurde erst violett, dann blau, dann grün und schließlich braun und gelb, ebenso wie sein Auge. Daß auch sein Auge so viel abgekriegt hatte, hatte er gar nicht gleich gemerkt, aber angesichts der Turbulenzen und des unruhigen, kranken Gefühls in seinem Magen – oder in seinem Herzen? – war so ein läppisches blaues Auge nur ein Kinkerlitzchen, eine winzige Unannehmlichkeit.

Auf die Nacht der Nächte folgte vorläufig nichts. *Danas Nacht*, wie Daniel sie nannte. In der Schule schien Dana unsichtbar geworden zu sein, nirgendwo sah er sie, als existierte sie schlichtweg nicht mehr. Sie holte auch Kai morgens nicht mehr ab.

Weil Vito auf eine andere Schule ging als seine Schwester, konnte Daniel nicht so ohne weiteres fragen, ob er vielleicht etwas wußte, und Vito anrufen wollte er nicht.

Wenn Daniel nicht in der Schule sein mußte, schaute er Stunde für Stunde in seine Mailbox und checkte auch, ob jemand die Website besucht hatte, die er seit einem halben Jahr unterhielt: www.danielklein.nl. Er mailte Dana jeden Tag, bestürmte sie mit Gefühlsergüssen in Chatsprache.

Sie antwortete nicht.

Freitags hielt er es nicht mehr aus. Er mußte mit ihr reden. Hatte er sie verletzt, bedauerte sie, was sie getan hatten? Noch nie in seinem Leben hatte er unter einer solchen Anspannung gestanden.

In der Schule sah er beim Hausmeister die Belegung der

Klassenräume ein und paßte Dana dann vor ihrer Klasse ab.

Sie kam in kurzem schwarzem Röckchen mit weißem Kinder-T-Shirt und Jeansjacke darüber aus der Tür. Neben sich eine Freundin, die wie sie kaum älter aussah als zehn. Sie lachten über etwas, das die Freundin erzählte. Vor Nervosität und in einem Anflug wahnsinnigen Verliebtseins zog sich Daniel der Magen zusammen. Er kannte die Beine unter dem Röckchen! Er wollte sie erneut sehen, er mußte verifizieren, ob sie noch genauso waren wie damals oder … Sie sah ihn mit einem Lächeln an, das irgend etwas galt, was sich außerhalb von ihm abspielte.

»He, Daniel«, sagte sie – zu Daniel dem Fremden, dem vagen Bekannten. »Wie geht's?«

Ihre Stimme war höher und anders. Neutral. Nicht der Hauch von etwas Nettem. Sie spielte ein Spiel, so höflich durfte sie nicht sein.

Er erschrak, weil damit seine größten Befürchtungen bestätigt zu werden drohten. Er wollte alles … alles wollte er tun, alles, was sie sagte.

Er stotterte: »Ich dachte, du hast vielleicht Lust, heute abend mit nach Amsterdam zu kommen? Im Melkweg scheint eine gute Band zu spielen …« Seine Angst war hörbar, und dessen war er sich bewußt. Es war ganz einfach der falsche Ton.

»Das krieg ich zu Hause bestimmt nicht durch«, sagte sie, »aber ich werd mal fragen, okay? Ich ruf dich dann an. Ciao!«

Und das Röckchen wippte davon, weg von ihm, hin zu einem ganz anderen Leben, einem anderen Takt, einem anderen Ton. Etwas Entsetzliches war passiert, und er ging jetzt zugrunde, das spürte er.

15

Westjordanland, 24. April

Nach zwei Wochen hatte Aischa sechs Reportagen gemacht. Die erste hatte sie innerhalb der vorgegebenen Zeit abgeliefert – zwei Tage ohne Schlaf. Die Geschichte handelte von einer Freundin ihrer Tante Sira, einer älteren Frau aus der Umgebung von Ramallah, deren ältester Sohn bei einem Angriff der israelischen Armee umgekommen war. Er hatte in einer Autowerkstatt gearbeitet, und das Geld, das er dort verdiente, hatte die Familie über Wasser gehalten. Die Frau hatte keinen Mann, der sie und ihre beiden anderen Kinder ernährte, und keine sonstigen Angehörigen, die sie finanziell hätten unterstützen können. So lebte sie nun von dem, was Nachbarn und Freunde erübrigen konnten, und das war nicht viel. Zu der Trauer um ihren Sohn kam die wirklich brenzlige Lage. Vielleicht könne die UNWRA da mal was machen? hatte Aischa geschrieben.

Diesen Appell hatte Raschid sofort gestrichen, denn die Geschichte müsse für sich sprechen, sagte er, und außerdem könne man davon ausgehen, daß der UNWRA der Fall schon zu Ohren kommen würde.

»Wir machen eine Zeitung, Aischa, keine Pamphlete.«

Ansonsten war er relativ zufrieden gewesen.

Der nächste Artikel handelte von einer Mutter von fünf

Kindern, die Aischa schon oft besucht hatte. Vor einigen Monaten war das jüngste Kind draußen beim Spielen von einer verirrten Kugel getroffen worden. Die Mutter glaubte, das sei Allahs Wille gewesen und sie werde nun dafür belohnt werden, und war infolgedessen, Aischas Meinung nach – und deshalb hatte sie sie auch so oft aufgesucht –, in totale Lethargie verfallen. Sie sorgte nicht mehr für sich und ihre Kinder und wirkte völlig apathisch. Das hatte Aischa in ihrem Artikel ausführlich zu erläutern versucht.

»Du mußt versuchen, dich auf Fälle zu konzentrieren, in denen die Leute nicht komplett verrückt geworden sind, Aischa«, hatte Raschid dazu gesagt. »Wir machen keine psychologische Wochenschrift, bring Fakten, Zustandsberichte!«

»Aber so sieht die Wirklichkeit aus, so handeln und denken einige!« rief Aischa.

»Und wir arbeiten nicht für die Hamas, also propagieren wir solche Opfer nicht«, sagte Raschid in einem so duldsamen Ton, daß seine Ungeduld fast greifbar war.

»Aber das sind doch auch Fakten! Wie Menschen reagieren, das gehört doch auch dazu!«

»Ich will journalistische Arbeit, drücke ich mich so deutlicher aus?« hatte er darauf gesagt, und Aischa war verstummt.

Schon ein paarmal hatte sie sich bei Hadi über Raschids Launen beklagt und daß er so schnell genervt war. Daß er kritisch war, konnte sie ja verstehen, aber er schien nie zufrieden zu sein. Auch in ihren folgenden Artikeln hatte er erbarmungslos allerlei Passagen gestrichen, in denen ihm Unrecht allzu lamentierend geschildert erschien.

»Du mußt genau sein, sonst wirst du außerhalb deines eigenen Volkes niemals ernst genommen, Aischa! Du möchtest doch, daß du von der ausländischen Presse gelesen wirst, daß auch die Israelis dich lesen, oder?«

Sie zögerte. Wollte sie das? Genügten ihr nicht die Bewunderung und Billigung seitens ihrer eigenen Umgebung? Und dann sah sie ihn wieder an, sah das strahlendweiße Oberhemd, das seine kräftigen Schultern umspannte, sah die lebendigen, scharfen Augen in seinem erhitzten Gesicht. Niemanden kritisierte er so sehr wie sie. Von niemandem hatte sie sich je so viel Kritik gefallen lassen.

Aischa merkte, daß sie Raschid nach wie vor als Außenstehenden betrachtete, den sie mit ihren beispielhaften Schilderungen überzeugen und verblüffen zu müssen meinte. Überall suchte sie nach weiteren, schlimmeren Fällen ungerechter und grausiger Umstände. Seinetwegen.

Aber es schien, als erreiche sie ihn nie so recht. Anstatt tief bewegt über den Inhalt ihrer Artikel mit den Zähnen zu knirschen und die Fäuste zu ballen, strich er lediglich schlecht geschriebene Sätze und korrigierte Überzeichnungen. Er strich auch die meisten ihrer Schlußfolgerungen, bat um Nuancierungen und forderte Quellenangaben und Belege. Er trieb sie zur Verzweiflung.

Aber aufgeben wollte sie nicht. Seit sie bei Raschid arbeitete, war sie Tag und Nacht unterwegs, immer auf der Suche nach Geschichten, und sie schrieb wie eine Besessene. Dabei bereitete sie sich insgeheim schon auf Raschids skeptische Fragen vor. Ein paarmal träumte sie sogar, daß Raschid sie wie Tarik schlug, so hart und lange, bis sie bewußtlos wurde.

Samstags hockte sie aber wie eh und je bei Achmed und Lester, um ihre Verbindungen zur Außenwelt zu pflegen. In Raschids Büro war zwar auch eine Internetverbindung, doch dort fühlte sie sich nun mal nicht wohl genug, um private Briefe zu schreiben.

16

Bloemendaal, 2. März

Natürlich rief Dana nicht an. Weder nachmittags noch am Abend.

Als Daniel dann eben um neun Uhr – der Auftritt der Band war schon um elf – selbst zum Hörer griff, schwitzend und doch immer noch voller Hoffnung, ging niemand ran. Jetzt stand es also fest: Sie wollte nicht.

Er rief Eli an, der gerade zu einem Festabend einer jüdischen Jugendbewegung gehen wollte. Daniel beschloß, sich ihm dieses eine Mal anzuschließen. War er denn nicht Jude? Na also! Allein zu sein war schlimmer.

Wir glauben an ein Mißverständnis, sagte sich Daniel wider besseres Wissen, wir glauben, daß ein Mißverständnis vorliegt.

An diesem Abend zog er Eli ins Vertrauen. Wie mit Vito war er auch mit Eli, der aus einem behüteten jüdischen Elternhaus kam, schon seit der Grundschule befreundet. Und als er noch der etwas zu erwachsene Sohn einer alleinstehenden Mutter gewesen war, hatte er unzählige Freitagabende bei Eli zu Hause verbracht. Mit Eli konnte man sich herrlich über den Käse in der Schule, im Fernsehen, in der Zeitung und wo sonst nicht noch überall lustig machen. Manchmal hatten sie sich stundenlang nicht mehr eingekriegt vor Lachen, ohne daß anderen ersichtlich geworden wäre, was sie denn so erheiterte.

»Meeensch«, entfuhr es Eli nun, und Daniel kam sich plötzlich ganz groß vor. »Das ist ja ein Hammer. Du hast mit ihr geschlafen! Wieso konntest du denn nicht einfach nur ein bißchen rumfummeln und knutschen, wieso gleich aufs Ganze? Wollte sie das? Aber das ist mal wieder typisch Daniel, gleich in die vollen. Echt extrem!«

Jetzt wußte Daniel, daß Eli neidisch war. Denn sonst regte er sich nie so auf und gab auch nicht solche lächerlichen Kommentare ab.

»Extrem? Was heißt hier extrem, du Scherzkeks! Was ist denn das Hauptgesprächsthema, worum dreht sich denn im Fernsehen, in Zeitungen und Zeitschriften alles? Und wenn man's dann wirklich macht, soll man plötzlich extrem sein? Wo lebst du überhaupt? Bis auf dich haben's doch alle in der Schule schon mal gemacht.«

Elis Gesicht verzog sich. Daniel schlug einen anderen Ton an.

»Ich mag sie einfach, E, schon ganz lange. Und natürlich wollte sie, sonst hätte ich es doch nie gemacht, du Idiot! Ich hab sie nicht vergewaltigt oder was! Sie wollte es selbst! Sie wollte wirklich, und sie hat gleich von einem Kondom geredet. Sie hat Erfahrung, weißt du, unheimlich viel Erfahrung!«

Daniel dachte kurz nach. Worin hatte sich diese Erfahrung denn eigentlich gezeigt? So still und regungslos, wie sie dagelegen hatte. Vielleicht war es das: die Tatsache, daß sie nicht beeindruckt gewesen war, nicht ängstlich oder nervös, ihre relative Sachlichkeit.

»Echt?! Dana? Himmel!«

Plötzlich zweifelte Daniel, ob er sich denn auch wirklich richtig erinnerte. Hatte es Mißtöne gegeben, peinliche Momente, die er aus seinem Gedächtnis gestrichen hatte?

»Sie war also keine Jungfrau mehr. Jetzt erzähl mir bloß nicht, daß es für dich auch nicht das erste Mal war! He, Daan, das tust du mir doch nicht an, oder?«

Daniel schüttelte beruhigend den Kopf. »Nein. Keine Bange.«

Eli grinste erleichtert. Er war wieder er selbst.

»Und, fand sie's auch nett?«

»Quatsch nicht so blöd, Mann. Nett! Echt geil fand sie's!«

»Nur will sie jetzt nicht mehr mit dir ausgehen.«

»Ich … äh … Frauen sind eben anders, E. Frauen haben ihre Launen und so.«

»Vielleicht hat sie ihre Tage!« rief Eli enthusiastisch. Das kannte er von seiner Schwester. »Könnte gut sein, dann sind sie nämlich echt ungenießbar, sag ich dir! Echt zum Abgewöhnen!«

»Ja, vielleicht.« Daniel, der Frauenexperte, verstummte.

»Los, komm mit, dann zeig ich dir Tirza, die ist unheimlich süß. Wo du jetzt auf den Geschmack gekommen bist. Die ist bestimmt noch Jungfrau, echt was für dich.«

17

Mit Tirza hatte sich Daniel dann nicht einmal unterhalten wollen, mochte sie auch noch so ein nettes Mädchen sein. Seine Mails an Dana blieben auch weiterhin alle unbeantwortet, und in der Schule ging sie ihm aus dem Weg. Wenn sie sich zufällig begegneten, immer in Begleitung von Freunden oder Freundinnen, tat sie so grausam normal, so oberflächlich freundschaftlich, daß es ihm weh tat.

»He, Daniel, alles okay? Na dann ciao!«

Verdiente er kein Geheimnis? Kein stilles Einvernehmen? War denn gar nichts passiert? Oder waren Körper lediglich Werkzeuge, die nur am Rande mit der jeweiligen Person zu tun hatten. Oder irgendwas in der Art?

Obwohl er sich kaum vorstellen konnte, daß sie ihrem verhaßten Bruder auch nur das Geringste anvertraute, war Vito von Daniels Warte aus Teil eines Komplotts, die Amalfis ein Clan feindlicher Kräfte, die sich alle zusammen über ihn kaputtlachten.

Dieses Gefühl hatte er nach einer weiteren Woche erfolgreich verarbeitet. Er sagte sich, daß es gute Gründe für diese Funkstille geben mußte, daß sie einen logischen Anlaß hatte und sich in Kürze alles aufklären würde.

Ein dumpfer Schmerz hatte sich irgendwo unten in seinem Magen eingenistet, eine Folge der Warterei, des Unglaubens und Gedemütigtseins. Nacktheit ließ sich also schlicht und einfach durch Schweigen verhöhnen. Man konnte zu einem lächerlichen und widerwärtigen Menschen werden, nur weil einem nicht das Gegenteil bestätigt wurde.

18

Ramallah, 30. April

»Du glaubst wohl nicht, was ich schreibe, was!« rief Aischa und fuhr mit ausgestrecktem Zeigefinger wütend auf Raschids roten Anmerkungen herum. »Warum kürzt du, warum streichst du Ausrufezeichen? Warum schwächst du alles ab?«

Sie saß ihm in dem kleinen Büro gegenüber, schweißgebadet. Sie trug an diesem Tag einen Rock und eines von ihren goldenen Armbändern.

Geduldig sagte er: »Um deine Geschichte glaubwürdiger zu machen, Aischa, denn ich möchte, daß du die Menschen betroffen machst und nicht ärgerst. Wir schreiben schließlich auch für die Außenwelt. Sie sollen das doch nicht für Propaganda halten! Glaub mir, es muß echt sein!«

»Echt? Alles, was ich schreibe, ist echt!«

»Das weiß ich ja, natürlich weiß ich das, aber... vielleicht solltest du mal einen anderen Blickwinkel wählen. Das Leid trauernder Mütter ist so naheliegend, so selbstverständlich. Vielleicht solltest du andere Geschichten suchen.«

Sie roch ihr eigenes Eau de Toilette. Das Armband, das sie sonst nie trug, klebte hinderlich an ihrem Arm. Sie sah, daß er darauf schaute. Er verstummte abrupt.

»Selbstverständlich! Ist das hier selbstverständlich? Na, du mußt es ja wissen!« Sie stieß die Worte zwischen den Zähnen hervor, mit dickem Hals vor Wut. Kleinlaut wollte sie vor ihm nicht mehr sein. Noch ein kurzer Blick, dann wandte sie sich von ihm ab, ihren Artikel an sich gedrückt.

Nichts machte je Eindruck auf diesen Mann. Für ihn war alles Text, Theorie, Fassade. Entsprangen sein Idealismus und seine Empörung über das Schicksal seines Volkes nicht einfach alten, überkommenen Ideen, fragte sie sich manchmal. Glaubte er eigentlich selbst daran? Diese Zweifel änderten freilich nichts daran, daß sie sich durch seine Kritik und das, was sie wohl für Gleichgültigkeit halten mußte, gedemütigt fühlte. Gleichgültigkeit gegenüber all der Mühe, die sie sich machte, und all dem Elend, das sie sich für ihre Reportagen anhören mußte. Das warf sie in ein leeres Niemandsland der Verzweiflung zurück, in dem sie es mehr denn je verfluchte, kein Mann zu sein – was hier nun gerade überhaupt kein Thema war. Er ging ja nicht so hart mit ihr ins Gericht, weil sie eine Frau war, sondern weil er etwas von ihr erwartete. Daß ihr das immerzu durch den Kopf ging, kotzte sie an.

»Was willst du denn von mir?«

»Ich will, daß du mir und den Lesern verdeutlichst, was hier abläuft, was wir hier wollen, worunter wir hier leiden. Das willst du doch auch!«

Wieder nickte sie – er war anders, anders als sie, das war ihr klar. Und überdies war er ihr Chef. Einen Moment lang sahen sie einander direkt in die Augen. Aischa spürte, wie ihr Herz kurz aussetzte und dann zu rattern begann wie ein Maschinengewehr.

Sie mußte an ihren Traum denken und hoffte kurz, er würde sie schlagen. Vielleicht würde das helfen, dachte sie. Vielleicht würde es sie wachrütteln.

19

Bloemendaal, 8. März

Am Donnerstag nachmittag, fast vierzehn Tage nachdem Dana morgens bei ihm durch die Haustür verschwunden war, wählte Daniel Vitos Nummer.

»D'Amalfi«, blaffte eine Stimme.

So meldete sich Vito. Aber auch sein Vater. Daniels Herz klopfte laut und dumpf. Nicht sein Vater, wenn es doch bloß nicht wieder sein Vater war!

»He, Mann, ich bin's, Daniel«, sagte er auf gut Glück.

»Heee, Dani!«

Es trat eine unbeholfene Sprechpause ein.

»Du hättest ruhig mal anrufen und dich erkundigen können, ob ich was gebrochen habe.«

»Hast du was gebrochen? Ich meine: Hab ich dir was gebrochen?«

»Nein.«

»Na dann. War das alles? Hast du deswegen angerufen?«

»Nein. Ich wollte eigentlich Dana sprechen. Wegen einer Radtour.«

»Ahaaa! Die ist gerade mit Sievert reiten.«

»Wer ist Sievert?«

»Dieser Freund aus Hamburg. Wir haben hier schon seit zwei Wochen Zuwachs. Aber er ist gar nicht so übel. Wir sind schon mal zu dritt losgezogen.«

»Ich dachte, es wäre aus zwischen ihnen.«

»Nein, stimmt nicht, er ist jetzt zehn Tage hier, glaub

ich. Was? Tja, es hat wohl wieder zwischen ihnen gefunkt, gewaltig gefunkt, würd ich sagen.«

»Oh«, sagte Daniel. Er hatte doch eine Erklärung gewollt, etwas Logisches. Das hatte er nun davon. Er staunte, wie überschaubar alles war. Jetzt nur noch der geschäftliche Teil.

»Ich verscheißer dich natürlich, Mann. Von wegen zu dritt losgezogen. Das ist so 'n richtiger Softie, der bleibt abends zu Hause, hält sich für zu alt, um irgendwohin zu gehen. Zu alt! Er ist zwanzig oder so. Aber ich glaube, sie liebt ihn.«

»Schön«, sagte Daniel mit belegter Stimme. »Okay, ich ruf dann noch mal an.«

»Dani?«

»Ja?«

»Und entschuldige den Kinnhaken, das war echt bescheuert. Ich war einfach ziemlich breit, ehrlich, und ich dachte schon fast, ich hätte das nur geträumt, weißt du? Eine Art Alptraum oder so!« Er lachte schallend.

»Mensch, bist du ein Arsch. Ich bin zwei Wochen lang mit blauer Visage rumgelaufen, verdammt!« schimpfte Daniel. Der sonst übliche lockere Tonfall fiel ihm schwer.

»He, sachte, Mann!« Vito gluckste immer noch vor Lachen.

»Ich muß auflegen. Wir sehn uns, okay? Sag Dana, sie soll mich zurückrufen!« Daniel war höchst unzufrieden über sein dünnes, bittendes Stimmchen.

»Okay, Dani, bye, see you.«

Eines war beruhigend, Vito zählte auf alle Fälle nicht zum feindlichen Lager. Es half, daß er jetzt wußte, warum sie nicht mehr angerufen hatte, so traurig ihn das auch machte. Aber warum war sie dann mit zu ihm gegangen und hatte das alles so einfach mit sich machen lassen? Er fragte sich, ob er das wohl jemals erfahren würde.

Ein Deutscher! Wie armselig! Auf einmal packte ihn so die Wut, daß er fast ein Loch in seine Zimmertür trat.

20

Als Dana abends anrief, war Daniel nicht übermäßig erstaunt. Bewahr dir deine Wut, dachte er. Bewahr sie dir. Trotzdem klopfte sein Herz wie wild.

»Du hattest wegen der Radtour angerufen?« fragte sie.

»Warum bist du mit zu mir gekommen, wenn du schon einen Deutschen hast?«

»Herrje, muß ich mich jetzt etwa rechtfertigen?«

»Na, haben wir miteinander gefickt oder nicht? Auch ein Deutscher dürfte das nicht so toll finden.«

»Ich habe dir vertraut.«

»Ja, das hab ich gemerkt. Ich dir übrigens auch. Aber da war ich wohl schief gewickelt!«

»Mensch, jetzt tu doch nicht so! Wir hatten doch gar nichts miteinander!«

»Stimmt, es hatte nichts zu bedeuten. Das machst du sicher öfter!«

Jetzt weinte sie. »Ich hab mich nie getraut!« schrie sie. »Okay? Ich hatte immer Angst davor. Und mit dir schien es so selbstverständlich zu sein. Wir haben's einfach gemacht, ganz natürlich.«

»Du sagtest doch, du hättest es schon so oft gemacht.«

»Nein! Das ist nicht wahr, das hab ich nicht gesagt.«

»Doch, hast du.«

»Und wenn, es stimmte nicht. Ich habe mich nie getraut, aber diesmal schon!« Jetzt weinte sie richtig. »Ich hatte Angst! Ich hatte so viel Scheiße mitgemacht. Aber was soll's.«

Ganz ruhig fragte er: »Und bei mir hattest du keine Angst?«

»Nein, ich hatte keine Angst mehr. Ich habe keine Angst mehr.«

»Warum nicht?«

»Weiß nicht. Weil du … weil du Vitos Freund bist, schon so lange, weil du … mich immer angestarrt hast und so. Und so nett warst, so lieb. Und dann warst du auch noch verletzt. Sievert ist viel älter, er ist schon so … so männlich.«

»Du warst also doch noch Jungfrau?«

»Mmm.«

»Ja oder nein?«

»Ein bißchen.«

»Und jetzt läßt du mich einfach hängen. Erst übst du an mir, ob du dich traust, und dann gehst du zu deinem *männlichen* Mann. Bravo, das hast du wirklich toll gemacht!«

»Sorry!« Sie weinte wieder. »Es tut mir echt schrecklich leid, aber ich bin nun mal mit ihm zusammen. Schon eine ganze Weile.«

»Ja, ist schon gut. Das war's dann also. Kannst meine Mails ruhig löschen. Damit konntest du ja wohl auch nichts anfangen.«

»Das waren doch nur Flüche, oder was hatten diese

ganzen Zeichen sonst zu bedeuten? Was sollte ich dir denn darauf antworten?« Sie schniefte noch ein wenig, aber Tränen vergoß sie offensichtlich nicht mehr. Sie war bestimmt erleichtert, daß es vorbei war, daß er ihr Absolution erteilt hatte.

»Oje, ich dachte, du kennst dich da aus«, sagte er verächtlich.

»Wie meinst du das?«

»Ach, denk, was du willst. Ich leg jetzt auf.«

Sie fing wieder an zu weinen. »Es tut mir leid, okay? Daniel? Sorry, Daniel, es tut mir echt schrecklich leid, ich wollte dich nicht verletzen, ich ... ich find dich echt unheimlich prima.«

»Super. Okay, bye.« Trotz allem tat es ihm gut, daß sie so weinte.

»Ciao.«

»Bye.« Er legte auf. Und jetzt packte ihn das Schluchzen, ein so ohnmächtiges Schluchzen, daß er noch wütender wurde. Nur gut, daß niemand zu Hause war.

Während er noch einmal gegen seine Tür trat, wurde ihm bewußt, wie allein er war, ganz und gar allein. Es gab einfach niemanden, der ihm bei etwas so furchtbar Schlimmem helfen konnte. Das hatte wohl etwas mit Erwachsensein zu tun, so allein würde er von nun an immer sein. Hart war das, unerträglich hart.

An diesem Abend wurde der Plan geboren. Aus der brillant simplen Quintessenz seines bisherigen Lebens. *Meine Jahre der Sklaverei*, skandierte Daniel in sich hinein. Er spürte zwar, daß er übertrieb, aber die Worte lösten ein großartiges Gefühl in ihm aus, das die Wut abflauen ließ. Maurice der Pharao, seine Mutter eine ägyptische Prinzessin, die ihn in einem Weidenkorb aus dem Fluß fischte. Ja, entschied Daniel, er war eine Art Moses auf der Suche nach dem verlorenen Land. Er war Jude, er war beschnitten. Noch nie war ihm so klar gewesen, welche Eigenschaften ihn auch in Danas Augen unterschieden hatten. Dana, die katholisch war, Dana, die nicht recht hatte und von heute an definitiv einer anderen Welt angehörte.

Er wußte, daß er sowohl Lola als auch Maurice unrecht tat, aber ihm fielen einfach keine anderen Schuldigen für sein verpfuschtes Leben ein. Und warum brauchte er jetzt nicht einen von ihnen? Na, bitte! Es gab nur einen einzigen Menschen, dem er sich anvertrauen konnte, dem er das hier erzählen wollte. Einen Menschen, dem er noch nie begegnet war.

Daniel beschloß, Lola gleich mit seinem Vorhaben zu konfrontieren. Er wollte sich zum Helden seines eigenen Epos machen. Er wollte etwas Gutes tun, er wollte etwas Echtes sein.

Er mußte wissen, wer er war.

Vierter Teil

I

Bloemendaal, 4. April 2001

Lola wohnte schon über fünf Jahre in Bloemendaal, aber immer noch war Ester überrascht (und leicht eingeschüchtert), wenn sie von dem altmodischen kleinen Bahnhof kommend in die Straße einbog und das Haus sah, in dem Lola mit Maurice, Daniel und Nonnie wohnte. Es war ein großes, stattliches Haus mit dunklen Fenster- und Türrahmen, die ihm ein Gesicht gaben. Ein hoher Zaun aus schwarzem Gußeisen friedete das Grundstück ein, und zum Eingang führte eine kurze Auffahrt.

Das vornehme Knirschen des Kieses, wenn sie auf die Haustür zulief, und der Klopfer, mit dem man sich dort bemerkbar machen mußte, entfremdeten Ester jedesmal wieder für einen Moment der Frau, die sie nun schon seit mehr als achtzehn Jahren kannte. Darüber hinaus ertappte sie sich auch noch bei etwas, was sie niemals zugeben würde. Daß ihre Lola sich hatte einfangen und zur feinen Dame ummodeln lassen, erfüllte sie mit einer eigentümlichen Befriedigung, einer fast perversen Schadenfreude über die Demaskierung. Also hatte hinter Lolas laut bekanntem und rücksichtslos gelebtem Nonkonformismus damals offensichtlich auch der Wunsch nach Ansehen und Reichtum gesteckt.

Es war bös, daß sie so dachte, da schwärten noch alte Wunden.

Erst wenn sie drinnen war, fühlte sie sich wieder zu Hause – vielleicht fühlte sie sich letztlich nirgendwo so zu Hause wie bei Lola.

Bevor Lola Maurice kennengelernt hatte, hatte sie viele Jahre als Produktionsassistentin in einer Werbefirma gearbeitet, um das nötige Geld für sich und Daniel zu verdienen, aber seit ihrem Umzug nach Bloemendaal und der Geburt Nonnies machte sie ein Abendstudium in Psychologie. Ihr schwebte eine kleine Praxis mit netten Klienten vor, die sie nicht vor unlösbare Probleme stellen würden. Doch vorerst war das Studium vollauf genug, denn es mußte ja auch noch Zeit bleiben für die Französisch-Nachhilfestunden, die sie an Daniels Schule gab, für ihre unzähligen Verabredungen, für die Abendessen, die sie Maurice' Klienten auftischte, und für eine Ester immer wieder in Staunen versetzende Vielzahl anderer Aktivitäten, wie etwa die Gartenarbeit, das permanente Umbauen, Neueinrichten und Verändern des Hauses und die Rolle der Klassenmutter in Nonnies Klasse. Lola ist wie eine Leuchtrakete: mit großer Wucht abgefeuert, doch anschließend richtungslos und unsichtbar im freien Fall, fand Ester, die Lola nie gesagt hatte, daß sie es so sah.

Obwohl sich Ester nicht vorstellen konnte, daß Lola das Leben, das sie gegenwärtig führte, wirklich befriedigte, deutete nichts darauf hin, daß sie unzufrieden war. Sie war immer quirlig und heiter und klagte im Gegensatz zu Ester selten. Mit enormer Disziplin widmete sie sich der Aufgabe, soziale Kontakte zu unterhalten, eine angenehme Umgebung zu schaffen, für Vergnügen zu sorgen – *having a good time*. Lola war in Kalifornien geboren und erst mit elf in die Niederlande gekommen, vielleicht rührte es daher.

In ihrer Freundschaft hatte Lolas Rolle von Anfang an darin bestanden, Ester zu Ausflügen und anderem angenehmen, aber unnützen Zeitvertreib zu überreden, und daran hatte sich nie viel geändert. So etwas wie Esters labiles Lebensgefühl, ihre Scham und ihr tiefes, kalvinistisches Sündenbewußtsein kannte Lola nicht. Sie handelte – immer handelte und redete sie.

Lola war ein Mensch, der alles aussprach. Sie redete, wenn andere schwiegen, und wenn sie sich nicht wohl fühlte, redete sie sogar eher noch mehr. Daß gerade sie mit all ihrem Gerede, ihren Plänen und ihrer Überpräsenz so lange herumtappen und nach verborgenen Talenten suchen würde, hätte Ester früher nie für möglich gehalten.

Ester wiederum fraß alles in sich hinein. Ihr kamen Gedanken nur im stillen Kämmerlein, und sie konnte nur dann gut erzählen, wenn ihr auch gut zugehört wurde. Sie war eigentlich am präsentesten, am besten und klarsten, wenn sie träumte. Ester fühlte sich immer ein bißchen schuldig, wenn sie nicht arbeitete. Lola dagegen schwänzte schon ihr ganzes Leben lang lustig und ohne die leiseste Scham alle Verpflichtungen, die ihr nicht zusagten.

2

»Darf ich zu dir kommen?« hatte Ester Lola gefragt, als sie vom Flughafen Schiphol aus anrief.

»Maria! Wo bist du denn?«

Den Spitznamen Maria hatte sich Ester eingefangen, als sie vor Jahren einmal drei Wochen lang nicht mit Lola hatte reden wollen und sich geweigert hatte zu sagen, warum. Lola hatte damals mit großem Brimborium eine Verabredung mit ihr abgesagt, und Ester hatte sie dann an dem bewußten Abend in einer Kneipe ertappt, ausgerechnet mit dem Typ, auf den sie selbst ein Auge geworfen hatte. Dummerweise hatte Ester nicht gleich gesagt, wo der Schuh drückte, und sich damit von einer zu Recht Empörten zu einer beleidigten Leberwurst degradiert, die schmollte, anstatt zu sagen, was ihr nicht paßte. Und so eine hieß bei ihnen Maria.

»Ich bin am Flughafen. War in Jerusalem«, sagte Ester.

Es blieb einen Moment still.

»In Israel? Mein Gott, Es, hättest du mir das nicht sagen können? Ist es da nicht gerade ein bißchen gefährlich?«

Das klang zu locker, selbst für Lola.

»Hast du in den letzten Tagen die Nachrichten aus Israel verfolgt?« fragte Ester, unwillkürlich mit etwas Unheilverkündendem in der Stimme.

»Und wie! Daniel will nämlich hin. Gestern habe ich etwas über Jerusalem gesehen, auf BBC glaube ich. War da nicht wieder ein Anschlag? Kein so sehr großer, glaub ich. Du hast sicher nichts davon mitbekommen, oder?«

»Auf BBC?« Esters Stimme schoß automatisch in die Höhe. Das würde Lola garantiert sofort bestrafen. »Weißt du noch, wer der Berichterstatter war, ich meine, wie er aussah?«

»Du liebe Güte! Mal sehen, langer grauer Bart, feuerrote Kippa, göttlicher Körper ... Nein, ich hab natürlich keinen blassen Schimmer mehr! Spielt das denn irgendeine Rolle? Es war in den Nachrichten, ich könnte nicht mal mehr sagen, ob überhaupt ein Berichterstatter dabei war, ich hab einfach nur diese grauenhaften Bilder gesehen, die man immer sieht, von einem Restaurant oder einem Bus. Und das hat mich nervös gemacht, im Zusammenhang mit Daniel, meine ich.«

»Es war ein Restaurant.«

»Ach. Ja, kann sein. Und?«

Kurze Stille.

»Ich war auch da.«

»Nein! Du?«

Ester verspürte eine eigenartige Zufriedenheit. »Ich lebe noch.«

Ich lebe noch! Lola gegenüber waren solche Sätze bedeutsam. (Der Kontext war: Welche von ihnen beiden war dem Leben und dem Tod näher? Welche hatte mehr mitgemacht, welche war erwachsener, erfahrener, bedauernswerter, vom Leben gebeutelter? Denn die war Siegerin.)

Vor mehr als siebzehn Jahren hatte Lola erzählt, daß sie schwanger sei. Auch so ein Urtext: »Schwanger, von Israel her.«

Esters Antwort: »Weiß Baruch es?« Und: »Ich komme mit dir nach Bloemenhove.«

Doch von Abtreibung keine Rede. Lola war schon im fünften Monat. Es konnte und durfte nicht mehr weg. Es wurde Daniel.

»Gott sei Dank! Menschenskind! Liebes!« rief Lola. Sie klang wirklich erschrocken.

Namen, Worte, Begriffe, Distanz – sie verschleierten ihr Verhältnis, und je länger sie einander kannten, desto starrer wurde der Kokon aus Kodes und Theater, mit dem sie sich umgaben. Das dachte Ester nicht zum erstenmal.

»Ich war nicht dabei, ich war gerade gegangen.«

»Ooh, Gott sei Dank! Himmel, hast du mir einen Schrecken eingejagt!«

Ester merkte plötzlich, wie müde sie war. »Kann ich eine Zeitlang bei euch bleiben?« Sie hatte Lola bis jetzt noch nicht erzählt, daß sie Philip verlassen und eine neue Wohnung im Amsterdamer Pijp-Viertel bezogen hatte.

»Hör ich richtig?« rief Lola. »Philip verlassen? Neue Wohnung? Mein Gott, Maria! Ja, du mußt unbedingt herkommen. Oh! Herrgott, Es, entschuldige, aber ich muß weg, ich muß sogar rennen, Nonnie abholen! Wann bist du hier? Ich will alles ganz genau hören.«

Nun, da die Ungeheuerlichkeiten der letzten Tage zu Dingen zurechtgestutzt werden würden, die in Lolas Wirklichkeit paßten, hatte sich Ester für einen Moment leer und schwach gefühlt. Aber es hatte sie auch beruhigt, ja sogar ein bißchen glücklich gemacht.

3

Lola war Esters einzige Freundin von früher. Nur sie hatte sich als schwierig, widerborstig, unterhaltsam und gemein genug erwiesen, um *ungekannt* zu bleiben. Im Grunde tobte ein Kampf zwischen ihnen. Sie nannten es Freundschaft, aber was es wirklich war, wußte keine von ihnen mehr.

»Lola ist meine beste Feindin«, sagte Ester manchmal scherzhaft. Sie war sich der Furcht bewußt, daß unter dem Deckmäntelchen der angepaßten, damenhaften Frau plötzlich mit schaudererregendem Brüllen die alte, launenhafte, nie ganz vertrauenswürdige Lola hervorspringen könnte wie ein Tiger, der sich jahrelang schlafend gestellt hatte. Diesen Tiger kannte Ester, oder besser gesagt: Diesen Tiger kannte Ester nicht. Ihre Freundschaft hielt vielleicht deshalb so lange, weil Ester nie schlüssige Beweise dafür finden konnte, daß dieser Tiger existierte, zugleich aber auch nie zu der Überzeugung gelangte, daß er nicht existierte.

In der Schule war Ester nie mit Lola befreundet gewesen, die gut einen Kopf größer und ein Jahr älter war als sie und mit ziemlich flippigen Leuten umzugehen schien. Als Lola aber in Amsterdam in derselben Kneipe zu jobben begann, in der auch Ester hinter der Theke stand, entpuppte sie sich plötzlich als die humorvolle Mitstreiterin, die Ester unter den anderen Kollegen – alles kühle Modepüppchen von der Kunstakademie – so sehr vermißte.

Ester wies Lola an der Theke ein, was sie mit einem gewissen beruflichen Stolz erfüllte, aber auch beschämte. Doch im Rahmen der Komödie, die sie mit den anderen in dieser Umgebung gezwungenermaßen Abend für Abend aufführen mußte, war Lolas intelligenter Nonkonformismus die reinste Wohltat. Den autoritären, ordinären Wirt, vor dem Ester eine solche Angst hatte, wickelte Lola zum Beispiel mühelos um den Finger. Gleich an ihrem ersten Abend in der Kneipe tanzte sie für ihn auf der Theke und zwinkerte Ester dabei zu, die intuitiv erfaßte, daß diese Aufführung für sie bestimmt war.

Es war eine Form der Umwerbung, die Ester, noch dazu von einem weiblichen Wesen, nie zuvor am eigenen Leib erfahren hatte. Diese Art der Verführung war erregend und so fröhlich und mitreißend, daß man sich ihr nur schwer entziehen konnte. Doch Ester zwang sich zu einer gewissen Zurückhaltung. Ihr erstes Jahr in der eigenen Bude war abstumpfend einsam gewesen, und es hatte sie eine gewisse Menschenscheu beschlichen, als fürchte sie, sie würden beißen und kratzen, wenn sie ihnen zu nahe kam – zumal eine wie Lola.

Dafür gab es jedoch keinerlei Anzeichen. Vielmehr warf sich Lola mit einer Flut von Witzen und Anekdoten auf Ester, und Ester, die das denn doch relativ schnell entwaffnete, erfuhr zum erstenmal, daß eine neue Freundschaft einer Verliebtheit ähneln konnte.

Alles an Lola erschien ihr in jener ersten Zeit bemerkenswert stark und pur, vor allem ihr mangelnder Respekt und ihre Unverfrorenheit. Auch fühlte sie sich unwillkürlich von dem breiten, sommersprossig-braunen, spöttischen Gesicht mit den ziemlich schrägen, hellen Augen angezogen. Deren stark aufwärts gebogene Wimpern verliehen ihr den Ausdruck strahlenden Elans, und wenn Lola mit ihrem großen Mund in ihrem makellosen, ebenmäßigen Gesicht lachte, wußte man, daß sie schon zurechtkommen würde. Es war ein Gesicht, das sich Ester nie ganz merken konnte, nur, daß es von einer gnadenlosen Symmetrie war.

Für Ester wurde Lolas Erscheinungsbild vor allem durch ihre beeindruckende Größe und ihre brüsken Bewegungen bestimmt. Lola war kräftig, aber wohlgeformt – so ganz anders als sie selbst, die ziemlich schmächtig war. Und dann Lolas Stimme. So resolut, unkonventionell und burschikos Lola auch wirken mochte, ihre gut akzentuierte Stimme verriet die vornehme Abstammung, die wohlhabenden Eltern, die Erziehung.

Lola und Ester hatten erstaunlich wenig gemein, bis auf jeweils einen jüdischen Elternteil. Bei Ester war es der Vater – der im Krieg in verschiedenen Konzentrationslagern gewesen war, wovon er Ester von Kindesbeinen an unaufhörlich erzählt hatte –, bei Lola die kalifornische Mutter, womit sich eigentlich nur Lola zu Recht Jüdin nennen durfte, und das auch noch frei von irgendwelchen Traumata.

Zwar versuchte Ester aus einer Art Selbsterhaltungstrieb heraus auch weiterhin, Lola ein bißchen auf Distanz zu halten, doch aus irgendeinem Grund schien Lola viel daran gelegen zu sein, ausgerechnet sie zu erobern – wie eine seltene große Spinne, die sie als Beute ausgemacht hatte. Und trotz Esters wenn auch schwacher Gegenwehr war es ausgerechnet Lola, mit all ihren Plänen und ihrer Vergnügungssucht, die Ester am Ende über ihr permanentes, ohnmächtiges Schuldgefühl hinweghalf, daß sie ihren Vater nicht von seinen Erinnerungen befreien konnte, während sie selbst nie auch nur die kleinste Entbehrung hatte auf sich nehmen müssen.

Dessenungeachtet war sich Ester von Anfang an bewußt geblieben, daß sie, bei allem Charme, mit dem Lola sie einlullte und umgarnte, unbedingt nüchtern bleiben mußte. Und Lola, mochte sie sich auch noch so sehr über Esters immer größere Herzlichkeit freuen, lehnte Gefügigkeit oder gar Abhängigkeit entschieden ab.

4

Einige Wochen nach ihrer Wiederbegegnung war Ester kurz vor Kneipenschluß mit zwei Studenten an der Theke ins Gespräch gekommen. Als Lola, die an diesem Abend nicht arbeitete, nachts um halb drei auf ein Gratisgetränk hereingeschneit kam, bezog sie sie kurzerhand mit in die Diskussion ein, die sich mit einem Mal um Israel drehte.

Die beiden jungen Männer fanden, daß die Palästinenser ein Anrecht auf einen eigenen Staat hätten. Israel habe sich als Einrichtung überlebt, sagten sie, es sei reif für die Auflösung. Ester bebte vor Wut, war aber derart in Ungelegenheit gebracht, weil ihr die Materie so vertraut wie unklar war, daß sie irgendwie nicht die Argumente fand, mit denen sie den beiden den Wind aus den Segeln nehmen konnte. Auch ärgerte es sie über alle Maßen, daß die beiden bei diesem Thema völlig emotionslos blieben. Wie konnten sie so mir nichts, dir nichts darüber debattieren? Ester erfüllten die Worte »Jude«, »Israel« und »Antisemitismus« mit Scham, sie auszusprechen fühlte sich unecht und sündig an, als spiele sie Theater.

Hier sprang Lola ein. In überlegenem Ton sprach sie von der Notwendigkeit eines jüdischen Staates, nachdem Europa die Juden verfolgt und verraten habe. Als halbe Amerikanerin war sie gut darin, »Europa« mit einiger Geringschätzung und leicht ermüdet auszusprechen. Nach Lolas Ansicht spielten die Palästinenser keine nennenswerte Rolle: Dafür seien es seinerzeit zu wenige gewesen, meinte sie. Überdies sei diesen Scheißarabern ohnehin nicht zu trauen.

Die beiden Studenten waren im ersten Moment beeindruckt von Lolas Selbstbewußtsein, kamen aber rasch mit hämischen Widerlegungen, bis sie allmählich immer leiser wurden und leichter verdauliche Themen anschnitten.

Ester hatte bis zu diesem Moment nicht zu vermuten gewagt, daß Lola so dachte, obwohl das angesichts ihres Hintergrunds vielleicht gar nicht mal so verwunderlich war. Durch Lolas Beitrag gestärkt, wußte sie, als Stille eintrat, auch auf einmal wieder, wie sie selbst über Israel dachte (»ein vertrackter, aber notwendiger Staat«). Und zum erstenmal drängte sich ihr der Gedanke auf, daß es nützlich wäre, mehr zu wissen, durch Fakten zu untermauern, was ihr Gefühl ihr sagte. Oder schloß das eine das andere aus?

5

Nach der Diskussion über die israelisch-palästinensische Sache waren Ester und Lola um vier Uhr morgens an den Strand gefahren, um die Sonne aufgehen zu sehen.

Im Auto – Ester hatte es leihweise von ihrem Vater zur Verfügung – hing eine feierliche, erwartungsvolle Stimmung, während sie durch das Graurosa des ersten Lichts fuhren, und um die plötzliche Verlegenheit zwischen ihnen zu durchbrechen, die sich wie ein Schleier über sie gelegt hatte, erzählte Lola großspurig, wie sie mal einen Freund mitten auf der Autobahn aus dem Auto gesetzt hatte. Weil er über ihren Fahrstil gemeckert hatte. »No mercy!« sagte sie. Lola erzog ihre Freunde, machte sie sich gefügig; wo Lola auftauchte, veränderte sich die Umgebung.

Als sie an der Strandpromenade ausstiegen – das Morgengrau sanft und friedlich, Stille und Verheißung über dem Meer, das jenseits der Dünen im Nebel an den Strand schwappte –, faßte Lola Ester kurz fest bei den Schultern, strahlend. Aufrecht standen sie einander gegenüber. »Einzigartig, findest du nicht? Ich bin so froh, daß wir befreundet sind!« Und sie küßte Ester innig auf beide Wangen.

Ester nickte erschrocken, doch unwillkürlich geschmeichelt und glücklich spürte sie, wie sich ein Lächeln auf ihrem Gesicht ausbreitete.

Vielleicht, vielleicht war Lola ja auch verlegen, aber bei ihr wurde daraus automatisch etwas anderes. Sonnenlicht im Wasser, dessen Glitzern, daran mußte Ester beim Flakkern in Lolas Augen denken, das im Neonlicht oberhalb einer dunklen Imbißbude am Weg zum Strand besonders sichtbar wurde.

Lola nahm Esters Hand – als fange sie sie auf der Flucht – und zeigte mit der anderen nach Osten, vom Meer weg. Da sah Ester einen ersten kleinen Schimmer der Sonne, kaum mehr als eine Andeutung. Lola schenkte ihr den Sonnenaufgang, schien es. Die beschützende Gebärde verursachte ein Zittern zwischen Esters Schulterblättern, ein ganz leichtes Gefühl des Unbehagens innerhalb der Wärme des Moments. Sie schüttelte es gleich wieder ab.

Lola war es, die auf Israel zurückkam. Und Ester sprach daraufhin von ihren unzulänglichen Kenntnissen. Lola schlug die Reise vor, Ester nannte ein Datum.

So war irgendwo zwischen aufgehender Sonne und der Neonreklame einer Imbißbude eine Geschichte geboren worden.

6

Bevor Ester sich an den massiven alten Gerbertisch setzen durfte, den Maurice von einer seiner Antiquitätenreisen aus Südfrankreich mitgebracht hatte, mußte sie Nonnies meisterhafte Zeichnungen der vergangenen Monate bewundern, sich Lolas haarkleine Schilderung des Einbruchs in Maurice' Büro, von der Entdeckung durch sie selbst bis hin zur Überführung eines seiner engsten Mitarbeiter (ebenfalls durch sie), anhören und die neuen Pflänzchen bewundern, die Lola in der Woche zuvor im Garten eingepflanzt hatte. Letzteres war übrigens Esters eigene Schuld, denn sie selbst hatte die Pflänzchen bemerkt und angesprochen. Danach zeigte ihr Nonnie, mollig und rotgelockt, die Schürze, mit der sie im Garten arbeitete, und ihre Gartengeräte im Kinderformat. Ester war schon leicht beschwipst von dem Roséwein, den Lola ihr eingeschenkt hatte, die ihrerseits in schwarzem Overall auf dem Fußboden saß und, einen besessenen Ausdruck im Blick, mit einer Häkelnadel unaufhörlich lange seegrüne Fransen aus einem, wie sie sagte, Hanf-Seide-Gemisch an einem riesigen Teppich in wunderschönem Rosarot anbrachte. Maurice hatte den Teppich unlängst aus Marokko mitgebracht, aber nach ihrem Empfinden fehlte noch irgend etwas daran.

Unter all dieser Geschäftigkeit hatte Lola Ester noch nicht einmal richtig angesehen. Sie war offenbar noch nicht geneigt, sich mit der Rolle der Zuhörerin zu bescheiden. Zwar hatte sie schon viermal *Erzähl!* gerufen, war dann aber doch wieder selbst mit der Geschichte von dem Einbrecher und den verdächtigen Hinweisen in Maurice' Büro fortgefahren. Oder mit einem Lamento über Daniel, der plötzlich so ein ungeheures politisches Bewußtsein entwickelt habe. Er hatte sich bei irgendeiner Freiwilligenorganisation in Israel angemeldet und wollte nach seinem Abitur so schnell wie möglich dorthin.

Es hatte etwas Tröstliches zu hören, wie sich die Bloemendaaler Welt drehte. Und irgend etwas sagte Ester, daß sie mit ihrer Israelgeschichte noch warten mußte.

7

Nonnie war zu Bett, Maurice war wie so oft auf Reisen, und Daniel übernachtete bei seinem Freund Eli. Auf dem Tisch standen zwei Weinflaschen, die erste ganz, die zweite beinahe geleert. Ester hatte seit der Begegnung mit Raphael nicht mehr getrunken, ihre Eingeweide hatten sich gerade erst ein wenig beruhigt – entsprechend heftig war die Wirkung des Alkohols.

Aber allmählich wurde es wieder so wie früher, ein bißchen so, wie es sein sollte. Über den Anschlag hatte Ester freilich noch immer nichts erzählt. Als müßten sie beide erst warmlaufen für das, was ihnen anschließend abverlangt würde. Zunächst einmal redeten sie über Philip.

Lola hatte nie viel von Philip gehalten – so wenig wie Philip von Lola. Philip nannte sie die Sirene und Lola ihn den Maulwurf. Die säuberliche Trennung der beiden Welten hatte den Frieden gesichert. Eine beinahe lebbare Lösung. Ester hatte diese Entschärfung des Kriegszustandes immer recht bequem gefunden.

»Du hast diesen Maulwurf also endlich verlassen. Himmelherrgott, das wurde aber auch Zeit!« sagte Lola. Doch sie faßte Esters Hand, während sie das sagte. »Sorry, Marialein. Ich finde das unheimlich mutig von dir. Und warum gerade jetzt? Ich sag dir doch seit Jahren, daß dieser Mann nicht gut für dich ist. Hättest du mich da nicht wenigstens vorab einweihen können?«

Ester begann die Kruste von einem Stück Baguette zu pellen, penibel, mit chirurgischer Präzision. »Das ist fast von selbst zustande gekommen, ohne daß ich groß darüber nachgedacht hätte«, sagte sie. »Es war so was wie eine Erkenntnis, die du bei einer wissenschaftlichen Untersuchung plötzlich haben kannst, als hätte ich mit einem Mal alle Symptome erfaßt. Nur daß es diesmal um mich ging, nicht um ein altes Tagebuch von irgendeinem Fremden, in dem nicht alles klar war. Ich habe es Philip gleich gesagt. Daß ich ihn verlassen würde. So sicher war ich mir. Komisch, nicht? Ich habe so viel Zeit verstreichen lassen. Und jetzt bin ich schon fast siebenunddreißig!«

Lola nahm Ester das verstümmelte Stück Baguette ab und hielt ihr eine Packung Käsecracker hin.

»Iß!« sagte sie. »Du siehst dünn aus. Ich finde es unheimlich gut, daß du das gemacht hast. Und du bist jünger als ich, jung genug für alles.«

»Er habe das schon lange kommen sehen, hat er gesagt. Und trotzdem wollte er es einfach nicht wahrhaben«, sagte Ester. »Wir haben uns angeschrien, ganz laut. Dabei waren wir sonst immer so sanft und lieb zueinander, weißt du noch? Und jetzt habe ich Philip zum erstenmal in siebzehn Jahren volle zwei Wochen nicht gesprochen oder gesehen.«

»Und du bist nach Israel gefahren.«

»Ja.«

Sie starrten kurz vor sich hin, beinahe verlegen.

Schließlich fragte Ester: »Du bist nie wieder dort gewesen, nicht?«

»Nein. Als mit Baruch Schluß war, war für mich auch Schluß mit Israel. Ich hatte einfach nie mehr Lust hinzufahren. Verrückt, daß Daniel jetzt so davon besessen ist.«

»Ich mußte hin, zu dieser Konferenz«, sagte Ester.

Lola nickte und stand auf. »Soll ich unterdessen was zu essen machen?« fragte sie. Sie grinste Ester vom Herd aus an. Sogar barfuß war sie groß. Sie konnte immer essen, und das, soviel sie wollte. Sie konnte auch weit mehr trinken als Ester, ohne betrunken zu werden. Das liege daran, daß sie so groß sei, sagte sie immer.

Ester erzählte von der Einladung zu der Konferenz, die sie anfänglich hatte liegenlassen. Lola stellte einen Topf Wasser auf, für Pasta. »Bah, nein, dazu hätte ich keine Lust, eine Konferenz über den Holocaust«, sagte sie.

Ester schaute zu, wie Lolas lange Finger behutsam die Tomaten in Stücke schnitten. Bei Lola wurde alles klar und logisch. Wer hatte schon Lust auf eine Konferenz über den Holocaust?

Sie mußte plötzlich an Lolas Wut denken, vor langer Zeit, als sie Lola erzählt hatte, daß ihr Vater ihr kein Geld fürs Studium gab. Einundzwanzig war sie damals gewesen. Ihr ganzes Geld ging für die Zimmermiete drauf, sie war klapperdürr und konnte sich nicht leisten, mit Lola auszugehen. Sie bekam nichts von ihrem Vater, aber auch keine staatliche Beihilfe, weil ihr Vater dafür zuviel verdiente.

»Mein Vater hatte auch kein Geld, als er in meinem Alter war«, hatte Ester Lola geduldig erklärt. »Er hatte seine ganze Familie verloren und besaß rein gar nichts. Logisch, daß ich jetzt auch nichts habe. Ich habe ihn auch nie darum gebeten, denn ich kann ihn gut verstehen. Mir steht doch nichts zu! Wenn ich Geld brauche, werde ich einfach mehr verdienen müssen.«

»Hast du sie nicht mehr alle?« hatte Lola respektlos gerufen. »Er ist dein Vater, und er hat jetzt sehr wohl Geld! Warum sollte er dir da nicht helfen können, ein bißchen für deine Zukunft zu sorgen? Du hast doch den Krieg nicht mitgemacht! Wenn du jetzt nicht sofort zu ihm gehst, ruf ich ihn an!«

Nicht lange danach war Ester schweren Herzens zu ihrem Vater gegangen, Lolas Worte wie ein Mantra im Kopf. Und das Verblüffende geschah: Ihr Vater hatte ihr sofort Geld überwiesen. Später begriff sie, daß er einfach nie auf die Idee gekommen war. Das Mitleid, das sie für ihn empfunden hatte – sie konnte es sich im Nu wieder vergegenwärtigen.

Ester hatte Lola anschließend zum Essen eingeladen. Bravo, hatte Lola gesagt. Esters Mitleid war in ihren Augen lächerlicher Unsinn gewesen.

»Weiß Daniel inzwischen von Baruch?« fragte Ester.

Lola drehte wie wild an der Kurbel einer Pastamaschine und präsentierte Ester kurz darauf triumphierend eine Handvoll gelblicher Schnüre.

»Das weißt du doch! Deswegen hat er sich doch auch beschneiden lassen.«

»Ach ja.«

Sie schwiegen, kurzfristig abgelenkt. Lola senkte die Stimme. Beinahe flüsternd sagte sie: »Übrigens, Daniel hat, glaube ich, eine Freundin. Sie war vor ein paar Wochen hier, ich war zu Tode erschrocken.«

»Was?«

»Na ja, nachts. Sie hat bei ihm geschlafen.«

»Ach herrje! Tja, das passiert dann halt. Gott!«

Geschockt sah Ester Lola an. Lola lächelte angesichts von Esters Schreck plötzlich warm und weise.

»Ich bin auch im ersten Moment erschrocken. Aber was haben wir denn nicht alles gemacht!«

»Ich habe gar nichts gemacht. Höchstens ein bißchen geknutscht.«

»Mit sechzehn? Ich hatte schon mit vierzehn einen festen Freund!«

»Ja, du.«

Lola grinste stolz. »Wenn er nur ja keine schwängert!« sagte sie. »Und jetzt will er auch noch weg!«

Sie kramte im Kühlschrank und brachte ein riesiges Stück Käse auf einem Brett an den Tisch, ein Messer daneben.

Zu spät, dachte Ester benommen, jetzt bin ich betrunken. Mit zitternder Stimme sagte sie: »Lola? Ich war nicht allein.«

»Wie meinst du das? Wann?« Lola streute Salz ins Wasser.

»Ich war mit diesem Mann zusammen weg. Ich meine: Wir haben das Restaurant früher verlassen. Deshalb waren wir nicht dabei, als die Bombe hochging.«

»Diesem Mann?«

»Raphael, dem Mann von der BBC.«

»Was meinst du mit *weg*?«

Esters Blick genügte.

»Oh!« Lolas Miene hellte sich in entzücktem Verstehen auf. »Dann mußt du also zurück«, sagte sie resolut, den Rest der Geschichte kurz und bündig resümierend. »Daran führt kein Weg vorbei, das klingt nach schicksalhafter Fügung.«

»Nein, das kann ich nicht«, sagte Ester. »Alles ist kaputt und hat einen üblen Beigeschmack bekommen durch das, was an dem Abend passiert ist, verstehst du das nicht? Ich kann nicht zurück. Und wohin sollte ich zurück?«

»Jetzt erzähl endlich, wie das alles passiert ist!«

Es war noch genug Wein da.

Mit Lola zu reden ist besser als Tagebuch schreiben, dachte Ester betrunken. Sie erging sich in der allerausführlichsten Version.

8

Am nächsten Morgen wurde Ester von Daniels lauter Stimme im angrenzenden Zimmer geweckt. Ein Blick auf ihre Armbanduhr sagte ihr, daß es schon spät war. Sie nahm einen Geruch wahr, der sie an etwas noch nicht lange Zurückliegendes, Betrübliches erinnerte, doch schlaftrunken, wie sie noch war, kam sie nicht darauf, was es war.

Das Zimmer, in dem sie geschlafen hatte, war imposant, aber irgendwie steril mit seinen schweren beige, schwarz und grau gestreiften Vorhängen, dem grauen Wollteppichboden und einem häßlichen Teakholzstuhl in der Ecke. An einer Wand hing ein neorealistisches Gemälde von einem bleichen Jungen mit schwarzen Augen und eingefallenen Wangen. Mit einem Windhund an seiner Seite stand er in einer leeren Landschaft, vor einem Himmel, den ihr Vater als »nichts Gutes verheißend« bezeichnet hätte. Das feuerrote Halsband des Hundes war der einzige Farbfleck auf dem Bild und im Zimmer.

Lolas Einrichtungsstil hatte etwas Pompöses, forciert Harmonisches, das nicht zu Lolas begeisterungsfähigem und ausgelassenem Temperament paßte. Lag es an Maurice, hatte sich Lola den Wünschen und Einflüssen von Maurice untergeordnet, und war es das, was sie störte? Maurice, der Bezähmer, warum konnte er Lola nicht so lassen, wie sie war? Warum ließ Lola sich selbst nicht, wie sie war?

Gut geschlafen hatte Ester schon. Das Gästebett, Lolas altes Bett, war hart, aber komfortabel. Sie hörte Daniel wieder. Seine Stimme übertönte das nasale Geschrei irgendeines Rappers und klang so erregt, daß sie sie fast nicht wiedererkannte. Er mußte gerade nach Hause gekommen sein, denn er hatte ja bei seinem Freund Eli übernachtet, mit dem er nun offenbar schon wieder telefonierte.

»Ich glaube, es klappt. Sie ist heute zu irgendwem von der Organisation – nein, du kennst ja meine Mutter, natürlich ohne mich!«

Stille. Andächtiges Zuhören.

»Von mir aus können sie den ganzen Gazastreifen durchkämmen! Oder noch besser: Bomben auf den Scheißhaufen! Was meinst du wohl, was die Palästinenser machen würden, wenn sie Israels *Power* hätten! Na, was meinst du? Genau!«

Er lachte ein böses, aufgekratztes Lachen – zur Bekräftigung der Kameradschaft und der geteilten Meinungen.

Dann wieder ein hämischer Ausbruch: »Eben! Und was haben sie mit der ganzen Autonomie gemacht, die sie nach Oslo hatten? Yassir hat sich doch alles in die eigene Tasche gesteckt, als hätte man's nicht geahnt! Der hat seine Leute glatt krepieren lassen! Schöne Selbstverwaltung!... Genau! Die Israelis haben ein Recht auf das Land! Sie kommen von dort, es gehört ihnen ganz einfach! Manchmal denk ich: Ich würd am liebsten zur Armee gehen. Dann würd ich sie mir vorknöpfen! Aber Trottel wie wir fangen halt erst mal als freiwillige Helfer an.«

Ein lautes, wüstes Lachen, das in ein kindlich beschämtes Kichern überging.

»Bye dann, bis nachher.«

Totenstill lag Ester in ihrem Bett und lauschte, mit einem plötzlichen Kribbeln in Händen und Kniekehlen, als würden Stromstöße durch sie hindurchgejagt. Sie wollte aufstehen, doch Erschöpfung drückte sie mit bleischwerer Hand unter die Decke, ins warme Bett zurück.

Sie schloß die Augen und sah wieder das Mosaik des Badezimmers in Ostjerusalem vor sich. Noch so nah, so greifbar, daß sie ihre Knie auf den Fliesen spürte. Wie vorgestern begannen die schwarzen Flecken über ihr Bild zu laufen, schwarze Tuschewolken, die etwas in ihr abschirmten, eine Erkenntnis. Ruth tauchte vor ihrem geistigen Auge auf, trügerisch intakt, und dieser Schriftsteller – wie schwer war er eigentlich verletzt worden?

Das, was sie nicht mit eigenen Augen hatte sehen können, beschränkte sich auf die wenigen Bilder, die das Fernsehen ausgestrahlt hatte. Sie fragte sich plötzlich, ob Dani auch Bilder von dem Anschlag im Fernsehen gesehen hatte. Wieso war er so militant und so auf der Seite Israels? Durch Maurice, oder etwa durch Lola?

Und trotz des Schocks über den Anschlag, der alles in ihr noch verhalten nachbeben ließ, trotz des Widerwillens gegen die barbarischen Methoden derer, die sie zuvor nie als Gegner hatte sehen wollen, und trotz des Abschieds von ihrem Leben vor dem Schlag dachte Ester einen Moment lang mit der beinahe vergessenen, tröstlichen, wütenden Verärgerung an die undifferenzierte Lola von früher, die auch so wettern konnte, wenn es um Israel ging. Immer dieser schwindelerregend autoritäre Ton, in dem sie erborgte, aber ach so entschiedene Meinungen zu verkünden wagte. Siedlungen: legitim! Räumungen: natürlich! Beschuß: notwendig!

Nie wieder in Israel gewesen, nie eine Siedlung oder ein Flüchtlingscamp gesehen, geschweige denn einen ganz gewöhnlichen Palästinenser, aber blöken wie ein Schaf in der Nacht.

Jetzt war sie, Ester, einem Anschlag knapp entgangen. Einem Terroranschlag. Und Daniel, ihr liebster Daniel, sprach die undifferenzierte Sprache des Krieges.

9

Lola hatte sie voller Fürsorge gedrängt, sich unbedingt Ruhe zu gönnen: »Bleib bloß liegen, Es, das wirst du jetzt brauchen!« Dennoch fühlte sich Ester plötzlich unwürdig und schuldig, daß sie dem Tag gegenüber so im Rückstand war.

Sie duschte rasch, zog sich an und rannte die Treppe hinunter, zu einem guten Gespräch mit dem Jungen, der nicht ihr Sohn war.

Er stand an der Haustür, die Jacke schon an.

»Dani!« rief sie.

»Hee, Ester.«

Seine großen, dunklen Kinderaugen sahen sie erfreut, aber abwesend an. Er blieb zwar stehen, doch sein Körper (schlaksiger Männerkörper) war schon von ihr weggedreht, als wäre er eigentlich schon zur Tür hinaus und der Moment vorbei, in den noch eine Begrüßung paßte. Sie konstatierte es lächelnd, ohne Bedauern. Wie groß er war, wie tief seine Stimme. Sie konnte nicht anders, sie mußte kurz zu ihm.

»Ich wußte ja gar nicht, daß du da bist«, sagte er.

»Ja, ich habe hier übernachtet«, sagte sie. Sie war mit einem Mal fast verlegen, da sie sich ihm gegenüber bewußt wurde, wie allein sie war, keine gebundene Erwachsene mehr mit einem festen Platz in der Welt, sondern eher so etwas wie ein verirrtes altes Mädchen. Er war jetzt wirklich um einiges größer als sie.

Sie sagte: »Ich komme gerade aus Israel zurück. Ich habe… äh… Philip verlassen und hatte noch keine Lust auf meine neue Wohnung. Wie geht es dir, Dani, wie läuft's in der Schule und so?«

Einen unzusammenhängenden, unpassenden Moment lang spürte sie Rafs fremde Arme um sich, seine Wärme zwischen ihren Beinen. Scham schoß ihr heiß in Hals und Gesicht.

»Gut. Wow, Ester, du warst in Israel? Cool!« Er zögerte: »Aber äh, das mit Philip ist nicht so schön, oder? He, sorry, aber ich muß weg. Ich hatte die ersten drei Stunden frei, aber jetzt muß ich mich beeilen. Bist du nachher noch da?«

»Ja! Geh ruhig! Wir sprechen uns dann später!« Sie gab ihm einen scherzhaften Schubs, zur Tür hinaus.

Während sie ihm nachschaute, wie er sich seine Tasche auf den Rücken zurrte und ein Bein über den Fahrradsattel schwang, davonfuhr, überkam sie ein eigenartiger, furchtbarer Kummer. Das war kein kleiner Junge mehr. Nichts kam je wieder.

10

An Daniel lese ich mich selbst ab, dachte Ester manchmal. Ihr ganzes Erwachsenenleben lang hatte sie sein Gedeihen verfolgt und daher in diesem Erwachsenenleben mehr existiert als früher, als verfolgte nicht sie sein Leben, sondern er das ihre, so unsinnig dieser Gedanke auch war. Daniels Leben war voller Begebenheiten und Erfahrungen, von denen sie wenig wußte, und natürlich hatte *er* keine Zeit, darauf zu achten, womit *sie* sich befaßte, aber es genügte ihr, daß sie ihn schon so lange kannte und ihn schon so lange vergöttert hatte.

Als kleines Baby, das Baby einer anderen, als stolzes Kleinkind, als Jungen und jetzt: als beinahe Erwachsenen. Durch Daniel hatte sie Unabhängigkeitsdrang und Unternehmungslust zu mögen gelernt, weil er es war, der beides entwickelte, und ihn das weiterbrachte.

Daniel rührte sie und machte sie, wie sie glaubte, vielleicht sogar besser. Es gab Bande zwischen ihnen, mochten sich in der Praxis auch nur wenige Gelegenheiten bieten, diese Bande zu verstärken.

Es war lange her – Daniel war damals zehn gewesen –, daß Lola ihn zu Philip und ihr gebracht hatte, um mit einem Mann ausgehen zu können, von dem sie noch nie erzählt hatte. »Es wäre so langweilig für Daniel, allein zu Hause, nur mit einem Babysitter. Da bringe ich ihn lieber zu euch.« Normalerweise blieb Daniel anstandslos mit einem Babysitter allein zu Hause, daher vermutete Ester, daß etwas Besonderes dahinterstecken mußte.

Am nächsten Tag rief Lola an und fragte, ob Daniel noch etwas länger bei ihnen bleiben und Ester ihn zur Schule bringen könne. Sie habe so viel um die Ohren, sagte sie. Sie müsse beruflich unverhofft für zwei, drei Tage nach Paris. Daß Lola sich so vage ausdrückte, kam Ester auch komisch vor: zwei, drei Tage. Lolas seltene Dienstreisen waren sonst immer klar begrenzt gewesen.

Lola kam noch kurz vorbei, um ein paar Sachen für Daniel zu bringen, der schon zur Schule war. Sie trug eine enge schwarze Bluse zu einem kurzen Wildlederrock und hochhackige Stiefel. In ihren Augen war etwas Unzugängliches, und das reizte Ester, sie ein wenig hänselnd nach ihrer Dienstreise zu fragen. Lola winkte ab, wurde aber rot. Ester fragte nicht weiter.

Lola war schön an jenem Tag, sie strahlte eine Unnahbarkeit aus, wie Ester sie schon lange nicht mehr bei ihr gesehen hatte. Zum erstenmal nahm sie wahr, daß Lola älter geworden war – oder eher erwachsener? Was früher in ihrem Gesicht jung und ein wenig grob gewesen war, schien verwischt, als hätte es sich abgenutzt. Es machte sie schikker, verfeinerter. Eine schöne Frau war sie, eine auffallend große, schöne Frau und kein junges Mädchen mehr.

Zum wer weiß wievielten Mal hatte Ester sich gefragt, wie gut sie einander eigentlich noch kannten.

Am nächsten Tag holte sie Daniel von der Schule ab, und abends aß er wieder bei ihr. Philip hatte eine Sitzung und würde danach mit Kollegen essen gehen.

Am Tisch war Daniel still. »Wo ist meine Mutter?« fragte er schließlich.

»Weißt du das denn nicht? Sie mußte beruflich nach Paris.«

Er nickte. »Und das glaubst du?«

Verdutzt starrte sie ihn an. »Du etwa nicht?«

»Nein, natürlich nicht. Sie ist natürlich mit diesem Mann verreist, daß du das nicht kapierst! Vielleicht ist sie auch einfach mit ihm zu Hause. Sie tut seit Monaten so, als fände sie ihn doof, aber das stimmt überhaupt nicht. Sie lacht immerzu, wenn er da ist, und mir gegenüber ist sie abartig streng! In Ruhe mit ihm bumsen will sie, zu Hause oder in Paris, und deshalb wollte sie mich weghaben.«

»Daniel!«

Esters Schreck war aufrichtig. Sie wußte mal wieder etwas nicht. »Ist der Mann denn nett?«

»Was weiß ich. Ganz nett, ja. Und reich. Aber sie streiten sich andauernd. In nichts sind sie sich einig.«

»Streiten?«

»Ja, sie schreien sich an, weil alle beide recht haben wollen.« Daniel seufzte.

»Aber wer ist es denn? Kennst du ihn schon lange?«

»Er heißt Maurice, und er ruft sie dauernd an. Und dann machen sie immer so blöd rum, mit so 'nem albernen Gewitzel und so, du weißt schon. Meine Mutter tut so … so … ach, ich weiß nicht. Mir gegenüber ist sie jedenfalls ganz anders. Ich hasse das.«

»Das gibt sich schon wieder, Dani«, sagte Ester. »Das müßtest du doch inzwischen kennen. Vielleicht ist deine Mutter ja verliebt. Richtig verliebt. Da führen sich die Leute anfangs immer komisch auf. Das weißt du doch besser als jeder andere! Du bist doch der große Liebesexperte, oder?«

Das war ein alter Scherz zwischen ihnen.

Er lachte über ihren verschwörerischen Ton, ihr zuliebe.

»Nein. Das jetzt ist was anderes. Alles ist anders.«

Ester schwieg.

»Wann kommt sie wieder?« fragte er.

»In zwei, drei Tagen, Dani. Sie kommt bestimmt wieder. Alles wird wieder normal, bestimmt. Vielleicht ein bißchen anders normal, aber du bist für sie das Allerwichtigste auf der Welt.«

Er rührte mit der Gabel in seinem Spinat herum und sah auf einmal unendlich jung und einsam aus. Lola hatte ihm kurz zuvor die Haare geschnitten, und auch das trug zu seiner Nacktheit bei. Die ganzen Jahre hatte Ester sich bemüht, sich nicht zu sehr um Daniel zu kümmern, ja, ihn fast ein wenig zu vergessen, und nun stellte sich das plötzlich als unangebracht und unnötig heraus, so klein und hilfsbedürftig war er und so bedauernswert in seiner noch schlecht sitzenden Erwachsenheit – er war doch erst zehn.

Der Kopf war ihr schwer vor Liebe und Zärtlichkeit. Sie nahm seine Hand. »Komm«, sagte sie, »welchen Film möchtest du sehen? Ich habe im Sommer Raubkopien aus Thailand mitgebracht.«

Hand in Hand guckten sie sich die erste halbe Stunde von einem James-Bond-Film an. Dann ging sie an einer Tankstelle um die Ecke eine Tüte Chips und Cola holen, weil er das von Lola nie haben durfte. Er nahm wieder ihre Hand, und so guckten sie weiter.

Nachts bekam Daniel Fieber und mußte die nächsten Tage im Bett bleiben. Ester brachte ihm Videos und Spiele, zu essen, zu trinken und fiebersenkende Mittel. Es war nur eine leichte Grippe, aber sie fürchtete, es könnte was Schlimmeres werden. Noch nie hatte sie sich so um jemanden gekümmert. Die Gesundheit ihres Vaters hatte ihr zwar immer Sorgen bereitet, aber sie hatte nie etwas tun können.

Ester erinnerte sich noch genau, wie sie hungrig jede Sekunde jener Tage gespeichert hatte. Es war gar nicht mal Danis Hilfsbedürftigkeit. So bemitleidenswert und ängstlich wie am ersten Abend war er danach nicht mehr gewesen, obwohl es ihn ziemlich erwischt hatte. Was ihr so zu Herzen ging, war vor allem die Begeisterung, mit der er sie trotz des Fiebers in die Spiele, die Bücher und die Fernsehsendungen einweihte, die er liebte – sie, die Erwachsene, der er offenbar blind vertraute.

Tag um Tag schob sie es hinaus, Lola von Daniels Grippe in Kenntnis zu setzen, auch weil Daniel sagte, daß er das nicht wolle. Sie machte sich weis, daß sie Lola nicht stören wollte, in einer Phase, die vielleicht ihr Leben verändern würde.

Als Lola schließlich, nicht drei, sondern fünf Tage später, kam, um Daniels Sachen zu holen, ausgelassen und dankbar und viel mitteilsamer über den Mann, Maurice, als vorher, ging es Daniel schon wieder besser. Und Lola sah so herzergreifend glücklich aus, daß Ester es für unbegründet hielt, ihr im nachhinein Schuldgefühle zu machen. Auch Daniel sagte nichts, selbst später nicht – zumindest hatte Ester von Lola nie etwas darüber gehört.

Lola zog bei Maurice ein, sie heirateten und bildeten sofort eine Familie, eine eigenverantwortliche, autarke Einheit, die keiner Hilfe von außen mehr bedurfte. Schon bald wurde Lola von Maurice schwanger, was die Einheit noch untermauerte. Daniel hatte jetzt ein richtiges Zuhause, und Ester kam die Rolle der anhanglosen ältesten Freundin Lolas zu, die hin und wieder mal vorbeischaute.

Irgendwie hatte sich seither nie wieder eine Gelegenheit geboten, daß Daniel bei ihr übernachtete, und Ester hatte es von sich aus nie anzuregen gewagt.

11

Ein Zettel auf dem Tisch verriet, daß Lola zu einer Sitzung der Schulleitung war und danach einen Termin mit einem Mann in Amstelveen hatte, der Freiwillige für Israel anwarb. Lola nahm Daniels Wünsche und Pläne offenbar sehr ernst.

Als Ester mit einer Tasse Kaffee in Lolas Küche saß, war ihr einen Moment, als hätte sie ihre ganze Reise nach Israel nur geträumt. Egal, wie viele Reisen sie machte, wie viele Erfolge sie verbuchte, wie viele Einladungen sie bekam, wieviel männliche Beachtung sie fand, ja sogar egal, wie heftig und außergewöhnlich ihre sexuellen Abenteuer gewesen sein mochten, nach nur wenigen Stunden in Lolas Gegenwart schien das alles vergessen und das Rad zurückgedreht, als wäre ihr Leben ein seltsames Hirngespinst gewesen, ein Produkt gefährlicher Hoffart, Fiktion aus einem anderen Teil des dreidimensionalen Systems. Dann war wieder die junge Ester präsent, die offenbar unausrottbar war, die unerfahrene, gehemmte, vom Leben ihres Vaters in Mitleidenschaft gezogene neunzehnjährige Ester, die noch vor dem eigenen Leben zurückschreckte – eine Ester, die von der unerschrockenen Lola noch viel zu lernen und zu befürchten hatte. Sie wurde sich des alten Mißtrauens gegen Lola bewußt, die vielleicht etwas vor ihr verbarg oder verborgen hatte und die ihr mühelos und ohne sich zu scheuen nehmen konnte, was immer sie wollte.

12

Ester hatte aufzuschreiben versucht, was ihr in den letzten Tagen widerfahren war. Doch als sie um halb eins beschloß, ein paar Besorgungen für Lola zu machen, standen nur ein paar Satzfetzen in ihrem schwarzen Notizbüchlein.

War in Jerusalem. Lernte Raphael kennen. Überlebte Anschlag. Bin jetzt bei Lola. Fühle mich erbärmlich. Was soll ich bloß tun?

Nach dem Einkaufen joggte sie eine volle Stunde in den Kennemerdünen. Um vier kam Daniel nach Hause. Ester machte ihm Käse-Schinken-Toast und Tee.

Sogar im Sitzen war Daniel groß. Sein Gesicht, ja selbst seine Augen und sein Blick hatten sich wirklich verändert. Man konnte vage Andeutungen des Mannes in ihm ausmachen, nicht dauernd, aber bei bestimmten Bewegungen, wenn ein Schatten auf sein Gesicht fiel. Man sah Muskeln, während er kaute, und straffe, hohe Wangenknochen und ein markantes Kinn, die früher nicht ausgeprägt gewesen waren. Seine Haut hatte nichts mehr von der zarten Kinderhaut von einst, sondern glänzte jetzt hier und da und wies rote Flecken auf. Ester entdeckte Flaum auf seiner Oberlippe und seinem Kinn, aber sie konnte sich nicht vorstellen, daß er sich schon täglich rasierte.

»Du bist ja richtig brav, daß du gleich von der Schule nach Hause kommst«, hänselte sie ihn.

»Ich muß unheimlich büffeln fürs Abi«, sagte er beinahe entschuldigend. Der erste Toast war schon verspeist. Es folgte der zweite, mit noch größeren Bissen.

»Ich hab gehört, daß du nach Israel willst.«

»Ich möchte dort als Freiwilliger arbeiten, am liebsten den ganzen Sommer. Stell ich mir echt geil vor. Eli übrigens auch. Also dann...«

Toast und Tee waren verdrückt, Daniel hatte sich schon halb wieder erhoben, um davonzuspurten.

Ester mußte daran denken, daß er ja offensichtlich schon körperliche Begierden kannte. Ein Gedanke, der sie rührte und zugleich abstieß. Sie fragte sich, wie er wohl mit Mädchen umging – bestimmt noch unbeholfen, fordernd und ein bißchen grob.

»Was mußt du denn dort machen?«

»Das weiß ich noch nicht genau. Aufgaben der Armee

übernehmen, hab ich gehört. Gewehre reinigen, Panzer, in Krankenhäusern helfen, alles mögliche!«

»Und dazu hast du Lust? Warum gehst du nicht in einen Kibbuz? Da sind lauter junge Leute, da wird auch hart gearbeitet... ist oft sehr schön.«

»Bloß nicht! So 'n Kibbuz ist doch voll uncool! Total überholt! Nee, als Freiwilliger tust du echt was fürs Land! So 'n Kibbuz ist eher so was wie 'n Arbeitsbeschaffungsinstitut.«

Ester verschlug es kurz die Sprache.

»Du bist ein echter Falke geworden, hm?« stichelte sie. »Tut mir leid, aber ich hab dich heute morgen am Telefon schimpfen hören.«

Er stand schon. »Ach, das hast du gehört? Na ja, ist doch auch kein Wunder! Alle versuchen das Land von der Landkarte zu streichen. Die Armee ist Tag und Nacht in Aktion. Man hört nur noch von Anschlägen, gerade jetzt erst wieder. Das ist einfach zum Kotzen. Du warst doch selbst in Israel. Wie war's denn?«

Er fragte aus Höflichkeit, das war ihr klar. Sie spürte seine Eile, er wollte nach oben, in seine Welt, zu seinem Computer, seiner Musik, seinen Hausaufgaben.

Mit einem Mal fühlte sie sich schuldig, weil sie doch unweigerlich auf dieses Thema gekommen war. Es stand ihr nicht zu, Interesse mit einer Geschichte zu wecken, die nicht einmal die ihre war, zum Glück nicht.

»Es ist ein tolles Land«, sagte sie.

Fünfter Teil

1

Kibbuz Afek, Israel, Juli 1983

Es war am Ende ihrer ersten Woche im Kibbuz gewesen, am Freitag abend. Ester hatte die ganze Woche über einen grauenhaften Nachtdienst gemacht, war gerade erst aufgestanden und fühlte sich noch leicht benommen. Junge Kibbuzniks strömten in den großen, hohen Speisesaal. Zum Essen fanden sie sich meist früher oder später ein als das Fußvolk der Freiwilligen, um ihren Sonderstatus zu unterstreichen. Nicht aber am Freitagabend.

Erst nach einigen Minuten entdeckte Ester Zippi inmitten einiger Kibbuzniks, die sich immer mit einer Aura des Ungewöhnlichen und Überlegenen umgaben. Zippi hatte die ersten Tage das Zimmer mit Lola und ihr geteilt. Sie war auch Niederländerin, aber jünger als sie.

»Soll ich euch mit Baruch bekannt machen?« flüsterte sie, nachdem sie zu ihnen herübergekommen war. Die hellen Haarfransen, die um ihr Kindergesicht tanzten, sahen reizend aus. Ester ging auf, warum sie Zippi nicht gleich erkannt hatte. Sie bewegte die Hüften in einem ganz anderen Rhythmus als noch vor ein paar Tagen, und auch in ihr Gesicht hatte sich etwas Fließendes und Strahlendes gemischt, das bisher nicht dagewesen war. Dafür kann es nur einen Grund geben, dachte Ester gar nicht mal sonderlich neidisch, sondern eher fasziniert.

»Hehe! Traust du dich das auch?«

Zippi trug einen langen Rock und ein winziges Hemdchen, in dem man ihre runden Brüste wippen sah. Um den Kopf hatte sie sich ein Tuch gewunden wie eine alte Kibbuzfrau aus dem Bilderbuch – zumindest vermutete Ester, daß es so aussehen sollte.

Entspannt lümmelte das Objekt der Begierde auf seinem Stuhl, als sich Zippi mit Ester und Lola näherte. Er rührte sich nicht, verzog den Mund aber zu einem einstudierten Lächeln, als Zippi Ester sanft vorschob.

»Vogel, das ist Ester. Ester, das ist Baruch.«

Baruch (Vogel!), sehr groß, dünn und braun, die Kringellocken kurz gestutzt, nickte langsam. Ohne den Rest seines Körpers zu bewegen, streckte er eine Hand aus, die sich warm und trocken anfühlte. Während er freundlich die hellbraunen Augen mit den langen, femininen Wimpern zusammenkniff, fühlte sich Ester durch diese Hand einen Moment physisch eingeschüchtert – ein Gefühl, das ihr verboten vorkam.

Ein kleinerer Typ neben Baruch, ein junger Seeräuber mit durchdringenden hellblauen Augen, musterte sie mit neugierigem, spöttischem Blick. Sie ließ es sich nicht anmerken, aber er war ihr schon früher aufgefallen. Er war strohblond und braun wie Leder. Auch er streckte ihr die Hand hin.

»Very nice to meet you«, sagte er mit rauchiger Stimme. *»I am Arik.«*

Wider Willen mußte sie kurz schlucken und wandte sich

mit einer viel zu aufgesetzten Drehung ab, wobei sie gerade noch sah, wie Lola Baruchs lasche Hand wie wild schüttelte. Ihre Brüste bewegten sich kräftig mit – an denen war nichts Jungenhaftes.

Schmunzelnd fing Arik ihren Blick auf. Und ihr fiel mit einem Mal wieder ein, woher sie ihn kannte. Er war immer in der Tischlerei hinter dem Hühnerstall am Werk, wenn sie frühmorgens zu ihrer Baracke zurücktaumelte.

»Sooo«, sagte Lola zu beiden Männern, laut und in einer tiefen Tonlage, die sie wohl ein bißchen wachrütteln sollte. »Und vielleicht könnt ihr uns jetzt mal erzählen, warum ihr nach dem Libanonkrieg nicht mehr kämpfen konntet?«

Baruch, der schon fast wieder abgelenkt schien auf der Suche nach einer neuen Zerstreuung, wurde in der Tat hellwach – wütend und zugleich neugierig.

Sein Blick blieb an Lolas auffallend großer Statur hängen, an der er jetzt, wie Ester sah, einiges registrierte – Brüste, Beine, die Symmetrie? Lola blickte herausfordernd zurück, selbstbewußt, verächtlich und doch amüsiert. Mit einem Mal wurde aufgemerkt. Was der Grund für dieses Spiel war, entging Ester. Warum mußte gespielt werden?

Arik grinste. Wieder bohrten sich seine aquamarinblauen Seeräuberaugen in die ihren. Zippi klimperte nervös mit den Wimpern, Unruhe im Blick.

Beinahe aggressiv zog Baruch mit einer blitzschnellen Bewegung sein Hemd hoch und ließ eine große Narbe direkt unterhalb seiner Achselhöhle sehen.

»Die Kugel steckt noch drin. Ich hab auch noch eine in der Hüfte«, sagte er leise. »Ich bin nicht mehr so wendig, kapiert, Miss Holland?«

Ester fiel auf, daß der Seeräuber einen Moment lang nicht grinste.

»Die Granatsplitter in meinen *beautiful legs* erspare ich euch«, sagte er.

Es blieb still.

Interessiert studierte Lola Baruchs immer noch zur Schau gestellte Achselhöhle. Ester, die das Gefühl hatte, daß Arik ihren Bewegungen folgte, schaute ganz kurz, eine Sekunde nur, zur Seite.

Da sah sie das Grinsen wieder. Er machte ihr angst.

Baruch ließ langsam sein T-Shirt herunter. Zippi wartete, die Hände in der Seite.

»Jungejunge«, sagte Lola locker. »Beeindruckend. Wie ist das passiert?«

Man konnte sehen, daß sich Baruchs Stimmung bereits wieder hob. Erneut lehnte er sich zurück, wenn auch etwas weniger entspannt als vorher, in die Arme Zippis, die hinter seinem Stuhl stand. Er sah Lola nach wie vor an, antwortete aber nicht. Als sich Zippi über ihn beugte, packte er sie und zog sie herum, bis sie vor ihm stand, zwischen seinen Beinen. Ester sah, was sich da tat, die Blicke zwischen ihnen, getränkt von physischen Erinnerungen. Bis vor kurzem ist Zippi noch Jungfrau gewesen, durchfuhr es sie wie ein Stich. Und sie hatte eine ziemlich große Klappe gehabt. Wo war die jetzt geblieben? Verlegen und sehnsüchtig schaute Zippi Baruch an.

Schmunzelnd zuckte Lola die Achseln.

Arik, mit seinen unwirklichen Augen, schien weit weg zu sein, aber er nickte Lola zwinkernd zu, sympathisch, nicht unliebenswürdig.

Lola ignorierte ihn.

Schmerzhafte Eifersucht schnitt Ester ins Herz. Diese Herde rannte viel schneller als sie. Sie waren von einem anderen Stamm, einer anderen Machart, mit härteren, festeren Muskeln.

»Wir holen uns jetzt was zu essen, wir sehen euch später!« rief Lola. Sie drehte sich lächelnd um, ohne jemanden anzusehen. Doch die Drehung, verführerisch und überlegen, verriet, daß sie von Zuschauern ausging.

Mit einem Gruß, der viel gleichgültiger klang, als ihr zumute war, verließ auch Ester jetzt das Grüppchen, verloren, ohne Rolle. Dennoch sah Arik ihr nach, das spürte sie.

2

Nach ihrer Ankunft in Israel hatte Ester als einzige noch gleich am späten Abend anfangen müssen, im Hühnerstall.

Als sie nach sechseinhalb Stunden aus den Staubwolken, der Kacke und dem Gegacker des verschreckten Federviehs wiederauferstand, schlug ihr die geheimnisvolle, laue Dunkelheit und Stille des Kibbuz entgegen, und zum erstenmal roch sie das weite, saubere Land. Nach all den Stunden in dem Stall voll schreiendem Leben hatte die Welt sich für sie verändert. Erschöpft, wie sie war, erschien ihr die Zukunft leerer und trister denn je. Ihre Unbestimmtheit, der schmerzliche Gedanke an ihren Vater zu Hause, Lola, deren Gegenwart schon im Bus keinerlei Trost gewesen war – erst jetzt hatte der Kampf begonnen, das war ihr damals aufgegangen.

Der Ausdruck in Lolas schläfrigem, aber anziehendem (sauberem!) Gesicht, aus dem Bett hervor, war der erste schmerzhafte Spiegel gewesen. Mitleid, aber auch so etwas wie Ekel hatten sich darin abgezeichnet, als Ester nach jener allerersten Nacht in aller Herrgottsfrühe wieder auftauchte, völlig verdreckt und den Tränen nah.

Das und das direkt darauf folgende kicherige Mitempfinden erfüllten Ester mit einer solchen Wut, daß ihr »Halt bloß die Klappe!« vor Aggressivität flirrte. Sie war selbst erstaunt darüber.

Lola verstummte, sofort verschnupft und noch böser als Ester. Eine Frage des Charakters. Esters Blick fiel in den kleinen Spiegel neben Lolas Bett, und sie erschrak über sich selbst. Aber zum Lachen war sie zu müde.

Als Lola nach kurz eingehaltener Stille doch wieder lachte, hörte es sich für Ester aggressiv und aufgesetzt an, und sie ging wortlos hinaus, um zu duschen.

Ihre Haare waren fettig und verklebt von der Hühnerkacke und mit stinkendem weißem Staub bedeckt, als wäre sie über Nacht grau geworden. Ihr Gesicht war schwarzgefleckt, und an ihren Händen war überall geronnenes Blut von den kleinen Kratzern, die ihr die Hühner beigebracht hatten. Ihre stark geröteten Augen waren geweitet, als hätte sie unwillkürlich die Panik der sterbensbangen Tiere übernommen.

Dank des Overalls, den sie hatte tragen müssen, war ihr übriger Körper, wie es zunächst schien, relativ unversehrt geblieben, doch fand sie unter der Dusche sogar zwischen ihren Brüsten Hühnerkacke, und in ihrer Achselhöhle klebte eine lange, schmutzige Feder.

Als sie sauber und inzwischen nicht mehr böse ins Zimmer zurückkehrte, traf sie Lola nicht mehr dort an. Sie war schon zur Arbeit gegangen. Sie mußte in riesigen Auflaufformen, die nur am Schabbes benutzt wurden, die Hühner zubereiten, mit denen Ester nachts gekämpft hatte.

Das war kein guter Anfang gewesen. In den nächsten Tagen hatten sie einander kaum gesehen. Und gerade mal anderthalb Wochen später hatte Lola schon woanders gewohnt. Ester waren die fünf Wochen, die ihr noch bevorstanden, als Wüste aus Leere und Einsamkeit erschienen, wo in diesem Land doch eigentlich Milch und Honig fließen sollten.

3

Ohne daß sie es sich selbst einzugestehen wagte, begann Ester in Israel der Respekt, den sie ständig hatte, schon bald zu beklemmen wie ein dumpfer Kopfschmerz. Respekt vor der Idee dieses Landes, erstickende Ehrfurcht vor dem einstigen Leiden, das den heutigen Bewohnern so sehr in Fleisch und Blut übergegangen zu sein schien, daß sie nur noch blaffen und schlurfen konnten. In Afek wohnte eine relativ große Gruppe von KZ-Überlebenden aus Polen, die die Ester von zu Hause vertraute Atmosphäre verbreiteten – allerdings um ein Vielfaches verstärkt –, und die Polen standen der Vergangenheit auch unverhohlen bitter und hart gegenüber und hatten nicht das Vorsichtige, Zurückhaltende von Esters Vater, das ihr immer ganz selbstverständlich vorgekommen war.

Kurz nach ihrer Ankunft hatte Ester noch in großen Gefühlen geschwelgt: Der Kibbuz wie auch ganz Israel erschienen ihr in den ersten Tagen als eine Art Heiligenschrein.

Anfangs störten sie daher auch die vielen unwissenden Nichtjuden, die hier Urlaub machten, sogar in ihrem Hühnerstall. Was suchten diese großen, blonden Schwedinnen hier?

Erst nach zehn Tagen traute sie sich, um eine Versetzung aus dem Hühnerstall zu bitten. Und da stellte sich heraus, daß es keiner der Freiwilligen je so lange dort ausgehalten hatte. Sie habe den Rekord gebrochen, wurde ihr gesagt.

4

Nach dem Gespräch mit den Kibbuzniks stand Ester dann neben Lola in der Schlange vor der Essensausgabe. Sie hatten seit jenem ersten Morgen noch nicht viel miteinander geredet, als hätte sich etwas zwischen sie geschoben und sie müßten jede für sich in getrennten Welten zurechtkommen.

»Wieso hast du denn bloß von diesem Krieg angefangen?« fragte Ester jetzt, aggressiver als beabsichtigt.

»Machos!« schnaubte Lola verächtlich. »Wieso können sie nicht einfach sagen, was passiert ist? Wieso müssen sie sich immer so interessant machen?«

»Aber diese Schußwunden, diese Narben, das ist doch auch unglaublich! Was weißt denn du schon vom Krieg? Vielleicht haben sie Freunde verloren.«

»Ja, wer weiß?« sagte Lola. »Aber deswegen brauchen sie sich nicht gleich für was Besonderes zu halten. Sie waren wehrpflichtig, haben gekämpft und können sich glücklich schätzen, daß sie mit dem Leben davongekommen sind. Jetzt brauchen sie nicht mehr zu kämpfen, sondern könnten was ganz Normales machen, was Positives, Land bestellen, Obst ernten, was weiß ich. Aber das ist unter ihrer Würde!« Ihre hellen Augen funkelten vor Ablehnung und Überheblichkeit.

»Woher willst du das wissen?« Ester versuchte, einen lokkeren Ton anzuschlagen, doch ihre Verärgerung und Verunsicherung über die Szene von vorhin waren noch zu frisch.

»Ich habe mich mit einigen von ihnen unterhalten, am ersten Abend.«

»In der Disko, was?«

Ein leises Lächeln kräuselte sich um Lolas Mund, das sofort wieder verflog. Sie schien unantastbar und voller Geheimnisse. Ester wurde bewußt, wie sehr sie sie schon verlor.

»Unter anderem, ja.«

Die Andeutung ernsthafterer Beziehungen verschlug Ester kurz die Sprache. Sie suchten sich einen Platz und setzten sich. Als Lola wieder zu sprechen begann, war ihr nicht anzumerken, ob sie Esters Mißfallen bemerkt hatte.

»Wie findest du diese Zippi?« fragte Lola beiläufig.

»Zippi? Ganz nett. Ein bißchen überkandidelt vielleicht und schon sehr hin und weg von diesem Baruch. So toll fand ich ihn nun auch wieder nicht«, antwortete Ester.

»Mm.«

Danach schwiegen sie. Lola war in Gedanken versunken.

5

Die meisten männlichen Kibbuzniks in Afek leisteten eine Art Ersatzdienst ab, weil sie für wehrdienstuntauglich erklärt worden waren. Trotz ihrer unsichtbaren Verletzungen oder Traumata, in Kriegen zugezogen, die hier so viel mehr zum Alltagsleben zu gehören schienen als anderswo auf der Welt (der vorerst letzte war der Libanonkrieg von 1982 gewesen), verrichteten sie auf dem Feld, in der Fabrik oder bei den Tieren schwere Arbeit für die Kibbuzgemeinschaft.

Abends legten sie dann ihre launische Arbeitsmoral ab und verwandelten sich in lässig grinsende, hippe Helden, die in Musik und heimlichen Haschischwolken Entspannung für ihre möglicherweise überreizten Nerven suchten. Als alte Hasen machten sie bei den meisten Neulingen im Handumdrehen Furore und tauchten scheinbar ganz unauffällig in der Diskothek der Freiwilligen auf, wo sie mit ihren gebräunten Muskeln, ihrer Sprache, ihrem Wissen über das Land und ihrer sexuellen Überlegenheit die blutjungen Mädchen verführten. Naiv, wie diese waren, assoziierten sie alles an den Männern mit Krieg, Roheit und Welt, und das steigerte die Erregung noch um einiges.

Alle ausgemusterten Reservisten wohnten in freistehenden kleinen Bungalows im grüneren Teil des riesigen Areals von Afek, während sich die Freiwilligen – im Grunde nichts anderes als verkappte Urlauber, die nur zu Besuch hier waren – mit Baracken begnügen mußten, die man sich mit acht anderen teilte.

Im Vergleich zu den Umständen, unter denen sie selbst seit ihrer Ankunft hier lebte, erschien Ester die Lebensweise der Kibbuzniks äußerst luxuriös. Angeblich schliefen sie auch in Betten, die um vieles komfortabler, größer und weicher waren als die der ausländischen Freiwilligen.

Es dauerte eine Weile, bis ihr aufging, wie viele Neulinge sich in die Bungalows der Kibbuzniks locken ließen. Als sie nach zehn Tagen Nachtdienst wieder zu einem normalen Tagesrhythmus zurückkehren durfte, stellte sich heraus, daß Lola nicht mehr in ihrer Baracke wohnte. Ihre Sachen waren weg, und Ester mußte sich von jemand anders sagen lassen, daß Lola woanders wohnte. Es schockierte sie, daß Lola ihr das nicht selbst mitgeteilt und auch nicht gesagt hatte, wo sie denn jetzt schlief, aber so, wie die Verhältnisse sich inzwischen gewandelt hatten, traute sie sich nicht, ihrer Empörung Ausdruck zu verleihen. Lolas eisiges Schweigen traf sie sehr hart.

Ester verstand nicht, wieso Lola nur noch sporadisch im Speisesaal oder bei der Arbeit auftauchte. Erst Tage später klärten sich die Rätsel teilweise auf, als sie Lola im Haus von Baruch wiederfand. Bestürzt nahm sie die Atmosphäre des fremden Mannes in sich auf, bei dem ihr einziger Halt, Lola, jetzt schon so selbstverständlich und herablassend die Hausfrau spielte. Das alles sah stark nach Verrat aus, ja sogar nach Bestrafung, hätte man meinen können.

Lola sprach bei dieser Gelegenheit – sie sollte zu den gesprächigsten jenes Monats gehören – von Dilemmas und Leidenschaft und »dem entscheidenden Moment, dessen Zeugin du warst, Es!«.

Das verwirrte Ester. Die Zärtlichkeiten zwischen Zippi und Baruch, die sie so beeindruckt hatten, waren also falsch und leer gewesen? Das Gespräch über Krieg und Verwundungen nichts anderes als ein *Vorspiel*? Der Gedanke, daß Lola jede Nacht in Baruchs riesigem Bett schlief und innerhalb einer Woche schon wer weiß wieviel Sex gehabt hatte, daß sich also der leichte Vorsprung nun zu einem himmelweiten Unterschied ausgewachsen hatte, wurmte sie vielleicht sogar noch mehr als die Tatsache, daß sie sich so voneinander entfernt hatten.

Ihre Verwirrung wurde dadurch verstärkt, daß sich Lola zur moralischen Siegerin aufwarf. Der Baruch, den sie für sich gewonnen hatte, war ein traumatisierter Mann und sie die einzige, mit der er über seinen Krieg sprach.

Ob Lola wirklich in Baruch verliebt ist, ist wohl unerheblich, grollte Ester. Für Lola kam es vor allem darauf an, daß Baruch in sie verliebt blieb – und sie war sehr verliebt in einen Baruch, der in sie verliebt war, so daß sie letztlich vor allem in sich selbst verliebt war.

Ein Werteverfall auf ganzer Linie, stellte Ester fest, zumal Lola nicht nur in sexueller Hinsicht die Mutter Teresa spielte, sondern offenbar auch bereit war, in Baruchs Bungalow den Fußboden zu fegen. Kopfschüttelnd sah sie es mit an, nadelspitze Stacheln im Herzen. Sie fühlte sich wie eine Gefangene in diesem Kibbuz, auf dieser Reise, und kein Ende in Sicht.

6

Seit Lola ihr neues Leben führte, ging Ester jeden Mittag allein in den Speisesaal. Dort wartete sie über ihrem Teller Obst mit Hüttenkäse auf den einzigen magischen Moment des Tages in diesem verdammten schnoddrigen, allzu irdischen Kibbuz. Über die Tische hinweg suchte sie ihn – wie er sie.

Manchmal saß er mit Freunden da, manchmal auch allein. Immer schaute er zu ihr herüber, schnell, vielsagend, neckend, gefährlich: Arik der Seeräuber, Arik der Pirat.

Baruch aß oft mit Lola in seinem Bungalow. Wenn sie überhaupt aßen, denn vielleicht vögelten sie so viel, daß sie kein Essen brauchten. Kam Lola doch einmal mit Baruch in den Speisesaal, fragten sie immer, ob Ester sich zu ihnen setzen wolle. Eine befremdliche Situation. Lola war dann meistens mitteilsam und fröhlich, lauter Mittelpunkt unter den schweigsamen, trägen Hippies, und Ester war gezwungen, ihre Einsamkeit und ihr Unbehagen zu überspielen.

Aber da war ja Arik, mit seinem Grinsen, seinen geheimnisvollen Augen, die jedesmal von einem helleren Blau zu sein schienen als am Tag zuvor. Manchmal flüsterte er ihr mit seiner seltsam rauchigen Stimme *»manishma?«* zu (was lediglich hieß: wie geht's?) und jagte ihr damit kalte Schauder den Rücken hinunter.

»Tov«, hauchte Ester dann und hoffte, dabei so bezaubernd und ungreifbar zu wirken wie ein Schmetterling. Es war eines der wenigen hebräischen Wörter, die sie kannte.

7

Ester wußte nicht, wie es dazu gekommen war, aber von einem bestimmten Tag an war es beinahe zur festen Einrichtung geworden, daß er nach dem Essen hinter ihrem

Stuhl entlanglief und, ohne sie anzusehen, flüsterte: »Wann kommst du mit mir mit?« Er verlangsamte dabei nicht einmal seine Schritte.

Das weckte Gefühle in ihr, die ihre Schenkel ganz schwach und zittrig machten, aber mit jedem Tag wußte sie weniger, was sie darauf entgegnen sollte. *Wie* sie reagieren sollte. »Ich? Wirklich?«

Sie wagte es sich fast nicht einzugestehen: wie sehr sie sich danach sehnte, von einem mit so unerreichbar geschmeidigen Bewegungen, mit so wunderbar neckenden Augen und einer so unvergleichlich rauchigen Stimme ausgezogen und betrachtet und berührt zu werden, so demütigend wenig sein Interesse an ihr vielleicht auch mit ihrer wahren Persönlichkeit zu tun hatte.

Mit jedem Tag wurde ihre Ohnmacht größer. Sie fürchtete, sein Interesse sofort zu verlieren, wenn sie etwas so Eindeutiges und Langweiliges und Westeuropäisches antwortete wie »Wieso, wohin denn?« oder »Jetzt gleich?«. Würde sie nicht alles Geheimnisvolle preisgeben, sobald er sie auch nur mit einem Finger berührte?

Nein, lieber uneindeutig und unerreichbar bleiben, seine Leidenschaft wachsen und weiterwuchern lassen und die ihre leugnen und unterdrücken.

»Das hättest du wohl gern!« sagte sie also immer wieder, mit einer koketten, abweisenden Schulterbewegung, die sie aus Filmen kannte.

Warum hatte alles schon einmal stattgefunden? Wie oft würde er es noch sagen?

8

An einem Tag, als es nach Wochen flirrender Windstille endlich ein bißchen wehte und die Hitze erträglicher war, konnte Ester sich nicht mehr bremsen. Sie schlich zu Ariks Werkstatt und spähte ihn aus.

Die Tischlerei befand sich in einem etwas abgelegeneren Teil des Kibbuzgeländes, neben der kleinen Baumwollfabrik und nahe dem vermaledeiten Hühnerstall. Der sandige Hof lag voller Steine, kaputter landwirtschaftlicher Geräte und Maschinen, Baumaterial und Holzbretter. Auch das kleine Gebäude, in dem Arik arbeitete, war nicht gerade ein Palast.

Diese Ausspäherei war eine halbherzige und feige Reaktion auf das Flüstern im Speisesaal, das sie so gern in angemessener Weise beantwortet hätte. Aber sie merkte gleich, daß seine Einladung und damit auch die ganze spannende und verführerische Flüsterseite an ihm in der Werkstatt nicht mehr galt – seine Arbeit war heilig, schien es. Er mußte sie durch das kleine Fenster sehen, doch er zeigte keine Reaktion.

Sie konnte es dennoch nicht lassen. Meistens ging sie im Laufe des Vormittags, wenn sie schon mit ihrer Arbeit fertig war – was machte sie da gerade, Äpfel pflücken? –, aber die Kibbuzniks noch nicht. Dann nahm sie all ihren Mut zusammen und sah ihm, vorsichtig, zu. Wie oft mochte sie dort gewesen sein, fünfmal, sechsmal?

Seine Präzision war es. Sie genoß den Anblick der Holzlocken, die er beim Fräsen drehte, der Ruhe, mit der seine Hände jeden Arbeitsschritt absolvierten, ohne zu schludern.

Wie aus einem Stapel roher Bretter allmählich, mit wunderbarer Allmählichkeit, ein glatter, maßgerechter Tisch wurde.

Sie hoffte, daß er ihr zu gegebenem Zeitpunkt etwas zuflüstern würde wie im Speisesaal, doch das tat er nicht. Bei der Arbeit schwieg er, und sie fragte sich sogar, ob er sich überhaupt darum scherte, sie dort zu sehen. Er hämmerte und schliff und schraubte sie aus seinem Bewußtsein, schien ihr, und dann schlich sie sich nach einer Stunde Schauen beschämt in ihre Baracke zurück, in ihr Bett, wo sie weinerlich vor ohnmächtiger Verliebtheit in ihrem Tagebuch ihre Unfähigkeit zu beschreiben versuchte.

Erst nach einiger Zeit begann ihr aufzugehen, daß Angst und Scheu vor dem Sprung ins kalte Wasser vielleicht nicht mit einem Bonus bedacht wurden und daß sie ihn vielleicht auch verlegen machte. Es mußte etwas geschehen. Als ihr diese Erkenntnis gekommen war, sprach sie ihn durch das kleine Fenster an – zum erstenmal, ohne sich geheimnisvoll zu geben.

»Wo hast du so zu tischlern gelernt?« fragte sie.

Natürlich antwortete er nicht sofort, er feilte erst noch eine Kante glatt.

»Ich habe es mir selbst beigebracht«, sagte er dann und schaute auf, die Funkelaugen unerwartet ernst. Es reizte Ester fast zum Lachen, wie ernst er war.

Er war stolz, aber jetzt auch ein wenig verletzbar, und dessen war er sich bewußt. Weil das hier seine Welt war, seine Arbeit und er diese Arbeit war. Er war sich bewußt, daß ihn das eingrenzte, daß es sein Image veränderte und er jetzt nicht mehr der große ungebundene Mann war, den er bis dahin markiert hatte. Er würde es vielleicht damit schönreden, daß ihm diese Arbeit viel wert sei, weil er sie liebte. Auch erfaßte er bestimmt intuitiv, daß das nicht ihre Welt war und es auch nie sein würde, daß sie nie von ihrer Hände Arbeit leben würde.

Aber er braucht nichts schönzureden, und ich darf nichts romantisieren, dachte Ester. Ihr Herz floß über vor Rührung über ihn, aber auch über sich selbst. Langsam und genau im Tonfall der Melodie, die in ihrem Kopf summte, sagte sie: »Es ist wunderbar, dir bei der Arbeit zuzusehen. Du machst so schöne Dinge, es paßt alles so gut.«

Und er, die Augen fast wie sonst, außerhalb seiner Arbeit, fest auf sie gerichtet, entgegnete ruhig: »Dann komm mal und schau dir diese Schwalbenschwanzzinkung an.«

Und so hatte es angefangen, daß sie nicht mehr so ängstlich war, unter Umgehung des lähmenden Flüsterns und ohne daß einer von ihnen seine komplizierten Wertigkeiten zu verleugnen brauchte.

Später an diesem Tag begleitete sie ihn in feierlichem Schweigen nach Hause – er war nur ein klein wenig größer als sie –, wo er sie in noch tieferem Schweigen auszog, bis Ester ihren schwitzenden Körper verzweifelt, aber fest entschlossen mit dem seinen zu einer engen, wunderbar straffen Schwalbenschwanzzinkung verschränkte.

Danach wurden das neckende Funkeln in seinen Augen sanfter und die rauchige Stimme, mit der er die überwältigende Stille aufhob und Fragen zu stellen begann, melodiös, ja geradezu liebevoll. Sie fühlte sich wie betrunken.

Entspannt lag er auf der bunten Häkeldecke, die sein Bett bedeckte, nackt und grinsend, die Hand unter dem Kopf, während er sie mit einem geilen Wohlgefallen betrachtete, das ihr Herz wie wild schlagen ließ. Sie schaute zurück, sah ihn an, sah, auf welche ungemein anziehende Weise sein Grinsen den Mund über den Kiefern spannte und die kleine Nase mit den witzigen Fältchen zu beiden Seiten platt zog. Sie mußte an sich halten, um ihn nicht zu verschlingen wie ein frisches, duftendes Brot, wenn sie die weiche, glatte Haut seiner Brust betrachtete und die angespannten Muskeln an seinen Armen – diese unwiderstehliche elastische Trägheit in allen seinen Bewegungen. Das und seine rauchige Stimme ließen sie ihn wie unersättlich anschauen und ihm zuhören.

Schon da machte es sie irgendwie traurig. Seine Schönheit und ihre eigene Begierde schlossen sie aus, das spürte sie; sie wollte zugreifen, beißen, streicheln, ihn mit sich tränken, doch mehr denn je fühlte sie, wie sehr sie eine andere war, eine andere, die nicht seine Sprache sprach, eine andere, die ihn niemals ganz würde kennen können.

»Wußtest du, daß ich dich bei der Arbeit beobachtet habe?«

»Ja.«

»Wirklich?«

»Ja.«

»Du hast also Theater gespielt. Du hast nur so getan, als würdest du hart arbeiten – meinetwegen.«

»Ach wo. Ich habe mich einfach noch ein bißchen mehr konzentriert. Es hat mich nicht abgelenkt. Du hast doch auch nichts gesagt.«

»Nein, ich habe nur geschaut. Du solltest es eigentlich nicht merken. Oder, na ja, ein bißchen schon.«

»Warum?«

»Du solltest mich... sehen.«

»Ich hatte dich längst gesehen. Ich habe dich schon lange im Visier.«

»Ich wollte dich bei der Arbeit sehen. Du bist da so... so am richtigen Ort, viel mehr als anderswo, oder...«

»Ich fühle mich nirgendwo am richtigen Ort«, sagte er.

Einen Augenblick lang schimmerte in seiner Haltung Abwehr durch. Ester verstummte. Doch gleich darauf lachte er schon wieder, die Augen beinahe geschlossen, übertrieben seufzend.

Auch in dieser zufriedenen Erschöpfung lag das Demütigende. Aber es war ihr egal, ja sie schwelgte sogar darin, gerade dieses Gedemütigtsein brachte sie ihm näher. Im großen und ganzen war sie nicht unzufrieden mit ihrer Rolle: Frau und Kind zugleich. Ein anziehendes Kind, das er, wenn es nach ihr ging, so oft besitzen konnte, wie er nur wollte.

Er drehte einen Joint, zündete ihn an und nahm drci Züge, bevor er ihn ihr anbot. Sie mochte kein Haschisch, sog aber dennoch hungrig die warme Luft ein. Es half, es linderte den Schmerz, sie fühlte sich gleich ein bißchen weniger jung, und es brannte nicht mehr so zwischen ihren Beinen. Er schlug das Bettuch zurück und lud sie ein, sich wieder zu ihm zu legen. Wie ein Baby schmiegte sie sich an ihn.

»Mein kleines Juwel«, flüsterte er, und sie ließ sich in die Kissen drücken und gestattete, daß er ihre Beine auseinanderdrückte, auf ein neues. Er betrachtete sie eingehend, und sie wechselten einen beinahe ausdruckslosen Blick, bevor er sich nochmals langsam auf sie senkte. Als er erneut in sie eindrang, tat es weh, aber das war schnell vergessen in der allumfassenden Hitze, die sie beide schmelzen und sich auflösen zu lassen schien, was, je heftiger und wilder es zuging, Esters späteres Bild von einem seltsamen exotischen Traum intensivieren sollte.

Danach schliefen sie ein. Auch Ester, die noch nie in fremden Armen geschlafen hatte.

Gegen vier Uhr in der Nacht, es war noch dunkel, wurde sie auf der anderen Bettseite wach. Es war Zeit, zur Arbeit zu gehen. Da lag Arik, nackt ausgestreckt, ruhig atmend. Sie blieb stehen, um ihn anzusehen – seine schlafenden Augen schlossen sie noch mehr aus, als es die geöffneten, hellblauen Augen am vergangenen Abend getan hatten. Ihre eigenen Augen brannten. Sie hätte sich krank melden können, aber irgendwie hatte sie das Bedürfnis, das zu tun, was man hier von ihr erwartete, nämlich Äpfel pflücken.

Sachte küßte sie Arik aufs Haar und ging. Die Tür fiel mit einem kurzen Klicken hinter ihr zu.

Mission completed.

Das dachte sie, mit genau diesen Worten. Die Äpfel pflückte sie an diesem Morgen in einer Art Trance, bis sie so müde war, daß sie beinahe vom Gabelstapler gepurzelt wäre.

Danach war sie zu Lola gegangen. Weinend und zugleich euphorisch.

9

Lola empfing sie, wie es sich gehörte: als *Freundin*. Sie wollte alles hören, alles, vom allerersten Flirt an, als sie sich in Lolas Beisein kennengelernt hatten. Am Ende bezeichnete sie Arik kopfschüttelnd als »großen, großen Arsch«.

Dieses Urteil und das Kopfschütteln brachten Ester an den Rand des Abgrunds – wobei sie sich aber auch gleich bewußtmachte, daß es Lola, ausgerechnet Lola, nicht zustand, mitleidig über sie und Arik den Kopf zu schütteln. Ihr Bedarf an Demütigungen war für diesen Tag gedeckt, diese paßte nicht mehr hinzu. Also faßte sie sich, richtete sich auf und versuchte zu verdichten und zu fiktionalisieren, was geschehen war, wieder zu verschleiern, was schon längst klar war, und sich selbst eine Rolle zu geben, die für Lolas kritisches Ohr akzeptabel war. Arik war kein Arsch, sie war genauso sehr schuld wie er.

Lola ließ kein gutes Haar an ihm. Arik sei nicht vertrauenswürdig, das müsse Ester einsehen.

»Ich möchte dir nicht weh tun, Es, aber Arik scheint dauernd Freundinnen zu haben. Wie Saar, seine Ex, das ertragen konnte, ist mir schleierhaft. Aber…«

Ester hörte ihr schon nicht mehr zu, bei dem Wort Freundinnen wurde ihr ganz weh im Magen vor Aufregung. Was kümmerten sie die anderen? Jetzt war jetzt, und Arik hatte es gewollt, er hatte nichts lieber gewollt, warum sollte das nicht auch so bleiben? Und schon waren der Schmerz und das Verlangen wieder da. Sie war *eine Freundin*!

»Oooh!« jammerte sie. »Es ist so schlimm! Ich bin so verliebt, ich wußte gar nicht, daß es so schlimm ist, verliebt zu sein.« Wie sie auf den Ausdruck »verliebt« kam, wußte sie nicht. Er war einfach plötzlich da, jetzt, da sie mit Lola redete.

Bevor sich Ester mit dem befassen konnte, was werden sollte, existierte für sie vorerst nur, was gerade passiert *war*. Das damit verbundene Unbehagen, die Verlegenheit, die Stille danach dachte sie sich weg, und das »kleine Juwel« trieb die Hitze dorthin zurück, wo es ohnehin schon glühte und brannte. Während sie Lola alles erzählte, begann das endlose Mahlen, hier wurde die Erinnerung geboren, entstand das Unerfüllbare, wenn Ester das zu diesem Zeitpunkt auch noch nicht wissen konnte.

Sechster Teil

I

Bloemendaal, 5. April 2001

Abends um sechs erschien Lola, vollbepackt mit Kartons und Tragetaschen vom Supermarkt. Sie trug ein Cape über einer dreiviertellangen schwarzen Hose und hochhackige Stiefel, wodurch sie noch größer wirkte als ihre ein Meter vierundachtzig. Ester hatte sich längst daran gewöhnt, erheblich kleiner zu sein, doch sie brauchte immer eine Weile, um in ihrem Innern etwas beiseite zu schieben und Raum für Lolas totale Präsenz zu schaffen.

Lola trug alles in die Küche und ließ sich dort, die Tragetaschen noch an den Armen und den riesigen Karton in den Händen, auf den Fußboden sinken. »Kann mich bitte einer in den Schrank stellen?« rief sie. »Ich bin alle!«

Nonnie kam angerannt und stürzte sich auf Lolas Schoß. Ester befreite Lola von Karton und Tüten und räumte die Einkäufe mit dem Au-pair-Mädchen zusammen ein, während Lola und Nonnie auf dem Fußboden laut lachend Kinderreime sangen.

»Hast du ordentlich ausgeschlafen, Es, und hast du was Schönes gemacht heute?« rief Lola zwischendrin.

»Nein. Nur durch die Dünen gejoggt«, rief Ester zurück.

Nonnie wollte wissen, ob sie Füchse und Kaninchen gesehen hatte.

»Äh, nein, aber ein Pferd«, sagte Ester.

Nonnie kicherte. Lola erhob sich und umarmte Ester dann so unvermittelt und stürmisch, daß Ester errötete.

»Schön, nicht, Nonnie, daß Ester bei uns ist!« sagte Lola lachend.

Sie blieben umarmt stehen, wobei Lola Ester an den Schultern hin und her zog. Dann gab sie Ester ein paar übertriebene Schmatzer auf die Wange, um Nonnie und das Au-pair-Mädchen zum Lachen zu bringen. Ester fühlte sich zerzaust – ihr Gesicht würde voller Lippenstift sein –, aber erwärmt, als sie losgelassen wurde.

»Und nachgedacht habe ich«, sagte sie.

2

Lola hatte nachmittags den niederländischen Repräsentanten der israelischen Freiwilligenorganisation, Herrn Schrijver, gesprochen. Er sondierte Bewerber, die als freiwillige Helfer nach Israel wollten, zuvor im Hinblick auf ihre Verläßlichkeit und ihre politische oder womöglich gar kriminelle Vorgeschichte. Er war auch der Kontaktmann, wenn die Freiwilligen dann in Israel waren, denn die Daheimgebliebenen durften nicht wissen, wo genau ihre Lieben stationiert wurden. Nicht einmal telefonisch konnten sie sie direkt erreichen. Es gab nur eine zentrale Nummer, an die man sich wenden konnte, und mit ein bißchen Glück wurde man dann zurückgerufen. Grund für diese Geheimnistuerei sei, daß viele Freiwillige auf Militärbasen stationiert würden, erklärte Lola, ohne eine Miene zu verziehen, und alle Informationen darüber seien eben streng geheim.

Ester bemühte sich, sachlich zu klingen, als sie Lola daraufhin fragte, ob sie keine Probleme damit habe, Daniel zur israelischen Armee gehen zu lassen. »Er ist erst sechzehn!« sagte sie. »Warum geht er nicht einfach in einen Kibbuz, da kann er doch auch als Freiwilliger arbeiten!«

»Er wird in einer Woche siebzehn, und er geht ja nicht wirklich zum Militär«, rief Lola lachend, mit hochgezogenen Augenbrauen. »Er wird Soldaten zivile Aufgaben abnehmen. Das ist nicht so gefährlich, wirklich nicht. Jetzt, da ich mit diesem Mann gesprochen habe, habe ich auch keine so großen Befürchtungen mehr. Ist doch eigentlich großartig, daß Daniel das so gerne möchte, nicht?«

»Ja, aber warum möchte er das plötzlich so gern?«

»Er liest Zeitung«, sagte Lola ernst. »Das beschäftigt ihn Tag für Tag. Er geht neuerdings sogar in den jüdischen Klub, in dem auch Eli ist, ach, wie heißt der noch gleich? Maurice findet es auch toll von ihm, daß er das nach dem Abitur machen möchte. Er hat so gebüffelt, die Schule so wahnsinnig schnell hinter sich gebracht …«

»Und warum kein Kibbuz?« fragte Ester.

»Das möchte er nicht«, sagte Lola entschieden. »Erinnert ihn wohl zu sehr an seine Mutter.«

»*Antiquierte Arbeitsbeschaffungsinstitute*. Tja, dafür kann er sich nicht sonderlich erwärmen«, murmelte Ester. »Können wir ihn nicht umstimmen? Oder hat es etwas damit zu tun, daß sein …?«

»Na klar«, sagte Lola schroff. »Und deshalb werde ich

ihn zu nichts zwingen. Er findet das hier offensichtlich stärker. Weißt du… er war in letzter Zeit irgendwie total verstockt. Aber jetzt nimmt ihn die Politik wirklich in Anspruch.«

»Ist das denn alles auf seinem eigenen Mist gewachsen?« fragte Ester noch. »Oder tue ich ihm damit unrecht?«

»Das geht ganz und gar von ihm aus! Wir haben nichts damit zu tun. Und ich bin ehrlich gesagt unheimlich froh, daß Daniel so über Israel denkt, wie er es tut. Er hat Gott sei Dank ziemlich gesunde Ansichten über diesen Konflikt«, sagte Lola.

»Mmm«, machte Ester.

Es trat eine kurze, unnatürliche Stille ein. Ester spürte, daß eine alte Diskussion zwischen ihnen zu entbrennen drohte, aber sie widerstand der Versuchung. Statt dessen fragte sie Lola, ob es denn noch andere gebe, die sich schon in Daniels Alter als Freiwillige meldeten.

»Na ja, er ist schon ziemlich jung«, räumte Lola ein. »Wir müssen deshalb jemanden finden, der sich in Israel für ihn verbürgt. Der Mann heute hat mir das alles plausibel gemacht. Sie stehen zwar unter dem gleichen Schutz wie Militärs, aber man übernimmt keine Verantwortung für sie.«

Esters Verärgerung suchte immer noch hartnäckig nach einem Ventil.

»Und wer soll das dann übernehmen? Wer soll sich für Daniel verbürgen? Wir sprechen hier immerhin von der israelischen Armee!« sagte sie. »Das sind Männer, die Palästinenser erschießen, Menschen an Straßensperren zurückhalten. Wirklich lauschig, so ein Hauptquartier, und noch dazu geheim!«

Jetzt begann das Gespräch zu kippen.

»Du tust ja gerade so, als wäre ich eine unverantwortliche Irre!« sagte Lola. »Ich kenne genügend Leute dort.«

»In Israel? Wen kennst du denn in Israel?«

»Oh, einige«, sagte Lola mit größter Entschiedenheit. »Harmen und Lidewij zum Beispiel, die arbeiten dort als Korrespondenten. Und noch andere.«

Alles Leute, die Lolas Mutter hin und wieder in Brüssel empfangen hatte, wie Ester wußte. Entfernte Bekannte, die bestimmt was Besseres zu tun hatten, als einen Siebzehnjährigen im Auge zu behalten.

»Ich finde, er ist einfach noch zu jung dafür«, versuchte sie es noch einmal.

»Du hörst dich an wie dieser Schrijver«, sagte Lola. »Daniel hat ein enormes Verantwortungsbewußtsein. Und Eli geht vielleicht auch mit. Ich habe wirklich in jeder Hinsicht Vertrauen zu der Sache. Das habe ich dem Mann heute auch gesagt.«

»Eli!« mokierte sich Ester. »Und der soll eine Hilfe sein!«

Ester war schon immer der Meinung gewesen, daß Lola es sich mit Daniel verdammt einfach machte. Sie nahm Risiken in Kauf, die Ester unverantwortlich erschienen. Ließ Daniel schon mit sechs allein zur Schule radeln. Und als er einmal angefahren worden war – zum Glück war ihm nichts passiert –, hatte Lola ihn gleich am nächsten Tag wieder allein fahren lassen. Das sei genauso wie bei einem Sturz vom Pferd, sagte sie, da müsse man auch gleich wieder in den Sattel.

Erneut trat eine unangenehme Stille ein. Lola tut immer gerade so, als würde die Wirklichkeit für sie nicht gelten, bei dem Leichtsinn, auf den sie patentiert zu sein scheint, dachte Ester böse. Es kümmert sie nicht die Bohne, daß ich gerade nur knapp einem Anschlag entgangen bin. Ach was, das existiert für sie schon gar nicht mehr!

Es war noch hell draußen, aber es war kein angenehmes Licht, der Ausklang eines trüben Tages, der sich gar nicht erst so recht entfaltet hatte. Ester hatte plötzlich ein dringendes Bedürfnis nach etwas Alkoholischem.

»Ich hab Wein geholt, Lo. Wollen wir ihn trinken?« fragte sie.

Lola schien weit weg gewesen zu sein. Sie sah Ester mit einem Blick an, den diese nicht erwartet hatte – mit etwas Zerbrechlichem, Fragendem darin. Erschrocken fragte sich Ester, ob sie sich nicht vergaloppierte, nicht viel zu schwere Geschütze auffuhr gegen eine, die eigentlich gar keine Strategien hatte. Vielleicht handelte Lola rein intuitiv, ein bißchen oberflächlich vielleicht, aber einfach aus unschuldiger Liebe zu ihrem Sohn, weil sie für ihn tun wollte, was sie konnte. Vielleicht hatte Lola ihr das alles nur erzählt, weil sie ihr ganz einfach vertraute, sie ganz einfach mochte. Vielleicht war es dieses »ganz einfach«, was Ester über all die Jahre hinweg immer wieder verblüfft hatte.

»Okay«, sagte Lola.

Sie hatte aus einem türkischen Laden in Haarlem Unmengen von Oliven, Pepperoni, Brot und Humus mitgebracht, die sie nun auftischte.

»Wir müssen doch ein bißchen feiern, daß du hier bist«, sagte sie.

Lola ist eine außergewöhnliche, herzliche Frau, die das Leben zu genießen versteht, dachte Ester. Die einzige, die hier eifersüchtig, mißtrauisch und falsch ist, bin ich. Sie nickte. Dann entkorkte sie eine Flasche Wein, mit gesenktem Kopf.

3

»Was gedenkst du jetzt eigentlich mit diesem Mann anzustellen, Ester?« fragte Lola plötzlich am späten Abend.

Sie hatte sich nach dem Essen nicht zu Ester aufs Sofa gesetzt, sondern war hin und her gesaust und hatte alles mögliche erledigt (»Ist heute alles liegengeblieben!«). Anschließend hatte sie noch eine Stunde oben am Computer gesessen.

Ester hatte ferngesehen und sich bei all der übertriebenen Geschäftigkeit nicht wohl in ihrer Haut gefühlt.

»Nichts«, antwortete sie. »Was sollte ich da anstellen können?«

Es schien unvorstellbar, daß sie sich vor so kurzem noch so phantastisch gefühlt hatte, in Israel, mit Raphael. Wenn sie an ihn dachte, machten widerstreitende Empfindungen sie ganz schwindlig. Das eine Mal fiel er mit dem Anschlag zusammen, mit dem Schock jenes furchtbaren Moments, da er Knall auf Fall aus dem Bett gesprungen war. Der hatte sie und ihre gemeinsame Nacht gleichsam ungeschehen gemacht – als wäre Raphael einer der Schuldigen, Teil irgendeines Plans, in dem auch ihre Liebesnacht eine abscheuliche Rolle spielte (und somit, unfreiwillig, auch sie selbst). Und das andere Mal wurde er zum Ziel ihrer Suche nach Veränderung, eine Erlösung von ihrem alten Leben, die Personifizierung all dessen, woran es ihr bis dahin gefehlt hatte. Keine dieser beiden Sichtweisen sagte die ganze Wahrheit, aber sie hatte keine anderen zur Verfügung.

»Ruf ihn an«, sagte Lola.

»Nein.«

»Aber klar.«

»Nein!«

»Und wenn *er* anruft?«

»Keine Ahnung. Er ruft nicht an«, sagte Ester.

»Wetten?«

»Nein. Es ist sowieso nichts. Es kann einfach nichts sein.«

»Wie heißt er noch mal?«

»Raphael.«

»Raphael … Du möchtest, daß er anruft, Es. Und dann fährst du zu ihm. Sofort. Das sehe ich dir doch an.«

»Was siehst du denn?«

»Etwas Neues. Du siehst gut aus, trotz allem siehst du gut aus.« Lola meinte es ernst.

»Wirklich?« fragte Ester.

4

Ramallah, Anfang Mai

Aischas Kopf war so voll von all dem, was Raschid ihr beizubringen versuchte und was die von ihr interviewten Mütter, Väter, Brüder und Schwestern von Märtyrern ihr erzählten, daß ihr der Rest der Welt vorübergehend weniger wirklich erschien.

Sogar ihre E-Mail-Kontakte mit Chicago, Polen und dem Rest der Welt vernachlässigte sie. Die bis vor kurzem für sie noch so wichtigen Schreiben ihrer Mail-Freunde, aus denen immer eine aufgeweckte soziologische Neugierde sprach, waren angesichts der Herausforderungen, vor die sie sich jetzt gestellt sah: Schreiben für eine Zeitung, irrelevant geworden.

Nur Mitsuko schrieb Aischa immer noch gern von den Unerbittlichkeiten ihrer Welt. Es war befriedigend, wenigstens einen Menschen zu haben, dem sie von Dingen erzählen konnte, mit denen sie bei der Zeitung nicht anzukommen brauchte, weil jeder in ihrer unmittelbaren Umgebung nur zu gut darum wußte. Von der Verschmutzung und der angespannten Langeweile, die allen in den Knochen steckte; von der Nervosität hinsichtlich zionistischer Einfälle, nun da die zweite Intifada so erbittert geworden war und sich die Kämpfer vorzugsweise zwischen gewöhnlichen Bürgern versteckten; von der schikanösen Willkür der Soldaten an den Checkpoints; vom Erschrecken bei jedem Schuß, immer wieder, das ging nie ganz vorüber, weil es einen jedesmal an frühere Schüsse erinnerte, die jemanden getötet hatten, den man kannte. Und von den Geschichten, die man hörte, über Vergehen, Mißhandlungen, Korruption. Es war schön, davon an eine zu schreiben, die praktisch am anderen Ende der Welt lebte, völlig unvoreingenommen war und vor Erstaunen über alles, was sie da las, gehörig mit den Ohren schlackerte.

Erträglicher machte es das Ganze allerdings nicht. Für Aischa war es ein Trauerspiel, wenn sie sich ansah, wie sehr das Leben für viele ihrer Bekannten und Verwandten zum

Stillstand gekommen war, wie über heillosem Warten oder der Suche nach Lösungen für die Erfüllung so primärer Bedürfnisse wie des Einkaufs von Lebensmitteln oder des Besuchs eines Arztes die Tage zerrannen. Grenzenlosen Selbsthaß verspürte sie, wenn sie sich dabei ertappte, daß auch sie sich gelegentlich eine gewisse Abgestumpftheit erlaubte, wenn sie mit der Mangelhaftigkeit der Einrichtungen konfrontiert war oder an einem Checkpoint mitbekam, wie ihre eigenen Leute den Schweinen in den grünen Kampfanzügen Honig ums Maul schmierten. Manchmal entging ihr auch, daß der Müll nicht abgeholt worden war und sich stinkend in den Straßen angehäuft hatte, daß die Gullys verstopft waren oder es stundenlang kein Wasser gab. Und am schlimmsten war, daß sie hin und wieder an die Freunde zu denken vergaß, die im Gefängnis saßen, manche schon sehr lange, ohne daß einer wußte, was mit ihnen geschehen würde.

Dann kniff sie sich in den Arm und schrie sich zu: Das sind die Juden, bei denen selbst ist es anders, bleib wach, nichts ist normal, alles, was hier im argen ist, beruht auf einem einzigen großen Unrecht. Sie hatte sich nun einmal geschworen, daß sie niemals ruhen würde. Niemals würde sie aufhören, sich zu wehren. Anklagen, lautete ihre Verantwortung. Man würde sich den Namen Aischa noch merken!

Obwohl die liebe Mitsuko also stets bereit war, sich über den Inhalt von Aischas Mails verblüfft und geschockt zu zeigen, unlängst sogar zweimal am gleichen Samstag, stellte sie doch recht sonderbare Fragen. Sie schrieb Dinge, auf die Aischa nicht gefaßt war. So fragte sie zum Beispiel, ob Raschid gut aussehe. Und: »Verlangt er auch von seinen anderen Journalisten, daß sie jeden Satz mit ihm durchgehen?«

Empört war Aischa gewesen. So ein Blödsinn! Das beschäftigte vielleicht die Frauen in Tokio, aber sie doch nicht! Raschid war nur so kritisch, weil er in den USA gelebt hatte und viel vom Zeitungsmachen verstand. Sie mußte einfach noch furchtbar viel lernen, so nervig das auch war. Gutaussehend? Es hatte doch nichts mit Raschid zu tun, daß sie sich so ins Zeug legte! Sie wollte schon immer die Beste sein, auch in der Schule. Was sie in seiner Gegenwart anstachelte, war reine Rivalität, der Wunsch zu brillieren. Diese Rivalität hatte sie schon von Kindesbeinen an mit jedem männlichen Wesen in ihrem Umfeld kämpfen lassen. Es war eine Qual, eine Frau zu sein und sich so furchtbar anstrengen zu müssen, um etwas einbringen zu dürfen. Und außerdem, nicht zu vergessen: Zu gewinnen war eine Welt, die Welt der berechtigten, brennenden Wut, ihre Welt, ihre Wut, die Raschid immer noch unzureichend verinnerlicht hatte.

Vielleicht waren Mitsuko derlei Ambitionen fremd, Mitsuko, die ihr Frausein offensichtlich und unbegreiflicherweise so sehr genießen konnte.

Aischa war schon bewußt, daß sie in der Tat die einzige von Raschids Zeitung war, bei der die Endredaktion so gründlich ausfiel, aber das war ja vielleicht auch nötig. Und das verlangte sie selbst.

Raschid hatte sie gebeten, politische Interviews zu machen. Mit Leuten von der PA, aber auch mit anderen führenden Politikern.

»Darauf bin ich aber gar nicht aus!« hatte sie teils geschmeichelt, teils argwöhnisch gerufen. »Da muß ich irgendwelche höflichen Floskeln schreiben, und das kann und will ich nicht!«

»Du willst doch Einfluß, du willst doch weiterkommen und höher hinaus, oder? Das ist deine Chance! Dann schreib eben keine höflichen Floskeln.«

»Du verstehst das nicht. Ich glaube an Geschichten, die illustrieren, was hier los ist, aber nicht an das Geschwafel von Leuten, die in die eigene Tasche wirtschaften! Ich möchte der Welt deutlich machen, worunter hier alle leiden: daß die Hoffnung abhanden gekommen ist, daß die Ungerechtigkeit einen zermürbt. Und das geht nur, wenn man mit gewöhnlichen Menschen spricht. Keiner von denen hat Hoffnung oder weiß überhaupt, was es heißt, Hoffnung zu haben, ein Leben zu haben wie anderswo auf der Welt, wie in deinem Amerika zum Beispiel! Keiner!«

Sie merkte, daß sie schrie. Sein Blick war wie Hitze auf ihrem Gesicht spürbar. Sie bekam es einen Moment mit der Angst zu tun – wie sehr verkehrte Raschid auf gleichem Fuße mit den palästinensischen Größen? Ging sie zu weit? Sie wußte nicht mehr genau, warum sie geschrien hatte, aber es hatte sich nicht unangenehm angefühlt.

Raschids rechter Mundwinkel verzog sich leicht amüsiert. »Aber du weißt es, hm, Aischa? Amerika! Du träumst, nicht wahr? Du hast Hoffnung«, sagte er.

Zu ihrer eigenen Verblüffung nickte sie heftig – brav und eifrig bemüht, eine gute Figur zu machen. Wieder haßte sie sich. »Ja«, sagte sie böse, »ich habe die Hoffnung, daß ich etwas verändern kann, ja.«

»Okay, Aischa«, sagte er. »Du bist eine echte Kämpferin.«

In seiner Stimme schwang Hochachtung mit. Aischa fragte sich, warum sie sich dennoch nicht besser fühlte. Auch das, was er im Anschluß sagte, half nicht.

»Also sprichst du jetzt auch mit Politikern. Dabei lernst du was, und es paßt gut in eine Wochenzeitung, ja es *gehört* in eine Wochenzeitung. Die Leute müssen doch den Glauben hegen können, daß sie regiert werden! Und du brauchst keine höflichen Floskeln zu schreiben. Es wird bestimmt nicht leicht werden, zumal für dich als Frau, aber gerade deswegen solltest du es machen. Schreib auf, was sie sagen und wie sie es sagen. Schreib auf, was sie nicht sagen.«

Raschid glaubte an die Politik, das wußte Aischa längst. Neben seinem großen geschäftlichen Engagement dolmetschte er häufig für ausländische Journalisten und Politiker. Er glaubte an eine Zweistaatenlösung. Für Aischa war sie unvorstellbar. Damit wurde ihren Beherrschern ja ein Anrecht auf das Land zugesprochen, das sie ihnen zuvor weggenommen hatten. Das war ja gerade so, als belohnte man ein böses Kind für seine Untaten! Mit Juden zu verhandeln war dumm. Schon solange sie lebte, schadete das böse Kind Israel ihrer Familie. Der Unfall ihres Vaters hätte zwar überall passieren können, aber er war nun mal beim Anbringen einer Lampe in dem neuen Haus nahe Ramallah gestürzt, wohin die Juden sie nach all ihren Jahren in Jerusalem vertrieben hatten. Das böse Kind Israel hatte ihnen das Leben unmöglich gemacht. Hätten sich die Juden nicht eingemischt, würde ihr Vater noch leben, ihr Bruder müßte sie nicht prügeln, und weder Nadar noch Ibrahim hätten sterben müssen. Wenn man an all die Mütter dachte, die ewig weinen würden, die Gefangenen ... Nein, sie hatte keinerlei Nachsicht mit den Unterdrückern.

Ja, sie hatte Hoffnung – auch für Raschid, daß er seinen Irrtum einsehen würde. Daran mußte sie arbeiten, mit ihren Geschichten. Sie würde ihn von seiner Naivität befreien.

»Aber ...«, setzte sie an.

»Nein!«

Es war ein Befehl. Und er hatte sich schon erhoben. Im Spalt seines offenen Hemdkragens sah sie seinen Hals und ein Stück seiner Brust. Er hatte leicht reden, er war ein Mann. Es wird nicht leicht werden, hatte er schmunzelnd gesagt. Dieses aufreizende, arrogante Schmunzeln hätte sie am liebsten abgewürgt, ausradiert. Doch seinem Schmunzeln entnahm sie auch, daß er Vertrauen in sie setzte.

Warum sie mit einem Mal so viel Hoffnung hatte, wußte Aischa nicht. Hoffnung. Woran erkannte man die? Sicher war nur, daß sie von innen heraus kam, diesmal kam ihre Hoffnung von innen heraus. Vielleicht war das ja falsch.

»Okay.« Sie nickte gleichgültig. Sie haßte ihn. Alles wurde überschaubarer, wenn sie ihn einfach haßte.

Mitsuko hatte nicht recht – nicht im entferntesten.

Und dann erschien Janey.

5

Janey Lichtenstein war eine amerikanische Schriftstellerin, die Interesse an Raschids Blatt bekundet hatte und einige Wochen in der Redaktion mitmachen wollte.

Ihr Kommen stand ihnen schon seit einer Weile ins Haus.

Raschid hatte ihnen etwas über sie erzählt, aber wo er sie hergezaubert hatte, wußte Aischa nicht. Khaled, der mit Raschid, Aruri und ihr das Redaktionsteam bildete, sagte, sie sei eine Freundin von Raschids Frau, aber Khaled sagte viel. Fest stand jedenfalls, daß sie ein Buch über ihr Land schreiben und eine Zeitlang »alles tun wollte, was sie taten, und alles so erleben wollte, wie sie es erlebten«. Eventuell würde sie auch noch eine Reportage für eine amerikanische Zeitung daraus machen, erzählte Raschid morgens bei einer ziemlich unernsten Sitzung in ihrer winzigen Redaktion. Sie sollten ihr in jeder Hinsicht behilflich sein, schärfte er ihnen ein, eine derartige Publicity sei lebenswichtig.

Janey Lichtenstein (war das nicht ein jüdischer Name?) traf eine Stunde später ein, und die Herzlichkeit, mit der Raschid sie begrüßte, ließ keinen Zweifel daran, daß sie sich gut kannten und lange nicht gesehen hatten. Da stand sie nun neben ihm, so blond und sommersprossig, daß man kaum sehen konnte, wie sie eigentlich aussah.

Janey war mindestens Ende Dreißig, also alt. Ihre blonden Haare waren lang und dünn, und inmitten all ihrer Sommersprossen hatte sie blaue Augen und einen rot geschminkten Mund. Sie trug ein kurzes, durchgeknöpftes Leinenkleid, das über den Rundungen ihres schmalen Hinterns spannte. So wagen sich nur westliche Frauen herauszustaffieren, dachte Aischa. Was will sie? Daß sie hier alle für eine Hure halten?

Sie schämte sich nicht für ihre Gedanken, als Janey zu sprechen begann. Sie schenkte jedem von ihnen ein breites Lächeln und ließ eine krause Geschichte über ihre Pläne vom Stapel. Insbesondere Aischa nickte sie dabei herzlich zu. Sie würde gern mit einem von ihnen auf Reportage gehen, sagte sie, sich unter die Leute mischen, genau wie sie... »Das palästinensische Leid ist mein Leid, müßt ihr wissen, und ich möchte euch mit meinem Buch unheimlich gern helfen...« Wieder schaute sie vorsichtig lächelnd zu Aischa.

Aischa wich ihrem Blick aus und murmelte, daß sie momentan vor allem mit Politikern spreche.

Janey ließ nicht locker. Wie sich herausstellte, hatte sie sich einen Artikel von Aischa ins Englische übertragen lassen. »Ich bin ein richtiger Fan von dir«, sagte sie kurz darauf allen Ernstes zu ihr, während sie auf Raschid warteten, der kurz weggemußt hatte, weil man ihn wie so oft für irgendwas brauchte.

»Ich würde gerade mit dir gern einmal mitgehen, wenn du mit Menschen redest. Deine Geschichte über die Frau, die während der ersten Intifada selbst aktiv gekämpft hat, Mutter wird und dann ihren Sohn verliert... Erschütternd! Vor allem weil du diese Frau so gut erklären läßt, wie sie dennoch weiterhin inneren Frieden sucht. Toll!«

Als Raschid dazukam, warf Janey Aischa einen Blick des Einvernehmens zu. Aischa tat, als sähe sie es nicht. Sie beide gegen die Männer? Nein, dachte sie, ohne mich!

Trotzdem mußte sie kurz schlucken und sah Raschid stirnrunzelnd an, ohne etwas zu sagen. Khaled und Aruri versuchten weiterhin den Eindruck zu wecken, als hätten sie alle Hände voll zu tun, und hämmerten auf ihre Tastaturen ein. Hätte sie das doch bloß auch gemacht, aber sie war zu neugierig gewesen. Und daß Raschid endlich einmal etwas Positives über sie hörte, war auch nicht unwichtig.

Raschid erwiderte den Blick, den sie ihm zuwarf, mit einem unpersönlichen kurzen Nicken. Dann sagte er zu Janey – und Aischa hörte zum erstenmal, wie fließend und amerikanisch sein Englisch war –: »Ja, Aischa schreibt sehr eindringlich, manchmal vielleicht etwas *zu* eindringlich. Zur Zeit macht sie auf meine Bitte hin eine Reihe von Interviews mit Politikern. Aber du kannst *mich* begleiten, Janey, wenn du möchtest. Ich mache gerade eine Geschichte über einige Familien im Gazastreifen, die ganz in der Nähe von Netzarim wohnen.«

Aischa schoß das Blut ins Gesicht. Es war unerträglich, wie er sie demütigte und dieser Fremden gegenüber seine Autorität über sie demonstrierte. Und auf einmal war es ihr auch äußerst unangenehm, daß diese kreidebleiche Frau ohne Gesicht mit Raschid mitgehen würde.

»Du kannst auch mit mir mitkommen«, sagte sie.

»Ich halte es für selbstverständlich, daß Janey mit mir in den Gazastreifen geht, Aischa«, sagte Raschid scharf auf arabisch. Sein scharfer Ton machte die Botschaft unmißverständlich.

Na schön, auch gut. Wozu brauchte sie Topfgucker?

Und Janey schien schon vergessen zu haben, daß sie so gern mit Aischa losgezogen wäre. *»I'd love to go to Gaza with you, Raschid!«*

6

Amsterdam, 21. April

In ihrer neuen Wohnung war keine Rede von einer Gefahr, wie sie in Israel noch vor kurzem so greifbar gewesen war, und trotzdem fühlte sich Ester hier weniger wohl als dort.

»Du solltest dann auch gleich dort bleiben, wenn du aus Israel zurück bist«, hatte Philip gesagt. »Ich möchte dich nicht sehen, wenn du wieder da bist. Ich habe auch ein Recht auf meine Freiheit.«

Diese Chuzpe! Daß er sich so verhielt, daß Philip – der liebe, gute Philip! – dazu imstande war, den Fremden zu spielen, hatte sie nur in ihrer Entscheidung bestärkt.

Als alle Schränke angeordnet, alles, was sie besaß, ausgepackt, die Bücher alphabetisch einsortiert waren und die Teppiche richtig lagen, wirkte die Wohnung immer noch leer. Angehaltener Atem, bereit zu einem unbeschreiblichen Schrei.

Am Morgen des vierzehnten Tages in der neuen Wohnung befand sich ein von Philip beschriftetes Kuvert in der Post, in dem eine an ihre alte Adresse geschickte Karte steckte.

»Ohne Zeugen keine Geschichte, ohne Geschichten keine Vergangenheit, keine Gegenwart und keine Zukunft. Komm zurück!«

Keine Anrede. Kein Absender. Nur eine Telefonnummer.

Sie starrte auf die Karte, schnupperte kurz daran, fuhr mit dem Zeigefinger über die Schrift. Sie erschrak über ihre zitternden Hände, und ihr Herz setzte aus, so heftig waren die Gewissensbisse über ihre plötzliche Aufregung.

Sie dachte kurz an Lola, die einzige, der sie etwas erzählt hatte. Und an ihr schwarzes Notizbuch. Diese Karte war echt.

7

Ramallah, 5. Mai

»Liebe Mitsuko,

entschuldige, daß ich dir nicht schon früher geantwortet habe. Bei unserer Zeitung ist irrsinnig viel los. Dafür schon eine Weile keine Probleme mit Tarik. Die Juden haben ihn verhaftet! Bei einer Razzia in dem Fremdenverkehrsbüro in Ramallah, in dem er arbeitet, haben sie ihn einfach festgenommen. Nicht, daß die Juden großartige Beweise bräuchten, um jemanden zu verhaften, aber ich fürchte trotzdem, daß sie ihn bald laufenlassen, denn was könnten sie schon gegen Tarik finden? Von mir aus kann er ruhig ein paar Jahre wegbleiben. Endlich Ruhe!

Ich mache jetzt Kampftraining. Hadis Gruppe hat ein paar Stunden die Woche für Frauen eingeschoben. Wir sind zu viert. Kickboxen macht mir am meisten Spaß. Ich hoffe, das wird helfen, mir Tarik vom Leib zu halten, wenn er wieder da ist – selbst wenn er mit einem Messer oder so auf mich losgehen sollte.

Mit der Arbeit läuft es auch ganz gut, obwohl wir bei der Zeitung momentan eine amerikanische Schriftstellerin zu Besuch haben, die ziemlich nervt! Schon zweimal hat sie Raschid bei Interviews begleitet. Hinterher arbeiten sie dann alles gemeinsam in der Redaktion aus. Stundenlang. Sie fragt ihm Löcher in den Bauch und versucht ihn dauernd zum Lachen zu bringen. Du müßtest sie mal sehen, in ihren engen Klamotten! Sie hat so viele Sommersprossen im Gesicht, und ihre Augen sind so hell, daß du sie kaum sehen würdest, wenn sie sich den Mund nicht jeden Tag feuerrot anmalen würde!

Sehr witzig das Ganze, du verstehst schon. Inzwischen habe ich ein Interview mit Hanan Aschrawi gemacht, weil Raschid will, daß ich Politiker interviewe. Ich glaube nicht, daß er damit Politikerinnen gemeint hat. Sie war toll, sie hat mich beinahe mehr gefragt als ich sie.

Ich schufte mich zu Tode, aber Raschid scheint mich nur bestrafen zu wollen. Er will mir wohl den Mund stopfen, anders kann ich mir das nicht erklären. Er findet immer noch, daß meine Artikel zu dramatisch sind. Ich versuche, mir seine Kritisiererei immer weniger zu Herzen zu nehmen. Hauptsache, er druckt meine Beiträge!

Janey heißt die Amerikanerin. Sie ist steinalt, tut aber, als wäre sie ein Model aus einer Zeitschrift, blond, groß, dünn und eingebildet, wie sie ist. Ich schätze, daß sie Raschid an seine Frau in Amerika erinnert. Seine Stimme ist zuckersüß, wenn er mit ihr spricht, und ach wie fließend sein Amerikanisch ist! Wie kann er nur so viel Zeit mit ihr verbringen? Sie ist vielleicht sogar schon vierzig, hat Fältchen und ist richtig gruselig blaß. Und außerdem ist sie hysterisch. Wenn man ihr unheimliches, tiefes Lachen hört, hat sie sogar was von einer Hexe. Aber na ja, sie bleibt nur noch eine Woche.

Schreib mir bitte schnell wieder.
Deine Aischa.«

8

Ramallah, 12. Mai

»Liebe Mitsuko,

es wird dich erstaunen, was ich jetzt sage, aber ich verfluche den Tag, da ich bei dieser Zeitung angefangen habe. Vorgestern war ich allein in der Redaktion, es war schon nach fünf, weil ich noch rasch einiges an dem Interview mit Hanan Aschrawi ändern wollte. Eine halbe Stunde später kam plötzlich Raschid hereingerannt, fröhlich und ausgelassen. Er ist zwar immer recht energiegeladen, aber so wie da erlebt man ihn nicht oft. Durch die Besucherin aus dem Westen kommt er sich offensichtlich sehr wichtig vor.

Er wollte etwas holen und erschrak, als er mich sah – nach fünf bin ich meistens nicht mehr da, weil gegen Abend immer ein solches Gedränge am Checkpoint ist. Dann tauchte auch Janey auf, die schon von weitem irgend etwas rief und sich vor Lachen nicht mehr halten konnte (im wahrsten Sinne des Wortes, denn sie stolperte beinahe über einen Papierkorb). Es ging um Zähne, beziehungsweise nicht mehr vorhandene Zähne irgendeines Mannes in dem – meiner Meinung nach jüdischen – Restaurant, in dem sie gerade gegessen hatten. So viel bekam ich zumindest mit. Daß sie in Jerusalem gewesen waren und sich einen schönen Tag gemacht hatten.

Ich weiß nicht, aber mir war auf einmal ganz eigenartig

zumute. Die beiden überschlugen sich geradezu! Ich dachte, die Redaktion würde platzen, so einen Ehrgeiz entwickelten sie. Ungeheuer peinlich – ihnen war natürlich bewußt, daß sie nichts in der Redaktion verloren hatten, da wurde gearbeitet, so wie ich es tat. Janey fing gleich an, mir zu erzählen, was sie an dem Tag alles erlebt hatten, im Gazastreifen. Als wenn ich nicht wüßte, was sich um Netzarim herum zwischen den Juden und den Palästinensern abspielt! Sie hatte offensichtlich ein schlechtes Gewissen. Erbärmlich! Raschid hatte mir gegenüber Probleme mit der Situation, das sah und spürte ich einfach. Er wollte sie nicht dahaben. Ich arbeite für ihn, sie nicht. Er warf mir einen wirklich vielsagenden Blick zu! Aber sie, sie tat mir gegenüber so nett, daß ich mich stellvertretend für sie zu Tode schämte. Ich bin dann aufgestanden und hab meine Sachen gepackt.

›Ich geh dann mal‹, sagte ich. Und das tat ich.

Gleich anschließend hab ich Hadi angerufen, um Dampf abzulassen. Hadi denkt politisch nicht so versöhnlich wie Raschid, er ist Aktivist geblieben, genau wie ich. Meine Freundinnen sagen, er steht auf mich, aber ich nicht auf ihn, und das weiß er. Außerdem hat er eine Heidenangst vor Tarik. Das ist einer der wenigen Vorteile dabei, daß Tarik so leicht die Hand ausrutscht: daß Männer sich hüten, mir zu nahe zu kommen. Aber mit Hadi läßt sich immer was anzetteln. Leider kann ich dir darüber nichts erzählen. Tarik sitzt übrigens immer noch, wir haben noch nichts von ihm gehört. Meine Mutter ist sehr beunruhigt. Na, ich nicht.«

Als Aischa ihre Mail noch einmal durchlas, strich sie die ganze Passage über Hadi und Tarik. Hadi war den IDF ein

Begriff. Die hatten ihn vielleicht genauso im Auge wie sie, nur hatten sie ihn bisher noch nie zu fassen bekommen. Er kannte jeden, auch in den allerhöchsten Regionen der Fatah, und nicht einmal sie wußte genau, was er so alles ausheckte. Hin und wieder mal brachte sie ein Päckchen für Hadi weg, wenn er sie darum bat; sie konnte mit ihrem Ausweis ja leicht nach Israel und wieder zurück. Vor einiger Zeit hatte sie auch mal einen Tag lang einen schweren Sack für ihn versteckt. Sie hatte nicht hineingeguckt, aber sie war sich sicher, daß es sich um Waffen handelte. Daß er ihr in solchen Dingen vertraute, schmeichelte ihr. Hadi war zwar ein Wichtigtuer, aber ein lieber Kerl. Wie er vor mehr als einem Monat Raschid zu Tarik und ihr gelotst hatte, sagte alles.

9

Aischa suchte noch nach einem anderen Schluß für ihre Mail, als ihr jemand auf die Schulter tippte. Sie versuchte sofort, den Monitor mit ihrem Körper abzuschirmen.

Es war Janey.

»Na, so ein Zufall!« rief sie. Offenbar wußte sie nicht, daß man in einem Internetcafé den Mund zu halten hatte. »Ich wußte ja gar nicht, daß man dich hier finden würde! Ich wollte mir nur mal ansehen, wie so ein Computercafé bei euch aussieht.«

»Und?« fragte Aischa kühl.

»Na ja, normal, interessant, anders. Ganz anders als bei uns in den States, meine ich.«

»Wie sind sie denn in den States?«

»Größer vor allem, viel größer. Ansonsten, tja, vielleicht etwas luxuriöser. Aber hier haben sie eine so viel größere Bedeutung! Chattest du viel?«

»Was meinst du damit?«

»Chatten, übers Internet kommunizieren.«

»Ich weiß, was chatten ist. Warum willst du wissen, ob ich chatte? Und warum hat es hier eine so viel größere Bedeutung?«

»Dein Englisch ist sehr gut, weißt du das? Wo hast du das so gut gelernt?« fragte Janey.

»Im Gefängnis.«

Aischa hörte es sich geradezu wollüstig aussprechen. So ganz der Wahrheit entsprach es natürlich nicht, aber mit irgend etwas mußte sie diese wandelnde Sommersprosse doch zum Schweigen bringen.

»Ach?« sagte Janey. »Wirklich? Wie denn das?«

Aischa blieb stumm.

Janey hakte nicht weiter nach. »Kommst du oft hierher?« fragte sie.

»Mindestens einmal die Woche. Manchmal öfter. Es kostet Geld.«

»Natürlich. Viel?«

»Wenn man nur ehrenamtlich arbeitet, ist alles viel.«

»Aber du verdienst doch etwas bei Raschid, will ich hoffen?«

»Klar.« Aischa wurde nervös. Was sollten diese ganzen Fragen? »Schreibst du jetzt einen Artikel für diese amerikanische Zeitung?« fragte sie im Gegenzug.

»Vielleicht«, antwortete Janey. »Wahrscheinlich schon.

Es ist so unglaublich, was sich hier abspielt. Ich kann gar nicht sagen, wie sehr ich euch bewundere. Mir fehlt nur noch ein geeigneter Blickwinkel.«

»Dabei kann dir Raschid bestimmt sehr gut helfen«, sagte Aischa kalt.

»Na, was das Schreiben betrifft, habe ich wohl selbst genug Erfahrung«, sagte Janey freundlich.

»Was wirst du denn schreiben?« fragte Aischa mir nichts, dir nichts.

»Ach, was ich so sehe, was ich miterlebe, allein und mit Raschid zusammen. Und vielleicht können wir beide ja auch noch mal zusammen losziehen. Mein Gott, Aischa, gestern, gestern haben wir etwas Schreckliches mit ansehen müssen. Wirklich grauenhaft war das. Es hat mich … Allmählich beginne ich zu verstehen, wie ihr hier lebt.«

Aischa sah, daß es in Janeys Augen tatsächlich feucht schimmerte und sie noch durchsichtiger und wäßriger wirkten als ohnehin schon.

»Dich erschreckt so etwas vielleicht schon gar nicht mehr, Aischa, aber mich hat das …«

Kühl starrte Aischa Janey an. »Wovon sprichst du?«

»Ich habe gesehen, wie eine junge Palästinenserin, ungefähr in deinem Alter, mit einem Messer auf einen Soldaten zuging – um ihn anzugreifen, es konnte gar nicht anders sein. Einen Anlaß gab es nicht, es geschah einfach so, ohne daß er etwas getan hätte. Ich war vielleicht hundert Meter entfernt und hörte das Geschrei. Es war wirklich ein sehr großes Messer, sie muß verzweifelt gewesen sein.«

»Wo war das?«

»Nicht weit von hier, am Qalandia-Checkpoint. Es war

so abscheulich, Aischa, denn danach … sie wurde geschlagen, es wurde auch geschossen, und dann hat man sie abgeführt. Sie war verletzt, sie blutete, und sie haben sie in einem Jeep mitgenommen … Die Gewalt, mit der … Es war schockierend, beinahe faschistisch … Ich bin völlig fertig.«

Aischa schwieg. Tonlos sagte sie: »Faschistisch, ja. Das steht außer Zweifel. Aber manchmal … manchmal ist das Gefängnis eine Befreiung für so eine Frau.«

Janey riß den Kopf hoch und starrte Aischa an. »Eine Befreiung?«

»Manchmal ist so etwas der einzige Weg, um aus der Unterdrückung durch die Familie herauszukommen, zumal für unverheiratete Frauen. Oder für Frauen, die einen viel älteren Mann heiraten müssen. Manchmal werden sie auch von den Soldaten erschossen, und damit wird es dann im Grunde zu einer Art Selbstmord. Viele Frauen und junge Mädchen hier sind unglücklich. Jetzt ist sie eine Märtyrerin. In gewissem Sinne bietet ihr das Gefängnis sogar Schutz.«

Janey machte große Augen. »Aber das ist ja entsetzlich! Und du verstehst das?«

Aischa zuckte die Achseln.

»Wirst du auch unterdrückt, als Frau?«

Aischa warf sich lächelnd in die Brust. »Ach wo. Sehe ich etwa so aus, als würde ich unterdrückt? Meine Mutter weint zwar oft über mich, aber meine Familie läßt mich hier arbeiten und allein nach Ramallah fahren. Meine Mutter sieht ja auch, daß ich mich behaupten kann. Sie hat zwar mal versucht, mich einzusperren, aber gelungen ist es ihr nicht!«

Janey lachte. Aischa versuchte, das Lachen nicht zu erwidern. Sie dachte an Tarik, das half.

»Und arbeitest du schon lange bei Raschid?« fragte Janey, die offenbar auf mehr hoffte und sie ermunternd anstarrte.

»Ja«, sagte Aischa. Sie wich Janeys Blick aus und tippte einige Sätze auf ihrer Tastatur.

Janey bemerkte den Wink nicht. »Ich bewundere Raschid. Er möchte mit seinem Blatt wirklich etwas ausrichten«, sagte sie. Sie lächelte kurz über einen Gedanken, den sie nicht äußerte. »Weißt du, ich denke gerade... vielleicht bleibe ich einige Monate und nicht nur ein paar Wochen. Raschid hat mich gefragt, ob ich nicht auch etwas für eure Zeitung schreiben könnte, aus meiner Perspektive, und dazu hätte ich große Lust. Ich habe zu Hause so viel über dieses Land gelesen, aber hier lerne ich jeden Tag, daß alles noch unendlich viel komplizierter ist.«

»Ach?«

»Ich habe noch nicht zugesagt.«

»Nein!«

Es blieb kurz still. Für den Bruchteil einer Sekunde forschte Janey in Aischas Blick, doch sie sah darin offenbar nichts, was sie am Weitersprechen gehindert hätte.

»Weißt du, ich kenne Raschid schon länger. Ich bin eine alte Bekannte von Raschids Frau. Ihre Ehe ist schon seit Jahren schlecht. Das war auch ein Grund, warum er hierhergegangen ist.«

»Ach?« Aischa heftete den Blick verbissen auf ihren Bildschirm. Wenn sie nur lange genug darauf starrte...

»Meine Zeit ist gleich um«, sagte sie.

»Oh! Ja, dann geh ich jetzt mal«, sagte Janey, obwohl ihr

gar nicht klar zu sein schien, was Aischa denn damit meinte. »Kennst du hier in der Nähe vielleicht eine gute Bäckerei oder ein Restaurant? Ich möchte irgendwo etwas essen.«

»Gleich um die Ecke kannst du was essen. Hier gibt es überall was«, sagte Aischa. Irgendwie fand sie es unappetitlich, sich damit zu befassen, wo und mit was Janey ihren dünnen Körper nährte.

»Hast du vielleicht Lust, mitzukommen?«

»Nein, ich habe noch eine halbe Stunde Internetzeit – im voraus bezahlt.«

Janey sprang erschrocken auf. »Ach, das meinst du! Daran hatte ich gar nicht gedacht! Entschuldige bitte vielmals! Kann ich dich für mein vieles Gerede entschädigen? Es tut mir ja so leid, Aischa.«

Verärgert sah Aischa, wie Janey in ihrer Tasche zu graben begann.

Sie drehte sich zu ihr um. »Nein, bitte nicht«, sagte sie.

Janey verabschiedete sich. Von ihrem Fensterplatz im ersten Stock aus sah Aischa sie kurz darauf draußen entlanglaufen, aufrecht, mit flinken, zerbrechlichen Schritten, ihre Ledertasche quer auf der Hüfte, das weißblonde lange Haar wehte im feuchten Wind. Die Frau mit dem Messer kam ihr wieder in den Sinn, und durch alle von unten heraufsteigenden Gerüche hindurch – Kaffee mit Kardamom, Minze, Diesel, faulender Gemüseabfall – roch sie an diesem Nachmittag zum erstenmal Blut.

Siebter Teil

1

Amsterdam, 22. April 2001

»Dann kannst *du* auf Daniel aufpassen!« hatte Lola gejauchzt. »Ich habe ihm gerade beizubringen versucht, daß dieses Jahr vielleicht nichts aus seiner Reise wird. Er ist mir fast ins Gesicht gesprungen. Aber was hätte ich ihm anderes sagen können? Lidewij und Harmen sind gerade für ein halbes Jahr in den Niederlanden. – Nein, du solltest nicht bei dem wie heißt er wohnen, da beschwörst du ja Probleme herauf. Ich rufe Harmen gleich noch einmal an, vielleicht kannst du in ihre Wohnung. Es wird dir guttun, mal eine Weile aus allem raus zu sein, Es.«

»Aber das war ich doch gerade erst!«

»Die paar Tage? Und der Anschlag? Mensch, du mußt mal für ein paar Monate weg! Wirklich. Du hast doch sowieso keine Arbeit. Mach mal was, was du nicht geplant hattest! Ich bin mir sicher, daß es dir guttun wird. Fahr zu diesem Mann, *on your terms*! Es? Überleg's dir und ruf mich an. Dann regele ich alles für dich. Sie wohnen da traumhaft, direkt am Meer.«

Ester wußte: Manchmal wartete unter der Oberfläche gut versteckt das Verlangen, bisweilen verbarg es sich sogar hinter Neugierde. Jetzt sah sie noch überall Einwände, aber das konnte sich radikal ändern, sobald sie wieder in Israel war. Sie war ihr eigenes Experiment, das war schon immer so gewesen.

Sie hatte mit der Karte auf dem Schoß auf ihrem alten grünen Sofa vor dem Fenster gesessen und auf den kleinen Platz hinausgestarrt, wo sich Kinder kreischend um ein Springseil stritten. Es pochte hinter ihren Augen. Unnütz, häßlich und leblos wirkte die neue Wohnung im Mittagslicht, ein Sammelsurium von Habseligkeiten, denen sie ohne triftigen Grund einen neuen Platz gegeben hatte.

Warum sollte sie nicht weggehen? Lola hatte recht. Was hielt sie eigentlich hier?

Es war schon öfter vorgekommen, daß sie nicht durchgehend hatte arbeiten können (es sei denn unentgeltlich), aber jetzt wußte sie, daß die nächsten vier Monate mit Sicherheit kein Geld zu erwarten war. Im September, Oktober vielleicht, hatten sie gesagt. Sie würde also wieder Artikel schreiben müssen.

Es war nicht beruhigend gewesen, bei der Heimkehr ihre Sachen hier wiederzusehen. Es machte sie sogar traurig, ihren eigenhändig bordeauxrot gestrichenen Tisch entwurzelt vor dem fremden, cremefarbenen Fenster stehen zu sehen. Alles einzurichten, originelle Lampen aufzuhängen und einen dicken, dunkelgrün und rosa gemusterten Teppich auf den Fußboden zu legen: ein seltsames Spiel. Nach den vielen Jahren mit Philip in dem großen Haus, das ihm seine Eltern vermacht hatten, kam einem diese unerhört billige Mietwohnung wie ein schon beinahe widernatürlicher Versuch vor, wieder die Studentin zu spielen. Philip liebte Beige und Dunkelbraun, teure, geschmackvolle und nicht zu viele Möbel. Sie früher auch, aber jetzt nicht mehr. Christbaumschmuck um die Spiegel und lila Tüll vors Fenster. Alles, was sie tat, führte sie weiter von Philip weg: weißes Bettzeug mit gestickten Blümchen, ein Kelim mit weißen Ziegen, eine apfelgrüne Chaiselongue mit rosa Kissen. Doch ihr war bewußt, daß das nicht echt war. Noch nicht.

Sie versuchte, an Daniel zu denken. Daniel war ein guter Grund, nach Israel zu gehen. An Raphael zu denken fühlte sich unangenehm an, fast obszön. Sie konnte ihn sich kaum noch vorstellen, sich selbst nicht vorstellen, mit ihm.

Wie wäre es, wenn sie Artikel über ihre Erfahrungen dort schrieb? Im Tollhaus Israel. Israelische Soldaten und palästinensische Frauen. Weg von dem Gewürge und der Stille hier. Weg von den blöden Geizhälsen von der Universität. Für Ordnung sorgen!

Sie verließ die Wohnung, um einzukaufen. Unten vor der Tür hörte sie ein Rauschen. Sie konnte gerade noch den Kopf vor einem Ball wegdrehen, mit dem einige Jungen auf dem kleinen Platz vor ihrem Haus Fußball spielten. Einen Augenblick lang blieb sie so stehen, mit schiefgelegtem Kopf, erstarrt.

Dann schloß sie die Haustür wieder auf und ging langsam die Treppe hinauf in die Wohnung zurück. Griff zum Telefon. »Ich verspreche nichts, aber ruf von mir aus diesen Harmen an«, sagte sie Lola.

»Das ist eine wirklich gute Idee«, erwiderte Lola ernst. »Ach, wie werde ich euch vermissen!«

Jetzt konnte sie nicht mehr zurück.

2

Harmen und Lidewij, die Bekannten von Lolas Mutter, hatten ihre Wohnung schon an jemand anders vermietet, doch sie kannten einen Journalisten, der ebenfalls für einige Monate in die Niederlande wollte und wie sie ein Apartment im Zentrum von Tel Aviv hatte.

»Ich habe ihn gleich angerufen, Es«, sagte Lola aufgeregt. »Ich erinnerte mich noch an seinen Namen, er hat mit uns zusammen studiert. Du kennst ihn bestimmt auch noch. Dorus!? So ein dunkler Typ, sehr klug, ein paar Jahre älter als wir. Er schreibt jetzt für eine Zeitung. Na, jedenfalls habe ich alles angeführt, alle aufgezählt, hab Gott weiß was zusammengeredet, und jetzt ist alles geritzt. Er ist ab nächster Woche hier, dann gibt er mir den Schlüssel, hat er gesagt. Wenn alles klappt, kannst du also nächste Woche in die Wohnung!«

»Ach, das ist schön«, sagte Ester. »Kaum zu glauben. Ich dank dir sehr. Sollte ich mich nicht auch noch kurz mit ihm treffen?«

»Wenn du möchtest, klar, das findet er bestimmt nett, aber es ist wirklich alles total in Ordnung. Er ist unheimlich froh, daß jemand seine Wohnung hütet.«

»Noch dazu eine, die mit einem früheren Schwarm von ihm befreundet ist«, warf Ester etwas zu schnell ein. Als Lola darauf stumm blieb, sagte sie locker: »Dann will das Schicksal wohl, daß ich fahre, hm?«

Lolas Stimme klang wahrhaftig schon wieder warm, als sie erwiderte: »Du mußt nichts. Es steht dir frei, zu tun, was du willst.«

3

Ester machte in dieser Woche natürlich doch noch Dorus' Bekanntschaft. Sie wußte sofort wieder, wer er war, erinnerte sich an den schlaksigen Jungen mit dem feinen, ironischen Gesicht. Ester sah bei ihm die gleiche Hektik, die auch Raphael an sich hatte, die Alertheit eines Menschen, der ständig gezwungen ist, Situationen einzuschätzen und sofort zu entscheiden, was gut, was unlogisch und was verwerflich ist. Er war genau die Sorte gehemmter Mann, die Lola von jeher mit Wonne verführt hatte, gleichermaßen klug und rational wie sensibel und verlegen. Geradezu meisterlich hatte es Lola immer verstanden, bei so einem gleich die sorgsam unterdrückten Emotionen aufzuwühlen, um das Opfer danach verwirrt und in Verlegenheit gebracht zurückzulassen.

Vorerst sah Dorus noch nicht allzu gepeinigt aus. Er erklärte Ester, wie die Klimaanlage funktionierte.

Ester nahm sich Zeit, um mit verschiedenen Blättern Artikel zu vereinbaren, einen Nachsendeantrag für ihre Post zu stellen – und sich sentimentale Regungen zu verkneifen. Raphael rief sie nicht an, als wollte sie unter Beweis stellen, daß er nicht der Grund für ihren plötzlichen Entschluß war. Und vielleicht war er es ja auch nicht.

Zufrieden konstatierte sie, daß die Zeitspanne, die sie nicht mehr mit Philip zusammenlebte, immer größer wurde.

Lola überraschte sie mit einer wunderschönen, edlen Ledertasche und anderen kleinen Geschenken dafür, daß man es dank ihrer nun wagen konnte, Daniel nach Israel gehen zu lassen. Ester würde ja in der kommenden Zeit ein bißchen seine Familie sein, seine Kontaktperson, die nächste Verantwortliche.

Für Eli, der fast ein Jahr jünger war als Daniel, erwies sich das Alter als zu großer Hinderungsgrund. Zur großen Enttäuschung beider Jungen erhielt er daher im letzten Moment keine Zusage für die Reise.

Daniel schwankte dennoch nicht, ob er fahren sollte. Ester nahm seine Entschlossenheit mit leisem Erstaunen zur Kenntnis. Lolas Gene, dachte sie.

4

Schiphol, 3. Mai

Daß Lola und Maurice darauf bestanden, sie zum Flughafen zu bringen, war Ester gar nicht so lieb – wie einer Heranwachsenden, die es nicht ausstehen kann, von ihren Eltern verabschiedet zu werden. Außerdem hegte sie unterschwellig den Verdacht, Lola und Maurice wollten sich davon überzeugen, daß sie auch wirklich abreiste, um für Daniel zu sorgen. Sie befreien sich von ihren Schuldgefühlen und ihrer Angst, dachte sie, auf meine Kosten. Und dann schämte sie sich schon wieder, gerührt über ihre Küsse, ihre Tränen und ihr Winken, als sie sich vor der Paßkontrolle verabschiedete.

Daniel würde fast zwei Wochen später kommen.

»Du rufst ihn aber an, ja, diesen gefährlichen Mann, und danach rufst du mich an!« schrie Lola, und Ester wurde mit einem schmerzlichen Stich bewußt, daß Lola vielleicht wirklich immer nur das Beste für sie wollte und ihr all der Verdruß, den sie selbst so gut kannte, fremd war. Lola war eben freiheraus, wann vergab sie ihr das endlich mal?

Sie winkte zurück und überlegte, daß es vielleicht nicht schlecht wäre, von jetzt an zu versuchen, anderen nicht mehr alles so übelzunehmen.

5

Tel Aviv, 11. Mai

»In Israel sterben immer noch mehr Menschen im Straßenverkehr als bei Terroranschlägen«, hallte es zum wer weiß wievielten Mal in Esters Kopf wider, während sie Dorus' Auto durch die Hayarkon Street zu ihrer Unterkunft steuerte. Das hatte Dorus erwidert, als sie über ihre Ängste gesprochen hatte.

Das Herz klopfte ihr hörbar tief und schwer im Magen. Rechts überholen war hier völlig normal, die Autos rasten nur so durch die schmalen, bröckeligen Straßen, und Zebrastreifen waren alles andere als heilig. Sie näherte sich der Innenstadt. Zu ihrer Linken sah sie das Meer, ein trotz allem verheißungsvoll glitzerndes Blau zwischen Hotels und anderen Gebäuden. Auf der rechten Seite säumten jetzt Häuser die Straße. Hier war Einbahnverkehr, und sie fühlte sich schon sicherer, denn es konnte keiner überholen.

In den Niederlanden fuhr Ester so gut wie nie Auto, sie besaß auch keines, aber in Israel ohne auskommen zu müssen war ihr schrecklich erschienen. Bloß nicht von Bussen abhängig sein müssen, wenn man etwas vom Land sehen wollte!

Dorus hatte nichts dagegen gehabt, daß sie sein Auto benutzte, vorausgesetzt, sie schloß eine Zusatzversicherung ab. Nur stellte der querulante Nachbar von unten seinen Wagen auf dem Parkplatz bei ihrem Apartment immer so hinter sie, daß sie nicht herauskam, ohne ihn vorher anzurufen – was wahrscheinlich genau der Grund war, weshalb er es machte.

Eigenartigerweise war ihr die Reise nach Israel diesmal weniger lang vorgekommen als beim letztenmal.

Ihre Ankunft auf dem Flughafen Ben Gurion vor nun schon wieder einer Woche war seltsam vertraut gewesen, der Anblick der hebräischen und englischen Beschriftungen überall, das Chaos am Taxistand, die kleinen Palmen, die staubigen Straßenböschungen. Es ist die Wiederholung, hatte sie gedacht, sie weckt Emotionen und wühlt auf – Wiederholung, das mußte sie sich merken.

Komischerweise war sie jetzt auch längst nicht so ängstlich gewesen wie in all den Wochen zuvor, obwohl das hier dieselbe Welt war, die sie in so fieberhafter Eile verlassen hatte.

Es war wunderschönes Wetter, nicht zu heiß, sondern wohlig warm und angenehm. Während sie zum zweitenmal in das Tohuwabohu am Taxistand vor dem Flughafengebäude getrieben worden war, hatte sie festgestellt, daß das Leben hier ganz normal weitergegangen war, die Menschen hatten gearbeitet, eingekauft, sich um ihre Kinder gekümmert und waren durch die Straßen gelaufen. Was blieb ihnen auch anderes übrig, sie lebten ja hier. Jeder durfte so tun, als wäre alles beim alten geblieben, und doch hatte sich alles verändert. Nichts blieb gleich, wenn sich irgendwo eine Katastrophe ereignet hatte, das war kein Faktum, sondern eine Willensentscheidung – das war man den Opfern schuldig. Alles kreist um Hoffnung und Neugierde, hatte sie gedacht. Überleben. Erst danach kommt der Wille. Oder deckte sich das eine mit dem anderen?

Sie hatte sich mühelos in Dorus' Wohnung eingelebt, einem außerordentlich aufgeräumten, gepflegten und kühlen Apartment mit gefliesten Fußböden. Ihren Koffer hatte sie nicht gleich ausgepackt, aber ihren Computer und ihre Bücher aufgestellt, weil sie Dorus' Geist damit besser vertreiben zu können glaubte. Die Wohnung war unpersönlich und ungemütlich, voller Metallmöbel, die Philip gefallen hätten. Das war Ester durchaus recht, denn es verhinderte, daß sie sich allzusehr mit der neuen Örtlichkeit identifizierte. Sie war eine Fremde auf der Durchreise, sie schlief hier, sie würde nachdenken, sie würde Ausflüge machen, viele Ausflüge. Und sie würde sorgfältig Tagebuch über das führen, was sie dachte und tat.

Sie wartete auf irgend etwas, ein Zeichen, etwas, was ihr zum Beispiel sagen würde, ob und wann sie Raphael anrufen sollte. Ob es gut war, ihn zu sehen, ob es für sie eine Rolle spielte.

Ohne daß sie es sich hätte erklären können, genügte es ihr vorerst, die *Möglichkeit* zu haben, sich mit ihm zu treffen. Sie zog es vor, sich auf das neue Projekt zu konzentrieren, das sie sich vorgenommen hatte: einen Artikel über

Liebesbeziehungen zwischen jungen Palästinensern und jungen Israelis zu schreiben. Dorus hatte das Thema für einen möglichen Beitrag in der Zeitschrift, für die er selbst hin und wieder schrieb, angeregt.

6

Über dem Mittelmeer, 15. Mai

Nach der ersten Enttäuschung war Daniel insgeheim ein wenig erleichtert gewesen, als Eli für zu jung für die Freiwilligenarbeit in Israel befunden worden war. Da erst war ihm aufgegangen, daß das sichere Gefühl, alles zusammen machen zu können, eigentlich schon während ihrer Gespräche und ihrer Pläneschmiederei eine leicht erstickende Wirkung auf ihn gehabt hatte. Ganz zu schweigen davon, welche Probleme er voraussichtlich gehabt hätte, vor Eli verborgen zu halten, was er sich, abgesehen von der Unterstützung der von ihm so bewunderten israelischen Armee, noch von Israel erwartete.

Daß dort noch etwas anderes auf ihn wartete, hatte er niemandem erzählt, nicht einmal seinem besten Freund.

Jetzt saß er im Flugzeug nach Tel Aviv und hatte das Empfinden, daß ihm jede seiner Gesten, jede seiner Handlungen, ja überhaupt alles, was sich ereignete, etwas sagen wollte. Es war nicht der veränderte Luftdruck in der Kabine, der ihm die Brust einschnürte, sondern der reine, tiefe Ernst in ihm, der ihn schon den ganzen Flug über beklemmte. Endlich war er auf dem Weg in das Land, an das er schon so lange dachte. Sein Land, das gestern dreiundfünfzig Jahre alt geworden war.

Das Land seines Vaters.

7

Wenn es nach seiner Mutter gegangen wäre, hätte Daniel in früheren Tagen glauben müssen, er sei durch ungeschlechtliche Vermehrung entstanden. Das hatte offenbar lange Lolas *wishful thinking* entsprochen. Wie konnte sie nur denken, er ließe sich so an der Nase herumführen! Lola hatte glatte blonde Haare, war hochgewachsen und hatte die staksigen, schlanken Beine und Hüften einer Gazelle. Seine kleine Schwester Nonnie war rothaarig, wie ihr Vater. Das fröhliche, sorglose Produkt ihres unbestreitbaren Erzeugers Maurice. Ihre Stirn, die Sommersprossen und die grauen Augen glichen den seinen haargenau. Daniel stand mit seinem dicken braunen Haar und seinen dunklen Augen allein da. Nur das Hochgewachsene hatte er vielleicht von seiner Mutter. Wenn er älter war, würde er bestimmt stämmig werden, ein großer, stämmiger, südländisch wirkender Typ. Alles, was er war, hatte er von einem Fremden. Seine ganze Erscheinung war ein Beleg für und eine Anklage gegen jenen Abwesenden, der dafür verantwortlich war, daß es ihn gab, jenen *one-night-stand* oder was immer es gewesen war, in diesem Kibbuz seiner Mutter.

Ein, zwei Monate vor seinem zwölften Geburtstag hatte Lola Daniel unverhofft vom Fußballspielen abgeholt. Sie hatte ihm nicht mal die Zeit gelassen, sich umzuziehen, sondern hatte ihn gleich ins Auto eingeladen und war mit ihm in eine Kneipe im Ort gefahren, wo sie ihm bei einer Cola ohne Umschweife erzählt hatte, daß sein Vater Jude sei, daß sie ihn nicht lange gekannt habe und daß er in Israel lebe oder zumindest dort gelebt habe, als sie vor nunmehr zwölf Jahren in einem Kibbuz ein Verhältnis miteinander gehabt hätten. Sie habe ihn, Daniel, ungeheuer gern haben wollen. Nur seinen Vater nicht.

Danach hatte seine Mutter gesagt, er dürfe nicht vergessen, daß auch sein unbekannter Vater beschnitten sei und seine Bar-Mizwa gemacht habe. Er sei jetzt vielleicht sauer auf Maurice, weil er ihn dazu drängen wolle, aber Maurice meine es doch nur gut mit ihm, denn vielleicht würde es Daniel sein Leben lang leid tun, wenn er diesen Schritt jetzt nicht machte.

Während des Gesprächs hatte seine Mutter immer wieder versucht, seine Hände zu ergreifen, und er hatte sie jedesmal weggezogen. Als sie dann aber immer leiser und weinerlicher geworden war und ihn angeguckt hatte wie früher, vor Maurice, als sei er erwachsen und sie noch nicht so ganz, als seien sie Freunde und nicht höfliche Fremde, da hatte er ihren Händedruck erwidert und gesagt, daß er es sich überlegen würde.

Er war völlig niedergeschmettert gewesen. Daß sein Vater Israeli war und er selbst somit ein halber Israeli! Er wollte mehr erfahren, viel mehr, aber er wußte nicht recht, wo er mit dem Fragen anfangen sollte. Daß er das Resultat einer flüchtigen Affäre seiner Mutter war, hatte er schon gewußt, aber daß sein Vater aus einem anderen Land kam, änderte alles.

»Wo ist er jetzt?« hatte er gefragt.

»Keine Ahnung«, hatte Lola geantwortet. »Ich bin nie wieder in Israel gewesen. Aber Israelis sind Juden – es sei denn natürlich, sie sind Araber, aber die zähle ich jetzt mal nicht mit. Du stammst von einem jüdischen Israeli ab.«

Da erst hatte Daniel begriffen, daß es ihr nicht nur um die dämliche Bar-Mizwa ging.

8

Sie hatte ihn anschließend wieder zum Fußballverein zurückgebracht, wo noch sein Fahrrad stand, und er war allein nach Haarlem geradelt und dort stundenlang umhergekurvt. Seine Stadt. Das hier war seine Stadt, und dabei stammte er von woanders her, was diese Stadt um so mehr zu seiner Stadt machte. Sie stand zwischen ihm und seinem Vater, sein Vater würde ihn um seine Zustimmung bitten müssen, wenn er seine Stadt besuchen wollte. Seine Wut wuchs mit jedem Tritt in die Pedale.

In der gleichen aufgebrachten Verfassung beschloß er kurz darauf, mit dem Fußballspielen aufzuhören. Im Grunde stanken ihm alle: die, die mit ihren Punktspielen Druck auf ihn ausübten, Maurice mit seinem verbitterten Gesichtsausdruck, seine schuldige, rückgratlose Mutter, aber vor allem der ferne jüdische Vater, der ihn sein Leben lang knallhart ignoriert hatte.

Er wußte nicht, warum, aber er fragte seine Mutter, an welchen Rabbiner er sich wenden solle. Er ließ sie versprechen, daß sie Maurice nichts von seinen Thorastunden sagen würde, obwohl er nur allzugut wußte, daß sie es sich natürlich doch nicht verkneifen konnte. Er wußte auch, daß Maurice dann alle kleinen Lügen darum herum klaglos akzeptieren würde. So glaubte Maurice (oder tat so, als glaube er), daß Daniel eine Nacht bei Eli sei, während Lola ihn in Wirklichkeit ins Krankenhaus brachte, wo ihn ein Chirurg, der sich Mohel nennen durfte, offiziell zum Sproß jenes Anonymus machte, von dem seine Mutter nichts mehr wissen wollte. Oder andersherum, aber so weit war er noch nicht.

Die Nacht darauf verbrachte er dann tatsächlich bei Eli zu Hause – aus trotziger Scham vor Maurice. Er wollte nicht, daß er ihn so schwach sah. Mit Lolas Beichte war Daniel jedes Alibi dafür genommen worden, sich Maurice gegenüber wie ein Sohn zu verhalten. Er verspürte eine seltsame, traurig machende Grausamkeit gegenüber Maurice, der im Auto immer Arien sang, nach eigener Aussage die leckersten Frikadellen auf Erden briet und perfekt Mr. Bean nachmachen konnte. Maurice, an dessen Autorität er sich vielleicht durchaus hätte gewöhnen können.

9

Lola hatte an seinem Bett gestanden, als er aus der Narkose erwacht war.

»Ist noch was übrig?« fragte er mit zitternder Lippe.

»Ich hab nicht nachgesehen«, sagte sie lachend.

Und sie umarmte ihn wie früher – bis er wieder böse und erwachsen wurde.

»Weiß mein Vater überhaupt, daß es mich gibt?« fragte er.

»Na klar«, sagte Lola.

»Warum hat er dann nie was von sich hören lassen?«

»Wir hatten nichts miteinander, Schatz. Ich habe erst sehr spät gemerkt, daß ich schwanger war. Nur durch Zurückrechnen kam ich darauf, wann und wo es passiert sein mußte. Wir hatten uns unterdessen seit Monaten nicht gesprochen. Es wäre sehr merkwürdig gewesen, wenn wir plötzlich über ein gemeinsames Kind geredet hätten. Das wollte ich überhaupt nicht, damit hatte er nichts zu tun. Und außerdem wollten meine Eltern mir helfen und andere – Ester. Ach, dieser ganze Kibbuz, das war so ein Hippie-Getue, da lief alles wie in einem Rausch ab. Ich war damals ein bißchen flippig. Aber ich habe es ihm geschrieben, später.«

»Und?«

»Nichts. Keine Antwort. Vielleicht war er schon nicht mehr in dem Kibbuz, das kann natürlich sein.«

10

Bei Eli zu Hause hatte auf ganzer Linie Verständnis geherrscht.

Daniel lag in Elis Zimmer im unteren Etagenbett und schluckte die rosa Tablette, die der Mohel ihm mitgegeben hatte, mit viel Wasser hinunter. Es war eigenartig, nicht zu Hause zu sein, wenn man Schmerzen hatte und eine Tablette schlucken mußte, aber es ging nicht anders. Nur wegen Maurice bin ich jetzt ein Verbannter, dachte er mit unvermittelter Wut.

»Ich hasse Maurice«, sagte er. »Erst recht, da ich jetzt weiß, daß ich irgendwo einen Vater habe. Jetzt kann Maurice mir gestohlen bleiben.«

»Was kann er denn dafür, daß dir dein Pimmel weh tut?« entgegnete Eli.

»War doch alles seine Idee.«

»Du solltest dich lieber mit Maurice vertragen«, sagte Eli. »Er ist hier, er ist immer sehr nett zu dir, und dein wirklicher Vater, hat der je was von sich hören lassen? Übrigens, für wen hast du das hier eigentlich gemacht?«

»Was weiß ich«, sagte Daniel. »Aber von jetzt an… Vielleicht weiß mein Vater ja gar nicht, daß es mich gibt, wär doch gut möglich!«

11

Maurice hatte in der Küche gesessen, als Daniel am nächsten Tag nach Hause gekommen war. Es kam selten vor, daß Maurice tagsüber zu Hause blieb, und Daniel war unangenehm überrascht. Lola war nicht da.

»He, Dani, wie war's bei Eli?« fragte Maurice.

»Gut«, brummte Daniel verärgert und erschrocken. Er suchte nach einem Vorwand, wieso er nicht in der Schule war. Außerdem mußte er erklären können, wieso er so komisch lief. Vergiß nicht, daß er nichts weiß, er hat nichts zu wissen!

Maurice spielte seine Arglosigkeit sehr überzeugend.

»Bist du schon mal in New York gewesen?«

»Nö.«

Eindringling, dachte er, blöder, affiger Eindringling. Er wollte gleich in sein Zimmer. Doch einfach abdüsen ging in seinem Zustand nicht.

»Ich fliege nächste Woche für vier Tage hin. Da ist eine Auktion. Hast du nicht Krokusferien?«

»Könnte sein.«

»Magst du mitkommen? Du wirst dich zwar die meiste Zeit allein amüsieren müssen, ich habe viel um die Ohren, aber vielleicht würde dir das ja Spaß machen. Eli darf auch mit, wenn du möchtest.«

»Nach New York? Meinst du nach *New York*?«

»Ja, was sonst?«

»Wow.«

Es toste plötzlich in Daniels noch nicht ganz zwölfjährigem Kopf voller fester Vorsätze, Trotz und Ablehnung. Alles wurde gründlich durchgepustet, und etwas Schmerzhaftes, Hartes löste sich – ganz kurz nur, dann war die Wut wieder da, die ihm Halt gab. Doch beim Gedanken an New York, den Flieger, die Filme, die er über die Stadt gesehen hatte, brach sein Widerstand wie nichts, wie eine leichte Feder.

»Na?«

»Mal sehn.«

»Wir könnten uns ein paar *highlights* ansehen, könnten einen Hubschrauber-Rundflug über die Stadt machen, abends essen gehen, in Soho, was meinst du?«

Daniel starrte Maurice an, der von all dem redete, ohne ihn anzusehen. Langsam hellte sich seine Miene auf, und wider Willen klang seine Stimme rauh, als er Maurice antwortete.

»Okay, Maurice, wär vielleicht nicht schlecht. Und Lola? Was hält sie davon? Kommt sie auch mit?«

»Nein, sie hat Termine.«

»Oh.«

Es blieb einen Moment still.

»Wann? Darf ich Eli jetzt gleich anrufen?«

Er wollte nach oben rennen, vergaß das Ding zwischen seinen Beinen. Beinahe hätte er vor Schmerzen aufgeschrien. Maurice schien es nicht zu merken.

»Danke, Dani, ich freue mich«, sagte er. »Du bist auch ein bißchen mein Sohn, das weißt du doch, nicht? Aber dein Vater bin ich natürlich nicht.«

Daß er das Unaussprechliche aussprach, das gab den Ausschlag.

Später hatte Daniel noch nach Fotos gesucht, aber keine gefunden.

Die Bearbeitung seines Geschlechtsteils war ein Opfer gewesen und, so schmerzhaft die Folgen der Operation auch in den ersten Tagen waren, ein Neubeginn.

Kurz nach seinem dreizehnten Geburtstag machte Daniel seine Bar-Mizwa, mit einem hebräischen Text über Treue, den er praktisch komplett phonetisch auswendig gelernt hatte. Maurice schenkte ihm einen Mac.

Nach seiner Beschneidung war es Daniel unangenehm, mit seiner Mutter über seinen Vater zu reden, sei es wegen der Operation an sich oder wegen der Rolle, die seine Mutter dabei gespielt hatte. Überhaupt besprach er danach nicht mehr so viel mit Lola. Das Stadium war vorbei, fand er. Er war kein Kind mehr.

12

Ankunftshalle Flughafen Ben Gurion, Tel Aviv, 15. Mai

Wenn Ester auf Flughäfen Szenen der Wiedersehensfreude oder auch des Abschiedsschmerzes sah, schöpfte sie daraus immer Optimismus für die Zukunft der Menschheit. Auch auf dem Flughafen von Tel Aviv, wo sie auf Daniel wartete, wurde sie Zeugin solcher überschwenglichen oder betrübten Momente, bei denen reichlich Tränen flossen. An wenigen Orten wurden sich Menschen so sehr ihrer tiefen Zuneigung zueinander bewußt wie dort, wo die Hauptaktivität darin bestand, sich voneinander zu verabschieden oder einander zu begrüßen. Es wurde immer noch in rührendem Maße geliebt, wie sie zufrieden konstatierte.

Auch sie selbst hatte Mühe, nicht vor Rührung zu heulen, wenn sie an den Jungen dachte, auf den sie hier wartete. Seine Maschine mußte gerade gelandet sein, und sie hielt zwischen den Reisenden, die mit ihren Gepäckwagen eilig an ihr vorüberstrebten oder sich überglücklich in die Arme ihrer Lieben warfen, nach ihm Ausschau.

Daniel hatte zwar nie etwas dahin Gehendes gesagt, aber sie konnte sich eigentlich nicht vorstellen, daß er nicht wußte, wie historisch seine Reise war, seine erste Reise nach Israel. Doch der Daniel, der dann auf sie zukam, mit seinem dunklen Schopf beinahe unauffällig in dieser Menge, machte keineswegs den Eindruck eines gequälten Vatersuchers, mochte er auch etwas krumm, ja beinahe schief gehen, damit er seinen riesigen Rucksack nur auf der einen Schulter zu tragen brauchte.

Seine Haare waren kürzer als vor zwei Wochen, und er trug eine weite, zu lange Khakihose und ein offenes Jeanshemd mit einem fahlblauen T-Shirt darunter. Auf Reise, Sonne und Verliebtheit hin gekleidet, dachte Ester. Sie sah, was Mädchen an ihm finden könnten. Wenn er bei dieser Militäreinheit nur keine zu langweilige und stumpfsinnige Arbeit machen mußte.

Wieder das Brennen hinter ihren Augen – sie war ja schon wie ein sentimentales altes Weib.

Daniel blickte suchend in Richtung Ausgang.

»Hallo, Reisender!« rief sie, lauter als beabsichtigt. Mehrere Leute drehten sich um.

»Hallo, Ester«, murmelte er wie zur Kompensation ihrer Lautstärke.

Ganz kurz sah sie sein Lachen, verlegen und zugleich selbstbewußt, das Lachen, das er schon als Baby gehabt hatte. Was für ein Entzücken, als sie merkte, daß sie ihn so zum Lachen brachte, wenn sie mit ihm alberte und ihn kitzelte, bis er nicht mehr konnte, vor hundert Jahren. Ein Kind, das sie mochte und umgekehrt, das war noch nie passiert. Kinder spürten, was für ein Mensch man war. Nicht, ob man echt war, was war schon echt? Aber schon, ob man seine mütterliche Rolle mit dem richtigen, echten Gefühl spielte. Ob man an seine eigenen Regungen glaubte, ob die Liebe, das Interesse aufrichtig waren. Was Daniel betraf, hatte sie von Anfang an an alles geglaubt. Ihn hatte sie sofort geliebt. Allerdings war es in den letzten Jahren immer schwieriger geworden, in seiner Gegenwart nicht verlegen zu werden, da er sich Erwachsenen gegenüber, auch ihr, Maurice und Lola gegenüber, in zunehmendem Maße verschanzte.

»Uff, ich hab's geschafft«, sagte Daniel. »Ich hab mich gerade bis auf die Unterhose ausziehen müssen. Die Mädchen von der Sicherheit haben vielleicht gekichert! *Holy shit*, ist das eine Paranoia hier. Wartest du schon lange?«

»Eine Stunde oder so. Macht nichts. Ich freue mich, daß du deinen Spaß hattest. Haben sie nur für diesen Rucksack eine ganze Stunde gebraucht? Beachtlich.«

»Findest du etwa, daß ich wenig Gepäck mithab?«

»Da mußt du mal mit mir zusammen fliegen!«

Sie gingen zum Wagen, der auf dem Parkplatz stand. Die Sonne schlug ihnen entgegen. Auch bei diesem dritten Mal vermittelten sich die Eindrücke von dem Land um sie herum für Ester intensiviert, als hätte sie sie zum erstenmal. Sie sah, was Daniel sah – dachte sie zumindest. Und mit einem Mal war sie sich auch ganz sicher, Daniels touristisches Äußeres und seine munteren Blicke hin oder her, daß sein frisch erwachter Zionismus nicht das einzige war, was ihn herführte.

Zum erstenmal seit ihrer Ankunft fuhr ihr blinde Angst mit einem scharfen Messerchen ins Herz.

13

Daniel war ein bißchen enttäuscht, daß Ester für ihn kochen wollte. Er war zwar durchaus müde vom Flug und den vielen Aufregungen den ganzen Tag über, aber gleich im Haus hocken zu müssen, wo doch die untergehende Sonne mit einem letzten Aufbäumen das Meer und die ganze Stadt in eine dunkelorangefarbene Glut getaucht hatte, bevor sie sich gegen acht der gnadenlosen Dunkelheit ergeben mußte – Dämmerung war etwas für Länder mit weniger Temperament –, wo die Straßenlaternen die noch warmen Straßen geheimnisvoll, tropisch beleuchteten, wo alles in Bewegung war und summte und schrie, gerade jetzt in einem kühlen, ruhigen Apartment so tun zu müssen, als wäre das alles ganz normal, hätte ihn beinahe meutern lassen, wie man es in seinem Alter eben machte – hätte er sich nicht bei seiner Abreise ein neues Leben vorgenommen.

Und Ester gab sich solche Mühe mit dem Essen und hatte beim Kochen so laut Eminem für ihn angestellt, daß er es nicht übers Herz brachte, seine Enttäuschung durchblicken zu lassen. Er sagte nur so beiläufig wie möglich, daß er später, nach dem Essen, gern noch kurz nach draußen wolle, ob sie denn keine Kneipen in der Nähe kenne.

»Nein«, sagte Ester nervös und hastig. »Nicht wirklich, keine netten, meine ich. Ich halte das auch nicht für vernünftig, wenn du so müde bist. Du kannst dir doch morgen alles ansehen, wenn du wieder frisch bist, oder nicht?«

»Mmm«, machte Daniel.

Ester hatte Humus und Tehina gekauft, hatte würzige kleine Frikadellen gebraten, Paprikas gegrillt, Pittahs aufgebacken und einen Salat aus Schafskäse, Gurke, Minze und Sesamkörnern gemacht. Während sie Dorus' kleinen Tisch auf dem Balkon deckte, von wo aus man tagsüber einen winzigen Streifen vom Blau des Meeres sehen konnte – abends sah man nur die Lichter des Kais von Jaffa –, ging ihr erneut durch den Kopf, daß sie Lolas Energiegeladenheit in Daniel wiederentdeckte, eine Ausgelassenheit von der unerschrockenen, ja fast tollkühnen Sorte, die bewirkte, daß sie sich gegen ihren Willen zum Bremsklotz mutieren sah, der trotzig sämtliche Anregungen zu Abenteuern, die nicht voll und ganz unter Kontrolle zu halten waren und deswegen beunruhigten, ablehnte.

Daniels fröhlicher Bariton, in dem noch die frühere Kinderstimme mitschwang, die zur Irreführung so umgemodelt worden war, daß sie der eines Mannes glich, rief unbestimmte Ängste in ihr wach. Wenn er erst einmal von ihr fort und in der Obhut der israelischen Armee war, würde sie machtlos sein. Dann würde sie ihn gehen lassen müssen, auf das Verantwortungsbewußtsein anderer, Fremder, vertrauen müssen. Warum hatte sie sich überhaupt darauf eingelassen?

»Bist du noch gar nicht unterwegs gewesen?« erkundigte sich Daniel behutsam, als sie am Tisch saßen. Daß Ester keine netten Kneipen in der Umgebung kannte, schien ihm ein schlechtes Zeichen zu sein. War es der Generationsunterschied, oder war Ester einfach bemitleidenswert freudlos?

»Doch, natürlich, aber ich bin einfach vorsichtig. Wir sind hier nicht in Amsterdam! Ich erkenne die Gefahr noch nicht. Menschen, die hier leben, wissen, worauf sie achten müssen, die sehen sofort, wenn einer etwas Verdächtiges unter dem Mantel trägt, ich nicht. Ich fürchte, daß ich es zu sehr vergesse, mich zu sehr entspanne, verstehst du? Es hat hier in Tel Aviv schon mehrere Anschläge gegeben, und von Anschlägen, die im letzten Moment vereitelt werden konnten, hört man in den Niederlanden gar nichts. Das sind Hunderte, zumal seit im vergangenen Jahr die zweite Intifada begonnen hat.«

Daniel nickte schnell und, wie Ester mit grimmiger Befriedigung sah, mit etwas weniger Bravour im Blick.

»Ja, das weiß ich, aber ich meine, die Menschen hier leben doch auch, sie müssen zur Arbeit, Einkäufe machen, zum Arzt. Und auf dem Weg hierher hab ich Restaurants und Cafés gesehen, in denen Leute saßen, auch draußen auf der Terrasse. Sind die denn alle ständig auf der Hut? Da könnten sie ja gleich zu Hause bleiben.«

»Nein, das stimmt«, räumte Ester ein, »man kann nicht immer zu Hause bleiben. Man muß raus, wenn man leben und sich nicht von der Angst beherrschen lassen will. Aber natürlich wird aufgepaßt, alle sind auf der Hut!«

»Eben«, sagte Daniel mit triumphierendem Nicken. »So ist es! Jetzt hast du's selbst gesagt. Wollen wir dann gleich noch ein bißchen raus? In die Stadt? Wir können doch auch mit dem Auto fahren.«

»Du bist genau wie deine Mutter, weißt du das?« seufzte Ester. »Möchtest du das wirklich?«

»Was, wie meine Mutter sein oder in die Stadt?«

»Beides, du Schlaumeier.«

»Hab gegen beides nichts einzuwenden, okay?«

14

Mit einem israelischen Bier vor sich saß Ester um halb elf an diesem Abend Daniel gegenüber in einem dunklen, hippen Lokal in einer Seitenstraße der Dizengoff Street. Es saß kein Wachmann vor der Tür, und Ester hatte beim Hineingehen kurz geschaudert, aber es war ein so kleines Lokal, daß ein Terrorist es wohl kaum für der Mühe wert halten würde, um hier seine Bomben hochgehen zu lassen.

»Was möchtest du denn alles machen, Dani? Wohin wollen wir morgen?«

Ihr war nach einer kurzen Pause von den Hänseleien, die von Anfang an zwischen ihnen hin- und hergegangen waren. Dadurch wurde Daniel so ungreifbar. Sie spürte, daß er damit etwas klarstellen wollte, nämlich daß er sie nicht brauchte.

Seine Stimme klang ernst und entschieden, als er ankündigte, daß er gern nach Jerusalem fahren würde, um sich alle Stadttore anzusehen. Auch die Klagemauer wollte er natürlich sehen und möglichst noch ein Stück von Ostjerusalem – oder ging das nicht? Und er wollte in den alten Suk, wo die arabischen Kaufleute allerlei interessante Dinge verkauften.

»Nach Ostjerusalem ist mir nicht besonders. Ich weiß nicht, wo ich da das Auto lassen soll«, sagte Ester entschuldigend. »Aber die Klagemauer müssen wir uns natürlich ansehen.«

»Weißt du, ich fühl mich hier jetzt schon wie zu Hause«, sagte Daniel nach dem ersten Bier. »Zum erstenmal kann ich ohne dieses Komische, Heimliche Jude sein. Ich komm mir einfach wie ein Israeli vor, ein Soldat. Ich fand es nicht mal schlimm, daß sie so einen Aufstand mit meinem Rucksack gemacht haben – das diente ja schließlich dazu, mein Land zu beschützen. Verrückt, nicht?«

Er starrte kurz vor sich hin, wobei er sich offensichtlich bewußt war, daß sein Ernst und seine Unschuld sie dazu nötigten, ihn anzusehen, zärtlich oder auch nicht.

Er fuhr beinahe feierlich fort: »Es ist einfach unerträglich, daß die Araber dieses Land zu zerstören versuchen, es ist *unser* Land. Ich kann das ganze Problem mit den Palästinensern nicht verstehen, weißt du. Ich habe alles über die Geschichte, über die Staatsgründung, die *Balfour Declaration* und so gelesen. Wie können sie sich als Opfer hinstellen? Hier lebten doch kaum Araber, als die Juden kamen und das Land erschlossen und fruchtbar machten! Und als dann alles wuchs und gedieh, riefen sie plötzlich, wir hätten es ihnen weggenommen – das ist doch hirnverbrannt!«

»Na ja, kaum Araber... Hier lebten sehr wohl Menschen. Und würdest du es so ohne weiteres hinnehmen, wenn man dein Haus abreißt?«

»Nein, natürlich nicht.«

»Oder wenn man Lola etwas antun würde – oder Nonnie? Da kommen schon seltsame, wüste Regungen in einem auf, wenn man das Gefühl hat, daß einem genommen wird, was zutiefst zu einem gehört, meinst du nicht auch?«

»Findest du, daß wir den Palästinensern ihr Land weggenommen haben? In Israel haben es die Palästinenser besser als die Araber in allen benachbarten Ländern!«

»Das stimmt, aber... man hat sie damals schon vertrieben. Und hier haben die Juden die Macht. Eine solche Demütigung ist zumal in einer arabischen Kultur schwer zu verwinden.«

»Also wenn du mich fragst, ist das total simpel: Sie hassen uns, und sie wollen nicht, daß wir, die Juden, auch ein eigenes Land haben. Sie sind neidisch, weil wir, die Juden, die sie immer verachtet haben, einen modernen Staat aufgebaut haben und sie das nicht schaffen.«

»Mein Gott, Dani, mir ist, als redete ich mit meinem Vater, der sagte auch ständig *wir* und *sie*. Ich hatte es schon lange nicht mehr mit einem richtigen, waschechten Zionisten zu tun.«

Daniel grinste kurz verlegen und wurde dann plötzlich wieder tiefernst. »Hast du viel mit deinem Vater geredet?«

»Ständig. Jeden Tag. Und ich tue es immer noch.«

»Vermißt du ihn?«

»Ja, er fehlt mir schrecklich. Aber ich rufe ihn mir wach. Wenn ich mit ihm reden möchte, rufe ich ihn mir wach. Hier in Israel geht das wie von selbst. Dann frage ich ihn, wie er es findet, daß ich für drei Monate hier bin, mitten in einem Land, in dem eigentlich permanent Krieg ist. Was er von der Politik dieser Regierung halten würde, was er zur Intifada sagen würde, ob er so idealistisch und pro-israelisch sein würde wie früher, als noch nicht so hart gegen die Palästinenser vorgegangen wurde, aber auch nicht so viele menschliche Bomben in den Städten explodierten, ich weiß es nicht. Manchmal denke ich …«

»Ich wünschte, ich würde meinen richtigen Vater kennen.« Wie eine Glasmurmel kullerte ihm das aus dem Mund. Daniel hatte es laut gesagt.

»Ich weiß«, sagte Ester.

»Echt?« Er starrte sie an, ein schiefes, zittriges Lächeln um den Mund.

»Das ist doch logisch. Wenn du hier bist … Willst du ihn aufsuchen?«

»Er ist übermorgen in Jerusalem.«

Ester verstummte kurz, ein wenig perplex. »Hast du dich denn mit ihm verabredet?« fragte sie.

»Das nicht, aber ich weiß, daß er hier ist. Ester! Schwör mir, daß du nicht mit Lola darüber sprichst!«

»Ja, nein, natürlich nicht! Aber wie, was – nein, es geht mich auch nichts an«, sagte sie rasch. »Das ist ja wahnsinnig spannend, Dani, ich wünschte, ich dürfte dabeisein. Aber das geht natürlich nicht.«

Er sah sie sofort gequält, fast flehend an. »Nein, sorry, aber das wäre, glaube ich, keine gute Idee, nein.«

»Aber ich bringe dich hin, in Ordnung? Mit dem Auto. Und ich gehe dann einkaufen. Okay?«

»Äh...«

»Wo triffst du dich mit ihm?«

»Siehst du, Ester, nein, ich möchte echt nicht darüber reden. Können wir uns jetzt nicht über was anderes unterhalten?«

»Wenn du möchtest...« Sie seufzte. Sie durfte schon über dieses kleine bißchen froh sein.

»Du bist doch nicht nur hier, um auf mich aufzupassen, oder?«

»Wo denkst du hin! Ich werde einige Artikel schreiben und schwer über mein Leben nachdenken.«

»Hast du einen Laptop mitgenommen?«

»Natürlich, wie sollte ich sonst arbeiten!«

»Ich habe gerade in meinen Unterlagen gelesen, daß den Freiwilligen nur bei ganz wenigen Militäreinheiten PCs zur Verfügung stehen. Und ich habe eine Website, um die ich mich kümmern muß! Zu Hause hab ich das jeden Tag gemacht. Kann ich das dann hier auf deinem Computer machen, am Wochenende oder so, wenn ich frei hab? Und jetzt, die kommende Woche?«

»Klar darfst du das. Ich freue mich, wenn du nachher möglichst oft zu mir kommst! Du bekommst auch einen Schlüssel.«

»Super«, sagte Daniel zufrieden.

Ester sah, daß er jetzt um Worte verlegen war. Er befürchtete natürlich, sie könnte wieder von seinem Vater anfangen.

Um ihn abzulenken, begann sie von ihrem eigenen Vater zu erzählen, mit dem sie sich seit ihrer ersten Reise nach Israel unzählige Wortgefechte darüber geliefert hatte, ob Israel die einzige mögliche Antwort auf den Holocaust sei. Ihr Vater meinte, schon.

»Warum gehst du denn dann nicht hin?« hatte sie oft gerufen. »Warum lebst du dann nicht dort?«

»Ich hätte durchaus gewollt, vor zwanzig Jahren. Jetzt ist es zu spät. Es ist immer gefährlicher geworden. Dem wäre ich nicht mehr gewachsen«, hatte ihr Vater geantwortet.

»Feigling«, hatte sie darauf zu ihm gesagt. Das tat ihr jetzt leid.

Sie vermißte ihren Vater in der Tat ganz schrecklich, immer noch. Mit Wehmut dachte sie an das allmähliche Vergehen seiner Welt. In jener Welt war zwar alles, was er tat oder dachte, vom Holocaust durchtränkt gewesen, aber es war auch eine Welt gewesen, in der Nachdenken und Lernen selbstverständlich waren und in der ein deutlicher Unterschied zwischen Gut und Böse bestanden hatte. Auch hatte ihr Vater einen kindlichen Humor besessen, der irgendwie unauflöslich mit den schlimmen Zeiten verknüpft war, die er erlebt hatte, und er konnte schallend und ansteckend lachen wie kein anderer. Sein Lachen fehlte ihr am meisten, dieses Lachen hatte früher alles wiedergutgemacht. Deswegen konnte sie sich auch so schwer von ihm und seiner Welt trennen.

»Wieso bist du eigentlich Israel gegenüber so kritisch, seit dem Kibbuz damals?« fragte Daniel.

»Kritisch? Ich versuche nur, mit dem Kopf dabeizubleiben, nicht mehr und nicht weniger. Ich finde auch, daß Israel etwas Besonderes ist, sonst wäre ich nicht hier. Aber mich hier wie zu Hause fühlen... Ich fand es traurig zu sehen, wie viele Ruinen früherer arabischer Siedlungen es hier in diesem Land in unmittelbarer Nähe israelischer Gebäude, in israelischen Städten, auf israelischem Boden gibt. Zu sehen, daß das Erbe eines anderen Volkes so rücksichtslos zerstört worden ist.«

»Aber das ist doch überall auf der Welt so! Man kann doch überall unter den heutigen Städten Reste der Städte von Völkern finden, die es inzwischen nicht mehr gibt oder die inzwischen anderswo leben! Warum sollen da ausgerechnet die Palästinenser so besonders tragisch und bedauernswert sein?«

»Weil das alles noch nicht so lange her ist und weil abgestritten wird, daß sie auch Ansprüche auf dieses Land haben.«

»Aber die Juden haben doch damals den größten Teil des Landes legal von den Arabern gekauft! Sie haben sich nicht einfach alles genommen oder so. Und die Vereinten Nationen haben doch 1948 die Unabhängigkeit Israels anerkannt! Das ist doch die Vertretung fast aller Länder! Als die Araber Israel dann mit vereinten Kräften angegriffen haben und Israel knallhart kurzen Prozeß machen mußte, ja, da war der Ton vorgegeben. Aber schon seit 1920 wurden Anschläge verübt, wirklich! Zwischen diesen beiden Völkern ging es nie ruhig und idyllisch zu, auch nicht, als noch gar keine Rede von einem Staat war.«

»Du hast dich aber gut vorbereitet.«

»Es ist doch auch *mein* Land!«

»Auch viele Israelis haben eine Menge an der eigenen Regierung auszusetzen. Vielleicht solltest du, wenn du deinen Vater sprichst, mit deinen politischen Ansichten und so nicht zu sehr vorpreschen.«

Daniel schwieg. Ester sah seiner Miene, die mal so erwachsen, mal so kindlich wirkte, an, daß er sich den Zorn verkneifen mußte.

»Wollen wir gehn?« fragte sie nach einer Weile.

»Ja, gut.«

Hintereinander traten sie in die Nacht von Tel Aviv hinaus. Zu ihrer Überraschung war es unangenehm kalt geworden. Die Kälte der Wüste, dachte Ester, wir sind in der Wüste.

15

Tel Aviv, 16. Mai

Zu Esters Schreck stand Daniel schon um neun am nächsten Morgen gestiefelt und gespornt bereit. Er hatte sich was Sommerliches angezogen, ein stahlblaues, leicht kariertes Hemd, eine weite Skaterhose aus Baumwolle und schmutzige All Stars.

Diese Eile, die ihre morgendlichen Rituale durcheinanderzubringen drohte, war Ester zuviel. Schnippischer als beabsichtigt sagte sie: »Du wirst dich noch gedulden müssen, ich muß erst meine Morgengymnastik machen und Kaffee trinken, sonst bin ich ungenießbar.«

Es freute sie, daß er sich genauso genervt, wie er sich zu Hause Lola gegenüber gab, mit einem unzufriedenen Seufzer auf Dorus' Sofa plumpsen ließ.

»Koch du doch schon mal Kaffee«, sagte sie, »er steht in der Gefriertruhe, zwei Löffel pro Tasse bitte.« Aber sie gab ihr Bestes, und so konnten sie eine Stunde später aufbrechen.

Im Auto auf dem Weg nach Jerusalem entschied Daniel, daß er sich zuerst die Klagemauer ansehen wollte und danach den Rest der Altstadt.

»Aber möchtest du denn nicht lieber nach Masada oder ans Tote Meer? Da fährt man so richtig durchs Land, und du erhältst wenigstens einen Eindruck davon. Jerusalem wirst du in den kommenden Wochen noch öfter zu sehen bekommen, vorausgesetzt, du bist in der Nähe stationiert.«

»Nein, jetzt, ich bin zu neugierig«, sagte Daniel. »Und ich hab doch am Wochenende frei, da bleibt noch Zeit genug.«

Jerusalem bot, wenn man sich ihm auf der Autobahn von Tel Aviv her näherte, einen ziemlich unordentlichen Anblick, es wurde viel gebaut. Am Stadtrand wurden große Krater langsam und präzise mit gelblichen Steinquadern gefüllt – Apartmentkomplexe an der Peripherie. Ester dachte an ihren allerersten Eindruck von Jerusalem zurück, als sie mit dem Zug in die Stadt gefahren und unwiderstehlich in die alte Geschichte hineingesogen worden war – die Türme und

Minarette, Kirchen und Synagogen, die nicht von Menschen, sondern samt und sonders von Göttern regiert zu werden schienen. Die Stadt hatte für sie weibliche Schönheit und stumme Aussagekraft besessen, als wäre sie damals der Unschuld noch näher gewesen. Die Palästinenseraufstände hatten noch nicht begonnen, und Anschläge kamen nur selten vor. Die Armee war wachsam, aber längst nicht so aktiv und rigoros wie heute.

Daniel war still. Er schaute, den Arm aus dem Fenster, nach draußen und schwieg.

»Findest du es schön hier?«

Sie hatten die Außenbezirke hinter sich gelassen und fuhren jetzt in Richtung Jaffator.

»Ich weiß nicht«, sagte Daniel. »Ich versuche, die Stadt zu erspüren. Wie sie ist, meine ich. Alles ist so ... so großartig. Ich fühle mich auch ganz anders.«

»Hattest du es dir so vorgestellt?«

»Ja, nein, alles ist viel weißer, als ich dachte. Ich dachte, es würde dunkler aussehen – weil hier alles so alt ist, meine ich. Ich weiß nicht, ich hätte nicht gedacht, daß eine Stadt, in der die vielen Steine, die hohen Mauern den Eindruck vermitteln, hier sei alles gedämpft ... Es ist ein solcher Lärm überall. Und trotzdem ist es irgendwie still. – Wo willst du parken?«

Ester stellte den Wagen in einem Parkhaus ab. Von da aus konnten sie zu Fuß durch die Jaffastreet zum Tor laufen und dann quer durch die Altstadt zur Klagemauer.

Daniel redete nicht. Ester sah, daß er mit seinen Gedanken weit weg war, und sie wollte ihn nicht stören. Er hatte morgens vier Schnitten gegessen, langsam und mechanisch, und sich dabei laut und unfreiwillig komisch gefragt, warum er so wenig Appetit hatte. Welche Kraft er besaß, sah sie an seiner Art zu gehen, an den muskulösen Armen unter seinem Hemd. Er hielt die Karte vor sich wie eine Wünschelrute, und seine Augen blickten so ernst, daß es ihr weh tat. Er war ein Mann, der jetzt schon besser mit einem Stadtplan umgehen konnte als sie. Er wußte, wohin er ging.

»Dani, weißt du, wo du deinen Vater suchen willst?« fragte sie vorsichtig.

Er drehte sich nicht um, antwortete nicht gleich. »Versprichst du, daß du den Mund hältst?« sagte er dann, die Stimme dünn und barsch.

»Ja, natürlich.«

»Schwör's.«

»Juden dürfen nicht schwören. Okay, ich schwöre.«

»Hier in Jerusalem, ganz in der Nähe der Klagemauer. Da arbeitet er. Er ist Architekt.«

»Architekt?« Baruch? dachte sie, Baruch ist Architekt? Das überraschte sie.

»Ein ganz bedeutender, wenn du mich fragst. Er hat ein großes Gebäude am Platz vor der Klagemauer entworfen. Es wird gerade gebaut.«

»Unglaublich. An dem Platz?« Sie wartete kurz. Er antwortete nicht.

»Willst du da jetzt hin, Dani?«

»Nein. Ich möchte nur zur Klagemauer.«

Sie gingen durch das Jaffator. Ester hätte sich in dem Gewirr der Gassen, die sich hier auftaten, sofort verlaufen, doch Daniel warf einen Blick auf den Stadtplan und wies mit untrüglicher Sicherheit den Weg an, den sie gehen mußten.

»Na, dann los, ich folge dir. Wir tun, was du willst«, sagte Ester munter. Es war schon geruhsam, geführt zu werden und doch Reiseführerin sein zu können. So ging sie hinter ihm her in die Stadt hinein, die sich das Zentrum der Welt nennt.

Alte Liebe loderte in Ester auf, hilflose alte Liebe. Und da passierte es zum zweitenmal in dieser Woche, daß die Angst ihr die Kraft aus Armen und Knien sog, so daß ihr schwindlig wurde und sie sich kurz an einem kleinen Pfosten in dem unebenen alten Steinpflaster festhalten mußte. Das hier ist ein gefährliches Land, dachte sie, diese Straßen, die so friedlich und beschaulich wirken. Wunderschön anzusehen, aber verseucht.

16

Trotz der Vorbereitungen, die er für diese Reise getroffen hatte, konnte Daniel im Grunde immer noch nicht recht glauben, daß an seiner Zeugung ein Mann beteiligt gewesen war. Das war so unvorstellbar, daß ihm allein schon der Entschluß, diesen Mann zu suchen, wie eine persönliche Heldentat vorkam. Und aufgrund dieses festen Entschlusses war er, das spürte er, im Begriff, den Drachen zu töten. Das Monster an Zärtlichkeit, Kraft, Zorn und Niedertracht aus seinen Träumen ging nur ihn etwas an und sonst niemanden. Ganz für sich wollte er Zeuge der Menschwerdung des Monsters sein, seines Erzeugers, seines höchstpersönlichen Golems, der sich in seiner Einbildung zu einer Art Spukgestalt ausgewachsen hatte, einer israelischen, wohlgemerkt.

Zunächst einmal würde er sich ein Bild zu machen versuchen, was für ein Mensch sein Vater war. Danach, und das war mindestens genauso wichtig, mußte er herausfinden, wie willkommen er ihm sein würde, wenn man in Betracht zog, daß sein Vater vielleicht nicht einmal wußte, daß es ihn gab – was er trotz der diesbezüglichen vagen Aussagen seiner Mutter nie wirklich hatte glauben können. Wenn sein eigener Vater nicht wüßte, daß es ihn gab, tja, dann gäbe es ihn doch eigentlich auch nur zur Hälfte.

Daniels Gedanken verschwammen immer ein bißchen, wenn er hierüber nachzudenken versuchte.

Die meisten Kinder verstecken sich gern, um mit den Möglichkeiten ihres eigenen Unsichtbarseins zu spielen (außerhalb des Blickfelds anderer konnte man schließlich vorübergehend zu einer allmächtigen, alles sehenden, aber nicht vorhandenen Person werden), aber Daniel hatte dieses Spiel nie gefallen. Er hatte sich immer bemüht, zumindest für seine Mutter gut sichtbar zu bleiben, vielleicht, weil er das zweite Augenpaar vermißte, das ihn aus seiner permanenten halben Unsichtbarkeit hätte herauszaubern können.

Wenn ihn sein Vater enttäuschte oder ihm mit seiner Art zu gucken oder mit seiner Stimme angst machte, würde er vielleicht auf dem Absatz kehrtmachen, ohne sich vorzustellen, und nie mehr wiederkommen. Obwohl er diese Möglichkeit angesichts seiner eigenen Neugierde und Entschlußfreudigkeit für gering hielt.

Andersherum: Stieß er tatsächlich auf Ablehnung und wurde zurückgewiesen – eine unerträgliche Möglichkeit –, brauchte niemand je davon zu erfahren. Dann hatte das

Ganze einfach nie stattgefunden. Dann hatte er offiziell keinen Vater, ein für allemal.

Er wußte nicht, ob seine Mutter über das Tun und Lassen seines Vaters auf dem laufenden war. Da sie nach seiner Beschneidung vor jetzt fünf Jahren nie mehr darüber gesprochen hatten, gehörte das noch immer zu den Mysterien in Lolas Leben.

Nach dem Tag, den er mit Ester in Jerusalem verbracht hatte, fuhr Daniel gleich noch einmal allein dorthin. Es erstaunte ihn fast ein bißchen, daß die Klagemauer noch genauso gigantisch aus dem Steinteppich aufragte wie am Tag zuvor. Der Ort schluckte die Geräusche aller Menschen gleichermaßen dramatisch wie geheimnisvoll.

Am Vortag hatte sich die Mauer mit dem Platz davor für ihn wie eine Art Traumbild offenbart, wie ein unwirklicher Ort. Das war jetzt, beim zweiten Mal, weg – so gern er auch erneut dasselbe Große verspürt hätte.

Nur einen Tag war es her, daß er sich jedes Schritts bewußt gewesen war. Von jedem Passanten, jedem, der zu Fuß oder im Auto vorüberkam, glaubte er, erkannt werden zu können – als der Sohn, der er war. Aber jetzt, da er gespürt hatte, wie groß und unpersönlich es hier war, war diese Hoffnung abgeebbt, und das schmälerte auch die Magie des Platzes.

Erneut ging er auf die Klagemauer zu. Nun, da der erste überwältigende Eindruck hinter ihm lag, fiel ihm die leicht trübsinnige Strenge und Eintönigkeit in den Betbewegungen der Männer auf, die sich offenbar von der Endlosigkeit und Vergeblichkeit der Aufgabe, derentwegen sie hier beteten, nicht abschrecken ließen. Erst jetzt sah er die Kleinheit und Routiniertheit der Gesten, mit denen die Männer, häufig einen breiten Tallit über dem Kopf, ihre Briefchen in die Mauer steckten. Ob sie wirklich glaubten, daß das einen Sinn hatte? Am Tag zuvor hatte er sich gar nicht satt sehen können an der wunderlichen Ernsthaftigkeit aller, die sich hier so ereiferten, jetzt machte es ihn traurig und auch ein wenig ängstlich. Gehörte er hierher, zu diesem seltsamen, wilden Beten, in dieses uralte, viel zu bedeutungsvolle, erzwungene Land?

Der Wind schien auf dem großen, leicht ansteigenden Platz den Atem anzuhalten, die Sonne brannte senkrecht vom Himmel herab. Daniel spürte, wie heiß es war. Kein Aufschub mehr, es war Zeit.

Aisch Ha Torah, das Projekt, an dem sein Vater arbeitete, sollte ein sechsstöckiges öffentliches Auditorium mit Blick auf die Mauer werden. Man konnte per Internet einen Besichtigungstermin vereinbaren. Daniel hatte sich zu Hause heimlich Gewißheit darüber verschafft, daß sein Vater in dieser Woche einen Tag hier sein würde, und hatte sich unter falschem Namen für eine Führung angemeldet. Verblüffend einfach war es gewesen, seinen Vater aufzuspüren. Per Internet nur eine Frage von Sekunden.

Langsam schlenderte er zu der gewaltigen Baustelle des Gebäudekomplexes westlich der Mauer hinüber. Es war nicht besonders weit, aber zu Fuß brauchte man schon fünf Minuten. Als Daniel bei dem Staket aus Beton, Steinen und Treppen anlangte, rann ihm der Schweiß über den Rücken, und er hatte furchtbaren Durst, als verdampfte die Aufregung alle Flüssigkeit in ihm übermäßig schnell.

Die Führung begann um drei. Er war eine Viertelstunde zu früh. Er hob den Blick und suchte nach einer Stelle, wo sich in Zukunft, wenn dieses Gebäude fertiggestellt war, ein Eingang befinden könnte. Dabei fielen ihm zwei Leute auf, die an einer der Maueröffnungen warteten, ein Ehepaar wohl, sportlich gekleidete Menschen mittleren Alters, die ihn ein wenig an seine Großeltern erinnerten.

Er hatte gelesen, daß dieses Gebäude vorwiegend durch Spenden finanziert wurde. Schauspieler, Filmemacher und andere Größen hatten sich dafür, daß ihre Namen auf riesigen Inschriften in den Wänden verewigt würden, äußerst spendabel gezeigt. Die beiden wollen wohl mal sehen, ob es schon ein bißchen vorangeht, dachte er. Die sind bestimmt stinkreich. Stolz registrierte er, daß er damit tatsächlich gerade einen Gedanken gehabt hatte, der nicht um seinen Vater kreiste. Oder um Durst.

Höflich erkundigte er sich, ob sie auch wegen der Führung hier seien. Das bejahten sie. Es überraschte ihn nicht zu hören, daß sie Amerikaner waren. Sie seien schon zum zweitenmal hier, erzählten sie, vor einem halben Jahr seien sie schon einmal dagewesen. Der Bau mache große Fortschritte.

Es erschienen weitere Leute, jung und im universellen Touristenoutfit, die ihnen die gleiche Frage stellten und dann verstummten. Auch ein adrettes junges Paar, das untereinander italienisch sprach, fragte ihn in gebrochenem Englisch nach der *architectural tour*. Die Frau fiel Daniel auf. Sie war eine außergewöhnliche Schönheit, langbeinig und souverän, die alle Blicke auf sich zog. Daniel war als einziger allein gekommen. Einen Moment lang erfaßte ihn

Panik, als er realisierte, daß der Architekt ihn in dieser Gesellschaft unvermittelt erkennen könnte – wie ein Löwe sein Junges.

War so etwas möglich? Erkannte ein Vater seinen Sohn? Instinktiv, oder weil er etwas in ihm sah, das ihn an sich selbst erinnerte, etwas von früher vielleicht oder einen Geruch, einen Augenaufschlag?

Daniel starrte auf den beeindruckenden Platz vor ihm und ließ sich von der gleichen Benommenheit erfassen, die er vom Strand her kannte – einem Bewußtsein totaler Unendlichkeit, das ihn ganz klein werden ließ und festschraubte, wo er gerade stand. Sein Herz schlug wie ein hinderlicher Gegenstand, der nicht zu ihm gehörte.

Ein kleiner Junge mit Kippa und Schläfenlocken kam in gestrecktem Lauf vorübergerannt, hinter einem Freund auf dem Fahrrad her, und hinter ihm ein rufender Vater; Geräuschtröpfchen auf einer gigantischen, glühenden Steinplatte. In der Ferne hörte Daniel den Muezzin von einem Minarett rufen. Für einen Moment war er so in die stehende Hitze versunken, daß er gar nicht gleich bemerkte, wie sich ohne großes Aufhebens zwei weitere Männer zu ihnen gesellten.

Erst als er den einen laut um Aufmerksamkeit bitten hörte, wurde er wachgerüttelt. Sein pochendes Herz schien plötzlich bleischwer zu werden und in die Tiefe sinken zu wollen. Was träumte er: Da, da war er!

Das mußte sein Vater sein.

Nichts anderes drang jetzt mehr an ihn heran. Der schwarze Bart, die dunklen Augen – Daniel wurde sich auf der Stelle jeder Besonderheit seines eigenen Körpers bewußt, die er mit diesem fremden bekannten Mann teilte, die dieselbe DNA hatte – das Haar, die dunkle Tönung, die Haut des Mannes, den er nun beinahe berühren konnte. Das war er, das war der Mann, der sein Vater war. Dunkel, kräftig, groß. Genau wie er selbst. Sein Vater existierte, und damit existierte auch er, Daniel.

Dieses Bewußtsein erfüllte ihn unvermittelt mit tiefer Erleichterung, und seinen Körper durchströmte etwas, das sich wie Glück anfühlte.

Sein Vater hatte sich mit dem anderen Mann, einem gedrungenen, braungebrannten Typ mit flachsblondem Haar und hellblauen Augen, vor ihrer Gesellschaft postiert, um einige Worte an sie zu richten. Daniel war so aufs Schauen fixiert, daß er kaum auf die Worte hörte, die aus seinem Munde kamen. Nur das Timbre der Stimme seines Erzeugers sog er gierig auf, noch ganz schwach vom Schock des Erkennens. Bei jedem Satz atmete der Mann schwer ein, nannte Namen, Orte, Daten. Und in einem fort wischte er sich mit einem lila Taschentuch den Schweiß von der Stirn.

Erst ganz allmählich, nach etlichen Minuten, begann Daniel sein Irrtum aufzugehen. Er hatte sich schon so sehr mit dem bärtigen Mann identifiziert, daß er diese Zeit brauchte, um zu erfassen, daß etwas nicht stimmte. Daß Uri Loewenstein nicht der war, dessentwegen er hier war. Und selbst da dauerte es noch, bevor es ihm dämmerte, daß der bärtige Mann nicht der sein konnte, der ihn vor fast achtzehn Jahren gezeugt hatte.

Der andere war es, der, der ihm überhaupt nicht ähnlich sah. Sein Vater war der Mann mit den hellblauen Augen und dem blonden Haar.

Bei der Führung ergriff sein blonder Vater das Wort. Alles an ihm kam Daniel fremd vor, bis hin zu seiner rauchigen Stimme. Doch unweigerlich beeindruckte und begeisterte ihn, wie präzise er sich ausdrückte und mit welcher Autorität er für jeden Raum, jede Treppe, jede Säule überraschende Intentionen anzuführen wußte. Und dann die unglaubliche Intensität in dieser Stimme, die bezähmte Erregung, während er seiner Zuhörerschaft die unterschiedlichen Möglichkeiten und Aussichten zeigte: die Mauer, die Al-Aqsa-Moschee, den Ölberg. Es war alles anders, als Daniel erwartet hatte, und doch war dies sein Vater, war dies die Stimme seines Vaters, eine Stimme, die er im Innersten schon immer gekannt hatte, eine Stimme, die in ihm gewesen war, bevor er geboren wurde. Dieser Mann war ein anderer, ein Unbekannter, und doch kannte Daniel ihn. Sein Vater. Dies war die Stimme, die seine Mutter verführt hatte, die ihn die ganzen Jahre im Stich gelassen hatte. Gleichgültig hatte der Mann mit dieser Stimme gesprochen, hatte eine Existenz aufgebaut, ohne sich nach ihm zu erkundigen, ohne auf die innere Unruhe zu hören, die er sich nicht hatte erklären können, weil sie einem Gefühl entsprang, das in den unberechenbaren Schichten seiner Seele verborgen war, dem Gefühl, daß irgendwo, weit von ihm entfernt, ein Sohn war. Sein Sohn.

Statt dessen hatte er ihn, Daniel, zu finden und zu vermissen vergessen und vergessen, ihn zu suchen. Wußte er überhaupt, daß er einen Sohn hatte?

Wie in einer Zentrifuge drehten sich Daniels Gedanken

im Kreis. Seine Augen brannten, zornig – jetzt ging es nur noch um eines: *nicht* erkannt zu werden, um weiterhin schauen zu können, ausfindig machen zu können, wer er war, wer dieser Mann war. Wie bei der Erforschung einer unbekannten Tierart. Wie bei einem ersten Blick in den Spiegel.

Die Hände! Kurze, breite Hände mit bekannten runden Nägeln wie kleinen Gesichtern. Es verwirrte Daniel, daß ihn diese Hände sofort rührten, als könnte er durch die Rührung über ihre Vertrautheit zum erstenmal auch sich selbst mögen. Dies war er, dies waren auch *seine* Hände, dies waren die Hände von seinem Vater und ihm.

Doch dann streifte ihn ein kurzer Blick aus den hellen Augen, und ihm stockte fast das Herz. Um ein Haar wäre er über einige lose herumliegende Stahlstäbe gestolpert.

»Wolltest du noch etwas wissen?« fragte der Mann, der kein Vater war, freundlich-unpersönlich.

»Ich… wissen Sie… nein, das ist… als Sie den Auftrag bekamen… wie ist das Projekt entstanden?« brabbelte er.

Und der Mann erläuterte ihm mit nichtsahnend aufleuchtenden Augen, wie er Auftragswunsch und örtliche Gegebenheiten sowie Material miteinander in Einklang gebracht und wie er mit den verschiedenen Funktionen gespielt hatte, Aussicht, zukünftige Bedeutung für Israel in den noch kommenden Jahrhunderten.

Sie gingen weiter, andere stellten Fragen, auch die junge Italienerin. Daniel sah, wie der Blick des Mannes, seines Vaters, einen Augenblick lang beinahe erstaunt auf der schönen jungen Frau ruhen blieb – wie ein Raubtier auf der Lauer, dachte er. Vor seinem geistigen Auge blitzte das Bild Danas auf und hinterließ Brandwunden.

Der Mann beantwortete die Frage mit einem inhaltslosen kleinen Scherz.

Wer ist er? dachte Daniel. Wer ist dieser Mann, der, selbst wenn er spricht, den Eindruck erweckt, daß er schweigt? Wie kann ich ihn je kennenlernen? Er wußte es nicht, er wußte noch nicht, wie er das anstellen sollte, ging ihm auf, während sie sich auf den Ausgang zubewegten. Vielleicht würde er es nie wissen: wie er mit seinem Vater reden sollte. Jetzt ganz bestimmt nicht. Er wollte weg.

Draußen schien es noch heißer geworden zu sein. Alle blieben stehen und schauten noch einmal nach oben, an der Außenseite der Baustelle empor, die sie jetzt von innen recht gut kannten. Nur Daniel nicht. Er sah seinen Vater an, der sich mit jemandem unterhielt, und begann ganz langsam rückwärts zu gehen. Er verabschiedete sich nicht, sondern entfernte sich einfach von ihnen. Sie würden es gar nicht merken.

Er wollte weg sein, sich in nichts auflösen. Er hatte seinen Vater nie gesehen. Sein Vater hatte ihn nie gesehen. Er mußte nachdenken, zur Ruhe kommen.

Als er um die Ecke herum war und keiner ihn mehr sehen konnte, begann er zu rennen, wie um sein Leben zu rennen, quer über den Platz. Die lastende Nachmittagshitze senkte sich auf ihn wie eine schwere Daunendecke, bis er fast erstickte und keuchend auf eine Treppe sank. Eine Gruppe frommer Juden in langem schwarzem Mantel und mit Pelzmütze, *Schtreimel*, auf dem Kopf musterte ihn feindselig und mißbilligend und zischte ihm etwas zu, das er nicht verstand. Er lechzte nach Wasser.

Von nun an mußte er abwarten, sich im Stillsein, im

Schweigen üben. Er war ein anderer Mensch, und doch war nichts geschehen. Oder aber alles war ohne ihn geschehen.

Mit einem Mal ruhig und dumpf im Kopf, erhob er sich, um nach einem Straßenverkäufer zu suchen. Er vermißte seine Mutter so sehr, daß es weh tat.

Achter Teil

I

American Colony Hotel, 18. Mai 2001

Weniger als eine Stunde hatte Ester von Tel Aviv nach Jerusalem gebraucht. Sie kam zu früh zu ihrer Verabredung.

Ihr Kopf war kühl und leer. Keine Begierde, kein Schmerz – ihr mußte keiner weismachen, daß sie jemanden brauchte. Sie war allein. Mehr denn je allein.

Vielleicht lag es an ihrer schwermütigen Stimmung, aber im Vergleich zum vorigen Mal fand sie es hier seltsam öde. Dabei war um sie herum eine einzige Farbenpracht, von den türkisfarbenen Wänden mit den darin eingelegten kleinen Kacheln bis hin zu den blühenden Blumen in den Rabatten und dem plätschernden Springbrunnen. Sogar in den Unterhaltungen und dem Stimmengewirr meinte sie jetzt Langeweile wahrzunehmen. Nach der Intensität vor sechs Wochen, durch die ihr dieses Hotel beinahe wie ein vertrauter Ort vorgekommen war, sagte ihr das heutige Treiben lediglich, daß sich alles wiederholte. Sie gehörte nicht hierher, das hier war kein freundlicher Hafen mehr für sie.

Die Offenbarung am gestrigen Abend (oder verdiente etwas, was man eigentlich von jeher gewußt hatte, keine so hehre Bezeichnung?) hatte den Anruf bei Raf heute morgen zu einer völlig unverbindlichen Handlung gemacht, einem Alibi für ihren Besuch in Israel, den sie jetzt endlich einmal ernst nehmen mußte. Von der Bedeutung, die sie einem Treffen mit Raf bis dahin beigemessen hatte, schien plötzlich fast nichts mehr geblieben.

Ihre Finger hatten die Tasten gedrückt, ihre Stimme hatte Zeit und Ort des Treffens diktiert. Sein erwartungsvolles *»Heeeey, Ester, where are you?«* wie auch sein *»So great to hear* your *voice«* bestrafte sie mit einer ganz sachlichen Reaktion. Sie würden sich in dem Hotel treffen, in dem sie sich kennengelernt hatten.

Daniel war gestern abend erschöpft und schweigsam aus Jerusalem zurückgekehrt und hatte heute nirgendwo hingewollt. Übermorgen schon würde er in der Kaserne anfangen müssen. Er wolle nur ein bißchen computern, sagte er.

Nach einem sonderbar stillen Vormittag hatte sie am frühen Nachmittag an der Tür »Ich gehe!« gerufen.

»Joho!« hatte Daniel geantwortet. Er hatte kurz aufgeschaut, und sie hatte seinem Blick etwas hilflos Entschuldigendes entnommen, das ihre Verwirrung in dem Moment nur noch vergrößerte. Er hatte den Daumen gehoben, um ihr Erfolg zu wünschen, sich dann aber, plötzlich verlegen, rasch wieder seinem Bildschirm zugewandt.

Anziehungskraft ist eine Frage der Genetik, dachte Ester, an einem Tischchen im Garten des American Colony Hotel sitzend, so gleichgültig sie konnte. Man hatte kaum Einfluß darauf. Wie man seine Hände benutzte, die Textur der Haut, das Zittern des Mundes beim Sprechen, die Stimme, wie man mit den Augen auf die Dinge reagierte, die man sah, hörte, erlebte: All diese praktisch nicht zu steuernden Willkürlichkeiten, die das eigene Ich ausmachten, hatten etwas mit den Zufälligkeiten des eigenen Körpers zu tun. Die anmutige Größe und Weißhäutigkeit Lolas, ihr eigener gerader Jungenkörper, ihr schweres kastanienbraunes Haar, ihre heisere Stimme.

Wenn ein Fremder ihren Körper wollte und sie den seinen, bestand kein Anlaß, sich zu fürchten. Wollte er sie nicht, um ebenso genetischer Eigenheiten willen wie ihrer Art zu sprechen, sich zu bewegen und beim Lächeln die Nase kraus zu ziehen, dann war das *nicht zu ändern*.

Wichtiger war, ob man sie lieben konnte. Ja, Philip hatte das getan, irgendwann einmal. Warum und *was* er geliebt hatte, hatte sie nie genau verstanden. Man liebte Menschen, die lachten, die ganz in irgendeiner Aktivität aufgingen, die etwas Eigenes und Besonderes an sich hatten, etwas, was sie selbst gar nicht registrierten. Lolas ungestüme, herzliche Umarmungen fielen ihr dazu ein. Sie selbst dachte so viel über sich nach, daß es einem Wunder gleichkam, wenn noch etwas blieb, was sie nicht registriert hatte. Was war noch an Unbewußtem, Unschuldigem, Unbetretenem zu sehen, wenn Ester in sich hineinblickte und Philip oder Raf auf die in sich hineinblickende Ester blickten? Was oder wer war Ester, außer einem beobachtenden Blick?

Unheimisch und unbehaglich rutschte sie auf ihrem Stuhl hin und her.

Der Ober ließ immer noch auf sich warten.

2

Die Sonne rückte über die Tische vor und wurde gleißender. Mitleidloseres Licht vertrieb die herrschende Trägheit.

Am Nebentisch saß eine blasse junge Frau mit halblangem schwarzem Haar, die mit dem mürrischen Blick eines Menschen, der sich nicht wohl in seiner Haut fühlt, um sich schaute. Vor ihr lag ein Notizblock, der, wie Ester erkennen konnte, zur Hälfte beschrieben war.

Die junge Frau sah nicht wie eine Journalistin aus. Aber was wußte Ester schon davon, wie hier Journalisten aussahen. Wahrscheinlich wartete die Frau wie sie auf jemanden und bestellte deswegen nichts.

Ester sah auf ihre Armbanduhr, sie hatte noch eine Viertelstunde. Das Frösteln und Minutenzählen hatte begonnen, trotz der inneren Leere und des festen Vorsatzes, gleichgültig zu sein.

Sie bestellte ein Glas Weißwein, obwohl es noch lange nicht Abend war.

Sie war ein Körper, ein sauberer, parfümierter, fremder Körper mit nervös geschminktem Gesicht, und sie verspürte eine alte Angst, eine Angst, die sie von früher kannte. Vielleicht gehört diese Angst ja zu Israel, dachte sie. Es war die Angst, die sie in jenen Tagen und Wochen vor ihrem ersten und besten Mal gehabt hatte. Ihrem ersten und schlimmsten Mal. Ihrem ersten Mal, bei dem es sie gleich erwischt hatte. Und danach nie wieder, auch nicht nach mehr als tausend erwachsenen Nächten mit Philip. Nach den Flirts – oder nach Raf. Jene Nacht würde wohl niemals verblassen.

Das Herrliche an einem fremden Land, einer anderen Sprache ist, daß man sich von Grund auf neu aufbauen kann, dachte sie. Keiner konnte einen bei Betrug oder Selbstverleugnung ertappen, man war frei. Im Gegensatz zu zu Hause, wo es Menschen gab, die sie kannten: ihr Vater, früher, Philip, Lola, ihre persönlichen Barometer.

Lola …

Nahezu achtzehn Jahre lang hatte sich Ester wider besseres Wissen beizubringen versucht, daß bei Lola, im Gegensatz zu ihr selbst, alles spontane Tun und Lassen auf so etwas wie einer fundamentalen Güte beruhte, einer Authentizität und Wärme, die selten und für die durchschnittlichen zynischen Außenstehenden (wozu sie leider auch sich selbst zählte) auch schwer erkennbar waren, und daß sie sich die finsteren Seiten dessen, was Lola sagte oder tat, nur einbildete.

Seit gestern war das alles anders. Man konnte auch sagen: Seit gestern stand fest, daß alles genau so war, wie Ester es sich immer gedacht hatte.

3

Die Website, um die sich Daniel zu Hause täglich zu kümmern versuchte (hier in Israel würde er das auf einmal die Woche reduzieren müssen), bestand aus einer jovialen Selbstdarstellung, in deren Rahmen er frei von der Leber weg seine zionistischen Ideale kundtat. Ester war überrascht gewesen, als sie die Site während seiner Abwesenheit kurz angeklickt und einen Eindruck von Daniels munterer Kommunikation mit der Welt gewonnen hatte. Sämtliche Ergänzungen der letzten Wochen hatten mit Israel zu tun und waren in Englisch abgefaßt.

Er werde dadurch, glaube er, ein internationaleres und somit größeres Publikum haben, hatte er auf ihre Frage hin erklärt, wobei er leicht errötete, denn er betrachtete die Website, so offen zugänglich sie auch sein mochte, doch irgendwie als eine sehr persönliche Angelegenheit, fast wie ein Tagebuch, und ihr öffentlicher Charakter war für ihn bis dato, wie es schien, ziemlich abstrakt geblieben.

Ester hatte auf Daniels Site ein klares Motiv für seine Israelreise gefunden, so klar, wie Daniel ihr gegenüber in den Unterhaltungen der letzten Tage nie zu sein gewagt hatte.

Über seinen Vater kein Wort. Nach jenem ersten Abend hatte er nicht mehr mit ihr über ihn sprechen wollen. Doch als er gestern so betrübt nach Hause gekommen war, hatte sie gleich gewußt, daß er ihn aufgesucht hatte. Er hatte den Rest des Tages auf ihrem Computer herumgewerkelt und war ihren fragenden Blicken ausgewichen.

»Alles in Ordnung?« hatte sie nur gefragt.

»Ja, ja«, hatte er gesagt und den Blick dabei kaum vom Bildschirm gelöst.

»Okay«, hatte sie gesagt. Und das war's.

Später, nachdem sich Daniel erst noch vor dem Fernseher niedergelassen hatte und dann zu Bett gegangen war, hatte sie sich selbst kurz an den Computer gesetzt, um ihre E-Mails nachzusehen. Lola schrieb, sie sei gespannt, was die Liebe mache und ob Daniel sich auch benehme. Dorus schickte ihr vier Adressen von Freunden, die sie gerne einmal kennenlernen würden.

Nach Durchsicht ihrer Mails hatte sie es nicht lassen können – mütterliche Überfürsorge oder reine Neugierde? –, nochmals auf Daniels Website zu schauen. Dabei war ihr die Hinzufügung eines Links zu einer anderen Website aufgefallen, die das in Bau befindliche Gebäude gegenüber der Klagemauer betraf.

Sie hatte direkt schlucken müssen, so aufgeregt war sie. Jetzt hatte sie es also schwarz auf weiß. Das mußte die Site vom Projekt seines Vaters sein.

Eine ziemlich technische Abhandlung über den Bauprozeß, wie sich zeigte, voller detaillierter Skizzen und Fotos von halbfertigen Wänden, Treppen und Fensteröffnungen. Sie suchte gleich nach Informationen über Daniels Vater, den Architekten. Baruch ... Baruch – wie war noch gleich sein Nachname gewesen?

Doch so sorgfältig sie auch suchte, einen Baruch fand sie nicht.

Der Name, den sie fand, der Name des Architekten, der Daniel so wichtig war, lautete ganz anders.

Lange hatte Ester auf den Bildschirm gestarrt. Nur zögernd hatten sich die toten, bedeutungslosen Buchstaben zu Worten formiert und waren zum Leben erwacht.

Was hatte dieser Name hier zu suchen, dieser Name, den sie unweigerlich behalten hatte, besser und länger als jeden anderen Namen? Dieser Name von vor langer Zeit, der in ihrem Leben keine Rolle mehr hätte spielen dürfen.

Gab es denn noch andere, die so hießen? Oder handelte es sich hier um ein Versehen?

Sie hatte nach Luft geschnappt. Konnte es so simpel sein? So simpel, logisch und hart? Die Lösung war in ihrem Hinterkopf steckengeblieben, als wollte sie nicht in ihr Bewußtsein vordringen. Aber im Grunde brauchte sie gar nicht lange nachzudenken. Bei so etwas konnte man sich nicht vertun.

Der Name von Daniels Vater lautete nicht Baruch. Er lautete Arik.

Arik Keller, wie der Tischler aus dem Kibbuz.

4

Bei einem Geräusch von der geöffneten Tür her hatte Ester aufgeschaut.

Es war Daniel.

»Ich wollte mir nur ein Glas Wasser holen«, sagte er mit erschrockenem Blick auf ihren fassungslosen Gesichtsausdruck.

Ester war, als sei ihr ein Loch in den Kopf geschlagen worden. Erkenntnis, die wie ein Bumerang kam. Mit einem Mal wußte sie: Sie hatte es immer gewußt, ohne es zu wissen.

»Hat Lola dir selbst gesagt, daß Arik Keller dein Vater ist, Dani?«

Daniel starrte sie nur an, ohne etwas zu sagen.

»Ich meine: Weißt du es von ihr, oder hast du es dir selbst, was weiß ich, zurechtgereimt oder so ...«, hakte sie nach. Sie hörte ihre eigene Stimme, fremdartig, metallisch. Ich höre mich beinahe ruhig an, fand sie.

»Von ihr. Sie hat es mir gesagt. Du solltest es nicht ... nie ...« Er verstummte und biß sich auf die Unterlippe.

Das war gestern gewesen. Wo blieb der Ober mit dem Wein?

5

Kibbuz Afek, Sommer 1983

Nachdem sie bei Arik gewesen war, hatte Ester zwei volle Tage wie in einem Rausch gelebt. Einsamkeit oder Unbehagen waren auf der Stelle vergessen, so groß war ihre Euphorie, bei der die Freude über ihr neues Erwachsensein vielleicht am maßgeblichsten war.

Der leichtfüßige Dialog zwischen Arik und ihr, das rätselhafte, aber so selbstverständliche Universum, in dem sie mit ihm verkehrt hatte – das wurde die Tabula rasa, auf die sie nun ihre Erinnerungen schrieb.

Alles hätte im nachhinein erfunden sein können: die Wärme und Wertschätzung in seiner Stimme, die sich in seinen Augen spiegelnde Bewunderung für ihren Körper, die Präzision und Zärtlichkeit seiner Gebärden. Wer konnte das wissen? Ester nicht. Für sie war schon gleich nicht mehr zu trennen gewesen, was sich von all diesen Erfahrungen mit der Wirklichkeit deckte und was nicht.

Alles verwandelte sich in ihrer Erinnerung ohne das geringste Problem in das Begehrenswerteste, was jemand mit ihr machen konnte. Nichts empfand sie als demütigend oder gar schockierend. Dieser Aspekt war beseitigt, oder besser gesagt, das Gedemütigtsein selbst hatte in den ersten Tagen das Gewand jener unbekannten, gefährlichen Lust angelegt. Ihrer Lust, die sich mit der Lust deckte, die der andere an ihr, in ihr empfunden hatte.

Und ebendiese Lust, das leichtfertige, sonderbare physische Vertrauen, das sie zum Körper eines anderen gehabt hatte, stellte zugleich, wie sie ebenfalls realisierte, den ultimativen Verrat dar. Den Verrat an früher, an altem Kummer, den ultimativen Verrat an ihrem Vater und ihrer Unschuld, als Tochter.

Durch Arik fühlte sie sich buchstäblich in eine andere verwandelt, das heißt: eine Frau. Durch ihn, durch dieses offizielle erste Mal, hatte sie ihren Vater und die unendlich traurigen, unvorstellbar grauenhaften Erzählungen von seiner Vergangenheit, mit denen er sie so lange belastet hatte, wirklich für einen Moment vergessen können.

Womit dieses erste Mal den definitiven Bruch mit einer Loyalität bedeutete, die, das fühlte sie, bis dahin in erster Linie durch beiderseitige Angst am Leben erhalten worden war.

Komplizierte, andere Worte für das, was Ester als unverhoffte, reinste *Befreiung* betrachtete.

6

In den Speisesaal kam Arik in den Tagen von Esters Rausch nicht. Das war nicht schlimm. Vielmehr half es ihr dabei, die Erinnerungen noch weiter aufzupolieren und in ihnen zu schwelgen. Bei solchen Erinnerungen war selbst die harte Arbeit auf dem Feld eine himmlische Betätigung.

Am dritten Tag begann sie ein wenig nach ihm Ausschau zu halten, nach der Person, die er für sie geworden war. Da begann sich auch eine leichte Beunruhigung zu regen.

Die Bilder aus ihrer Erinnerung verlangten nach Nahrung, nach zusätzlichem Material, als nutzten sie sich durch ihr fortwährendes Abspulen allmählich ab. Greifbare Ereignisse brauchte sie, etwas Neues, und das rasch, bevor die süße Euphorie schal wurde.

Doch der Zufall der täglichen Begegnung im Speisesaal ließ sich nicht erzwingen. Arik aß nicht mehr oder aß von nun an zu Hause.

Am Morgen des vierten Tages sah Ester von den Kibbuzniks, die sie kannte, nur Baruch am großen Eßtisch sitzen, als sie den Speisesaal betrat. Er sah verschlafen aus und schaufelte hastig Rührei in sich hinein. Von einem anderen Freiwilligen hörte sie, daß er nach Haifa mußte, um Spielgeräte für die Kinder zu holen. Da sie noch immer keine normale, unbekümmerte Art des Umgangs mit ihm als Lolas Liebhaber gefunden hatte, begrüßte sie ihn nur im Vorübergehen mit gespielt verständnisinnigem Blick. Er schaute kaum auf.

Es war voll in dem großen Saal. Sämtliche Gruppen sollten sich an diesem Tag zur selben Zeit am selben Ort versammeln: Der Kinderspielplatz war ein Projekt, an dem der gesamte Kibbuz mitarbeitete. Arik leitete die Gruppe der Freiwilligen, die einen Zaun um den Spielplatz ziehen sollten. Ester gehörte nicht dazu, paßte aber gespannt auf. Arik trat selten als Aufseher auf.

Jedesmal wenn sie ihn zu sehen glaubte, spürte sie, wie ihr kalter Schweiß ausbrach und ihr Herz wild zu schlagen begann. Sie wurde plötzlich gewahr, daß sie Angst hatte und die Euphorie nur ein Deckel für diese Angst gewesen war, daß sie eine Heidenangst davor hatte, ihn wiederzusehen, eine Heidenangst vor der Zurückweisung in seinem Blick.

Und sie war auch krank vor Verlangen.

»Mach dir, was Arik betrifft, keine Illusionen«, hatte Lola gesagt.

Auch Lola war noch nicht da. Dabei hätte Ester sie jetzt so gebraucht. Nicht, daß sie in letzter Zeit viel von Lola gehabt hätte, doch seit der Nacht mit Arik schien aller Groll, den sie im Laufe dieser Reise gegen sie entwickelt hatte, dahingeschmolzen zu sein. Oder genauer gesagt: seit sie die Geschichte von ihrer Nacht mit Arik in die glorreiche Form gegossen hatte, in der sie sie Lola präsentiert hatte. Sie spielten wieder in derselben Liga, obwohl Lola es natürlich erheblich besser getroffen hatte als sie, mit ihrer neuen Behausung und ihrer Position als Baruchs fester Freundin.

Ester wollte Lola ihr Leid klagen, mit ihrer Geschichte fortfahren. Ihre Freundschaft bot jetzt, da sie selbst etwas erlebte – und keine Jungfrau mehr war! –, wieder Möglichkeiten.

Lola hatte wahrscheinlich verschlafen, Ester konnte ihre hochgewachsene Gestalt nirgendwo unter all den schwatzenden und lachenden Freiwilligen entdecken. Das beunruhigte sie.

Auch in Ariks Gruppe wurde eine gewisse Ungeduld spürbar. Nach etwa zehn Minuten wurden zwei Freiwillige zu seinem Haus geschickt.

Mit in ihren Shorts geballten Händen begann für Ester ein Warten, das ihr alles Blut aus dem Kopf zog. Dann hörte sie, wie auch Lolas Name genannt wurde: Die Wahrheit implodierte. Alles wurde grell, platt und häßlich, als Lola und Arik in einem Atemzug genannt wurden.

Die beiden nach Arik geschickten Freiwilligen kamen

zurück, laut rufend, daß er verschlafen habe, aber gleich komme. Ein gewisser Unterton dabei entging Ester nicht. Sie tuschelten miteinander, und einer lachte laut und drekkig.

Ester schaute zu Baruch, der gerade die Autoschlüssel vom Aufseher entgegennahm und offenbar nicht an das dachte, an das sie dachte, nicht wußte, was sie jetzt wußte. Er sah mürrisch aus, der ach so Schöne, aber das kam bei ihm häufiger vor. Noch *eine* Chance, dachte sie.

Sie rannte zu ihm hinüber.

»Weißt du, wo Lola ist?« fragte sie keuchend.

»Keine Ahnung«, sagte er. »Wir haben wieder mal Knatsch.« Und weg war er, betont gleichgültig mit seinen Schlüsseln spielend.

Ester ging sofort zum Hauptaufseher, um sich krank zu melden. Unter keinen Umständen wollte sie jetzt Ariks oder Lolas ausweichenden Blicken ausgesetzt sein.

7

Ester verschlief den Rest des Vormittags. Ein vergeblicher Fluchtversuch. Beim Aufwachen war alles sofort wieder da. Ein Loch, ein Krater tat sich vor ihr auf. Schade, daß der Schlaf aufgebraucht war.

Langsam strich sie ihr Bett glatt, begann ihr Kleiderregal aufzuräumen. Dann beschloß sie, in den Speisesaal zu gehen. Hunger hatte sie nicht, aber ein heftiges Gelüst auf Kaffee.

Es war auffallend still auf den Wegen und Rasenflächen

zwischen den Schlafbaracken und dem Speisesaal, wo normalerweise immer irgendwer herumlief. Alle waren bei der Arbeit. Es war heiß, aber Ester spürte es kaum. Ihre Beine waren schwer, das schon. Sie hatte Mühe, sich von der Stelle zu bewegen. In ihrem Kopf war noch immer dieser sonderbare, schrille Ton vom frühen Morgen, wenn auch vom Schlaf gedämpft.

Im Speisesaal war niemand, den sie kannte. Alte Kibbuzniks luden sich Gemüse, Brot und Hüttenkäse auf ihre Teller und setzten sich in Grüppchen zusammen. Sie waren an diesen Ort gewöhnt, mit seinen Unbequemlichkeiten vertraut, schätzten den Trost, den dieser Kibbuz ihnen bot, während die so ganz anders beschaffene Außenwelt voller Probleme und Gefahren war. Unvorstellbar, dachte Ester, daß alle diese Menschen es vorziehen, ihr Leben, ihren Besitz, ihre Mahlzeiten, ihre Verrichtungen mit so vielen anderen zu teilen. Sie trank viel Kaffee und danach Nana-Minztee und steckte sich eine Schnitte Brot und Kekse ein für später – das Vergehen eines Menschen, der niemals Kibbuznik sein könnte. Niemand nahm Notiz von ihr.

Sie schlurfte aus dem Speisesaal in die heiße Sonne zurück. Alles war höllisch, das Grün des Grases, die grauen Steinwände der Baracken, die gräßliche Sonne.

Baruchs Haus stand nicht weit von dem Ariks entfernt. Die Tür war offen, und Ester hörte die Dusche rauschen. Lola war also zu Hause.

Sie huschte hinein und setzte sich in den einzigen Sessel des Hauses, wartete, die Hände steif unter die Beine geklemmt. Krank vor Angst hörte sie, wie die Badezimmertür quietschend aufging. Nackte Füße trippelten geschwind zu dem Schränkchen an der Seitenwand und blieben abrupt stehen.

»Himmel, Ester, mir wär fast das Herz stehengeblieben«, sagte Lola.

Der Schreck stand ihr noch ins Gesicht geschrieben, aber aus ihren Augen sprachen sofort Herzlichkeit und Wärme – schuldig? Ihr hochgewachsener, geschmeidiger, leicht gebräunter Körper war nur mit einem winzigen schwarzen Slip bekleidet.

»Was machst du hier?« Sachte wippten ihre Brüste.

»Ich wollte kurz nachsehen, wo du steckst«, sagte Ester.

»Wieso?«

»Man hat dich ausgerufen, heute morgen.«

Ariks Hände auf diesen hohen Brüsten. Er war so viel kleiner als Lola, Männertraum.

»Und du?«

»Ich hab mich krank gemeldet«, sagte Ester.

»Ach?«

»Bist du nicht zur Arbeit gegangen?« hakte Ester nach.

»Hatte verschlafen«, antwortete Lola, das Gesicht der Wand zugedreht. Sie zog einen schwarzen Spitzen-BH an und knöpfte dann langsam eine ärmellose schwarze Bluse zu.

»Baruch sagte, ihr hättet Knatsch«, meinte Ester beiläufig.

»Und?«

»*Er* war schon da.«

Jetzt stieg Lola in Khaki-Shorts, die ihre Beine noch länger aussehen ließen, als sie es ohnehin waren, und rosa Zehensandalen. Sie schüttelte ihr nasses Haar wie ein Hund.

»Okay, gut, also? Mein Gott, Es, hast du nichts Besseres zu tun, als den Arbeitsinspektor zu spielen?«

»Wie herzlich wir sind!«

»Na ja, entschuldige, aber was sollen denn auch die ganzen Fragen«, sagte Lola.

Immer noch kein Blickkontakt, dachte Ester. »Arik war auch nicht da«, sagte sie tonlos.

Lola lief mit energischen Schritten in die kleine Küche, wo sie einen Kamm holte, um sich die nassen Haare zu kämmen. »Ach.«

Einen Moment lang dachte Ester noch daran, aufzuhören. Von hier zur nächsten Runde war es ein mächtiger Schritt. Aber sie konnte schon nicht mehr zurück. Ihr nun folgendes Schweigen war durchdringend, ein Schweigen wie ein Schrei. Sie starrte so lange auf Lolas Hinterkopf, bis diese sich zu ihr umdrehte.

»Und?« fragte Lola noch einmal.

Wirkt beinahe echt, diese Nonchalance, dachte Ester. »Ihr wart *beide* nicht da!« giftete sie. »Man hat über euch geredet!«

Jetzt stand alles still.

Lolas Mimik schien auszudrücken, daß sie etwas auffing, einen Ball, einen Vogel, einen Gedanken – ihr Gesicht veränderte sich. Mit nur einer Bewegung wurde es zur Maske.

»Und deshalb bist du hier und führst dich so merkwürdig auf.« Schnell und scharf sprach Lola es aus. »Du denkst, daß Arik und ich – Himmelherrgott, Ester!« Sie fing laut an zu lachen, ein hohes, schrilles, atemloses Lachen. »Das ist echt unglaublich! Arik und ich! O Gott!«

Sie hatte die Hände in die Seite gestemmt, streitlustig, wie es schien. »Dafür bist du mir jetzt aber eine gründliche

Erklärung schuldig, Es. Wie kannst du so etwas von mir denken!?«

Lolas blaue Augen, gerade noch sprühend vor fröhlichem Spott, hatten eine helle Eisfarbe angenommen. Der kühle Unterton in ihrer Stimme, gleichermaßen aggressiv wie unerbittlich, machte Ester wider Willen angst. Das Feuer hinter ihren Augen, das beim Aussprechen der Beschuldigung sofort erloschen war, machte Zerknirschung Platz, Zerknirschung über etwas Unvorhergesehenes. Dünn und kalt raste Ester plötzlich das Blut durch die Adern, so sehr bangte sie, sich vertan zu haben, über die Fallstricke ihrer krankhaften Eifersucht gestolpert zu sein. Es machte sie wehrlos und ängstlich, daß Lola jetzt wußte: Ester fürchtete sie, Ester mißtraute ihr.

»Traurig, traurig, Ester, daß du so mißtrauisch bist, deinen Freunden gegenüber, mir gegenüber!« fuhr Lola laut und voller Verachtung fort.

Sie war so groß, wie sie da vor Esters Sessel stand, die Hände in der Seite, das schöne Gesicht versteinert, daß Ester das Gefühl hatte, immer tiefer zu sinken, hilflos in den Abgrund. Aber antworten konnte sie noch immer nicht.

Lola lief brüsk zur Tür und winkte Ester mit einer autoritären Handbewegung. »Ich gehe. Und du auch. Auf so was hab ich keinen Bock. Ich würde dir raten, erst mal ein bißchen zu dir zu kommen.«

Ester, die es irgendwie verstanden hatte, sich aus dem Sessel hochzuwinden, trat mit einem letzten Restchen Würde, mit erhobenem Kopf, über die Schwelle der Eingangstür. Einen Augenblick lang standen sie dicht nebeneinander. Lola roch nach Babyseife und Sonne.

Mit einer herablassenden Schulterbewegung schloß Lola die Tür ab und lief, ohne Ester noch einen Blick zu gönnen, davon.

8

Am selben Abend stand Ester vor Ariks Tür. »Wo hast du denn heute morgen gesteckt? Warst du etwa krank?« Wie falsch ihr munterer Ton, ihre Koketterie klangen.

Er antwortete nicht, sah sie nur ein wenig erstaunt an – peinlich berührt, weil er nicht mit einer Fortsetzung gerechnet hatte, wie Ester seinem Blick sofort entnahm.

»Ich muß dauernd an dich denken«, beichtete sie ihm krampfhaft, die Augen ängstlich zu ihm aufgeschlagen, traurig und ohne auf eine Antwort zu drängen. Charakterlos und ohne Charme, dachte Ester, als wollte ich ihm etwas an der Tür verkaufen.

Seine verdutzte Miene ignorierte sie, sie spürte nur zu gut, wie sichtbar ihre Verzweiflung war.

»Komm rein«, sagte er freundlich.

Nichts schien von der Hast und Dringlichkeit des vorigen Mals übrig.

In Esters bisherigem Leben hatte es nicht viel gegeben, was sie wirklich unheimlich gern gewollt hatte. Und nun, da es endlich etwas gab, spürte sie, wie es sie panisch, grob und ungeduldig machte, zu einer Bettlerin, rücksichtslos auf die Erfüllung des stärksten Bedürfnisses aus, das sie je gehabt hatte. Arik war der einzige, der sie heilen konnte. Von den Schatten der Kindheit, von den quälenden Schuldgefühlen bei allem, was ihr Freude oder Genuß bescherte. Heilen von Erinnerungen, die nicht die ihren waren.

Im Zimmer roch es nach Marihuana. Er lud sie mit lässiger Gebärde auf sein breites Bett ein, auf dem er offensichtlich gelegen und geraucht hatte. Er hatte keine Zeit, er hatte keine Lust. War er bei allen so?

Er drehte einen neuen Joint. Er ist stoned, das ist es, dachte Ester, seltsam erleichtert und opportunistisch. Sie setzte sich neben ihn.

Erst jetzt fielen ihr in seinem Zimmer die ungewöhnlichen Möbel wie die knorrig-schiefe Holzbank mit schwarzen Kissen auf, die sonderbaren Skulpturen auf dem Fußboden, Entwürfe an der Wand. Alles selbstgemacht. Von ihm? Er nickte.

Er erzählte ihr, daß er später entwerfen wollte – Gebäude –, daß er studieren wollte. Er schien in seinem Rauschzustand ganz von sich erfüllt zu sein. War ihm überhaupt bewußt, daß sie es war, die bei ihm saß? War Lola in der letzten Nacht hier gewesen oder nicht? Die Bodenlosigkeit dieses Gedankens machte sie krank.

»Leg dich hin«, sagte er mit schwerer Zunge. Als wäre so ein Befehl selbstverständlich.

Sie hatte Befehle nie leiden können, aber dieser jetzt machte alles gut.

Sie bekam einen Zug von seinem Joint und atmete den Rauch tief ein. Was konnte sie anderes tun als dies, jetzt und hier, als sich hinzulegen, wenn er es verlangte? Deswegen war sie gekommen. Mit geschlossenen Augen ließ sie sich zurücksinken.

Er nahm auch einen Zug und streichelte mit der anderen

Hand, die Augen geschlossen, ihre Brüste. Wie von selbst ließ er die Hand tiefer gleiten, zwischen ihre Beine, wo sie mit verzweifelter Wut wartete. Wie ein Kind schielte sie unter halb geschlossenen Lidern hervor und beobachtete, wie er seinen Hosenstall aufknöpfte und sein Geschlechtsteil hervorholte.

Es war keine Gebärde aus Lust, schien es, sondern eher eine Gewohnheit, eine mechanische Handlung, die er ausführte, sobald Mädchenbeine da waren, die man spreizen konnte. Zwischen die man sich drängte, um sich Zugang für eine kurze Übung zu verschaffen – bis es genug war.

Mit dieser Wahrheit nahm Ester vorlieb. Doch gleich als er sich in sie zu schieben versuchte, ungeduldig und grob, spürte sie das Banale und jetzt so schrecklich Unerwünschte: Alles brannte noch viel zu sehr vom vorigen Mal.

Sie stieß ihn weg, beschämt und voll Reue. Er knurrte wie ein gereiztes Tier, doch es stand offenbar so wenig auf dem Spiel, daß er sie nicht einmal zu zwingen versuchte. Oder war er zu stoned? Allerdings war jetzt der Motor der Maschine in Gang gesetzt. Der ließ sich nicht mehr zurückdrehen. Dann eben mit der Hand, befand Ester diensteifrig.

Nach schweigender Erledigung dessen, was sie ihm schuldig zu sein glaubte, hatte er freudlos gestöhnt und war eingeschlafen. Ester war in ihre Baracke zurückgeschlichen. Sie wußte, daß sie Verrat an sich selbst begangen hatte. Sie wußte, daß sie ihn verloren hatte.

9

Am nächsten Tag hatte sich Ester bei Lola entschuldigt – höflich, formell, mit einem Scherz und einem kleinen Lachen.

Etwas zu großmütig und überschwenglich und ein klein wenig von oben herab hatte Lola die Entschuldigung angenommen. »Okay, Es. Na ja, überleg doch mal selbst: Was sollte ich denn mit Arik wollen? Arik ist ein Freund, das müßtest du doch sehen. Wir liefern uns kleine Wettkämpfe! Wir spielen manchmal Schach miteinander, und gestern...« – an dieser Stelle hielt sie kurz inne und forschte in ihrem Gedächtnis (oder in ihrer Phantasie, dachte Ester) –, »... gestern haben wir eine Runde Fußball gespielt!«

Von Lolas kleinen Wettkämpfen mit Arik wußte Ester nichts. Sie fragte sich, ob sie das nicht noch viel schlimmer finden mußte als das, wessen sie Lola verdächtigt hatte.

Wieso sie jetzt so kleinlaut zu Kreuze kroch, wußte Ester selbst nicht genau. Ihre Entschuldigung war gespielt, aber sie wollte um jeden Preis verhindern, daß Lola noch einmal in einem so schrecklichen Ton mit ihr sprach. Daß Lola wußte, was Ester quälte, war schon schlimm genug.

Lola bestritt, Knatsch mit Baruch zu haben, Baruchs Angaben und allen Gerüchten, die Ester gehört hatte, zum Trotz. Es hieß, sie schliefen häufig getrennt, und man hatte schon so manches Mal im Vorbeigehen laute Kräche in ihrem Bungalow mitbekommen. Lola tat, als sei das alles völlig aus der Luft gegriffen.

»Er ist ein Macho, er hat noch viel von europäischen Frauen zu lernen«, war alles, was sie dazu sagte.

Als Ester ankündigte, daß sie den Kibbuz verlassen wolle, um noch zwei, drei Wochen durch Israel zu fahren, sagte Lola, sie werde noch ein paar Monate bleiben. Keine weitere Diskussion darüber. Daß sie ursprünglich geplant hatten, gemeinsam durch Israel zu reisen, wurde von keiner von beiden mehr angesprochen. Sie wußten, daß sich etwas Grundlegendes geändert hatte.

10

Ester fragte Bratt, ob er Lust hätte, sie zu begleiten. Bratt war ein australischer Freiwilliger, der von Anfang an Interesse an ihr bekundet hatte. Er war jung, sah gut aus und war noch dazu sympathisch. Wegen Ariks Avancen hatte sie ihm nie viel Beachtung schenken können. Bratt errötete vor Freude über ihr Angebot. Ester war selbst erstaunt darüber, aber das war jetzt ihr neues Leben.

Zwei Tage nach der Konfrontation mit Lola verließ sie den Kibbuz sang- und klanglos und ohne sich von Arik zu verabschieden.

Mit Bratt schaute sie sich Masada, das Tiberische Meer, Haifa, Jerusalem, das Tote Meer an. Sie übernachteten in Kibbuzim. Nachdem sie sich in der ersten Nacht noch einige Stunden schwitzend in getrennten Betten gewälzt hatten, war Bratt zu ihr geschlüpft. Zu seiner Verblüffung hatte sie ihm ein Kondom hingehalten und alles andere als Sittsamkeit und Zurückhaltung an den Tag gelegt.

Zwischen ihnen entwickelte sich eine seltsame, irgendwie unschuldige Beziehung, der es an wirklicher Verliebtheit mangelte, die aber alles, was sie in diesen Tagen sahen und machten, mit einem Hauch der Vollkommenheit umgab, so daß das Ganze doch sehr nach Verliebtheit *aussah*. Was sie machten und sagten, war ein Spiel, eine perfekte Inszenierung verliebten Verhaltens, frei von dem tödlichen Ernst, der Widerspenstigkeit und den Ängsten, die Ester in ihren unglücklichen kindlichen Freundschaften gekannt hatte.

Der tropische Sex war es, wie Ester ihn in ihrem Tagebuch nannte, Sex, der fast nicht zählte und praktisch unwissentlich und ungesehen stattfand, so wie schlafen und essen. Hier wurde die Erfahrung mit Arik, die schon im Kibbuz zu einer Geschichte geworden war, von der letzten Schmutzschicht aus Kummer und Wut befreit und saubergeschrubbt.

Nach zwei Wochen gingen Bratt und sie auseinander. Ein paar Tränchen wurden vergossen. Dann saß Ester im Flugzeug nach Hause und fühlte sich jünger denn je.

Jetzt würde das Leben richtig losgehen.

So schien es zumindest.

11

Amsterdam, Anfang August 1983

In der ersten Woche zu Hause fiel die Eingewöhnung schwer. Ihr Zimmer in Amsterdam war noch untervermietet, und nach fast zwei Monaten vollkommener Unabhängigkeit, schmuddligen Klamotten, immer nur schönem Wetter,

Sex und jeder Menge Platz um sich herum war es schrecklich für Ester, sich von ihrem Vater sagen lassen zu müssen, daß sie zeitiger nach Hause zu kommen habe und ruhig auch mal nein sagen könne, wenn irgendwer sie anrufe – er wolle seine Ruhe.

Aber das dauerte zum Glück nicht lange.

In Amsterdam war alles unverändert behelfsmäßig. Es deprimierte sie nicht. Sie schaffte Ordnung, kaufte ein, nahm ihr Studium wieder auf. Dann und wann dachte sie an Lola, die noch im Kibbuz war. Das hatte jetzt, aus ihrer Amsterdamer Perspektive, irgendwie etwas Jämmerliches, Überholtes, als hätte Lola den Anschluß verpaßt, als fehlte ihr die Kraft für etwas Neues. Sie ließen beide nichts von sich hören.

Sie dachte kühl über Lola, kühl und herzlos. Der Abstand und die Funkstille taten ihr gut. Es war eine Erleichterung, Lola von nun an ganz bewußt nicht mehr mögen zu müssen.

Nach drei Wochen bemerkte Ester eine Art schmerzhaften Druck in den Eingeweiden. Wie alle hatte sie in Israel oft Durchfall gehabt und führte es darauf zurück, doch als die Mißempfindung anhielt, beschloß sie, zum Studentenarzt zu gehen.

Der Arzt tastete ihren Bauch ab und untersuchte sie eingehend. Ohne auch nur einmal mit der Wimper zu zucken, stellte er die Diagnose. Sie war schwanger.

Mit Bratt hatte sie jede Nacht geflissentlich ein Kondom benutzt.

Es hatte nur ein einziges Mal ohne gegeben.

Das Mal mit Arik.

12

Natürlich ließ sie es wegmachen. Darüber brauchte sie nicht lange nachzudenken. Es mußte weg. Was sollte sie mit einem Kind, zumal sie allein war?

Sie brachte es ganz allein hinter sich. Es war unwirklich. Der Behandlungsraum glich dem Badezimmer im Haus ihres Vaters, weiß und streng, Stahl entlang den Wänden.

Alles war falsch: die dünnen metallischen Gegenstände, die der Arzt in sie einführte, und die Geräusche, die sie machten, ein leises Schaben, von dem ihr schwindlig und übel wurde, so übel, daß sie sich übergeben mußte.

Es dauerte viel länger, als sie gedacht hatte, das Schaben und Tasten in der betäubten Höhlung, die ihr Bauch war. Als sie den Arzt mit einer nierenförmigen Metallschale weggehen sah, setzte für einen Moment ihr Herz aus, und sie mußte nach Luft schnappen.

Der Schmerz würde in dumpfen Krämpfen bestehen, hatte sie gehört, doch sie spürte ihn eher so, als wäre ein dünnes, scharfes Messerchen in ihrem Unterleib steckengeblieben. Sie durfte liegenbleiben, bis es ihr besserging, eine Stunde, in der sie die Verzweiflung ansteigen fühlte wie einen viel zu hohen Pfeifton in ihrem Kopf.

Sie stand auf, zog sich an und meldete sich ab.

»Zwei Stunden liegen wäre besser«, sagte die Schwester, die sie ein bißchen besorgt ansah.

»Nein, ich muß gehen«, sagte Ester. Wenn sie noch eine Sekunde länger bliebe, würde sie schreien.

Abends hatte sie sich mit einer Freundin verabredet. Sie gingen aus und tranken viel zuviel – im Sitzen, denn stehen konnte Ester nicht. Das war das einzige Zugeständnis, ansonsten weigerte sie sich, auf ihren Körper zu hören.

An diesem Abend sah sie Philip zum erstenmal. Er studierte, wie sich herausstellte, dasselbe wie sie, und er brachte sie zum Lachen. Sein Humor erinnerte sie an den ihres Vaters, und sie konnte gar nicht verstehen, wieso Philip ihr nicht schon längst aufgefallen war.

Gegen alle Vorsätze erzählte sie ihm von ihrer Abtreibung. Er war überraschend fürsorglich. Nach allem, was sie mitgemacht hatte, war es eine Erleichterung, ihn kennenzulernen. Es paßte haargenau in ihr Leben. Er brachte sie nach Hause, und sie küßten sich vor der Tür wie halbwüchsige Schüler. Danach war sie allein die Treppe hinaufgetaumelt und ins Bett gefallen.

Was geschieht denn da alles? hatte sie gedacht. Wo bin ich geblieben?

13

Ende November tauchte Lola wieder auf. Obwohl sie einander in den Monaten zuvor kein einziges Mal geschrieben hatten, rief sie gleich nach ihrer Ankunft an.

»Ester! Ich bin wieder zu Hause! Ich hab dich so vermißt! Soll ich vorbeikommen?«

Ester reagierte so kühl und distanziert sie konnte. »Wie geht es dir? Nein, ich kann nicht, hab eine Prüfung, sorry.«

Aber schließlich verabredeten sie sich doch, wenn auch nur, weil Ester aufging, wie einsam Lola sein mußte, wenn sie sie gleich anrief.

Als sie Lola die Treppe heraufkommen hörte, holte sie tief Luft.

Lola war braun, aber ansonsten kaum verändert, vielleicht etwas runder, und irgendwie hatte sie etwas Verlegenes an sich, das früher nicht dagewesen war. Das brach das Eis bei Ester, obwohl sie auf der Hut blieb.

Lola stürmte auf Ester zu, fiel ihr um den Hals und drückte sie fest an sich. »Ich habe dich vermißt! Weißt du das? Ich bin so froh, daß ich wieder hier bin.«

»Aber warum bist du dann so lange geblieben?« fragte Ester.

Sie sei gar nicht so lange geblieben, behauptete Lola, sie sei viel kürzer geblieben als beabsichtigt. »Du weißt, wie schnell dort die Zeit vergeht.«

Mit Baruch sei es schließlich aus gewesen.

»Mein Gott, das war der reinste Scherbenhaufen, die letzten Wochen, und so emotional.«

Ester konnte es doch nicht lassen. »Wieso?«

Es ärgerte sie, daß sie neugierig war. Zwischen ihr und Lola stand für immer etwas Gewaltiges, das spürte sie noch täglich in ihrem Bauch. Würden sie jemals wieder aufrichtig miteinander reden können? Sie faßte einen Beschluß. Das Gewaltige zwischen ihnen war nur aufrechtzuerhalten, wenn sie über alles Wichtige schwieg. Wie sie das anstellen wollte, wußte sie noch nicht.

Lola redete und redete. Sie erzählte eine lange, ausführliche, verwickelte Geschichte über die Streitigkeiten mit Baruch und die Gespräche, die sie noch geführt hatten. Sie erzählte unzählige Anekdoten über gemeinsame Bekannte aus dem Kibbuz.

Und Ester hörte zu. Sie wußte, hörte und spürte, daß Entscheidendes ausgelassen wurde, aber sie fragte nicht nach. Es war vorbei, und es war nicht mehr schlimm. Sie konstatierte das ohne Bedauern, kühl, zufrieden, beinahe wissenschaftlich. Sie hatte Lola definitiv zu jemandem von anderer Machart abgestempelt, so wie am Anfang würde es nie mehr werden.

Lola tat so, als merke sie nicht, wie distanziert Ester war, ja es hatte sogar den Anschein, als sei sie deswegen noch netter.

14

Ein, zwei Wochen später rief Lola frühmorgens an.

»Ich muß dir was erzählen.«

Ihre Stimme klang so eigenartig, daß es Ester auffiel.

»Darf ich zu dir kommen?«

Ester unterdrückte ihre Verärgerung: »In Ordnung. Aber ich muß arbeiten, ja.«

Keine fünf Minuten später war Lola bei ihr oben. Die Hand noch hinter sich an der Türklinke, flüsterte sie Ester die Botschaft ins Gesicht.

»Ich bin schwanger!« Sie weinte lautlos.

»Wirklich?« fragte Ester. Sie wußte nicht, wo sie hinsehen sollte. Wenn andere weinten, kamen ihr auch gleich die Tränen, und das wollte sie nicht.

»Im fünften Monat!«

Ester schwieg und rechnete – Lola war ungefähr so weit, wie sie es gewesen wäre. Wenn sie nicht...

»Nie, nie, nie wird der Arsch etwas davon erfahren!«

»Mein Gott, warum hast du nicht früher…«

»Weil ich einfach weiter meine Tage bekommen habe, jeden Monat!« schluchzte Lola. »Nur sehr kurz, das war ein bißchen komisch, aber doch.«

Erst jetzt fiel Ester auf, daß Lolas Augen tiefer in den Höhlen lagen als früher. Es verlieh ihr eine merkwürdig abstoßend wirkende Verletzlichkeit. Schwanger, ja natürlich.

»Und ich habe nichts gemerkt«, heulte Lola. »Ich fand nur, daß ich dicker wurde, ohne daß ich mehr gegessen hätte. Zum Arzt bin ich schließlich wegen dieser komischen Monatsblutungen gegangen, die immer nur so kurz anhielten! Ich dachte, daß irgendwas nicht in Ordnung wäre! Ich hab's dir nie erzählt, aber meine Mutter ist mit fünfundzwanzig an der Gebärmutter operiert worden. Daß es mich gibt, ist eine Art medizinisches Wunder.«

»Es ist wohl auch ein medizinisches Wunder, wenn man nicht merkt, daß man schwanger ist!«

Lola hörte nicht zu.»Ich will kein Kind!« schrie sie. »Ich bin doch erst zwanzig! Ich hab nicht mal einen Freund! Was soll denn jetzt bloß werden? Es, was soll bloß werden?«

»Fünfter Monat«, sagte Ester, »da machen sie, glaube ich, nur in England noch einen Schwangerschaftsabbruch.«

»Weiß ich! Aber es geht nicht! Der Arzt hat mir davon abgeraten. Bei der medizinischen Vorgeschichte meiner Mutter könnte ich danach womöglich nie mehr Kinder bekommen. Außerdem – es *ist* schon jemand, mit viereinhalb Monaten! Und ich will doch weiterstudieren!«

»Ja«, murmelte Ester, »viereinhalb Monate, da ist es schon jemand.«

Sie schämte sich für ihre scheußlichen Gedanken. »Und von wem ist es?«

Lola schrak auf. »Was meinst du wohl, von wem? Von dem Arsch natürlich, dem Scheißkerl Baruch. Und ich denk nicht dran, es ihm zu sagen! Er darf es nie erfahren, niemals!«

»Spinn doch nicht rum.«

»Niemals!«

Ester beschloß, nicht weiter darauf einzugehen. Es gab jetzt Wichtigeres.

Es war unvorstellbar. Daß ausgerechnet Lola ein Kind bekommen würde! Und sie wußte sofort, daß sie sich diese Gelegenheit nicht entgehen lassen würde. Sie würde Lola helfen. Lola brauchte sie.

Sie ließ alle Vorsätze fallen und erzählte Lola von ihrer eigenen Abtreibung. Wie schrecklich das gewesen war.

Dann hatten sie sich umarmt. Das Gewaltige zwischen ihnen war weg. Ein Baby würde an seine Stelle treten.

15

Daniel wurde Ende April geboren, und Ester war dabei. Lola hatte sie darum gebeten. Als Ester das Kind sah, gerade aus Lolas Bauch gekommen, dunkelrot und voller weißer Schmiere, mit einem männlichen, bösen Brüllen schreiend, war sie sofort verliebt.

Die Hebamme reichte ihr Daniel, und sie brachte ihn Lola, ganz langsam, um sich nicht gleich wieder von ihm trennen zu müssen, so wunderbar fand sie ihn. Ein Schatz, im wahrsten Sinne des Wortes, dieses zappelnde, fast explosive kleine Wesen, in dem alles steckte, was ein Mensch brauchte – ein Geschenk.

»Gib ihn ruhig, Es, ich kann ihn schon halten«, sagte Lola, das von den Anstrengungen noch gerötete und feucht glänzende Gesicht mit flehentlichem und zugleich zärtlichem Ausdruck zu ihr erhoben.

Ester überwand ihr Widerstreben und legte Daniel vorsichtig in Lolas Arme, gerade so, als borge sie ihn ihr nur für einen kurzen Moment.

Sie schämte sich für ihre Besitzgier.

»Tag, mein Kleiner«, sagte Lola zu ihrem Kind und war anscheinend überhaupt nicht erstaunt oder überrascht.

»Herzlichen Glückwunsch, Lo, das hast du gut gemacht«, brachte Ester mit rauher Stimme hervor und küßte Lola auf die Wange. Lola roch süß – oder war es das Baby, das sie roch?

Verblüfft registrierte sie danach Lolas Verwandlung. Hatte Lola gerade eben noch ausschließlich den Geboten ihres Körpers gehorcht, hatte sie gepreßt, geblutet und sich von Fremden befühlen lassen, war sie nun plötzlich eine Madonna mit Kind, glatt, kompakt und prachtvoll. In ihrem fließenden hellgrünen Pyjama, das Baby in den Armen, sah sie aus wie eine Ikone, mit einem Gesichtsausdruck, als bitte sie um Vergebung für ihre Rührung.

Das war Lola, das war Lola jetzt.

Ester ergriff ihre Hand, und sie wußten beide nicht, was sie sagen sollten. Ester spürte den Unterschied, schmerzlich und grausam, und dann gab es auch schon kein Halten mehr. Sie wollte das nicht, das durfte nicht sein. Keine Tränen.

Aber sie konnte nichts dagegen machen.

16

American Colony Hotel, 18. Mai

Ester trank einen kräftigen Schluck von dem Weißwein, der endlich gebracht worden war. »Männer kommen immer zu spät«, sagte sie zu der jungen Frau am Nebentisch.

Erstaunt drehte die den Kopf halb zu ihr herum. Ein laues Lächeln zeigte sich auf ihrem Gesicht. Ein Gesicht, das nicht daran gewöhnt ist zu lächeln, dachte Ester. Fünfundzwanzig, sechsundzwanzig?

»Warten Sie auch auf einen Mann?«

»Ja. Einen Politiker. Ich kenne ihn nicht«, sagte die Frau.

Sie hatte einen arabischen Akzent, aber ihr Englisch war gut.

»Ein Interview?«

»Ja. Ich bin Journalistin.«

Der Ernst, mit dem sie das sagte, verriet, daß sie sich selbst noch daran gewöhnen mußte.

»Bei einer Zeitung?« fragte Ester.

»Einer palästinensischen Zeitung – aber wir versuchen sie auch in Israel zu verkaufen.«

»Und was schreiben Sie so?«

»Was bei uns nicht gut ist. Alles!«

»Schwierig?«

»Nein. Leicht. Nichts ist gut, also. Und Sie?«

»Ich schreibe auch. Ich warte auf jemanden, den ich hier kennengelernt habe.«

Die junge Frau nickte sofort, als verstehe sie nur zu gut.

Ester kam eine Idee: »Wo wohnen Sie?«

»In der Nähe von Ramallah.«

»Ich schreibe einen Artikel über... vielleicht finden Sie das ja idiotisch.«

Die junge Frau musterte sie erstaunt. Die Neugierde ließ ihr Gesicht freundlicher aussehen. »Was?« fragte sie.

»Darf ich?« Ester machte Anstalten, sich zu ihr zu setzen. Das Selbstvertrauen der jungen Frau faszinierte sie.

»Ja, natürlich.«

»Ich möchte über Liebesgeschichten zwischen jungen Palästinensern und jungen Israelinnen schreiben oder umgekehrt. Vielleicht kennen Sie Beispiele?« Behutsam legte Ester ihre Tasche auf den Stuhl neben sich.

»Ha!« Die junge Frau lachte laut auf: »Nein, die kenne ich nicht.«

»Es gibt Filme darüber.«

»Ja, Filme! Früher ging das vielleicht noch – aber heute? Schön, mit der abendlichen Sperrstunde überall! Ich kenne keinen einzigen Juden. Die sind alle beim Militär. Ich hasse die israelische Armee.«

»Ja...«

»Juden haben keine Ahnung, wie es bei uns zugeht – es sei denn, sie sind Soldat. Wir haben ja alle so viel Spaß an den Checkpoints, es ist ja so nett, stundenlang Schlange zu stehen. Bagger, die unsere Häuser aufschaufeln, die Toten und Verletzten, die Ausgangssperre.«

»Kommen Sie oft mit Israelis in Berührung?«

»Nein, jetzt nicht mehr.«

Mit ihr müßte sich Daniel mal unterhalten, dachte Ester. Mit so einer toughen jungen Frau, die das Ganze komplett von der anderen Seite her sah. Lola würde sich wundern, wenn Daniel plötzlich mit völlig neuen Ideen nach Hause käme! Lola … der Gedanke an die Entdeckung vom gestrigen Abend ließ sie wieder frösteln.

Die junge Palästinenserin fragte: »Sind Sie wegen dem Mann hier in Israel, der jetzt zu spät kommt?«

Ester lachte. »Ja«, sagte sie, »ein bißchen. Aber auch wegen dem Sohn meiner Freundin. Er möchte hier als Freiwilliger arbeiten. Ich passe ein wenig auf ihn auf.«

»Und was will er da machen?«

»Das Übliche, alten Leuten helfen, Krankenhausflure aufwischen«, sagte Ester ausweichend.

»Für Israel«, konstatierte die junge Frau mit flacher Stimme. »Bestimmt für die Armee, nicht?«

»Nein. Doch. Eine Art Sozialarbeit. Er ist halber Israeli. Sein Vater ist Israeli.«

Es blieb einen Moment still.

»Er möchte gern etwas Gutes tun. Er ist jung«, sagte Ester beinahe begütigend.

»Was sagt denn seine Mutter dazu? Freut es seine Mutter auch, daß er für die israelische Armee arbeitet?« fragte die junge Frau. Ihre Stimme klang neutral, keineswegs beschuldigend.

Seine Mutter, dachte Ester, da haben wir es wieder. »Seine Mutter ist … ja, das dürfte sie wohl«, sagte sie. »Aber es ist nicht wirklich für die Armee.«

Sie sah Lola auf ihren hohen Absätzen in ihrer Küche herumwirbeln, den Kopf halb ihr zugewandt, lebhaft redend: »Ich kann Dani schwerlich zwingen, immer nur zu Hause zu hocken. Ist doch prima, daß er sich für was Größeres einsetzt als die unreifen Bubis in seiner Klasse…«

Daß er seinen Vater finden will, meinte Lola sicher, den sie schon so lange totzuschweigen versuchte. Ob sie sich wirklich nicht darüber im klaren war? Warum sagte Lola, was sie sagte? Was wollte Lola?

Esters Gedanken kreisten einen Moment kühl über dieser Frage – wie ein Greifvogel über einem Beutetier.

Verwirrt blickte sie die junge Palästinenserin an, bevor sie beinahe entschuldigend fortfuhr: »Seine Mutter und ich sind befreundet, aber über Israel denkt sie anders als ich. Zum Glück konnte Daniel nicht zum Militär. Er ist noch etwas zu jung und eben nur zur Hälfte Israeli.«

»Und was ist die andere Hälfte?« fragte die junge Frau.

»Niederländisch.«

»Kommen Sie auch von dort?«

»Ja.«

»Die Niederlande!« sagte die junge Frau. »Wie denkt man denn dort über uns? Die Niederländer unterstützen doch die Zionisten, nicht?«

»Manche«, sagte Ester.

Wieder kam ihr Lolas Stimme ins Ohr, vor langer Zeit: »Diese Scheißaraber, das sind doch keine Menschen!«

Und sie fuhr fort: »Meine Freundin zum Beispiel. Mit Geld und so. Deshalb läßt sie auch ihren Sohn gehen, denke ich.«

Warum sie das sagte, zu einer Wildfremden? Es linderte die Verkrampftheit ihres Körpers und befreite ihre Kehle.

»Aber gegenwärtig gibt es bei uns viel Unterstützung für die Palästinenser«, sagte sie dann, wie zur Beruhigung. »Auch in den Medien. Alle finden, daß der Krieg aufhören muß.«

»Wenn es nur ein Krieg wäre! Das hier hört nie auf«, sagte die junge Frau.

Es blieb wieder einen Moment still.

»Ich korrespondiere mit Leuten. Weltweit. In Japan. In Amerika. Aber nicht in den Niederlanden«, erzählte die Palästinenserin dann, plötzlich lebhaft.

Sie war eigentlich ganz hübsch, wenn sie so redete.

»Brieflich?« fragte Ester.

»Nein, übers Internet. Chatten. Mailen. Alle tun das.«

»Hat denn bei Ihnen jeder einen Computer?«

»Ach wo! Wo denken Sie hin. Wir gehen natürlich in Internetcafés. Gibt es die bei Ihnen nicht?«

»Doch. Aber bei uns haben viele einen eigenen Computer zu Hause.«

»Genau wie in Amerika. In Amerika hat jeder einen. Und ein Auto oder auch zwei. Und ein großes Haus. Mein Chefredakteur hat dort gelebt. Sobald ich von hier wegkann, gehe ich nach Amerika oder nach Japan. Tokio!«

Ester lachte kurz und schaute auf ihre Armbanduhr. Raf war jetzt zwanzig Minuten überfällig. Noch zehn Minuten, und sie ging. »Kommt der, mit dem Sie verabredet sind, auch zu spät?« fragte sie.

»Ja. Aber daran bin ich gewöhnt. Manche kommen zwei Stunden zu spät.«

»Sie bleiben dabei ja ziemlich ruhig. Wenn ich mich jetzt nicht mit Ihnen unterhalten würde, wäre ich schon gegangen.«

Sie lachten.

»Männer, die zu spät kommen, müssen bestraft werden«, sagte die junge Frau.

»Genau. Lassen Sie uns was bestellen«, sagte Ester.

»Nicht für mich. Hier ist es zu teuer!« Die Miene der Palästinenserin verdüsterte sich kurz.

»Ich lade Sie ein«, sagte Ester.

Sie winkte dem Ober. Die Palästinenserin bestellte Wasser, Ester nahm noch ein Glas Wein. Sie sah, wie die junge Frau auf ihr Glas schaute.

»Haben Sie schon viele Informationen gesammelt – über die Liebe zwischen Israelis und Palästinensern?« fragte sie.

»Nein, ich habe gerade erst angefangen.«

»Sie müssen mal in ein Internetcafé reinschauen. Da läuft eine Menge ab zwischen jungen Leuten – *online*. Ich weiß auch nicht alles.«

»Wo?«

»In Ramallah. Dort gibt es eine ganze Reihe. Ich gehe auch immer hin, jeden Samstag.«

»Gute Idee«, sagte Ester langsam.

Die junge Frau nickte. Dann fragte sie nach Daniels E-Mail-Adresse.

»Ich kann ihm ja mal 'ne Mail schicken«, sagte sie. »Mein erster niederländisch-israelischer Adressat. Ich kann ihm schon das eine und andere über die Palästinenser erzählen.«

Ester dachte an Lola und ihre bornierte Unwissenheit. An Lola, die ihr aus falsch verstandener Rücksicht die Wahrheit hatte vorenthalten wollen. Welche Verachtung daraus sprach, für sie. Sie sagte: »Ich weiß, daß er eine Website hat – Daniel Klein heißt er. Seine Mail-Adresse habe ich nicht bei mir, aber über seine Website können Sie ihn auch erreichen: www.danielklein.nl. Soll ich es Ihnen aufschreiben?«

»Daniel Klein«, wiederholte die Palästinenserin. Aus ihrem Mund hörte sich sein Name seltsam an.

»Wie heißt die Zeitung, für die Sie schreiben?« fragte Ester.

Die junge Frau nannte einen Namen, den Ester nicht verstand.

»Und wie heißen Sie?«

Aber die junge Frau schaute gerade zu jemandem auf, der neben Ester getreten war, und antwortete nicht. Sie schlug die Augen nieder.

Erst jetzt hörte Ester das Keuchen eines anderen, eines Mannes. Da stand Raf. Er war offenbar schnell gelaufen und lächelte Entschuldigungen. Ein Schweißtropfen fiel auf das Blatt Papier, auf das sie gerade geschrieben hatte.

Ihre Hand, in der sie noch den Stift hielt, wurde zu einem lahmen Flügel.

17

Aischa mochte zwar daran gewöhnt sein, daß sie lange auf ihre Interviewpartner warten mußte, aber das jetzt überspannte den Bogen denn doch. Sie hatte nicht einmal eine Telefonnummer, um sich erkundigen zu können, ob er überhaupt kam. Ihre Aggression wuchs. Wut war nicht schlimm, aber das hier war schiere Frustration, und die brachte nichts. Frustration lähmte, so wie wenn sie an Raschid dachte, der in der letzten Woche kaum noch in der Redaktion anzutreffen gewesen war, weil er angeblich zu viel um die Ohren hatte.

Aischa wußte es besser. Er widmete seine gesamte Zeit Janey. Und das hatte nichts mehr mit der Zeitung zu tun. Aischa haßte ihn jetzt ganz unverhohlen, aber er schien es nicht einmal zu bemerken.

Tarik war immer noch im Gefängnis, und sie genoß die Freiheit, die ihr das verschaffte, doch irgendwie irritierte und störte es sie auch. Was hatte er eigentlich getan, daß sie ihn so lange einsperrten?

Nach einem Treffen, zu dem sie mit Hadi gegangen war, hatte sie herauszubekommen versucht, was die anderen darüber wußten. Aber entweder wußte keiner was, oder keiner wollte mit der Sprache herausrücken. Das machte Aischa fuchsteufelswild. Sie war sogar kurz versucht gewesen, mit Raschid darüber zu reden – und sei es nur, um ihn wieder aufs richtige Gleis zurückzubringen. *Ihr* Gleis. Aber das ging mal wieder nicht, denn Hadi, der ebenfalls vorgab, nichts zu wissen, hatte sie als Mitglied ihres Familienclans beschworen, den Mund über Tariks Situation zu halten, und ihr die schrecklichsten Strafen in Aussicht gestellt, falls nicht. Und im übrigen: Raschid hörte ohnehin kaum noch zu, wenn sie etwas vorbrachte.

Frustrierend war auch, daß Raschid ihr den Auftrag erteilt hatte, mit einem PA-Mitglied zu sprechen, zumal einem untergeordneten, und das in diesem vornehmen Hotel in Ostjerusalem. Es war einigermaßen ungewöhnlich, daß sich der Mann hier mit ihr verabredet hatte, denn meistens ließen die Kerle einen in ihr Büro kommen. Aber egal wie, er hätte längst hier sein müssen. Da hockte sie nun. Wartete darauf, daß sie seine politisch korrekten Phrasen notieren durfte – als wüßte sie von nichts. Schwachsinn!

»Die PA ist unsere einzige Hoffnung, Aischa, auch wenn korrupte Leute darunter sind«, hatte Raschid bei einer seiner letzten Stippvisiten in der Redaktion gesagt. »Sie müssen sich mächtig ins Zeug legen, um zu einem gesunden Verein zu werden und eine Alternative zu dem darstellen zu können, was die Hamas für die Leute hier tut. Wir müssen ihnen eine Chance geben, ihre Pläne zu erläutern, sich auszusprechen, auch jetzt, da die Beziehungen so schlecht sind.«

Janey hatte draußen auf der Straße gewartet, während Raschid Aischa hastig erzählt hatte, was für einen Beitrag er von ihr erwartete. Vielleicht traute sie sich nicht herein, wenn Aischa da war. Sie trug eine Tasche über der Schulter, aus der ein großer Notizblock ragte, hatte Aischa durchs Fenster gesehen. Wie süß: Sie waren offenbar wieder mal zu zweit auf Reportage. Es stand inzwischen fest, daß Janey einige Monate länger bleiben würde.

Immer öfter sprach Aischa in letzter Zeit mit Hadi über die Pläne, die sie hatte. Sie wollte mehr über die Verbrechen der Juden schreiben, vielleicht sogar das eine oder andere provozieren, hatte sie ihm gesagt. »Das einzige, was wir haben, ist die öffentliche Meinung – die Welt. Die Welt ist zu still«, fand sie. »Ich will, daß man uns *sieht*!« Hadi gab ihr recht. Er teilte ihre Unruhe und ihre Ungeduld. Auch er hatte Pläne. Es war so viel mehr möglich. Raschids Unwissenheit und braver Idealismus machten sie wahnsinnig. Kürzlich hatte er ihr das Buch von Amos Oz nacherzählt!

Es ärgerte sie, daß er ihr keinen Einblick geben wollte, in welcher Auflage ihr Blatt erschien und an wen es eigentlich verkauft wurde. Es gab viel zu wenige, von denen sie hörte, daß sie es lasen. Raschids Methoden waren zu langsam!

Der Haken war, daß sie Geld verdienen wollte – und ihrer Mutter gern eine Freude machte. Aber allein dafür war sie nun auch wieder nicht auf der Welt.

Die Niederländerin von vorhin – dieses enge Hemdchen und die dünne Hose. Diese teure Handtasche und der Wein, den sie trank. Wie kamen diese Leute zu so viel Geld, und was berechtigte sie zu der Annahme, daß man so und nicht anders auszusehen hatte? Wie kamen diese Leute dazu zu denken, es sei ganz normal, sich in seinen teuren Klamotten in ein teures Hotel zu setzen und Wein zu trinken, bevor man sich dort zu einer Verabredung traf, mit einem Juden natürlich, so wie die Frau selbst auch Jüdin war, mit ihrem Davidstern um den Hals. Wohin mochten sie jetzt wohl gegangen sein? Kannten sie sich schon lange?

Unfaßbar war das, und widerlich.

Alles, was ihr so durch den Kopf ging, erschien ihr ungerecht, insbesondere der Umstand, daß sich ihr Gesprächspartner an diesem Nachmittag überhaupt nicht mehr blikken ließ.

Wie eine kleine Genugtuung wirkte da der Name eines zionistischen Jungen in ihrer Hosentasche: *www.danielklein.nl.*

18

Irgendwie hatte Ester sich vorgestellt, bei Raphael mit der herablassenden Haltung der Angebeteten durchzukommen. Schließlich hatte *er* die Karte geschrieben und *sie* gebeten zu kommen.

Doch Raphael kam nicht wirklich allein: Alle naselang stimmte sein Handy *When the saints come marching in* an (daß er den Klingelton nicht geändert hatte, berührte sie äußerst unangenehm, mochte sie es sich auch nicht anmerken lassen), und er warf, auch wenn er es meistens klingeln ließ, zumindest einen Blick aufs Display. Und immer wieder schaute er sich nervös um (die junge Palästinenserin war ihm nicht entgangen), nachdem er Ester zwar eindringlich, aber vorerst noch nicht sonderlich vielsagend angesehen hatte. Man hätte es sogar scheu nennen können, wenn man es nicht besser wüßte.

Daß er jetzt schon Mühe hatte, mit dem Kopf dabeizubleiben, war das letzte, was Ester erwartet hätte. Natürlich ließ sie sich ihre Gereiztheit nicht anmerken und tat, als entginge ihr das alles, aber innerlich nahm sie schon gleich Abstand von einer Erwartung, die sich vielleicht ohnehin nur aus Klischees zusammensetzte.

»Was meinst du, bleiben wir hier, oder gehen wir anderswohin?« fragte er munter. »Ich habe hier im Hotel gerade ein Interview gemacht und könnte ein bißchen Tapetenwechsel gebrauchen.« Scheu? O nein, eher geschäftsmäßig.

»Ist mir gleich.«

Kaum war es ausgesprochen, hatte er sich schon erhoben, und sie machte sich bewußt, daß auch er auf der Hut sein könnte oder zumindest nervös.

Sie winkte der jungen Palästinenserin noch kurz zu.

»Entschuldige, ich bin ein bißchen hektisch«, sagte er, während sie zu seinem Wagen liefen. »Gestern die ganze Nacht durchgemacht, um eine Reportage ins Fernsehen zu bringen, jetzt gerade das Interview, ich muß eben ...«

»Wir können uns doch auch ein andermal treffen, wenn du weniger erschöpft bist«, sagte Ester.

»Kommt gar nicht in Frage. Ich freue mich viel zu sehr, daß du endlich da bist, ich habe mich so danach gesehnt! Ester!«

Selbst das klang gespielt und fast beiläufig, obwohl Ester merkte, wie gut es ihr tat, daß er ihr das so direkt sagte.

»Was du mit mir unternimmst«, sagte er, »unternimmst du mit der gesamten BBC, fürchte ich. In diesem verdammten Land ist nun mal dauernd was los.«

»Okay«, sagte Ester langsam. Die Wärme, die in einem kleinen Rinnsal in ihr Herz zurückgeströmt war, begann schon wieder abzukühlen. Etwas unternehmen, war sie deswegen hier? Ein Anflug von Mutlosigkeit überkam sie.

»Ich war ja schon erstaunt, als du angerufen hast«, sagte Raphael. »Hatte gar nicht mehr damit gerechnet. Wie lange bist du schon hier?«

»Oh, noch nicht lange«, sagte sie vage.

Sein Handy klingelte wieder, und nachdem er das Gespräch auf englisch entgegengenommen hatte, ging er ins Hebräische über. Alles, was sie davon mitbekam, war das Wort *laila*. Das hieß Abend. Traf er für heute abend schon eine andere Verabredung?

Daß sie nach allen Zweifeln und allem Für und Wider nun womöglich doch umsonst gekommen war, erschien ihr aberwitzig. Sie, die Meisterin der Selbstkenntnis, hatte nur ihre eigene Unberechenbarkeit einkalkuliert – welche Ironie!

»Entschuldige«, sagte Raphael, »das war jemand, dem ich heute abend kurz sein Geld bringen muß.«

Er erzählte von der Reportage, die er momentan machte. Als wäre sie eine alte Kollegin, die er gerade wiedergetroffen hatte, so redete er mit ihr, unentwegt, als müsse er einen chronologischen Überblick über die einzelnen Stunden seines Lebens geben.

Wahrscheinlicher war freilich, daß er hinter all diesen Worten etwas verschwieg, etwas, was er nicht sagen konnte. Sie sah, daß er nervös war. Und daß er sich auf dem ganzen langen Weg zu dem »unheimlich netten Café in der Stadt« nicht ein einziges Mal nach ihr oder dem, was sie gerade machte, erkundigte, bestätigte sie in ihren pessimistischsten Gedanken.

Er stellte den Wagen ab. Endlich trat die Stille ein, nach der sie ein solches Bedürfnis hatte. Sie dachte an die Vorzeichen, die Symptome der schicksalhaften Fügung, an die sie hatte glauben wollen. Nichts schien davon übrig zu sein.

Scharf und deutlich spürte sie: Etwas war vorbei, zu spät, hatte seinen Höhepunkt überschritten. Und von nun an konnte sie an nichts anderes mehr denken, mochte ihr Kopf auch noch die Stellung der Zuhörenden beibehalten.

Raphael warf ihr einen Seitenblick zu. »Ich rede schrecklich viel, nicht? Ich glaub, ich hab ein bißchen Angst. Findest du das komisch?« sagte er.

Das rührte sie nun wieder.

Sie antwortete: »Nein, überhaupt nicht. Ich hatte auch Angst. Aber jetzt, wollen wir jetzt einfach was zusammen trinken, und dann gehst du schlafen? Ich glaube nicht, daß ich ...«

Blitzschnell faßte er sie mit beiden Händen bei den Schultern und versuchte, sie zu küssen.

Sie drehte rasch den Kopf weg. »Warte«, sagte sie, »das geht mir viel zu schnell.«

Er blieb für den Bruchteil einer Sekunde still sitzen, die Andeutung eines Lächelns auf dem Gesicht, und wandte sich dann ab, um seine Wagentür zu öffnen. Sie öffnete die Tür auf ihrer Seite, mit vor Reue pochendem Herzen.

»Vielleicht sollten wir es lieber ein andermal aufs neue versuchen. Morgen oder so«, sagte sie, während sie fast widerstrebend auf das Café zuliefen.

Komische Bemerkung, wurde ihr bewußt. Konnte man so etwas überhaupt aufs neue versuchen? Wie wenig doch zwischen zwei Menschen blieb, wenn man die Spannung herausnahm.

Sie hätte immer noch ganz genau sagen können, worin seine Anziehungskraft für sie bestanden hatte und wie sehr er sie beim letztenmal mit seiner Schlagfertigkeit überrumpelt hatte, doch nun schien mit jedem Schritt ein wenig von der Verzauberung zu schwinden. Ganz von selbst blieb von der Erinnerung an ihre gemeinsame Nacht nur der Schmerz. Was, wenn nicht die tödlichen Ereignisse diese Nacht gestört hätten? fragte sie sich.

Als sie beim Café angelangt waren, sahen sie sich an.

»Ich glaube, daß ich ...«, sagte Ester.

Unbehaglich scharrte er mit den Schuhen im Sand zwischen den Pflastersteinen und blickte darauf hinunter. »Ich habe viel um die Ohren gehabt, Ester.« Wie distanziert es doch klang, wenn man von einem anderen beim Namen genannt wurde. Hinter der Nennung des Namens verbargen sich Entschlüsse, da wappnete sich jemand für etwas.

»Ich weiß nicht«, sagte Ester und lachte ein wenig entschuldigend. Nein, am besten sie formulierte es als Behauptung: »Du bist anders als damals. Als auf deiner Ansichtskarte. Irgend etwas ist passiert.«

»Du auch«, sagte er. »Du bist auch anders. Es ist ...«

Sie unterbrach ihn. »Was sollen wir machen?«

Er blickte kurz auf ihre Brüste, ihre Beine, heimlich fast. »Als ich dir geschrieben habe – ich hoffte wirklich, daß du kommen würdest, ich habe an dich gedacht, aber wir kennen einander natürlich nicht, und ich ...«

»Du kannst es ruhig sagen, wenn du inzwischen eine andere kennengelernt hast. Das kommt vor. Ich habe ja auch nichts von mir hören lassen. Ich habe gewartet. Was weiß ich, worauf.«

»Ich habe niemanden kennengelernt. Nur... sie ist einfach zurückgekommen. Sie war weg, und jetzt ist sie wieder da. Mit meiner Tochter. Unverhofft. Wenn du gleich gekommen wärst ... du hättest doch was von dir hören lassen können! Dann hätte ich ... ich wollte dich gern wiedersehen, aber ...«

»Ich hatte keine Ahnung. Daß du verheiratet bist, meine ich.«

»Es war vorbei.«

»Aber dann ist doch jetzt alles in Ordnung!«

Mir scheint, ich werde beschützt, dachte sie. Irgendwer hat mich beschützt. Ein Segen. Sie fühlte sich plötzlich seltsam leicht, wie ein Blatt, das im Wind segelt, leicht und sanft schaukelnd, friedlich.

»Sie hatte mich verlassen, mit unserem Kind, Maja.«

»Maja ... wie alt ist sie?«

»Drei. Es war unerträglich, daß sie weg war.«

»Wer, deine Frau oder deine Tochter?«

»Meine Tochter natürlich! Meine Frau ist ... ach, das ist alles so schwierig.«

»Ja. Aber was habe ich damit zu tun?« Ihre Stimme schoß theatralischer als beabsichtigt in die Höhe.

»Nicht so viel, vielleicht.«

Seine Arme hingen schlapp zu beiden Seiten seines kräftigen Körpers herab, der anfangs noch so entschlossen gewirkt hatte. Für einen kurzen Moment war es wieder da, verspürte Ester einen Stich des Bedauerns über das, was nicht war und nie sein würde. Aber es war bereits etwas entstanden, das den Anschein von Vergangenheit hatte.

Merkwürdig erleichtert betrat sie mit ihm zusammen das Café.

Hoffentlich werden wir jetzt nicht in die Luft gesprengt, dachte sie.

19

Tel Aviv, 20. Mai

An diesem Morgen setzte Ester Daniel zum erstenmal beim Hauptquartier der Freiwilligen ab, einer alten Villa am Rande Tel Avivs mit gut bewachtem Tor zu einem verfallenen Innenhof. Zwei freundliche Soldaten standen am Eingang, und eine unerschütterlich wirkende junge Frau in armeefarbener Kleidung brachte sie zum Chef.

Max Brenner war ein Exmilitär mit exzentrisch langem Bart und völlig verschlissenem militärischem Outfit. Er sprach einige warme, begeisternde Worte, denen Daniel mit gesenktem Kopf ehrfürchtig lauschte, und dann mußte Ester den Jungen mir nichts, dir nichts zurücklassen, mit seinem Rucksack voller Klamotten und Bücher. Daß sie nicht wissen durfte, wo er stationiert werden würde, hielt Daniel natürlich für außerordentlich bedeutsam.

Mit rauher Kehle verließ Ester das Gebäude ohne ihn, passierte die beiden jungen Militärs mit ihren erwachsenen Waffen, überquerte den ärmlichen Innenhof und trat durch das gesicherte Tor hinaus. Dort wäre sie beinahe in Tränen ausgebrochen.

Sie schrieb anschließend viel in ihr Tagebuch, ging schwimmen und spazieren, verdrängte Gedanken an Lola, rief Lola nicht an, schrieb Lola nicht, rekapitulierte die Begegnung mit Raf bis zum Gehtnichtmehr – und verspürte immer noch eine Art Betäubung und den Drang zu gähnen, wenn sie an Arik dachte.

Am Montag abend rief Daniel sie zum erstenmal an, um zu erzählen, daß es richtig cool sei bei seiner Einheit. Die Arbeit sei nicht so schwer und die Leute, obwohl im Durchschnitt ziemlich alt, alle unheimlich nett. Er hatte bei der Reparatur von Kopfhörern in Helmen, die die Soldaten in Panzern trugen, geholfen, und das hatte ihm das Gefühl vermittelt, etwas für das militärische Vermögen Israels zu tun. Seine Madriga (das sei die Gruppenoberste, die die Leitung über die Freiwilligen hatte, erklärte er) nannte er »scharf«, aber er hatte schon festgestellt, daß sie mit den alten Säcken in ihrer Obhut ihre lieben Probleme hatte. Deshalb müsse sie sich notgedrungen wie eine Altenpflegerin aufführen, sagte er, nur strenger. Über ihn sei sie froh, konstatierte er zufrieden. Er habe ihr geholfen, einen der Älteren, der eine Kolik hatte, auf die Krankenstation zu bringen. In seiner Baracke sei aber auch ein netter Typ, der ungefähr gleichaltrig sei, Aaron.

Trotzdem hörte er sich ein bißchen verloren an, und als er sagte, daß er samstags kommen wolle, um sich auszuruhen, wußte Ester, daß er Heimweh hatte. Das tat ihr insgeheim doch irgendwie gut.

20

Tel Aviv, 26. Mai

Als Ester von ihrem Tagesausflug nach Netanja zurückkam, wirkte das Apartment verlassen auf sie. Sie hatte Bekannte von Dorus besucht, ein herzliches, quirliges Ehepaar mit drei Kindern. Er war Geiger bei den Israelischen Philharmonikern, und sie war Lehrerin. Sie waren ein wenig mit ihr herumgefahren, aber Ester hatte zeitig zu Hause sein wollen, um mit Daniel essen zu können.

Er wußte, daß sie erst gegen Abend wieder zurück sein würde, und hatte das nicht weiter schlimm gefunden. Da könne er ja ihren PC nutzen, hatte er gesagt.

Zu ihrer Erleichterung sah sie in der Tat seine Tasche im Flur stehen.

Sie mochte gar nicht daran denken, daß er irgendwann womöglich auch an seinen freien Tagen in der Kaserne würde bleiben wollen. Wahrscheinlich war er jetzt noch am Strand, wo die hippen, wilden israelischen Jugendlichen so gut wie täglich den Sonnenuntergang auskosteten. Dann wurde Musik gehört, oft gab es Gratiskonzerte, und in aller Seelenruhe gehascht – laß das bloß Lola nicht wissen! –, denn Patrouillen gab es kaum.

Daniel hatte dieses Paradies praktisch auf Anhieb entdeckt, als er noch hier bei ihr gewohnt hatte, und war fast jeden Tag vom späten Nachmittag bis etwa acht Uhr abends dort zu finden gewesen. Sie konnte es ihm schwerlich verbieten, mochte sie auch vor Angst Magenkrämpfe bekommen, wenn sie an ihn dachte, allein auf der Straße, allein am Strand, inmitten Fremder. Er war jung, und das hier waren für ihn auch so etwas wie Ferien, nach der harten Büffelei des letzten Jahres. Sie bewunderte seine Fähigkeit, in einem fremden Land Freundschaften zu schließen und es sich gutgehen zu lassen. Sie selbst reizte dieses Herumgehänge am Strand nicht – zumal sie sich unter all den jungen Leuten schrecklich alt vorgekommen wäre.

Aber sie schlenderte gern die Promenade oberhalb vom Strand entlang und schaute sich die Menschen an. Ganze Familien machten dort Picknick, und andere gaben sich unter der Leitung einer extravertierten Lehrerin leidenschaftlichen Volkstänzen zu dramatischer israelischer Musik hin, die Ester mitunter die Tränen in die Augen trieb. Die trotzige Unerschrockenheit, mit der die Menschen hier an alten, liebgewordenen Gewohnheiten festhielten, ging ihr ans Herz.

Manchmal, wenn es nicht zu warm war, joggte sie in diesen Abendstunden am Strand entlang, im Zickzack zwischen den Strandtennisspielern hindurch.

Daniel tauchte gegen halb neun auf. Er war ein bißchen beschwipst und fröhlich wie ein Kind.

Sie fand es gemütlich, daß er da war, heimelig. Zwar gewöhnte sie sich langsam an die Einsamkeit und begann sich sogar in Tel Aviv zu Hause zu fühlen, mit ihrem Tagebuch und den paar Bekanntschaften, die sie durch Dorus' Vermittlung gemacht hatte, aber Daniel im Haus zu haben sorgte für die Art von Unruhe, bei der sie sich entspannte.

Nachdem sie zusammen gegessen hatten, stand mit einem Mal, ohne daß sie hätte sagen können, wie es dazu gekommen war, das Thema wieder im Raum. Daniel, der – vielleicht unter dem Einfluß des israelischen Biers – direkter zu sein wagte als sonst, versuchte Ester zu erklären, warum Lola sie die ganze Zeit hatte schonen wollen.

»Das war keine Gemeinheit von ihr, echt nicht, sie wollte dir nicht weh tun«, sagte er ernst. »Ich glaube… sie hat eine Heidenangst davor, dich zu verlieren.«

Ester merkte, daß sie in Daniels Augen den Blick des fremden Mannes suchte, den sie vor so langer Zeit gekannt hatte. Es fiel ihr schwer. Wie hatte Ariks Gesicht ausgesehen? Nur seinen Körper konnte sie sich noch einigermaßen vergegenwärtigen. Aber das spielte keine Rolle, darum ging es nicht. Wichtig war allein, daß nun endlich klargestellt war, daß ihre so lange gehegten nebulösen Vermutungen sehr wohl Widerspiegelung von etwas gewesen waren, was tatsächlich stattgefunden hatte.

»Hast du ihn schon gesehen?« fragte sie. Über die Tabus sind wir jetzt wohl hinweg, fand sie.

»Nein«, sagte Daniel ausweichend, suchte aber ihren Blick, als bitte er unbewußt um weitere Fragen.

Sie lachte leise auf. »Das glaube ich dir nicht«, sagte sie. »Du warst an dem Abend vorige Woche so still und irgendwie geladen... Ich hab mich gar nicht getraut, dich zu behelligen. War er nicht so, wie du... hast du mit ihm geredet? Oder wollte er nicht?«

»Nein.«

Ester legte ihre Hand auf die seine, die schon jetzt viel größer war als die ihre, eine große, knochige Jungenhand.

Daniel starrte auf die Tischplatte, ganz still plötzlich, nur seine Wimpern zitterten.

»Was?« fragte sie.

»Ich habe ihn nicht angesprochen. Er hat mich nicht gesehen. Hat mich nicht erkannt, meine ich. Ich hatte gedacht, er würde vielleicht von selbst wissen, wer ich... Gott, wie bescheuert! Und ich... er war, er ist ein stiller Mensch, sogar wenn er spricht, ist er still.«

»Ach«, sagte Ester. Sie war beeindruckt. »Aber dann ist doch noch immer alles möglich, oder?«

»Er sah mir überhaupt nicht ähnlich. Nicht die Spur. Er ist kleiner als ich. Er ist irgendwie... blond.«

Esters Herz begann dumpf zu schlagen wie eine gerade wieder ausgegrabene alte Uhr. Und wider Willen beschlich sie für einen Moment ein beklemmendes Gefühl des Mitleids und Erbarmens mit Lola. Lola, die so lange an ihrer jämmerlichen Lüge festgehalten hatte, Lola, die ihr Geheimnis so lange hatte ausbrüten müssen und offenbar immer gedacht hatte, sie könnte sie, Ester, nach wie vor mit ihren Schachzügen verletzen. Welcher Hochmut!

Komisch, aber jetzt mußte sie erkennen, daß sie nach ihrem gemeinsamen Kibbuzaufenthalt eigentlich immer einen Rest an Zweifeln bewahrt hatte, einen womöglich sogar fatalen Rest, hätte er nicht auch für die herzerwärmende und durchaus zweckdienliche Distanz gesorgt, der diese Freundschaft ihren Seltenheitswert und ihre Dauerhaftigkeit verdankte.

Dessenungeachtet konnte sie jenes Gefühl der Nichtswürdigkeit, das Lola ihr einmal beschert hatte, immer noch mühelos wachrufen. Verleugnet und ausgestochen hatte Lola sie, das sah sie jetzt glasklar. Es hatte ihr nicht genügt, der armen Zippi Baruch auszuspannen, auch Arik sollte nur von Lola träumen dürfen.

Ester fragte: »Seit wann weißt du, daß dein Vater Arik heißt, Dani?«

Daniel sah sie erschrocken an, beinahe schuldbewußt. Er stotterte: »Seit ich elf war oder so, als sie mich gedrängt haben, meine Bar-Mizwa zu machen. Und da hat sie auch gesagt, daß ich dir nichts davon sagen soll. Sie hat das auch erklärt, aber ich fand diese ganze Geheimniskrämerei trotzdem immer komisch. So was kommt nun mal vor.«

Daß Ester nicht gleich antwortete, beunruhigte ihn. »Du findest es doch hoffentlich nicht schlimm, daß ich es dir nie gesagt habe, Ester? Du bist mir doch jetzt nicht böse?«

»Du hast recht«, sagte Ester langsam. »So was kommt vor. Natürlich. Nein, ich bin dir nicht böse, du kannst ja nichts dafür. Er ist einfach dein Vater. Es war dumm von Lola, daß sie sich nicht getraut hat, es mir zu sagen. Schlimm, daß sie mich für so klein und mies gehalten hat, daß ich ihr so etwas nicht vergeben könnte.«

Daniel starrte regungslos auf die Tischplatte.

»Als wenn ich irgendeine böse Hexe wäre, die dich oder sie verfluchen könnte, verflixt noch mal! Sie hat ja keine Ahnung, wie sehr ich dich liebe, egal, wer dein Vater ist!«

Daniel schaute kurz auf, verlegen und unbehaglich.

»Mensch, Ester, das ist … was …«

»Still! Denk bitte nie mehr, aber auch nie mehr, daß ich dir deswegen böse sein könnte, hörst du?«

21

Tel Aviv, 27. Mai

Am Sonntag morgen brachte sie ihn zum zweitenmal weg. Daniel war wieder ausgesprochen guter Laune. Sie nahm an, daß er sich auf das unbekannte Leben der kommenden Monate freute, auf das Privileg, an den Kommunikationseinrichtungen der Armee herumbasteln zu dürfen.

Als sie zurückkam, war der Computer noch an. Daniel hatte am Abend zuvor wahrscheinlich noch ziemlich lange davor gesessen und vergessen, ihn auszumachen. Sie checkte kurz, ob sie Mails bekommen hatte, aber es war nichts Interessantes eingegangen. Ihr Blick blieb allerdings an Daniels Hotmail-Site hängen. Sie empfand nicht mehr als eine leichte Scheu, als sie rasch (als wäre es dann weniger schlimm) seine Mailbox anklickte. Das Password war schon automatisiert. Sie hoffte auf etwas, Nachrichten von Lola zum Beispiel. Oder Nachrichten an Lola.

Aber weder unter den zwanzig (!) verschickten noch unter den eingegangenen Mails – viele Hotmail-Adressen, vielleicht immer dieselben – konnte sie Lolas Adresse entdecken. Sie wagte nicht, eine der Mails zu öffnen, wer weiß, womöglich konnte Daniel das hinterher sehen.

Vielleicht mailten Lola und er sich nicht so oft.

Danach schaute sie noch kurz auf seine Website, hungrig und mit schlechtem Gewissen. Daniel hatte einen werbenden Artikel über die Freiwilligenorganisation, für die er jetzt arbeitete, angefügt.

Er ist wirklich davon besessen, dachte sie.

»Bekommst du viele E-Mails als Reaktion auf deine Website?« hatte sie Daniel gestern abend noch gefragt.

»Das kann man wohl sagen!« hatte Daniel ziemlich lautstark geantwortet. Er hatte dabei nicht von seinem Teller aufgeschaut, und sie meinte, ihn kurz erröten zu sehen unter seiner tief gebräunten Haut.

Aha, hatte sie gedacht. Diese Website hat also nicht nur mit Überzeugungseifer zu tun.

Weiter hatte sie nicht gedacht.

Warum sollte sie auch?

Neunter Teil

Umgebung von Ramallah, 30. Mai 2001

... Hadi würde sie dafür bewundern, daß sie ihm so ohne weiteres diese Geisel lieferte. Auf sie war Verlaß. Steine werfen, Parolen schreien, Waffen schmuggeln, das konnte jeder. Aber nur eine Frau wie sie konnte einen jungen Juden dazu bringen, freiwillig hierherzukommen.

Zwei Siedlungen waren in der Ferne zu sehen mit ihren roten, in der Sonne leuchtenden Ziegeldächern, luxuriöse, von Soldaten bewachte Enklaven, zu denen sie keinen Zutritt hatten – als wären sie Ungeziefer. Von Kindesbeinen an hatte sie ein Bild vor Augen: eine kreisrunde Rasenfläche voller Geige spielender Juden und um sie herum Soldaten, die ihr Spiel mit rhythmischen Gewehrsalven begleiteten. Wie Spielsteine fielen die Toten um. Das war Zucker für sie, das gab ihr Energie und Feuer.

Sie wählte eine ungepflasterte Straße, um den Kontrollposten zu meiden, der den Argwohn des Jungen wecken konnte. Soldaten konnten einen hier zum Anhalten zwingen, sogar schießen durften sie. Die Straße wurde immer schlechter, so schlecht, daß sie nur illegal sein konnte. Sah er das? Wußte er das? Nein, natürlich nicht. Nichts wußte er!

Der Blick ihres Jungen, der Hauch seines Atems auf ihrer Wange, war unruhig abgeschweift. Er schaute auf die Landschaft, er kurbelte die Scheibe runter, wollte er etwa raus?

Er witterte ganz offensichtlich Unrat. Kein Grund zur Sorge, sie waren praktisch schon am vereinbarten Treffpunkt.

Sie sah, was er sah: einen Mann mit schwarzem Tuch vor Mund und Nase, der ein Gewehr schwenkte. Hadi, der Witzbold. Sie winkte ihm – eine kleine Gebärde, die ihrem Beifahrer verborgen blieb.

Hadis Erscheinen erleichterte sie und ließ zugleich das Blut schneller durch ihre Adern strömen. Sie rieb ihre jukkenden Hände am harten Baumwollstoff ihrer Hose. Einen Moment lang wurde ihr ganz heiß, eine Anwandlung, die Glück, aber auch Betrübnis ausdrücken konnte: Das war das Ende eines Zeitabschnitts, das Ende ihres bisherigen Lebens – und ein Neubeginn.

Hadi forderte sie mit einer befehlenden Geste seiner linken Hand auf anzuhalten.

»Ist das der Jude?« fragte er.

»Ja«, sagte sie, »hier ist er. Wo hast du mein Auto?« Mit dem würden sie weiterfahren.

Einen Moment lang zweifelte sie noch. In der Ferne hörte sie Schüsse. Sie sah, daß der Junge Angst bekommen hatte, erschrocken war er, natürlich, wäre ja auch verrückt, wenn er's nicht wäre. Krampfhaft hielt er die Tür zu, in wachsender Panik. Das amüsierte sie noch.

Eine andere Stimme schrie etwas. Daß noch jemand da war, darauf war sie nicht vorbereitet. Ein zweiter Mann, das Gesicht hinter einem schwarzen Tuch völlig unkenntlich, war neben Hadi getreten, der jetzt an der Beifahrertür rüttelte.

Mit böse fragendem Blick sah sie Hadi an, doch der tat

es einfach dem Unbekannten gleich und richtete das Gewehr auf den Jungen.

Der Junge stieß fremde Laute aus und krallte zu ihr herüber, um auf ihrer Seite aus dem Auto zu kommen.

»Don't try«, *sagte sie und stemmte sich ihm mit Riesenkräften entgegen. Eines war sie sich sicher, und das würde sie nicht so schnell vergessen: daß der Junge hier war, um die Welt etwas zu lehren, und auf keinen Fall fliehen durfte. Sie suchte die Worte, die Worte für alle ihre zornigen, unerbittlichen Gedanken.*

Da erkannte sie plötzlich die befehlende Stimme, die ihr von draußen entgegenschallte. Und Angst und Wut schossen von ihrem Herzen in ihre kribbelnden Hände. Tarik! Saß denn der nicht bei den Juden hinter Schloß und Riegel?

Zehnter Teil

I

Hinterher vergegenwärtigte sich Ester immer und immer wieder, was in dieser Woche, nachdem sie Daniel an jenem letzten Sonntagmorgen weggebracht hatte, im einzelnen gewesen war. Am bemerkenswertesten war vielleicht, daß das Sonnenlicht in diesen letzten Tagen nicht grell gewesen war, sondern weich, voll Hoffnung und Frieden, und daß sogar der Verkehrslärm Tel Avivs bei allen Gefahren, die dieses Land barg, die Qualität des wunderbar Alltäglichen gehabt hatte. Aber das konnte auch eine Verzeichnung von Esters Sicht sein.

Ihr Abschied von Daniel am Hauptquartier der Freiwilligenbrigade war bei diesem letzten Mal so selbstverständlich gewesen, daß Ester gar nicht mehr so recht verstand, woher beim erstenmal dieser sentimentale Schmerz in ihrer Kehle gekommen war. Wie ungerechtfertigt diese Mühelosigkeit war, sollte ihr im nachhinein nur allzu schmerzlich deutlich werden.

Kurz nachdem sie wieder zu Hause war, hatte Lola angerufen. Ester erwog kurz, den Hörer gleich wieder aufzulegen, zu sehr beschäftigten sie noch die Dinge – Arik, Lola. Mit kalten Händen führte sie notgedrungen ein Gespräch, in dem sie ihrer alten Freundin, der Mutter Daniels, möglichst wenig zu sagen trachtete.

Weil Lola danach fragte, erzählte sie kurz von der Begegnung mit Raf, distanziert, amüsiert, nahezu gleichgültig. Lola war hörbar erstaunt. Anschließend hatte sie Lolas unter lautem Gelächter erzählte Geschichte von Maurice' neuem Laden gelauscht (Lola begann immer lauter zu sprechen, wenn von Esters Seite keine große Reaktion kam). Erst als Ester gesagt hatte, sie müsse gleich wieder aus dem Haus, hatte sie Lola abwimmeln können.

Lola hatte Esters Debakel mit Raf zwar mit Enttäuschung und Anteilnahme quittiert, schien aber nicht mitbekommen zu haben, daß sie es mit einer veränderten Ester zu tun hatte – was Ester auf eine merkwürdige Art befriedigt hatte.

Auch das war später ein fast unerträglicher Gedanke.

An diesem Sonntag hatte Ester, das wußte sie noch ganz genau, den Entschluß gefaßt, endlich den geplanten Artikel in Angriff zu nehmen, den sie nun schon so lange schreiben wollte. Disziplin erschien ihr notwendig, um es die nächsten sechs Wochen hier auszuhalten.

Mit einer gewissen Scheu rief sie Michal an, die sie über Dorus kennengelernt hatte. Michal hatte ihr in der Woche zuvor erzählt, daß eine Nichte von ihr eine Zeitlang mit einem Palästinenser ausgegangen sei. Ester rief sie bei der Arbeit an, es war ein nettes Gespräch, und sie verabredete sich für den Montag mit ihr zum Mittagessen in der Stadt. Danach rief sie Michals Nichte an und vereinbarte ein Treffen am Dienstag nachmittag. Da hatte sie vorlesungsfrei, sie studierte Kunstgeschichte.

Nach diesen Telefonaten war Ester zu einer Buchhandlung im Zentrum von Tel Aviv gefahren und mit drei neuen amerikanischen Thrillern nach Hause zurückgekehrt. Noch am gleichen Nachmittag hatte sie einen davon gelesen.

Das war der Sonntag.

Den Montag rekonstruierte Ester um die Verabredung mit Michal herum: Vormittags war sie in der Nähe des Lokals, in dem sie sich verabredet hatten, einkaufen gegangen, um ein Uhr hatte sie mit Michal in dem hippen Restaurant mit Wachmann zu Mittag gegessen, und danach hatte sie, ein kleines bißchen beschwipst und erleichtert, weil sie über einen Großteil ihrer derzeitigen Probleme hatte sprechen können (namentlich die mit Lola: »Du mußt einfach darüber reden«, hatte Michal gesagt. Ester: »Ja, aber meiner Meinung nach muß diese Freundschaft jetzt einfach ein Ende haben.« Michal: »Wieso machst du dir dann so viele Gedanken?«), den Rest des Nachmittags mit ihrem Tagebuch am Strand gelegen.

Das war der Montag.

Der Dienstagnachmittag war stressig gewesen. Allein schon die Adresse zu finden, an der Ester sich mit Michals Nichte Ava treffen wollte, erwies sich als gar nicht so einfach. Und als sie das Mädchen endlich gefunden hatte – es wohnte bei seinen Eltern in einem Außenbezirk von Jerusalem, wo alles grau war und es nach verfaulendem Gemüse roch –, war es nur äußerst schwer dazu zu bewegen, mehr als einsilbige Antworten zu geben.

»Erzähl mal, wie ihr euch kennengelernt habt«, bat Ester.

Ava war höchstens einundzwanzig, hübsch und erstaunlich groß und kräftig.

»Im Krankenhaus«, sagte sie.

»Und weiter?«

»Er war Pfleger im Hadassah-Krankenhaus, und ich habe eine Freundin besucht, die dort lag. Wir mochten uns auf Anhieb, aber angefangen hat es erst nach der Woche im Krankenhaus.«

»Was angefangen?«

Ava lächelte nicht. Ester hatte den Eindruck, daß sie ein bißchen auf sie herabsah, weil sie nicht wirklich in Israel lebte. Und die Probleme, mit denen sie zu kämpfen hatte, verdankte sie natürlich im Endeffekt der Idiotie der Erwachsenen. Ester merkte, daß sie sich ein klein wenig vor dem Mädchen fürchtete.

Anfangs habe sie ihn immer vom Krankenhaus abgeholt, erzählte Ava etwas entgegenkommender, und sie seien dann gemeinsam etwas trinken gegangen. Aber nach Beginn der zweiten Intifada sei alles kompliziert geworden. Weil ihren Freund, der in Ramallah wohnte, die Demütigungen an den Checkpoints nach kurzer Zeit wahnsinnig gemacht hätten, habe er beim Hadassah-Krankenhaus gekündigt. Von da an sei es praktisch unmöglich gewesen, sich zu treffen. Sie hätten sich noch eine Zeitlang gemailt, aber die Chance, daß es je wieder was zwischen ihnen werden würde, sei gleich Null, zumal sie demnächst ihren Militärdienst ableisten müsse. Es sei natürlich undenkbar, daß ein Palästinenser noch etwas mit einem zu tun haben wolle, wenn man bei der israelischen Armee sei. Und ihre Eltern bestünden nun mal auf diesem dämlichen Militärdienst, sagte Ava, die Augen konsterniert zur Decke verdreht. »Nur mit E-Mails kann man keine Beziehung aufrechterhalten.«

Ihre Stimme klang bitter, aber sie fand sich offenbar damit ab.

An dieser Stelle hatte Ester ihr die Frage gestellt, die sie schon vorbereitet hatte: »Wenn eine Palästinenserin schwanger ist, bekommt sie zu hören: Möge Allah dir einen Jungen schenken. Und wird es dann doch ein Mädchen: Möge Allah es mit einem Jungen wiedergutmachen. Frauen sind bei den Palästinensern nicht gerade besonders geachtet. Hat dich diese Vorstellung nicht gestört?«

»Nein. Es gibt auch aufgeklärte Palästinenser«, sagte das Mädchen von oben herab. »Er war ein aufgeklärter Palästinenser, absolut, da hatte ich überhaupt keine Bedenken. Vielleicht hätte es Schwierigkeiten mit seiner Familie gegeben, ja, das wäre möglich. Aber nur die Gläubigen sperren ihre Frauen ein. Säkulare Frauen sind ganz anders, die machen auch bei dieser Intifada einfach im Widerstand mit.«

Ester nahm alles auf Band auf. Überflüssig, denn auch dieses Gespräch konnte sie später Wort für Wort aus ihrem Gedächtnis abrufen.

Das war der Dienstag.

Mittwoch war Ester einen Großteil des Tages damit beschäftigt gewesen, einen Dolmetscher zu finden, der sie nach Ramallah begleiten würde. Sie wollte noch in dieser Woche ein Internetcafé besuchen, wie es ihr die junge Palästinenserin empfohlen hatte, benötigte dafür aber einen Dolmetscher, auch als Führer, da sie keine Ahnung hatte, wo sie eines finden konnte, und von Dorus wußte, daß es zu gefährlich war, allein in besetztem Gebiet umherzulaufen (falls man überhaupt hineingelassen wurde).

Dorus hatte ihr eine Liste mit Adressen gegeben, aber erst bei der fünften hatte sie Erfolg. Sie erklärte dem Mann, was sie wollte, und verabredete sich für den folgenden Tag, Donnerstag.

Weil das Wetter so traumhaft war, ging sie nachmittags an den Strand. Sie fing den zweiten amerikanischen Thriller an.

Das war der Mittwoch.

Am Donnerstag war sie früh auf den Beinen gewesen, weil sie gegen elf aufbrechen wollte. Sie hatte sich um eins mit ihrem Dolmetscher im American Colony Hotel verabredet und wollte auf Nummer Sicher gehen.

Der Dolmetscher war entgegen Dorus' Vorhersagen auch auf die Minute pünktlich erschienen, hatte eine volle Stunde gewartet und war dann kopfschüttelnd nach Hause zurückgekehrt. Ester hatte ihn zu diesem Zeitpunkt bereits völlig vergessen, fassungslos, wie sie war, mit hämmernden Kopfschmerzen, zunehmend davon überzeugt, daß ihr eine Katastrophe bevorstand.

Sie war außer sich, daß man ihr standhaft verwehrte, zur Basis zu kommen, auf der Daniel stationiert war. »Es kann nicht weit sein«, brüllte sie. »Was macht das denn? Bringt mich hin! Ich bin kein Staatsfeind, ich bin genauso jüdisch wie ihr, verdammt noch mal!«

2

Um halb acht an diesem Donnerstagmorgen hatte das Telefon geklingelt. In der tatendurstigen, energischen Stimmung, in der sie sich befand, den spannenden Nachmittag in Ramallah vor sich, hatte Ester sofort abgenommen.

Eine unbekannte Stimme, mit dem israelischen Akzent, der ihr inzwischen so vertraut war, fragte sie, ob sie Ester Michaels sei und die Mutter von Daniel Klein.

»Nein, nicht seine Mutter, aber der Name stimmt, ich bin seine...« Sie wußte nicht, wie sie sich nennen sollte. »Mit wem spreche ich?« fragte sie.

»Ich bin Uri Friedman, von der Freiwilligenorganisation Sar-El.«

»Wo ist Daniel?« fragte sie sofort.

»Das wollten wir Sie fragen. Er ist heute nacht nicht zur Einheit zurückgekehrt. Niemand weiß, wo er ist. Wir hofften, daß er zu Ihnen gegangen ist.«

»Nein«, sagte Ester. Ihr war, als bekomme sie keine Luft mehr. »Seit wann ist er weg?« fragte sie.

»Er hat das Gelände gestern morgen verlassen.«

»Gestern morgen!« rief Ester. »Er ist schon vierundzwanzig Stunden weg, und erst jetzt rufen Sie mich an?«

»Er hatte sich abgemeldet. Das ist einmal im Monat erlaubt. Wir haben uns nur gewundert, daß er schon so schnell Gebrauch davon machte. Er war ja erst zehn Tage bei uns auf der Einheit, nicht wahr? Offiziell ist er nicht verpflichtet, an einem freien Tag in der Basis zu essen. Deshalb haben wir es jetzt erst bemerkt. Es sind umgehend Nachforschungen eingeleitet worden.«

»Ich weiß nicht, was ich… Ich möchte zur Basis kommen! Wer ruft seine Eltern an? Ich bin nur seine… seine… Tante!«

»Zur Basis können Sie leider nicht kommen. Dafür benötigen wir die Zustimmung der IDF. Wir rufen seine Eltern an. Machen Sie sich keine zu großen Sorgen, es kommt häufiger vor, daß Freiwillige eine Nacht wegbleiben.«

»Aber er ist nicht hier! Er kennt hier niemanden außer mir!«

»Eben. Wir nehmen so bald wie möglich wieder Kontakt mit Ihnen auf. Wir werden jetzt zunächst mit den anderen Freiwilligen hier sprechen. Vielleicht weiß jemand etwas.«

»Und die Polizei? Rufen Sie nicht die Polizei an? Soll ich sie anrufen?«

»Wir tun alles, was in unserem Vermögen steht, um ihn zu finden, Frau Michaels. Sar-El ist schließlich Teil der israelischen Armee. Aber wir rufen die Polizei an. Seien Sie nicht gleich zu sehr beunruhigt.«

»Merken Sie eigentlich, was Sie da sagen?«

»Bitte bleiben Sie ganz ruhig.«

Ester hatte gerade noch ihre Handynummer in den Hörer schreien können.

3

Hinterher sollte sie es fast vergessen haben, aber es hatte sehr wohl Augenblicke gegeben, da sie noch auf einen guten Ausgang gehofft hatte.

Nach dem Anruf hatte sie praktisch auf der Stelle an Daniels Vater gedacht.

»Er kennt hier niemanden außer mir«, hatte sie gesagt – aber es gab noch eine weitere Person in Israel, zu der Daniel gegangen sein konnte. Jenen einen Mann, den wiederzusehen sie für undenkbar gehalten hatte – sollte sie es denn je gewollt haben.

Minute um Minute zögerte sie den Anruf bei Lola und damit den Moment, da sie das Schlimme, das Undenkbarste aussprechen mußte, hinaus. Solange sie Lola nicht gesprochen hatte, war noch nahezu nichts passiert.

Aber auch Lola war schon von Sar-El angerufen worden. Zu Esters Erstaunen klang sie am Telefon beinahe gelassen. Sachlich verifizierte sie bei Ester, was sie bereits wußte. Danach wurde rasch deutlich, daß die anfängliche Gelassenheit Schein gewesen war. Lolas Atmung und seltsam metallischen Stimme hörte Ester an, wie sehr sie gegen ihre Panik ankämpfte. Allerdings hatte sie sofort einen Flug gebucht. Die Maschine ging um zehn, Lola war schon halb zur Tür hinaus und keuchte vor Eile.

»Vielleicht ist Dani gleich wieder da, Lo. Bist du dir sicher, daß du sofort kommen willst?«

»Hab ich mich je wie eine überbesorgte Mutter aufgeführt?« fragte Lola außer Atem. Und sie gab selbst die Antwort: »Nein. Also. Das hier ist was anderes, Ester. Das ist Israel. Und Daniel ist noch nie einfach vierundzwanzig Stunden weggeblieben. Ich muß hin, und sei es nur, um ihm höchstpersönlich sagen zu können, daß er uns so etwas nie, nie wieder antun darf.«

»Okay«, sagte Ester. »Nur eines noch, bevor du aufbrichst. Ich habe nachgedacht... du willst davon jetzt vermutlich nichts hören, aber ich möchte etwas klären. Etwas Wichtiges. Daniel hat mir erzählt, daß er hier in diesem Sommer seinen Vater suchen wollte, Lo.«

Lola sagte nichts. Ester wartete nicht: »Ich weiß, wer es ist. Daniel hat es mir selbst erzählt, also...«

Wieder blieb es still am anderen Ende der Leitung. Nur dieses stoßweise Atmen.

Ester fuhr fort: »Es spielt keine Rolle mehr, Lo, es ist nicht wichtig. Du hättest es mir sagen müssen, das ist alles. Aber jetzt geht es um Daniel. Ich meine, wer sagt uns, daß er jetzt nicht bei ihm ist? Das könnte doch sein, oder? Sein Vater hat ihn sehr beschäftigt. Wirklich.«

»Davon hat er mir nichts gesagt«, sagte Lola mit belegter Stimme.

»Hast du nicht irgendwo seine Adresse?« fragte Ester.

»Ich habe überhaupt keinen Kontakt zu ihm.«

»Wann hast du zum letztenmal mit ihm gesprochen?«

»Weiß ich nicht... Herrgott!«

Durchs Telefon hörte Ester Lola mit wütenden Schritten die Treppe hinaufstapfen.

»Okay. Vielleicht habe ich sie in meinem alten Schreibtisch. Ich habe vor fünf Jahren oder so einen Brief von ihm bekommen. Er wohnte in einem Ort in der Nähe von Tel Aviv, hach, wie hieß der noch gleich? Er hatte ausgerechnet, daß sein Sohn in dem Jahr zwölf wurde, und schrieb, er hoffe, daß Daniel seine Bar-Mizwa machen werde. Welche Chuzpe! Den Brief hab ich, glaub ich, aufbewahrt, für Daniel. Wo ist er denn bloß?«

Ester hörte Kartons runterfallen, einen Knall. Lola fluchte.

»Laß, Lo, ich kann das ja hier nachschlagen«, sagte Ester. »Wozu gibt es Telefonbücher. Könnte es vielleicht Ramat Gan gewesen sein?«

»Ja, verdammt, das war's: Ramat Gan. Unglaublich«, sagte Lola.

»Vielleicht wohnt er ja noch dort«, sagte Ester.

»Meinst du wirklich, daß Dani bei seinem Vater ist? Mein Gott, laß es wahr sein. Es wird doch wohl nichts... hm, Es, das *darf* doch nicht sein! Daniel...«

»Kopf hoch jetzt«, sagte Ester. »Und ruf mich an, wenn du gelandet bist.«

4

Ester agierte plötzlich mit seltsamer Reibungslosigkeit und Ruhe. Über die Auskunft gelang es ihr freilich nur, die Telefonnummer von Aish Ha Torah, dem Bauprojekt, an dem Arik mitwirkte, zu bekommen. Der Herr Keller habe eine Geheimnummer, hieß es. In Ramat Gan, ja.

Bei Aish Ha Torah war man ebensowenig bereit, Kellers Telefonnummer herauszurücken. Erst als Ester in dem hier üblichen hysterischen Tonfall erklärte, was los war, notierte sich die Telefonistin ihre Nummer und versprach, ihn so schnell wie möglich für sie zu finden.

Ester wartete zehn Minuten, eine Viertelstunde.

Als ihr Handy klingelte, zuckte sie zusammen. Aber es war Lola.

»Und?« fragte sie.

»Ich warte auf seinen Anruf. Gott weiß, wie lange das dauern kann.«

»Ich bin gleich in Schiphol, am Flughafen«, sagte Lola. »Ich glaub, ich dreh durch.«

Das war der Anfang.

5

»Keller.«

Seine Stimme schien von weit her zu kommen.

»Ester Michaels.«

»Man hat mich gebeten, Sie anzurufen.«

»Ja. Ich … wir sind uns mal begegnet …«

»Sie suchen einen Jungen, wurde mir gesagt. Meinen Sohn?« Er zögerte: »Ich habe keinen Sohn.«

»Und ob Sie einen Sohn haben, einen niederländischen Sohn. Daniel.«

»Woher wissen *Sie* das?«

»Ich bin Ester. Afek 1983? Lola?«

»Afek? Ester… Lolas Freundin?« Er verstummte. »Wirklich? Was…?!«

»Arik, ich hoffte … Ist Daniel nicht vielleicht bei dir?«

»Bei mir? Nein, wenn's doch so wäre. Ich weiß nicht mal, wie er … wie Daniel aussieht.«

»Er ist also nicht bei dir?«

»Nein! Er ist nicht bei mir.«

»O Gott.«

Damit hatte sie nicht gerechnet. Die heftige Enttäuschung

verschlug ihr die Sprache. Die vage Freude, die sie verspürt hatte, als sie Ariks Stimme hörte, war sofort verflogen.

»Was ist denn los?« fragte Arik.

Sie erzählte kurz von Daniels Reise, seiner Freiwilligenarbeit, seit gerade mal zehn Tagen. Daß er nicht zur Basis zurückgekehrt sei.

»Er ist hier?« fragte Arik. »Daniel? Wirklich? Das ist... das ist...«

Ester wartete, bis er wieder etwas sagen konnte.

»Wie ist er? Wie ist mein Sohn?« Er hörte sich aufgewühlt an. Seine Stimme schien wärmer, tiefer geworden zu sein als früher; sie war zwar noch genauso rauchig, klang aber irgendwie echter. Daniel hatte recht gehabt: Diese Stimme strahlte enorme Ruhe aus.

»O Gott«, sagte sie noch einmal. »Ich muß jetzt sofort auflegen. Ich muß...«

Arik schwieg kurz, er schien nachzudenken: »Hat er keine Freunde, Freundinnen?«

»Er ist erst seit zwei Wochen hier.«

»Das genügt doch?«

»Ja, aber Freunde, davon hätte ich doch etwas mitbekommen!«

»Das kann ich nicht beurteilen.«

Sie riß sich zusammen, schöpfte neuen Atem. »Wie Daniel ist?« sagte sie. »Er ist... neu. Unabhängig, intelligent, unschuldig, besessen von allerlei Plänen und Ideen. Ein toller Junge. Ich liebe Daniel, als ob...« Sie brach ab, um nicht schluchzen zu müssen. Doch in der Hitze der Panik trockneten auch ihre Tränen rasch. Sie hatte es plötzlich eilig, furchtbar eilig.

Aber zuerst mußte sie noch etwas sagen, was jetzt wichtig war. »Er hat dich gesucht, wußtest du das? Daniel war deinetwegen hier!«

»Aber…«

Arik gab einen kaum wahrnehmbaren Laut von sich. Mit noch tieferer Stimme als vorher sagte er ihr dann seine Telefonnummer. Er versprach, sie später wieder anzurufen. Er bot auch an, gleich zu kommen, aber das war ihr irgendwie zuviel des Guten.

6

Ester lief vor dem Fenster auf und ab. Sie wollte zu Hause sein, falls Daniel zu ihr kam. Sie hatte inzwischen auch mit der Polizei gesprochen und ihre Handynummer sowie die Festnetznummer von Dorus durchgegeben. Danach hatte sie niemanden mehr anzurufen gewagt, weil sie fürchtete, irgendeine Nachricht zu verpassen. Gegen elf rief ein Mitarbeiter von Daniels Freiwilligenorganisation mit, wie er sagte, *guten* Nachrichten an.

Arik hatte teilweise recht gehabt. Einer von Daniels jüngeren Kollegen, Aaron, mit dem er auch das Zimmer teilte, hatte, so der Mitarbeiter, erzählt, daß Daniel an diesem Mittwoch mit einem Mädchen verabredet gewesen sei. Laut Aaron hatte Daniel schon seit seiner Ankunft auf der Basis von nichts anderem geredet. Daniel habe sich sehr viel von dem Treffen erwartet. Er kenne das Mädchen durchs Internet.

»Oh«, sagte Ester. Ihre Hand zitterte so sehr, daß sie

beinahe den Hörer hätte fallen lassen. Die kleinen Schäfchenwolken am Himmel sahen plötzlich aus wie Schnee.

»Da könnte also die Lösung des Rätsels liegen«, sagte der Mann. »Junge Leute machen mitunter verrückte Sachen, wenn sie auf Freiersfüßen sind. Sie sollten sich noch keine allzu großen Sorgen machen, Frau Michaels. Der taucht schon wieder auf. Doch in Zukunft wäre es vielleicht besser, wenn er vorher Bescheid sagt, ehe er auf Abenteuer ausgeht. Aber wir halten weiterhin die Augen offen, genau wie die Polizei.«

Für einen kurzen Moment war das Licht zurück, und die Welt nahm wieder ihre gewohnte Gestalt an. Für einen Moment hörte sie wieder die Verkehrsgeräusche und das Zirpen der Heuschrecken durch das Fenster hereinsickern wie Regen nach einem langen trockenen Sommer und verspürte wahrhaftig so etwas wie Entrüstung. Wie konnte er nur? Warum hatte er ihr verflixt noch mal nichts erzählt? War dies die simple Antwort: ein Mädchen?

»Noch eins«, fuhr der Mann fort. »Für unsere Nachforschungen ist es von großer Wichtigkeit zu wissen, welchen Computer er benutzt hat. Für die Freiwilligen stehen auf den Basen im allgemeinen keine Computer zur Verfügung. Wissen Sie, wo er online gegangen ist?«

»Ja«, sagte Ester. »Bei mir. Seit Daniel hier ist, benutzt er meinen Laptop.«

Sie mußte an ihre Nacht mit Arik denken, vor so langer Zeit. Was hätte sie gemacht? Zwei Jahre älter als Daniel war sie damals gewesen. Und hatte sie da ein Gefühl für Zeit und Raum gehabt? Daniel war jetzt seit *gestern morgen* weg!

Arik.

Die vertrauten Bilder ihrer Tausende Male wachgerufenen Erinnerung schienen jetzt, wie unter einer unsanften Berührung, plötzlich zu verschwimmen und zu verblassen, unwirklich zu werden. Als hätte der Verschleiß seine letzte Stufe erreicht und zerfielen diese Bilder nun endgültig zu Staub.

Plötzlich war sie sich sicher, daß etwas nicht stimmte. So lange blieb man nicht einfach weg. Nicht Daniel.

»Ich denke, das sollte die Polizei erfahren«, sagte der Mann.

7

Daß Daniel sein Password automatisiert hatte, rührte Ester, obwohl sie es ja schon früher bemerkt hatte. Er ging offenbar nicht davon aus, daß sie sich einfallen lassen würde, seine Mails zu lesen. Sie bekam ein so schlechtes Gewissen, daß sie einen Moment zögerte. Aber lieber sie als die Polizei, entschied sie dann.

Fröstelnd fuhr sie mit der Maus an den geschlossenen Mails entlang. Verbissen klickte sie die vorletzte an. Wie schnell sich eine neue Welt erschließen ließ … oder war es nur eine eingebildete Welt?

»Hi ((Dani)),>–),

Ich hab den Schlüssel! Wenn du mit dem Bus gegen 12.00 kommst, werde ich dastehen. Wir können dann ein Taxi nehmen. Sie haben ein riesiges Bett! Ich erkenne dich wahrscheinlich vom Foto, aber denk trotzdem an die All Stars! :^5,*** (Mischa)«

Ester hielt inne. Wirklicher als das konnte es nicht werden. Die Unschuld des Ganzen ging ihr an die Nieren: »ein riesiges Bett« als sündigste Komponente kindlich spannender Vorhaben. Zugleich fühlte sie sich aber auch, so beschämend das war, irgendwie hintergangen und ernüchtert, nach der Vertraulichkeit, die sich zuletzt zwischen Daniel und ihr entwickelt hatte.

Sie ließ die Maus kurz verharren, wie um Mut zu sammeln. Dann fuhr sie mit dem Zeiger an den restlichen Mails entlang. Sie waren allesamt an ein und demselben Tag abgeschickt und empfangen worden. Anderthalb Stunden Austausch: Mehr war nicht nötig, um sich zu verabreden? Oder hatten sie auch gechattet?

Sie ließ den Mauszeiger nach oben wandern und fand doch noch mehr. Auch am Samstag davor waren viele Mails mit derselben Hotmail-Adresse ausgetauscht worden. Logisch, dachte sie. Daniel hatte ja in dieser Zeit nur samstags an ihren Computer gekonnt.

Langsam steuerte sie die allererste Mail des bewußten Absenders an. Sie zögerte erneut. Irgend etwas hinderte sie, weiterzugehen. Die Angst, die sie seit dem frühen Morgen quälte, machte sie mürbe und schlapp, war wie ein permanent bohrender Schmerz, der sie lähmte. Die Warterei hatte einen eigenen Klang bekommen: Daniels anhaltende Abwesenheit gellte ihr als hohes Pfeifen in den Ohren und im Kopf.

Der E-Mail-Adresse des Mädchens war nichts Verdächtiges anzusehen. Eine x-beliebige Hotmail-Adresse. Ester sah zwar, daß das ein Problem barg, aber weiter kam sie nicht. Vielleicht war das permanente Pfeifen, das sie hörte, schuld. Sie spürte, daß irgend etwas merkwürdig war, daß irgend etwas nicht stimmte. Da war doch was...

Die Lösung lag hier vor ihr, fein säuberlich in Worte gefaßt und eingebettet. Doch immer, wenn sie nach ihr greifen wollte, entglitt sie ihr.

8

Hallo Daniel Klein, :)

ich hab deine Website gesehen und schreib dir einfach gleich an deine Mail-Adresse, Website ist so unpersönlich und öffentlich! Ich hab mich gleich mit dir verwandt gefühlt, nicht nur weil ich auch jahrelang alles von Grateful Dead gehört hab! Ich finde auch, daß Israel und Palästina zwei eigenständige Staaten werden müssen! Ich bin erst kurz in Israel, aber ich finde es toll hier und möchte nicht mehr weg. Das ist wirklich mein Land, hundertprozentig.

Du siehst nett aus auf dem Foto, es kommt mir vor, als würde ich dich schon kennen. Ich bin fünfundzwanzig und nicht häßlich. Du scheinst zwar um einiges jünger zu sein, aber das finde ich überhaupt nicht wichtig! Was meinst du, wollen wir uns nicht mal treffen?

Miriam Ahavi (Mischa) :*

Hallo Miriam, :)

danke für deine Mail! Ich kann dir stolz berichten, daß

ich sogar mal auf einem Konzert von Grateful Dead war. Da war ich zwar noch ziemlich jung, aber es war echt stark. Jetzt bin ich fast achtzehn. Ja, ich finde Israel auch großartig. Ich arbeite für eine Abteilung der IDF (classified info, sorry!) und habe schon einige gute Freunde hier. Ich finde, Israel muß sich gegen die Terroristen zur Wehr setzen, und stehe voll hinter den Militäraktionen. Manche meiner Freunde in den Niederlanden verstehen nicht, daß ich so zionistisch bin, aber die wissen auch nichts über Israel. Wie lange bist du schon hier?

Ja, natürlich würde ich mich gerne mit dir treffen!

Daniel, :**:

Daniel schien alles gespeichert zu haben, vom Anfang bis zur tatsächlichen, konkreten Verabredung, aber Ester brachte es nicht fertig, die Mails zu lesen, obwohl sie auf der Suche nach Telefonnummern, Adressen und sonstigen Hinweisen (die sie nicht fand) jede einzelne öffnete.

Eines wußte sie jetzt mit Sicherheit: Sie hatte keine Zeit zu verlieren. Vielleicht war Daniel immer noch bei ihr.

Es dauerte unerträglich lange, bevor man sie mit dem Polizeikommandanten verbunden hatte, mit dem sie morgens schon gesprochen hatte.

»Miriam Ahavi könnte ja ein fünfundfünfzigjähriger Irrer sein!« rief sie.

Der Kommandant versprach, einen Computerexperten aufzutreiben, der ihren PC durchleuchtete – man konnte ja nie wissen. Auch würden sie sich an diese Ahavi heften. Ester sollte ihren Computer jetzt auf keinen Fall mehr benutzen.

Keine halbe Stunde später standen zwei Polizisten vor der Tür, die sich mit einem kurzen schriftlichen Auftrag des Kommandanten auswiesen. Mit bleiernem Herzen händigte Ester ihnen ihren Laptop aus.

9

Während die Hitze immer größer wurde, verwandelte sich Esters Angst von einem Schwanken zwischen Hoffen und schlimmster Schwarzseherei in einen konstanten Zustand, der beinahe Trauer glich.

Der Gedanke, daß etwas gegen Daniels Willen geschehen sein konnte, machte es ihr unmöglich, normal zu atmen. Die Angst hing in der Luft wie ein Gift, ein scharfer, beißender Unheilsgeruch.

Sie versuchte, Daniels Stimme zu hören, die ihr Hinweise gab, sie beruhigte, einen Scherz machte, doch es blieb totenstill im Zimmer. Die weißen Wände und das graue Eisengeländer der Treppe, die zur Dachterrasse hinaufführte, besaßen die Härte und die solide Gleichgültigkeit eines Gefängnisses.

Es war furchtbar, allein zu sein, aber das ließ sich nicht ändern. Lola würde sie erst in einigen Stunden vom Flughafen abholen können. Sie wagte das Haus nicht mehr zu verlassen.

10

Eli war zu Hause. Ester hörte, daß er erschrak und dann gleich so zu tun versuchte, als wüßte er von nichts.

Sie setzte alle Mittel ein. »Er ist seit gestern morgen weg, Eli. Wir haben schon Donnerstagnachmittag, und er ist noch immer nicht wieder da. Wir sind wahnsinnig beunruhigt! Daniels Mutter sitzt schon im Flugzeug hierher. Alle suchen ihn, die Polizei, das Militär.«

Jetzt log sie selbst. Das Militär tat, soweit sie wußte, gar nichts.

Eli brauchte nicht weiter beschwatzt zu werden. Daniel habe eine Verabredung gehabt, erzählte er bereitwillig. Mit einem Mädchen aus Jerusalem.

»Was ist denn das für ein Mädchen? Wo wohnt sie, weißt du das vielleicht? Seit wann geht das schon?«

Erst seit anderthalb Wochen, sagte Eli. Daniel habe ihm davon gemailt. Daß sie noch nicht lange in Jerusalem wohne und viel älter sei als er, schon fünfundzwanzig. Sie hätten gechattet und gemailt. Und sie habe ihm Sachen geschrieben, die er noch nie von einem Mädchen gehört habe. Er finde sie absolut Spitze. Vielleicht habe er sich sogar in sie verliebt, nein, er sei sich sicher, habe Daniel geschrieben.

»Verliebt? Übers Internet?«

»Ich fand das schön für ihn. Daniel hatte hier gerade was ziemlich Mieses mit einem Mädchen erlebt. Ich glaube, daß er... ich bin mir sicher, daß ihn das ziemlich fertiggemacht hat.«

»Was Mieses? Was denn?«

»Ach, die hatte ihn einfach sitzenlassen, auf 'ne ziemlich

üble Tour. Aber das darf keiner wissen, nicht mal seine Mutter! Er erzählt mir nie wieder was, wenn er das erfährt! Versprechen Sie mir, daß Sie es keinem sagen, ja?«

»Ich sage nichts«, sagte Ester. »Aber kannst du mir nicht etwas mehr über dieses Mädchen aus Jerusalem erzählen?«

»Sie stammt aus Georgien, glaube ich. Sie ist noch nicht lange in Israel. Ihr Vater ist Israeli, aber sie spricht noch nicht so gut Hebräisch. Sie haben sich auf englisch geschrieben.«

»Und sie wollten sich treffen. Aber wo denn? Bei ihr zu Hause, bei ihren Eltern?«

»Nein, ich glaube, daß sie den Schlüssel zur Wohnung eines Freundes bekommen konnte oder so. Dani hatte jedenfalls große Erwartungen. O Gott, der bringt mich um!«

11

»Und?« fragte Arik, als sie ihn dann schließlich doch wieder anrief. Seine Stimme war ihr schon beinahe vertraut.

Sie erzählte ihm von den E-Mails.

»Von wem kamen sie?« fragte er.

»Von irgendeiner Miriam aus Jerusalem. Offensichtlich steckt nichts als Sex dahinter, verflixt.« Das rutschte ihr unwillkürlich heraus. So was Blödes, gegenüber jemandem, an dessen Gesicht man sich nicht einmal mehr erinnerte, von *Sex* zu sprechen.

»Das ist wohl häufiger so.«

Ester wartete, ob er dem noch etwas hinzufügen würde, aber das tat er nicht.

»Wie heißt sie mit Nachnamen?« fragte er statt dessen.

»Ahavi. Miriam Ahavi.«

»Hast du schon mal im Telefonbuch nachgeschaut?«

»Nein, die Polizei befaßt sich mit ihr. Ich dachte…«

»Wieso nicht?«

»Nicht drauf gekommen. Und ich kann auch kein Hebräisch lesen.« Es wäre so naheliegend gewesen, natürlich schlug man den Namen einfach im Telefonbuch nach! Warum auf die Polizei warten?

»Ester? Es gibt jede Menge Ahavis. Möchtest du dranbleiben, ich habe eine zweite Leitung. Oder soll ich dich gleich zurückrufen?«

»Ich bleib lieber dran.«

Sie hörte ihn eine Nummer wählen und einige Worte auf hebräisch sagen. Es folgte offenbar eine kurze Unterhaltung. Als sie ihn hebräisch sprechen hörte, versetzte sie das seltsamerweise in die Vergangenheit. Es beruhigte sie.

Doch die ganze Unternehmung erwies sich sogleich als vergebens. Die Frau Ahavi, die Arik an den Apparat bekommen hatte, hatte ihn angeschnauzt, daß sie vor einer halben Stunde schon einmal angerufen worden sei, von der Polizei.

»Es könnte natürlich gut sein, daß Ahavi nicht der wirkliche Name ist. So was ist im Netz gang und gäbe«, sagte Arik.

»Genau das befürchte ich: Es kann wer weiß wer sein«, sagte Ester niedergeschlagen. »Wir wissen nichts. Gar nichts.«

»Kann ich nicht etwas für dich tun, Ester… wollen wir uns nicht irgendwo treffen?«

»Ich muß nachher Lola vom Flughafen abholen.«

»Daniel ist mein Sohn. Ich möchte ... ich ...« Er stockte.

»Warum hast du dann nie von dir hören lassen?« fragte Ester.

»Aber das habe ich doch versucht«, erwiderte Arik heftig. »Mehrmals sogar. Lola wollte nicht, daß wir uns kennenlernen. Und ich ... ich hatte natürlich keinerlei Rechte. Ich kannte Lola ja eigentlich kaum. Um des lieben Friedens willen mußte ich es akzeptieren. Ich habe versucht, das Ganze zu verdrängen. Ein Sohn, den man nicht sieht, der offenbar kein Interesse an einem hat, das hat was sehr Feindseliges ... Jetzt, da ich das weiß ... daß er nach mir gesucht hat, jetzt ist das was anderes, alles ist jetzt anders, jetzt würde ich mir wünschen, daß ich ...«

Ester fragte, ob er verheiratet sei, ob er noch andere Kinder habe.

»Geschieden. Zwei Töchter, zwölf und vierzehn. Sie wohnen bei ihrer Mutter.«

»Also in dem Kibbuz waren Lola und du ...«

»Ach wo. Höchstens eine oder zwei Nächte. Unsinn war das!«

»Ich war mal verliebt in dich.« Vor Schreck biß sie sich auf die Lippe.

»Du?« Er war hörbar verblüfft: »Und warum ... Du warst plötzlich weg, wenn ich mich recht entsinne.«

»Schwamm drüber«, sagte Ester. Ihre Lippe blutete. Sie hatte Durst.

Sie schwiegen beide.

»Soll ich mitkommen, wenn du Lola abholst?«

»Nein, danke. Das ist, glaube ich, keine so gute Idee.

Aber wenn du hier warten würdest, während ich Lola abhole. Es wäre mir lieb, wenn immer jemand hier ist...«

»Wo wohnst du?«

Sie nannte ihm die Adresse.

Danach bestand die Zeit wieder nur aus Warten, Warten auf Neuigkeiten. Und auf Arik.

12

Als sie den blonden Schopf Lolas sah, die suchend über die Köpfe der anderen Passagiere hinwegspähte, reagierte Ester emotionaler, als sie erwartet hätte. Mit zuckenden Schultern fiel sie Lola in die Arme.

Lola versteifte sich. So weit war sie noch nicht, noch lange nicht – daß sie weinen konnte.

»Immer noch nichts Neues?« fragte sie mit Todesangst in den Augen. Offenbar hatte sie insgeheim gehofft, daß sich während ihres Fluges alles zum Guten gewendet haben würde. Sie fühlte sich weich an, wärmer und weicher als früher, und sie roch nach Angst.

»Nein. Ich warte noch auf Nachricht von der Polizei.«

Soweit überhaupt möglich, nahm Esters Angst mit Lolas Eintreffen wieder zu. Aber sie empfand es auch als Trost, einen Teil davon an Lola abgeben zu können. Wie schon am Morgen trockneten ihre Tränen rasch. Lola begann Fragen auf sie abzufeuern, die sie sich im Flugzeug überlegt hatte.

Ester erzählte alles, was sie wußte, auch die Details aus dem Mail-Verkehr.

Nur daß Arik bei ihr im Haus war, verschwieg sie. Sie hatten abgesprochen, daß er gehen würde, sobald er ihr Auto kommen sah. Es mußte eine Wache bei ihr im Haus sein für den Fall, daß die Polizei noch einmal kam oder vielleicht sogar, lieber Gott, Daniel selbst – es mußte jemand dasein, und wer war dafür besser geeignet als Daniels Vater?

Aber Lola brauchte ihn nicht zu sehen.

Nach Lolas Fragen und Esters Bericht wurde es still im Wagen.

»Wie war dein Flug?« fragte Ester nach einer Weile.

»Gut«, sagte Lola.

Mehr gab es nicht zu sagen.

13

Ester hatte den Mann, der anderthalb Stunden zuvor bei ihr vor der Tür gestanden hatte, nicht sofort erkannt.

Sein flachsblondes Haar war kurz, kürzer als früher, aber noch genauso hell. Er war nicht groß, nur eine Winzigkeit größer als sie. Erst als er ihr direkt ins Gesicht schaute und sie seine Augen sah, genauso hellblau, wie sie sie in Erinnerung hatte, verstand sie wieder etwas von damals. Es war verwirrend, daß er ihr die Hand gab und sich vorstellte, wie ein Fremder. Ein Fremder, mit dem ich seit Jahren im Bett liege, dachte sie. Das war das letzte, woran sie jetzt denken wollte. Doch sie errötete nicht, als sie ihn hereinließ.

»Schön hier. Ist das deine Wohnung?« fragte er.

Sie hatte keine Angst, sie war sogar verblüffend unerschrocken. Am liebsten hätte sie kurz an ihm geschnuppert. Statt dessen faßte sie ihn beim Arm und führte ihn in die Küche, um ihm ein Glas Wasser zu geben. Es war eine ganz natürliche Berührung, seine Schulter paßte in ihre Hand. Sie betrachteten einander, auf frühere Merkmale hin.

»Du hast dich kaum verändert«, sagte er.

Er sagte es als Kompliment. Unglaublich, daß sie hier so einfach stehen konnten, sie und der Vater von Daniel. Es lenkte sie wahrhaftig kurz ab.

Arik hatte sich schon verändert. Er hatte nichts Schwebendes und Abweisendes mehr, wie damals. Selbstvertrauen schien ihn verankert zu haben. Er trug eine Welt mit sich. Auch von seiner bedrohlichen Rätselhaftigkeit schien er einiges abgelegt zu haben. Als könne er jetzt teilen, was er früher schützen und für sich behalten wollte, dachte sie.

14

Es roch nach Zigaretten, als Ester und Lola die Wohnung betraten. Wie verabredet, war Arik weg. Aber auf der Treppe lag ein Zettel.

»Nichts Neues«, stand darauf. »Der Nachbar.«

»Was ist das?«

»Der Nachbar hat hier Wache gehalten«, log Ester.

»Nett von ihm.«

»Hast du Hunger?«

»Nicht besonders.«

»Dann laß uns mal wieder anrufen.«

Doch bevor sie zum Hörer greifen konnte, klingelte das Telefon schon. Diesmal war es nicht die Polizei, sondern die IDF. Von jetzt an, sagte die ferne Stimme, leite die Armee die Nachforschungen nach dem vermißten Daniel Klein. Seit einer Stunde gehe man davon aus, daß er in den besetzten Gebieten gesucht werden müsse.

Der Computerexperte der Polizei hatte per Internet herausgefunden, daß die fraglichen Mails an den beiden Samstagen nicht in Jerusalem versandt und empfangen worden waren, sondern in einem Internetcafé in Ramallah. Das Mädchen, mit dem Daniel korrespondiert und sich verabredet hatte, war also höchstwahrscheinlich eine Palästinenserin oder ein Palästinenser, die oder der sich als israelisches Mädchen *ausgegeben* hatte.

»Es besteht noch kein Grund zur Panik«, sagte der Kommandant im Ton eines Arztes bei einer Diagnose, die nur Unheil bedeuten kann.

Ester spürte, wie ihr das Blut aus dem Kopf wich.

»Warten Sie«, rief sie. Sie drehte sich um und fügte hinzu, bevor sie Lola den Hörer gab: *»Please tell his real mother.«*

15

In der Nacht von Donnerstag auf Freitag gingen weder Ester noch Lola ins Bett. Zu groß war die Angst, daß sie das Telefon nicht hören würden. Um wach zu bleiben, machten sie einen Musiksender im Fernsehen an, nickten gegen Morgen aber doch auf dem Sofa ein.

Um acht Uhr schraken beide vom Getöse der Müllabfuhr draußen auf der Straße hoch. Als Lola gerade unter der Dusche stand, klingelte das Telefon.

»Lola!« schrie Ester. »Lo!«

Durch die alten Wasserleitungen ging ein lautstarkes Zittern, und das Strömen hörte abrupt auf.

»Was?« rief Lola.

»Komm!«

Ester nahm das Gespräch entgegen. Es war Uri Friedman.

»Es gibt Neuigkeiten«, sagte er. »Setzen Sie sich bitte.«

Ester spürte, wie alle Kraft aus ihrem Körper gerissen wurde, als werde sie gefällt. »Ja?« fragte sie, die Stimme wie aus Glas, eine Mauer aus Glas.

»Vielleicht kommen Sie am besten aufs Polizeirevier. Es könnte sein, daß ich keine guten Neuigkeiten habe, was Ihren Sohn beziehungsweise … äh … Ihren Neffen betrifft. Aber bevor wir Gewißheit haben … Man hat jemanden gefunden, der …«

Ester bemühte sich, Lola, die inzwischen in der Tür stand, nicht anzusehen, doch der eine Blick, der ihr entwischte, genügte.

Mit nassen Haaren und auf bloßen Füßen kam Lola näher, die Augen vor Entsetzen geweitet.

Ester setzte sich nicht, schaute nur zu Lola. »Das kann nicht sein«, entfuhr es ihr, und sie steckte das Telefon in ihre Rocktasche.

Lola begann sie an den Schultern zu rütteln, daß ihr Kopf hin- und herwackelte wie der einer Stoffpuppe – Aufschub, gerechte Strafe –, aber sie sagte keinen Ton. Lola tastete nach dem Telefon in Esters Tasche, doch das war ausgeschaltet. Da begann sie sie zu boxen, gegen die Schultern, in den Bauch.

Seltsamerweise mußte Ester plötzlich an früher denken, an Lola, wie sie in der kleinen Küche der Studentenbude für sie gekocht hatte, fürsorglich und resolut, und wie sie mit Topfhandschuhen in Gestalt von Kuhköpfen die Auflaufform aus dem Backofen genommen hatte. Hühnchen mit Estragon in Händen wie Kuhköpfen. Lola, die sie schlug. Lola, die sie boxte.

Danach suchte sie Esters Blick, das Gesicht maskenhaft verzerrt, grau und eckig – *brennend*, dachte Ester, die selbst auch brannte –, und stellte nur mit den Augen eine Frage, während sie zugleich zu flehen schien, ihr nichts zu sagen.

Esters Kopfschütteln bestätigte, was Lola schon wußte.

»Nein«, sagte Lola mit der tiefsten Stimme, die Ester je von ihr gehört hatte. »Nein, nein, nein.«

»Sie sind sich noch nicht sicher«, flüsterte Ester.

16

Eine Stunde später saßen sie im Büro des Hauptkommissars in der Harakevet Street. Der alte Max Brenner, der Chef der Freiwilligen, war mit dabei und ein Polizist. Ein Militär von den IDF, ein noch junger, magerer Mann mit schlechter Haut, führte das Wort.

Nicht weit außerhalb von Ramallah hätten Passanten am Morgen die Leiche eines Jungen gefunden, sagte er in nahezu nüchternem Ton. Sie sei zwar halb begraben gewesen, doch die dorthin führende Blutspur habe die Passanten mißtrauisch gemacht.

»Es tut mir furchtbar leid, das sagen zu müssen, aber allem Anschein nach, eine andere Schlußfolgerung ist fast nicht möglich, handelt es sich um Ihren Sohn, Daniel, Herrn Klein. Aussehen, Kleidung, äußere Merkmale, Alter...«

Ein Schrei ertönte. Mit monotonem und für Ester unerträglichem Wimmern glitt Lola von ihrem Stuhl.

Ester hielt sie fest.

Der Polizist verschwand, um Hilfe zu holen.

Zusammen mit dem Vertreter des Militärs, der, wie er sagte, Psychologe war, brachte Ester Lola wieder zu sich und ließ sie etwas Wasser trinken.

Lola faßte Ester bei den Beinen und umklammerte so fest ihre Knie, daß sie sie beinahe umgerissen hätte. »Wo ist er? Wo?« knurrte sie ein paarmal, bis sie vom Läuten eines Handys unterbrochen wurde.

Der Militär zückte sein Telefon und nahm das Gespräch entgegen. Während er zuhörte, sah er mit ausdrucksloser Miene zu Lola.

Ester kochte plötzlich vor Wut. Sie gestikulierte, stampfte sogar kurz mit dem Fuß auf, bis er seinen Stuhl von ihnen wegdrehte. Erst nachdem er das Gespräch beendet hatte, drehte er sich wieder um. Er schloß die Augen, holte Luft und erzählte so behutsam und präzise wie möglich, was er gerade gehört hatte.

Er wisse jetzt, daß keine Hoffnung mehr bestehe. Man habe in der Nähe der Leiche, die am Morgen bei Ramallah gefunden wurde, Daniels Ausweis gefunden.

Wieder ertönte ein Schrei, und Lola sackte der Länge nach auf den Boden, wo sie liegenblieb, die Arme um den Leib geschlungen. »Und du wolltest auf ihn aufpassen«, flüsterte sie rauh.

Sie zog die Knie an, als wollte sie ganz klein werden, zurück an den Anfang, und als sauge der Kummer alles Leben aus ihr heraus. Auf dem Boden gekrümmt wie ein Fötus lag sie da, und aus ihrer Kehle drang ein so kummervolles hohes Wimmern, daß Ester es kaum mit anhören konnte.

Sie saß vor Lola auf der Bank, totenstill, in Grauen erstarrt. »Lo«, murmelte sie irgendwann, »Lo…«

Sie versuchte, Lola aus ihrer Entmenschlichung hochzuhieven, sie an dieser Kapitulation zu hindern, doch Lola war schlapp und wie leblos. Sie richtete sich nur kurz in Esters Armen auf wie eine Behinderte, damit sie festgehalten wurde und selbst festhalten konnte. Doch die Wärme, die sie einander gaben, verursachte nur noch größeren Schmerz. Die Wirklichkeit blieb gleichermaßen unerträglich, und unwillkürlich stießen sie sich gegenseitig weg.

17

Lola schlug die Hände vor die Ohren, taub für das läutende Handy.

Ester drückte die Empfangstaste. Es war Arik.

Sie huschte auf den Gang hinaus und mußte lange durchatmen, ehe sie das Unvorstellbare erzählen konnte.

»Ich komme zu euch«, flüsterte er. Die Worte schienen in der Stille um sie her zu schweben.

Ester sagte ihm, wo sie waren. In einer halben Stunde könne er dasein, sagte er.

Um sie herum wurde viel telefoniert. Immer mehr schaurige Fakten gingen ein. Immer mehr Beweise auch, daß es sich um Daniel handelte. Ester rief Maurice an, stellvertretend für Lola. Er war völlig außer sich und wollte sofort kommen. Auch Philip rief sie an, zum erstenmal nach all der Zeit. Als sie seine vertraute Stimme hörte, brach auch sie zusammen. Er bot an zu kommen, doch sie lehnte ab.

Die Polizei wollte die Presse heraushalten, solange sie Daniel nicht offiziell identifiziert hatten. Das ging erst, wenn die Leiche nach Tel Aviv ins Leichenschauhaus übergeführt worden war.

Als Ester Arik erwähnte, reagierte Lola verärgert.

»Was hat denn der hier zu suchen?« fragte sie.

»Er ist Daniels Vater, Lo. Er möchte kommen.«

»Warum?«

»Das möchte er. Und Daniel… Daniel wollte ihn gern kennenlernen…«

Sie hatte kaum ausgesprochen, da stand Arik schon da. Lola wankte sogleich zu ihm hin und umarmte ihn minutenlang. Wie eine Ertrinkende hing sie an seinem Hals. Behutsam löste er ihre Umklammerung und faßte sie bei der Hand. Lola sah ihn an, blind, schien es, ohnmächtig vor Kummer. Er veranlaßte sie, sich hinzusetzen. Ester fiel auf, wie klein und trüb seine Augen waren. Er wirkte kleiner und farbloser als am Tag zuvor, und ein Gefühl beinahe objektiver Befremdung über sein Kommen, das ihr mit einem Mal so unwirklich erschien, ließ sie kurz schaudern.

Sie nickte ihm zu, und wie von selbst reichte ihre Hand nach seinem Gesicht. Auch ihre Hand umfaßte er.

Da saßen sie nun, mit Arik in ihrer Mitte, verbunden durch ihre Hände.

18

An Einzelheiten der Fahrt zum Leichenschauhaus im Süden der Stadt sollte Ester sich später nur mit Mühe erinnern. Das Pfeifen in ihren Ohren hatte wieder eingesetzt, und sie hatte stechende Schmerzen in ihrem einen Bein, die, wie sich später herausstellte, von Lolas Fingernägeln verursacht worden waren.

Sie wußten alle drei, daß ihnen etwas bevorstand, das ihr weiteres Leben, Denken, Fühlen und Wollen verändern würde, und doch war es unfaßbar. Ester spürte, wie ihr Bewußtsein immer wieder abdriftete, ehe sie erneut davon überrollt wurde. Keiner von ihnen sagte ein Wort.

Zeit existierte nicht mehr, und doch dauerte alles unendlich lange. Um einen Verkehrsstau zu umgehen, wählte der Polizist, der sie fuhr, eine Nebenstraße, so daß sie einige Blöcke weiter zu fahren hatten. Das ist die Hölle, dachte Ester, das wird sich jetzt endlos wiederholen, das Leben besteht nur noch aus dieser Fahrt, bis in alle Ewigkeit werden wir zu diesem entsetzlichen Ort unterwegs sein.

Lola wirkte versteift, wie katatonisch. Auch Arik starrte reglos vor sich hin.

An das Leichenschauhaus selbst würde sich Ester dagegen immer erinnern, in Alpträumen, in denen das Gebäude kaum mehr wiederzuerkennen war, sondern zum Gegenstand der Einbildung wurde, zu einem gespenstischen Ort, an den es sie immer wieder zog, als treibe sie eine Sucht, ein Verlangen nach der schwersten, schlimmsten Strafe.

In der gellenden Stille des Leichenschauhauses Abu Kabir waren Ester und Lola, die alten Freundinnen, die schon so lange so viel Leben verband, so viele Belanglosigkeiten und lustige kleine Begebenheiten, aber auch so viel Kummer und Rührung, so viel Unausgesprochenes und Selbstverständliches sowie ein kleiner Verrat vor langer Zeit, an diesem Tag gezwungen, mit einem Mann in weißem Kittel einen Raum mit weißen Wänden zu betreten, in dem auf einem Metalltisch ein zugedeckter Leichnam lag.

Die Gestalt unter dem Laken konnte noch ein Fremder sein, ein anderer, ein Versehen, eines anderen Kummer.

Ester versuchte zu beten.

Der Mann im weißen Kittel blickte zu ihnen und machte eine fragende Kopfbewegung. Lola und Ester starrten ihn mit geweiteten Augen an, als könnten sie ihn dadurch zurückhalten, doch er schlug das Laken zurück, und da mußten sie hinsehen.

Auf dem Tisch lag ein leichenweißer, stiller, lebloser Körper, den zu erkennen sie sich weigerten.

Wer ist er? hatte Ester gedacht, als Daniel gerade geboren war und sie sein kleines, böses Gesichtchen sah. *Was ist ein Mensch?* hatte sie sich gefragt. Ein Baby war ein Bündel voll einzigartiger DNA, in seinem kleinen Körper, der noch keine andere Rolle hatte als die, Baby zu sein, lagen die immensen Möglichkeiten seiner geheimnisvollen Persönlichkeit verborgen. *Wer ist er, und was will er?*

Für den lächerlichen Bruchteil einer Sekunde war das Erkennen nach all der tödlichen Beunruhigung beinahe eine Erleichterung. Das hier war der stille Körper des Kindes, des Beinahe-Mannes, den sie beide so sehr liebten. Da lag er also, und Ester dachte: Er ist immer noch nicht fertig, so jung ist er.

Der Schock kam erst danach, als schlüge eine Bombe ein. Ester hoffte, ihr würde das Hirn zerbersten, damit sie fortan nichts mehr empfinden mußte. Doch als einziges entfuhr ihr ein hoher Schrei. Lola blieb versteinert, die Lippen weiß, die Stirn bläulich. Wie leblos hingen ihre langen Arme zu beiden Seiten des Körpers herab, während die Augen starr auf Daniels Gesicht geheftet waren, totenstill.

Er war es, es war Daniel und doch auch wieder nicht. Seine Augen waren geschlossen, und es war, als spräche er wortlos. Sein Gesicht war sauber und unversehrt.

Ester, get a life! Ester hörte es ihn wieder sagen. Sie wartete darauf, daß er es sagen würde. Komm zurück, flehte sie die Gestalt auf dem Metalltisch stumm an. Sie unterdrückte den Impuls, sich auf Daniel zu werfen, ihn zu küssen, zu wärmen, zum Leben zu erwecken – diese Stille war zu unvorstellbar. Dieser Körper, der so stark und kostbar gewesen war, den sie geküßt, gebadet und gefüttert hatten, dem sie mit schmunzelndem Wohlgefallen zugesehen hatten, als er lebte und unbekannte, schnöde Pläne hegte, sie so schnell wie möglich zu verlassen, seinen eigenen Weg zu gehen – so sinnlos kaputt. Der liebe, jetzt so fremde Körper.

Bei einem kleinen Geräusch hinter sich drehte sie sich um und wurde sich bewußt, daß Arik noch dort stand. Sein Anblick brach ihr endgültig das Herz.

Der Mann, der nie mehr Daniels Vater würde sein können, stand in sicherem Abstand da. Mit zusammengebissenen Zähnen versuchte er, auf den Jungen zu schauen, der die ganze Zeit so unsichtbar sein Sohn gewesen war. Ganz kurz kreuzte sich sein Blick mit dem Esters, es schien, als wollte er etwas sagen, doch er brachte kein Wort hervor.

Jetzt erst sah Ester die Wunde in Höhe von Daniels Schlüsselbein. Es war ein brutales, häßliches, schwarzes Loch, ein schmutziger, grober Beweis für die Katastrophe, die sich hier abgespielt hatte. Sie ertappte sich dabei, daß sie nach Anzeichen dafür gesucht hatte, daß vielleicht doch noch irgendwo ein bißchen Leben war, Leben, das niemand bemerkt hatte, ein kleiner Rest von Daniel. Doch der Leichnam wartete still und geduldig, mit diesem friedlichen Gesicht, als hielte er den Atem an – von Kugeln zerstört.

Da mußte sie es denn ungläubig einsehen: daß dies hier schon nicht mehr Daniel war, daß er fort war, daß dieser Körper das Leben verloren hatte.

Das Leben kannte Geheimnisse, der Tod nicht.

Erst als der Pathologe Daniels Leichnam zudecken wollte, erwachten sie alle drei. Ester schlug die Hand vor den Mund, um sich nicht übergeben zu müssen. Lola packte die Hand des Pathologen, schlug das Laken wieder zurück und brüllte: »Laß ihn in Ruh!« Dann schrie sie, daß sie nicht weggehen könne, daß sie bleiben werde – als sehe sie ihren Sohn erst jetzt. Wild begann sie Daniels Gesicht zu küssen, beide Hände um den Tisch geklammert, fest entschlossen, sich von niemandem vertreiben zu lassen. Der Pathologe versuchte, sie mit sanftem Zwang beiseite zu schieben, doch sie schlug seine Hände weg.

Mit einem Anflug von Eifersucht sah Ester Lolas Kraft. Sie brachte es nicht übers Herz, dazu beizutragen, Lola zur Räson zu bringen.

Auch Arik blieb wie festgenagelt stehen, Ratlosigkeit im Blick.

Der Pathologe nahm Lola in einen behutsamen, aber eisernen Griff und versuchte, sie langsam, Schritt für Schritt, zum Verlassen des Raums zu bewegen. Er war ein geduldiger Mann mit hagerem, müdem Gesicht, aber erstaunlich stark.

Schließlich war es dann aber Arik, der den Arm um Lola legte und sie sanft wegführte. Ester folgte ihnen widerwillig. An der Tür sah sie sich noch einmal um und schluchzte zum erstenmal laut auf.

19

Daniels Körper sei von fünfzehn Kugeln durchsiebt worden, wurde ihnen später erzählt. Der Pathologe hatte seine ersten Befunde den IDF gefaxt, weil er Bedenken hatte, sie direkt damit zu konfrontieren. Die palästinensischen Medien sollten später behaupten, die Kugeln, die Daniel tödlich getroffen hatten, seien aus israelischen Waffen abgefeuert worden. Doch für jeden, der sich ein bißchen auskannte, stand fest, daß sie allesamt aus Kalaschnikows stammten.

Am Freitag morgen in aller Frühe hatte man Daniels Leiche im Westjordanland gefunden, wo die Mörder ihn ungeheuer stümperhaft zu verscharren versucht hatten. Er war wahrscheinlich schon seit Mittwoch nachmittag nicht mehr am Leben. Was das Mordmotiv und die näheren Umstände der Tat betraf, tappte man noch im dunkeln, aber mit aller Wahrscheinlichkeit war Daniel nicht an dem Ort gestorben, an dem man ihn gefunden hatte.

Das einzige, was feststand, war, daß er zwei Tage vor seinem Auffinden eine Verabredung mit einer – höchstwahrscheinlich – palästinensischen Person gehabt hatte, die vorgegeben hatte, aus Jerusalem zu sein.

20

»Liebe, liebe Lo, laß uns in mein Apartment fahren, da kannst du dich vielleicht ein wenig hinlegen«, sagte Ester. »Maurice kommt erst heute nacht. Es ist besser, wenn wir dort auf ihn warten, meinst du nicht?«

Lola, die keine Tränen mehr zu haben schien, nickte benommen. Arik und die ihnen inzwischen zur Seite gestellte Sozialarbeiterin kamen ebenfalls mit. Der Polizist, der sie hergefahren hatte, hatte netterweise gewartet und bot an, sie auch zurückzubringen.

Grell war das Licht, das ihnen entgegenschlug, und die Hitze erbarmungslos, als sie das Leichenschauhaus verließen und in den Polizeiwagen stiegen. Nichts war in dieser flimmernden Außenwelt, die ihnen Daniel geraubt hatte, zu ertragen. Ester wollte es noch immer nicht wahrhaben, immer wieder überkam sie plötzlich das eigenartige Gefühl, daß das Ganze nur ein Produkt der Phantasie sei, eine Geschichte, in die sie sich alle zu sehr vertieft hatten. Doch dann wurde ihr wieder überdeutlich, wie sehr Lola und sie mit diesem Tag zu einem Bestandteil dieses furchtbaren Landes geworden waren. An ihrer allerschwächsten Stelle getroffen.

Ein Bild drängte sich beharrlich in ihre Gedanken: das des zwölfjährigen Daniel, der ihr nach einem lockeren Gruß mit der rechten Hand den Rücken zudrehte, weil er am Computer saß und keine Lust hatte, höflich zu sein. Sie wollte sein lebendiges Gesicht wiedersehen, doch stets bekam sie nur seinen Rücken, seinen Hinterkopf. Auch wenn sie ihn sich vorstellte, wie er ihr vor ein paar Tagen sein Herz ausgeschüttet hatte, als sie auf Arik zu sprechen gekommen waren, konnte sie zwar die Erinnerung an den lieben Ausdruck in seinen Augen einfangen, doch ein klares Bild von seinem Gesicht, das wollte nicht zustande kommen. Nur seine Stimme, die hörte sie fortwährend in ihrem Kopf.

Es kam schon fast einer Beleidigung, einem Skandal gleich, wie normal und still es in Esters Apartment war. Am liebsten hätte sie gegen die Wände getreten, dem Bücherregal einen Stoß versetzt, eine Vase zerschmettert, nur um ein wenig Unordnung, eine äußere Entsprechung zu Chaos und Panik in ihrem Innern herzustellen.

Statt dessen schaltete sie den Fernseher ein.

21

Weder Ester noch Lola hatten Appetit auf das Essen, das Arik für sie geholt hatte. Mit der Sozialarbeiterin zusammen hatte er die letzten Stunden dieses späten Nachmittags an Lolas Seite gesessen. Er hatte mit ihr geredet, Fragen gestellt, sie erzählen lassen, von Daniel. Lola hatte ein Beruhigungsmittel bekommen, das sie ganz schlapp gemacht hatte, aber sie redete weiter. Sie weigerte sich standhaft, schlafen zu gehen.

Es mußte gleich alles mögliche geregelt werden. Ester kümmerte sich darum, die niederländische Botschaft zu informieren, damit schon einmal die Beantragung der erforderlichen Bewilligungen für die Überführung von Daniels Leichnam nach Hause in die Wege geleitet wurde. Lola rief nur ihre Eltern an.

Zeitweise konnte sie vollkommen ruhig, ja geradezu heiter von Daniel erzählen. Dann wieder brach sie in verzweifeltes Weinen aus, und Arik tröstete sie. Fünfmal ging das so, dann konnte er nicht mehr. Ester sah es machtlos mit an.

Lola tat panisch und wollte Arik erst nicht gehen lassen. Doch gleich darauf schien sie es auch schon wieder vergessen zu haben.

Zum Abschied drückte Arik Ester beide Hände. Sein Gesicht war grau, er sah erschöpft aus. »Ich komme zur Beerdigung in die Niederlande«, sagte er.

Die Beerdigung. Mein Gott, auch dafür mußte jetzt gesorgt werden. Eine unendliche Müdigkeit sackte Ester in die Füße, und sie wußte, daß ihr die Kraft fehlte, sich darüber jetzt Gedanken zu machen. Sie beschloß, auf Maurice zu warten.

22

Bei den IDF liefen eingehende Nachforschungen, hatte die Polizei Lola und Ester versichert, ungeachtet des bevorstehenden Sabbats. Ester hatte ihren Laptop noch immer nicht zurück und fragte vorsichtig bei der Polizei nach. Er war inzwischen in Händen der IDF, wie sich herausstellte, und sie brauchte ihn in nächster Zeit nicht zurückzuerwarten.

Wer war dieses Mädchen oder dieser Mann – da ja nun so überdeutlich war, daß Daniels Tod nicht auf einem Unfall beruhte? Wie konnte es sein, daß so ein Junge mir nichts, dir nichts erschossen wurde? Wie war er in besetztes Gebiet gelangt? Was hatte er da um Himmels willen gesucht? Fragen über Fragen gingen Ester durch den Kopf, während sie neben Lola und der geduldigen Sozialarbeiterin saß, und sie erwog in Gedanken etwaige Möglichkeiten. Das Mädchen hatte vielleicht einen eifersüchtigen Freund gehabt. Es könnte ein Hinterhalt von Extremisten gewesen sein. Womöglich waren sie bei einem illegalen Grenzübergang gestoppt worden und weitergefahren. Steckten Kriminelle dahinter? War es ein Terrorakt?

Gespannt sahen sie die Nachrichten, die Sozialarbeiterin übersetzte für sie. Doch es wurde lediglich gemeldet, daß ein niederländisch-israelischer Junge tot in besetztem Gebiet aufgefunden worden sei.

23

Erst gegen acht an diesem Abend erhielten sie einen Anruf von den IDF.

»Frau Klein?«

»Einen Moment, ich gebe sie Ihnen.« Ester war nicht Daniels Mutter, und sie würde auch nie mehr so tun, als wäre sie es doch. Sie hatte Daniel nicht beschützen können. Sie reichte Lola den Hörer.

Lola sah sie ängstlich an, das Gesicht, um das die plattgedrückten Haare klebten, grau und verquollen.

Ester sah, wie sich auf diesem Gesicht, während Lola lauschte, immer größere Bestürzung abzeichnete. Fassungslosigkeit, so groß, daß sie ein Kind aus ihr machte. Ester kam kurz der Gedanke, daß es vielleicht solche Momente waren, in denen Menschen verrückt wurden. Die Knöchel von Lolas linker Hand, mit der sie sich an der Stuhllehne festhielt, wurden weiß.

»Mein Gott«, flüsterte sie nur. »Mein Gott ...«

Und zum erstenmal verspürte Ester etwas, was man von seiner Vagheit und Bedrohlichkeit her eine böse Vorahnung nennen konnte, was aber vielleicht schon der Beginn einer schrecklichen Vermutung war.

24

Die Person, mit der Daniel korrespondiert hatte, war kurz zuvor bei sich zu Hause angetroffen worden, hatte der Militär Lola erzählt. Es war in der Tat eine junge Frau. Wahrscheinlich wurde sie in diesem Moment verhaftet. Sie ausfindig zu machen war anfänglich als unlösbare Aufgabe erschienen, da ihre Hotmail-Adresse nur in einem Internetcafé benutzt wurde, doch da man schon am gleichen Nachmittag hatte herausfinden können, um welches Internetcafé es sich handelte, und die Mails alle samstags ausgetauscht worden waren, war es nicht schwer gewesen, herauszubekommen, wer sie verschickt und empfangen hatte. Der Besitzer des Cafés, Achmed Zureik, konnte den Namen der Frau auf Anhieb nennen. Sie kam jeden Samstag in sein kleines Lokal, in dem nicht mehr als acht Computer standen. Am liebsten saß sie vor dem Fenster.

Ihr Name war Aischa Hammami. Sie wohnte in einem kleinen Dorf unweit von Ramallah.

Aus der Korrespondenz war hervorgegangen, daß sie von Anfang an auf ein Treffen mit Daniel gedrängt hatte. Entgegen ihrer Behauptung, Jüdin zu sein und mit »Frieden jetzt« und einer Zwei-Staaten-Lösung zu sympathisieren, war sie, ebenso wie ihr Bruder, bei den IDF als radikale Aktivistin mit Beziehungen zu einer militanten Unterabteilung der Fatah berüchtigt. Sie war schon mehrfach wegen Gewalttätigkeiten, namentlich Steinewerfen, gegen israelische Soldaten verhaftet worden. Alle ihre Auslassungen über Israel und Palästina in der Korrespondenz waren als reine Provokation aufzufassen und konnten nur gelogen sein.

Es stand völlig außer Zweifel, daß sie Daniel von Anfang an bewußt hatte in die Falle locken wollen.

25

Jetzt war die Presse informiert worden, und das Telefon begann zu läuten. Der Sprecher der IDF hatte sie bereits gewarnt. Dennoch verstand Ester nicht, wie das möglich war, denn die IDF hatten versprochen, ihre Nummer geheimzuhalten, und auch Sar-El war um Diskretion ersucht worden. Polizei wie IDF hatten eine kurze Erklärung abgegeben, und nun waren die Medien auf einen Kommentar der direkt Betroffenen erpicht. Man empfahl Ester, nur dann abzunehmen, wenn sie die Nummer erkannte.

Schlapp vom Weinen und vor Erschöpfung lag Lola auf dem Sofa vor dem Fernseher. Sie weigerte sich immer noch, schlafen zu gehen, obwohl sich ihr vor Müdigkeit und von den Beruhigungsmitteln schon der Kopf drehen mußte. Ohne daß Zeit vergangen zu sein schien, war es doch schon weit nach elf. Ester stellte das mit einem Gefühl abgrundtiefer Verlassenheit und Leere fest: Stunden waren im Wissen, daß Daniel tot war, einfach verstrichen und vorübergegangen. Die ersten bewußt daniellosen Stunden, von denen es jetzt nur immer mehr geben würde.

Die Leere schlug ihr ins Gesicht wie ein Peitschenhieb, und sie wußte, als sie Lola sagte, wie spät es war, daß diese es genauso als Schock empfand. Als hätten sie beide die Zeit anhalten wollen, um näher an Daniels Leben bleiben zu können.

Den Kopf zwischen den Händen, schaute Lola auf den Fernsehschirm, betäubt, wie es schien, in ihr verquollenes Gesicht abgetaucht. Israelische Werbespots waren mindestens so schlimm wie die zu Hause.

Ester taumelte zu ihrem Bett. Als sie sich darauf setzte und wieder einmal ihr Herz hämmern fühlte, als protestiere es gegen den Gedanken an Ruhe, hörte sie das Telefon. Sie erkannte die Nummer auf dem Display sofort. Es war Arik.

»Sieh dir die Nachrichten an!« rief er nur. »Man hat das Mädchen gefaßt!«

Gleich darauf erklang aus dem Wohnzimmer ein heiserer Aufschrei von Lola: »Da ist sie!«

Ester rannte hinüber, schaute.

Eine dunkelhaarige junge Frau lief vor zwei Militärs her, den Kopf leicht gesenkt, Handschellen um. Aus dem Hebräischen hörten sie Daniels Namen heraus, den Namen von ihrem Daniel. Da lief die Mörderin, Daniels Mörderin, die widerliche, lügnerische Wegbereiterin von Daniels Tod. Ihr Gesicht war rund und nichtssagend, sie trug eine schwarze Hose, sie lebte, sie hielt die lebendigen, kräftigen Arme nach vorn gestreckt, in den Handschellen. Ihre Miene verriet nichts.

Lola saß mit dem erstorbenen Schrei auf den Lippen, immer noch auf den Bildschirm zeigend, da und sah sie sich an. Danach schlug sie die Hände vors Gesicht und wandte sich ab.

»Sie also …?« sagte Ester langsam und unnötigerweise. Das sagte sie, um Zeit zu gewinnen, wurde ihr später klar. Ihr Speichel war zähflüssig geworden, ihre Zunge wie gelähmt, als sie sprach. Ihre Arme, ihre Beine, ihr Rücken wurden zu Eis.

Langsam sank sie auf die Knie nieder.

Die Samstage, nur die Samstage!

Sie sank noch tiefer, flach auf den Boden, der Fernsehschirm wurde zu Kaugummi, das Bild begann zu tanzen, die Umrisse der Figuren flossen ineinander, alles wurde schwarz.

Die Erkenntnis verbiß sich in ihrem Hals und schüttelte sie unerbittlich, bis sie innerlich zu zerreißen glaubte.

Ein Bild blieb.

Der Freitagnachmittag vor genau zwei Wochen.

American Colony Hotel.

Eine sympathische junge Frau, und so tough.

...Und nur ganz kurz zitterten die Fenster in ihren Rahmen, als nicht weit von ihrem Apartment entfernt eine ohrenbetäubende Explosion die nächtliche Ruhe störte und auf einen Schlag das Tanzlokal verwüstete, in dem an diesem Abend Hunderte von Jugendlichen im Rhythmus ihrer Sehnsüchte tanzten.

Elfter Teil

I

Jerusalem, 30. Mai 2001

Daniel trug die schmutzigen roten All Stars und Mischa, wie vereinbart, schwarze Hose und blau-weiß karierte Bluse und eine Ausgabe von *Haaretz* unter dem rechten Arm. Er hielt den Roman *Black Box* von Amos Oz in der Hand, der ihnen beiden so gut gefallen hatte, und winkte leicht damit.

Alles stimmte.

Nicht, daß er schon gleich in diesem Moment wahrgenommen hätte, wie sie aussah, wie sie ging oder schaute, im Gegenteil. Bevor es dazu kam, hatte sie ihn schon angesprochen, hatte ihn entführt, ehe er einen Eindruck von ihrem Gesicht oder ihrer Figur gewinnen oder auch nur registrieren konnte, wie sie sich mit den Zähnen auf die weiche rote Unterlippe biß.

Wie betäubt ging er nach den ersten englischen Worten (»Daniel?« – »Bist du Mischa?«) auf dem Jerusalemer Busbahnhof mit ihr mit, in irgendeine Richtung, ohne hinzusehen oder nachzudenken, bereit, in diesen Film hineinzuspringen, mit der Sonne im Gesicht in die Geschichte hinein, die ihn als Zuschauer so begeistert hatte.

Endlich.

Für Daniel war es ein Automatismus, mit ihr mitzugehen. Sie lebte, das war ein solches Wunder. Es machte ihn schwindlig und beinahe blind – daß die Worte der letzten Wochen von einem realen Körper ausgegangen waren, daß es einen lebendigen, atmenden Ursprung für all die geschriebene Liebe gab, mit Händen, die er halten konnte, mit einem weichen, flachen Bauch, in dem Organe stumm ihr Werk verrichteten, mit Wärme, mit Schweiß auf der Stirn, mit einem realen Mund mit Zunge und Speichel, mit Augen, aus denen dieselbe Vertraulichkeit sprach wie aus den erregenden Versprechen und allen *Smileys* in den Mails, die in den vergangenen anderthalb Wochen so rege hin- und hergegangen waren. Daß ihre Haut vor Hitze glänzte und ihre Bluse ein bißchen nach Schweiß roch, sagte ihm nur, daß alle diese Worte und Zeichen die Wahrheit vermittelt hatten.

Beinahe spürte er schon, wie sie zärtlich die Arme um seinen Hals schlang, spürte die Wärme, die ihr Körper ihm spendete, den Geschmack ihres Mundes bei ihrem ersten Kuß. Er quittierte das mit einem breiten Lächeln.

»Wir nehmen ein Taxi, mein Auto steht in der Innenstadt«, sagte sie.

Daß sie ein Auto hatte, beeindruckte ihn.

Sie steuerten auf den Ausgang zu. Er traute sich kaum, zur Seite zu sehen.

»Wir nehmen am besten die Jaffastreet«, sagte sie und ging eine Treppe hinauf. Der Busbahnhof lag etwas unterhalb des Straßenniveaus.

Daniel folgte ihr und tauchte in den Lärm und das Getriebe auf der Straße ein wie in einen wild schäumenden Whirlpool.

Sogleich rasten Taxis vorüber. Das erste, dem sie winkte, hielt ein paar Meter von ihnen entfernt.

Das ist wie ein Tanz, dachte Daniel, wie ein guter Song mit genau dem richtigen Rhythmus und den richtigen Bässen. Daß die Welt manchmal so perfekt swingen kann!

Er stieg nach ihr ein, und die Türen sperrten den Lärm aus. Einen Moment lang herrschte Stille. Nein, er schaute noch nicht, noch immer nicht, noch gebannt vom Rausch dieses Tanzes, ein vages Grinsen im Gesicht – doch schon begann ihn Verlegenheit zu beschleichen. Er tastete rasch nach seinem Haar. Es fühlte sich noch genauso fest und stachlig an wie in der Kaserne, wo er morgens in aller Frühe so viel Zeit mit dem Haarwachs und dem nagelneuen Aftershave verplempert hatte.

Es schien Tage her zu sein, daß er mit drei oder vier verschiedenen Scheruts von Ramle nach Jerusalem gekommen war. Zufällig hatte das vorletzte direkt vor einer Drogerie gehalten. Da hatte er ein Päckchen Kondome gekauft, extra dünn, zwanzig Stück. Die hatte er bis dahin nicht zu kaufen gewagt. Eine wesentliche Anschaffung, empfand er, und zugleich bescheuert – als könnte er damit kurz vor Toresschluß noch die Souveränität erlangen, die er in ihrer Korrespondenz so genüßlich *gespielt* hatte.

Aarons ärgerliche hohe Kinderstimme in seinem Ohr: »Wenn du dir 'n Tripper einfängst, schlaf ich nicht mehr mit dir in einem Zimmer, damit du's weißt.«

Er spürte, wie sich die Müdigkeit in seinen verspannten Rücken senkte, und plötzlich konnte er dem Drang, zur Seite zu schauen, nicht mehr widerstehen. Er tat es schnell und scheu. Und dabei empfand er etwas anderes, das zwar auch etwas Erregendes hatte, aber zugleich irgendwie beängstigend war: daß sie eine Fremde war, sie, die er so gut zu kennen glaubte aus all den atemberaubenden Sätzen, die ihm durch und durch gegangen waren.

»((Dani)):** Ich kann es gar nicht mehr erwarten, dich zu sehen. P*«

Oder:

»((Dani)):** Ich freue mich so auf unser Treffen...«

Und:

»8-O Du bist so nah, es ist, als könnte ich dich vor mir sehen, hier in meinem Zimmer :*.«

»Ich hab den Schlüssel! Wenn du mit dem Bus gegen 12.00 Uhr kommst, stehe ich da. Wir können dann ein Taxi nehmen. Sie haben ein riesiges Bett! Ich werde dich bestimmt vom Foto her erkennen, aber vergiß trotzdem die All Stars nicht! :^5,*** (Mischa)«

Natürlich hatten sie sich anfangs über ernsthafte Dinge ausgetauscht. Er wußte, daß sie wie er jüdisch war, daß sie in Jerusalem wohnte und wie er Erez Jisrael, ihrem Land, dienen wollte. Sie hatten sich über die Palästinenser geschrieben, daß sie ihnen ein eigenes Land gönnten, wenn sie ihrerseits auch Israel anerkannten. Auch über Anschläge hatten sie geschrieben. Mischa hatte zwei Freunde verloren. Daran mußte sie oft denken.

»Was hältst du eigentlich von unserer Armee?« hatte sie gefragt.

»Ich stehe voll dahinter«, schrieb er zurück. »In einem Kampf mit so viel Terror braucht man eine Armee wie die unsere.« Es hatte sich gut angefühlt, sie *die unsere* zu nennen.

Von derlei Dingen war fast genausooft die Rede gewesen wie von dem anderen. Aber er war sich darüber im klaren, daß er jetzt nicht wegen ernsthafter Gespräche hier war.

Nachdem das Taxi sie quer durch Jerusalem gefahren hatte (Mischa bezahlte, ohne ein Wort mit dem Fahrer zu wechseln), stiegen sie in ihr Auto um. Es war ein schmutzigweißer, alter Fiat, dessen Farbe abblätterte und der innen total versifft war. Eine Perlenkette schaukelte am Rückspiegel. Daniel kam das merkwürdig vor.

»Ist das deins?« fragte er.

»Mm«, summte sie bejahend.

»Wohin fahren wir?« fragte er. Er wußte nicht, ob sie hier im Osten der Stadt waren, dafür kannte er Jerusalem nicht gut genug. Die schlechte Straße stellte die Federung des Wagens auf eine harte Probe. Daniel mußte sich in den Sitz pressen, um nicht ständig rauf und runter geschüttelt zu werden. Das ernüchterte ihn, als würde er in seinem erregten Zustand verhöhnt und verspottet.

Gleichmütig überließ sich Mischa dem Galopp des Wagens, während sie eisern und mit unergründlichem Ausdruck auf die Straße vor sich starrte und das Lenkrad bezwang wie ein unbequemes, lästiges Tier. Auf seine Frage hatte sie wie unbeteiligt geantwortet: »Zu einem Haus von Freunden. Steig ein.« Vielleicht lag es an dieser Teilnahmslosigkeit, daß er sich plötzlich bewußt wurde, wie sehr sie sich von der Vorstellung unterschied, die er sich von ihr gemacht hatte.

Sie hatte keinerlei Ähnlichkeit mit Dana, das traf ihn wohl am meisten. Er tendierte immer noch dazu, unwillkürlich, jede Abweichung von dieser Norm als nicht wirklich schön zu betrachten. Doch es erfüllte ihn auch mit einer Art grimmiger Befriedigung.

Ihr schwarzes Haar war halblang und in einem Pferdeschwanz zusammengehalten, der ihr rundes Gesicht betonte. Die hohen, aufmerksamen Augen verliehen ihr etwas Strenges, aber auch Jungenhaftes. Ihre Oberlippe war kurz und mit einem Hauch von Schwarz überschattet, aber voll und in der Mitte zu einem leicht schmollenden V gespitzt wie bei einem gezierten Ameisenbär. Wuchtig und ohne Charme wirkten die kräftigen Schultern und Arme in ihrer blau-weiß karierten Bluse, die ziemlich nachlässig in ihre schwarze Hose gestopft war. Die Hose spannte über ihrem Gesäß und ihren kräftigen Schenkeln.

Alles so anders als bei Dana, der dünnen, drahtigen Dana.

Aber diese Rundungen waren für ihn Beleg für ihre Erwachsenheit, und er glaubte, sie daher auch erregend finden zu können, gerade weil so viel Masse ihn ein wenig abstieß. Mischas Körper erschien ihm weiblicher als ihr etwas maskulines Gesicht. Selbst in ihrem mürrischen, distanzierten Seitenblick sah er noch die Erregung der letzten Woche widergespiegelt.

Ihr Alter gefiel ihm vielleicht noch am meisten. Sie war fast acht Jahre älter. Das hatte er Aaron, dem neuen Freund, mit dem er in dieser ersten Woche zusammengearbeitet hatte (Elektrokabel in die Helme von Panzersoldaten montieren), gleich mehrmals erzählt – er vergaß jedesmal, daß er es schon erwähnt hatte. Daß sie fünfundzwanzig (!) war (»Fünfundzwanzig, Aaron!«).

Das machte das Ganze so viel knisternder und seriöser, so viel größer war dadurch die Chance, das phantastisch Echte zu erleben, echter, unkomplizierter, härter als zu Hause. Er war frei, zum erstenmal war er frei, und das Abenteuer flog ihm einfach zu.

Eine Frau war sie, eine Frau, die ihren Körper wahrscheinlich durch und durch kannte. Die ihren Körper beherrschte und keine Angst hatte, zu zeigen, daß sie ihn kannte. Eine erwachsene Frau, eine Frau, die wußte, daß sie Brüste hatte, die man streicheln konnte, und die über ihre eigene Erregung lachen konnte. Feste, dralle Schenkel. Sie wußte Bescheid, sie kannte die wütende, geheime Leidenschaft der Erwachsenen, die herrliche Sachlichkeit des Unvermeidlichen, Geilen, Dunklen, das zwischen ihnen stattfinden würde. Sie hatte verdammt gute Gründe, so stabil und unerschütterlich auszusehen.

Er schauderte. Vor Angst über seine Unwissenheit. Widerwille und Erregung, wie sehr unterschieden die sich eigentlich voneinander? Die Frage lenkte ihn kurz – sehr gut! – von dem brennenden Schmerz ab, der sofort aufkam, wenn er so dumm war, Gedanken an Dana zuzulassen. An Dana und ihr unfaßbar grausames Desinteresse. Wie immer konzentrierte sich dieser Schmerz beim Gedanken an Dana sofort auf ihren vollkommenen Nabel, den sie immer unbedeckt ließ. Ihr böses Auge, die Narbe ihrer Geburt.

Dumme Unschuld hat mich verraten, hallte es wider Willen durch seinen Kopf. Alles wurde fad und wertlos, wenn er an Dana dachte, und dieses Abenteuer forciert und unsinnig. Danas Nabel, ihre glitzernden Augen. Nicht daran denken! Aber es war schon zu spät. Die Erinnerung drängte sich auf und steigerte den Hunger nach mehr. Erneut schlug ihm die Enttäuschung von vor einem Monat schallend um die Ohren, lähmte ihm das Rückgrat. Nichts schien gemildert oder gedämpft. Das Tosen in seinem Kopf und seinem Herzen ließ ihn einen Moment lang vergessen, wo er war.

»Wir müssen ein bißchen weiter fahren als geplant«, sagte Mischa, »weil wir nun doch nicht zu meinen Freunden in Jerusalem können.«

Daniel war so abgelenkt, daß ihm das nicht verdächtig vorkam. Es begeisterte ihn nur nicht gerade, viel länger fahren zu müssen. Ihre Stimme hatte flach, aber entschieden geklungen. Das Wörtchen *wir* löste ein eigenartiges Gefühl von Zerbrechlichkeit in ihm aus. Er beschloß, ihre Selbstverständlichkeit nachzuahmen, und nickte.

Sie schwieg, ein einschüchterndes Schweigen, das er sicherheitshalber zu den Geheimnissen ihrer Verabredung zählte.

Weil Mischa nichts sagte, wagte Daniel nicht zu fragen, wo sie waren. Er fürchtete, daß ein lockeres Gespräch im Kontrast zu ihrem endlosen virtuellen Flirt, bei dem sie sich gegenseitig zu übertrumpfen versucht hatten, die Stimmung noch weiter ruinieren würde. Daher schaute er nach draußen und wunderte sich über die kahle, triste Landschaft, durch die sie fuhren.

Nur hin und wieder warf er einen Seitenblick auf Mischa. Dabei wirkte die Wut über Danas Gefühllosigkeit wie Glyzerin, das seinen Blick verschleierte. Es drängte ihn, mit Mischa zu reden. Er wollte die Spannung anheizen und den Faden der Geschichte (Der Junge und die reife Frau aus Jerusalem, Zweiter Teil) wieder aufnehmen, doch er respektierte ihre Schweigsamkeit.

Er versuchte, den Kontakt auf einer anderen Ebene herzustellen, indem er sie anlachte. Ihr vages Lächeln, mit dem sie das erwiderte, konnte seine Unruhe und verminderte Konzentrationsfähigkeit aber nicht ausräumen. Im Gegenteil.

Mit wachsender Verzweiflung wurde ihm bewußt, wie sehr die Erregung, die am Anfang ihrer Begegnung gestanden hatte, einer Auffrischung bedurfte, einer Injektion von Hoffnung und Begierde. Er schaute nach draußen, roch Schweiß, Öl und Urin.

Unwillkürlich mußte er an seine Freunde in Haarlem denken, die aus der Ferne zuzusehen schienen, achselzuckend und verwundert, wie auch bei anderen Dissidenten aus ihrem Bekanntenkreis. Sie standen alle fester und selbstbewußter im Leben als er. Freunde mit Vätern, ihnen bekannten Vätern, sie kennenden Vätern.

Er atmete tief durch. Auch das half nicht.

Er wollte sie überzeugen: Keinem stand ein so großes Abenteuer bevor wie ihm. Aber ihm war schon klar, daß er sich etwas vormachte. Noch ein Versuch: War Aaron nicht vor vier Stunden unheimlich neidisch auf ihn gewesen?

Wie eine dunkle Wolke zog ein ungereimter, aber schrecklicher Kummer herauf, und Heimweh und Bedauern sickerten ins Wageninnere.

Was letztlich den Ausschlag gab, war unklar. War es die Erschöpfung nach so viel Verlangen?

Was für kurze Zeit hell und glänzend gewesen war, wurde matt und schal, was spannend und großartig gewesen war, langweilig und nichtig. Die Frau, die neben ihm saß, die Frau der Worte und Emoticons, die ihn so bewegt und aufgeheizt hatten, kam ihm ganz und gar nicht mehr bekannt vor. Die anfängliche Geilheit erschien ihm nun wie ein aufdringlicher Widersacher und er sich selbst wie das bemitleidenswerte Opfer. Mischas Hände kamen ihm plötzlich mißgestaltet und feindselig vor, ihr Gesicht wie eine abschreckende Maske.

Daniel schluckte, um gegen die Befremdung anzukämpfen, die den Rausch verwässerte und aufzulösen drohte, doch unversehens übernahm sie vollends die Regie.

Mit einem Mal sah er das Gesicht seiner Mutter vor sich, wie sie vor langer Zeit einmal schlaftrunken und verwirrt in ihrer Schlafzimmertür aufgetaucht war, an die er minutenlang gehämmert hatte. Er hatte Hunger gehabt, aber es war nichts im Haus gewesen außer dem Champagner und einer Dose Gänseleberpastete, die sie in jenem Sommer aus Frankreich mitgebracht hatten.

»Mama, komm!«

Sie hatte sich ein Laken umgeschlagen. Ein ganzes Laken vom Bett gezogen und über den Fußboden schleifen lassen, um sich vor ihrem Sohn zu verhüllen. Und um ihn anzuzischen, daß er jetzt keinen Hunger zu haben hatte. Es war schon zwölf Uhr mittags! Er war noch keine neun!

Erst eine ganze Stunde später war sie dann erschienen,

in ihrem Morgenmantel. Sie roch gut und bewegte sich irgendwie eigenartig, als sei sie noch größer und geschmeidiger geworden. Er wollte etwas Empörtes sagen, war aber nicht auf den fremden, unrasierten, behaarten Mann vorbereitet, der nach ihr erschien, vollkommen angezogen.

Daniel war so erschrocken, daß er einen kleinen Schrei ausgestoßen hatte – wie ein Mädchen, verdammt. Er hatte nichts mehr gesagt, nur geguckt. Der Mann hatte ihm die Hand gegeben.

Allerlei Rätsel: dieses Sonderbare, das an jenem Mittag in der Luft hing, die stille, vertraute und doch irgendwie formelle Art, in der seine Mutter nur noch das Höchstnotwendige mit diesem Mann sprach und sich dem Affen keine Sekunde mehr näherte – Rätsel der Erwachsenenwelt.

Ein bißchen was hatte er ja schon gewußt, seine Mutter hatte ihn mal ansatzweise aufgeklärt, doch die Frage blieb, ob es das jetzt war. Was war's, das so weniger Worte bedurfte?

Daniel hatte sich Kodes ausgemalt, die nur Eingeweihten bekannt waren, Gesten, Absprachen, die Kinder nicht verstanden. In Anbetracht einer solchen Spannung und derartiger Geheimnisse war es idiotisch und unerklärlich, daß sie beide einfach die Zeitung lasen, der Mann und seine Mutter, die bis zu diesem Tag Fremde füreinander gewesen waren (soweit er wußte).

Noch ein nicht geklärtes Phänomen: Seine sonst so blasse Mutter hatte an diesem Morgen ein feuerrotes Gesicht. Als hätte sie sich mit Schmirgelpapier abgeseift. Wie konnte sie ruhig neben einem Mann sitzen und lesen, der sie vielleicht gerade noch gefoltert hatte?

Da mampfte dieser Fremde in aller Seelenruhe und ohne sichtbare Anzeichen für ein schlechtes Gewissen oder Dankbarkeit das Brot, das er, Daniel, in der langen Stunde, bevor sie heruntergekommen waren, im Supermarkt geholt hatte, ganz allein, mit dem Fahrrad.

Auch seine Mutter, die zum Frühstück fast nie etwas aß, verschlang drei (!) Schnitten. Von *seinem* Brot. Fassungslos und fasziniert hatte er zugesehen, Kummer in der Brust und ein unbekanntes, siedendes Gefühl gegenüber seiner Mutter mit ihrer rot gewordenen Blässe und ihrem weichen Haar. Hätte er ein Schwert gehabt, er hätte den Fremden aufgespießt.

Ungläubig hatte sein Freund Eli, der Denker, den Kopf geschüttelt, als er ihm diese Geschichte erzählte. Aber nach einigem Grübeln meinte er konstatieren zu können, woher das alles kam, die Grobheit, die Eßlust, das rote Gesicht. »Beim Sex machen die Leute komische Sachen, von denen ihnen ganz arg warm wird«, sagte Eli ernst.

Nur für das Schweigen war ihm kein so guter Grund eingefallen. »Vielleicht waren sie müde«, sagte er und, prustend: »Und vielleicht haben sie sich zu Tode geschämt.«

Der Mann war anschließend noch einmal vorbeigekommen, genauso stumm wie beim ersten Mal. Danach hatte Daniel ihn nicht mehr gesehen. Einmal hatte er seine Mutter am Telefon kichern hören: »Ich konnte nichts dagegen machen, es hat mich einfach übermannt. Aber es war weiter nichts. Daniel mochte ihn nicht, komisch, nicht? Kinder spüren wirklich alles.«

Was Quatsch war – der Mann und er hatten einfach nie etwas zueinander gesagt.

Was hat *es hat mich einfach übermannt* genau zu bedeuten? hatte er sich gefragt.

Inzwischen wußte er es.

Draußen war die Landschaft noch steiniger geworden. Den städtischen Teil Jerusalems hatten sie längst hinter sich gelassen, Daniel sah jetzt links und rechts in der Ferne kleine Dörfer. Die Straße wurde mit jedem Meter schlechter. Er hopste nun wirklich fast bis an die Decke.

Am Straßenrand lag Müll, hier und da waren Absperrungen zu sehen und im Hintergrund auch ein Wachtposten. Die Straße schlängelte sich parallel zu einem kleineren Weg, der landeinwärts führte. Auf den bogen sie ab. Daniel meinte die Umrisse von einem Panzer und Soldaten auszumachen.

Wohin sie eigentlich führen, wollte er wissen.

»Ins Landesinnere«, sagte Mischa. Irgend etwas in ihrer Stimme brachte ihn wieder zum Schweigen. Sein Herz begann zu hämmern, und ihm zitterten die Hände. Es war warm im Auto, die Fenster waren zu und beschlugen. Schweiß lief ihm in Strömen den Rücken hinunter und rann ihm in die Augen. Es brannte.

»Wollen wir nicht ein Fenster aufmachen?« fragte er. Er wartete ihre Antwort nicht ab, sondern kurbelte gleich die Scheibe runter und atmete hungrig die heiße, staubige Luft ein. Hustend begriff er, warum sie das Fenster zugelassen hatte, und kurbelte auch das seine rasch wieder hoch.

Plötzlich stand auf dem nackten, trostlosen Weg ein Mann, der vorher nicht dagestanden hatte.

Mischa hielt an.

Der Mann, der ein Tuch über Mund und Nase trug (was Daniel im ersten Moment noch ganz selbstverständlich vorkam, bei dem Staub) und eine klobige, längliche Schußwaffe im Arm hielt, rief Mischa etwas zu.

Sie nickte und schien nicht erschrocken oder ängstlich zu sein.

Bis auf das wenige, das er früher in der Schule gehört hatte, verstand Daniel noch nicht viel Hebräisch. Daher dauerte es einen Augenblick, bis er registrierte, daß die Sprache, in der Mischa mit dem Mann kommunizierte, nicht wie Hebräisch klang. Als ihm aufging, um welche Sprache es sich handelte, wurde es gleißend hell in seinem Kopf. Hatte er richtig gehört, hatte sie arabisch gesprochen? Was hatte das zu bedeuten?

»Was soll das?« entfuhr es ihm.

Erst danach fragte er sich, *was* sie dem Mann wohl gesagt hatte, etwas über ihn? Als versuchte er sich selbst jetzt noch einzubilden, daß die Leere in ihrem Blick zu der impliziten Verabredung zu dem Unausweichlichen gehörte, das früher, vor langer Zeit, in einem anderen Universum, zwischen ihnen angestanden hatte.

Obwohl er es längst besser wußte.

Auf dieses Unausweichliche konnte er gut verzichten. Er wollte auch schon gar nichts mehr von ihr.

»Wer ist das?« fragte er.

»Ach, ein Freund«, antwortete Mischa. Der Mann kam auf seine Seite des Wagens und klopfte an die Scheibe. Erst in dem Moment wurde sich Daniel bewußt, daß der Mann nur ihn ansah. Und schwindelerregend klar und deutlich zeigte sich sein katastrophaler Irrtum.

Daniel vernahm ein Pfeifen, vom Wind, der die Wüste ein wenig aufleben ließ. In der menschenleeren Landschaft war niemand zu sehen. Bis auf den maskierten Mann vor seiner Tür, zu dem sich noch ein zweiter gesellt hatte.

»Wer sind die? Warum fährst du nicht weiter?« brüllte Daniel Mischa plötzlich panisch auf niederländisch an. »Ich steige nicht aus!« Er hörte sich an wie ein Fremder.

Die Männer standen einen Meter von seiner Tür entfernt, die Gewehre auf ihn gerichtet. In der flirrenden Hitze glichen sie einer Luftspiegelung. Reflexartig wandte er sich Mischa zu. Ihre kräftigen Arme waren ein Schild. Er roch säuerlichen Schweiß. Auf der Rückbank sah er die Zeitung liegen und das Buch von Amos Oz.

»Don't try«, sagte Mischa und stieß ihn zurück.

Er kämpfte, hemmungslos, kämpfte gegen diesen Körper bis zum Umfallen. Nein, er wollte sie nicht. Er wollte Mischa nicht. Diese im stummen Ringen formulierte Erkenntnis war beinahe befreiend, reinigte seinen behexten Kopf. Unwillkürlich ließ ihn das erschlaffen, und ehe er sich's versah, war sie aus dem Wagen hinaus.

Jetzt erst fiel ihm der andere Wagen auf, am Straßenrand. Und er war allein. Fassungslos sah er die Gewehre, die immer noch auf ihn gerichtet waren, während Mischa … sie stand einfach nur da. »Komm raus«, hörte er die Männer rufen. Er versuchte sich zu verkriechen. »Nein«, hörte er sich schreien. Der ohrenbetäubende Knall, den er darauf vernahm, schien nichts mit dem unerträglichen Schmerz zu tun zu haben, der in seinem rechten Bein aufflammte.

Der eine der Männer riß die Tür auf. Daniels Herz schlug laut, aber langsam, träge vor Angst.

Es war Dana. Für immer und ewig Dana. Sie war es, die einzige, die er wollte. Dana für immer und ewig. Er mußte irgendwie dafür sorgen, daß sie ihn liebte, trotz allem, über alle Widerstände hinweg. Er war reich, reich durch diese Gewißheit. Irgendwann würde sie ihn lieben, sie war jetzt einfach noch zu jung. Genau wie er.

»Ich will zurück«, sagte er. »Mein Vater, ich will mit meinem Vater reden ...«

Da erst war ihm, als spürte er den sengenden Schmerz in seinem Bein wirklich, und er blickte auf die fremden, verschmierten Hände hinab, die an seinen Bauch faßten.

An Lola dachte er noch ... Und wie sehr ihm sein Vater gefehlt hatte, der Mann, den er noch immer nicht kannte. Ein furchtbarer Kummer verbrannte seine Lungen.

Das war das letzte.

Später

Tokio, 2. April 2002

Aischa,

das mußt du hören! Du wirst es nicht glauben, aber das Unmögliche ist geschehen: Die alte Mitsuko heiratet! Nein, nicht den Arzt mit den goldenen Händen. Der ist vor einem Jahr versetzt worden, weil er einer Anästhesistin unerwünschte Intimitäten zugeflüstert hatte. Und auch nicht den Mann mit dem gebrochenen Bein, weißt du noch? Er hatte ein Haus am Fluß und war am Ufer ausgerutscht, als es einmal sehr glatt war. Sein Bein war an sieben Stellen gebrochen. Ich habe ihn im Krankenhaus betreut und fand ihn so nett, daß ich ihm jeden Tag heimlich kleine Portionen Teriyaki vom Restaurant gegenüber gebracht habe. Das aß er für sein Leben gern. Wenn ich Nachtdienst hatte, las er mir Gedichte vor. Ich nannte ihn den kleinen Schneemann. Als sein Bein wieder in Ordnung war, sind wir noch ein paarmal miteinander ausgegangen. Später stellte sich heraus, daß er nicht nur ein Faible für Gedichte hatte, sondern auch für Frauenzeitschriften. Er wußte alles über Mode und Kosmetik!

Also auch nicht den Schneemann. Halt dich fest: Ich heirate einen virtuellen Mann!

Das solltest du wissen, fand ich, auch wenn du mir gar nicht mehr schreibst (ich habe dir inzwischen bestimmt zwanzig Mails geschickt). Ich habe noch oft an den Jungen gedacht, mit dem du dich treffen wolltest, weißt du noch, diesen Jungen, den du unbedingt erziehen wolltest.

Meinen Mann habe ich also übers Internet gefunden, über so eine Museum-Site. Über die konnte man Kontakt zu den Künstlern aufnehmen – und einer davon war er. Er stellt überall aus. Er macht Skulpturen, und er ist der gebildetste Mann, den ich je kennengelernt habe. Stell dir vor: Wir haben ein halbes Jahr lang nur über Kunst gesprochen. Ich zeichne auch gern, aber er macht wirklich ganz besondere Sachen. Verrückte Sachen. Eines seiner Objekte besteht aus einer großen Gruppe dünner, langer Baumstämme, die er so nebeneinandergelegt hat, daß es wie ein Strichkode aussieht. Er macht auch eine Art Traumbaumhäuser, ganz schmal und hoch, in die kein Mensch hineinpaßt. In seinen Mails hat er mir alle seine Werke beschrieben, in jeder eins, und manchmal hat er mir auch Pläne für Projekte unterbreitet, die er erst in ferner Zukunft realisieren möchte. Kannst du dir vorstellen, daß ich ein halbes Jahr lang an nichts anderes denken konnte als an die eine Viertelstunde am Tag, wenn ich seine Mail öffnen und ihm zurückschreiben konnte? Wir haben ausschließlich über konkrete Dinge geredet. Dinge, die man anfassen kann, aus Wolle, Holz, Metall oder Plastik – wie sie gemacht werden sollten, wie sie aussehen sollten, wie sie sich anfühlen sollten. Alles, was er baut, auch das unsinnigste Ding, wird durch die Form und das Material, die er dafür wählt, wunderschön und ist deswegen genauso nützlich wie jeder Gebrauchsgegenstand, finde ich.

Kurz und gut, mit ihm ist das Leben endlich interessant

geworden. Ich hätte am liebsten gar nicht mehr aufgehört mit diesen eigentümlichen Mails. Es war mir schon immer ein Rätsel, warum wir tun, was wir tun, aber mit Isiguro ist das Leben noch unendlich viel wundersamer und tiefer geworden.

Nach einem halben Jahr haben wir uns dann in der Stadt verabredet, auf der Brücke am Fluß. Er sah genauso aus, wie ich ihn mir vorgestellt hatte, klein und kräftig, ganz symmetrisch und mit schönen Augen und Zähnen. Er hatte ein wunderhübsches Etui aus einem mattgoldenen Stoff für mich gemacht. Und er gab mir gleich einen Namen. Kleiner Baum nennt er mich, weil ich so klein, gerade und dünn bin.

Das ist jetzt drei Monate her. Wir haben einen langen Spaziergang am Fluß gemacht, und das haben wir seither jeden Tag gemacht. Ziemlich rasch danach sprach er von Heirat, und ich konnte nur ja rufen.

Meine Tante war wie vom Donner gerührt, und meine Geschwister nicht weniger. Inzwischen haben sie sich an den Gedanken gewöhnt. Gestern hat meine Tante ein Festmahl für uns alle gekocht. Sie hat Tränen darüber vergossen, aber es schmeckte nicht danach. Jetzt tut es mir fast ein bißchen leid für sie, daß ich schon so bald von ihr weggehe und zu Isiguro ziehe. Und wenn ich bald sage, meine ich ganz bald: MORGEN!!!

Liebe Aischa, schreibst du mir noch mal? Ich hoffe, du bist genauso glücklich wie ich!

Herzliche Grüße
von deiner neuen Mitsuko

Amsterdam, 20. April 2003

Durch den Regen klang das alltägliche Quietschen der Straßenbahnen in der Leidsestraat noch jämmerlicher als sonst. Nur wenige Hartgesottene hasteten an diesem grauen Dienstagmorgen unter ihren Regenschirmen über das glänzende Pflaster.

Aus der Bahn sah Ester Radfahrer wohl oder übel ihren Drahtesel schieben, während zwei resolut einherschreitende Polizistinnen sie fest im Auge behielten. Radfahren war in der Leidsestraat nicht erlaubt. Sobald sie jedoch außer Sichtweite waren, schwangen sie sich wieder auf ihr Gefährt, um ihren Weg schnellstmöglich fortzusetzen.

Es war April und nicht nur naß, sondern auch kalt. Ester war nicht mehr daran gewöhnt, aber sie stellte fest, daß ihr seltsamerweise selbst die Kälte, der Regen und das Grau der Leidsestraat lieb geworden waren, nun, da sie nicht mehr zu ihrem Leben gehörten.

So vieles von hier gehörte nicht mehr zu ihrem Leben.

Sie war schon einmal wieder hiergewesen, um sich Empfehlungsschreiben von der Universität zu besorgen, mit denen sie sich bei ihrer Bewerbung an der Hebrew University glaubwürdig zu machen hoffte, doch das war eine hastige Stippvisite ohne großen Raum für Sentimentalitäten gewesen. Jetzt war sie aus einem ganz anderen Grund hier, einem Grund, der wesentlicher war als alles andere.

Mehr als fünfhundert Tage Abwesenheit waren verstrichen. Ein Tag hatte sich an den anderen gereiht in diesen anderthalb Jahren – Zeit war die Summe der Überlebenstage gewesen, und mit jedem Tag, da Ester Lola nicht anrief, war einer hinzugekommen.

Die Schuld dieses Versäumnisses hatte sich für Ester mühelos zu jener anderen Schuld addieren lassen, sie bildeten ein Ganzes, das kaum schwerer lastete, weil Esters Schuld gar nicht schwerer lasten konnte. Unmöglich, sich einen Weg vorzustellen, wie sie Lola nach so langer Zeit wieder unter die Augen treten sollte, ein Rezept, wie sie mit ihr sprechen sollte. Nicht nur die Sprache war unzureichend, Ester selbst war unzureichend. Schlimmer noch: Sie war Gift für Lola – hatte Maurice es nicht ungefähr so formuliert?

Warum Lola nichts mehr von sich hören ließ, war unschwer zu erraten.

Noch nie hatte Ester so viel in ihr Tagebuch geschrieben wie in jenen ersten Monaten nach der Katastrophe:

»Es ist vorbei. Wir haben geredet – Maurice und ich. Er sagte, es sei besser, wenn ich ginge. Nachdem ich drei Monate bei ihnen gewohnt habe, möchte er am liebsten, daß ich Lola in Ruhe lasse. Ich erinnerte sie zu sehr an Daniel, hat er gesagt, meine Gegenwart sei ein lebensnotwendiges Gift für sie. Sein Ton bei diesen tödlichen Worten war behutsam und feinfühlig und doch so zwingend, daß ich keinen Einspruch zu erheben wagte.

Sie passen gut zusammen, Maurice und Lola, dachte ich, denn diese Art zu denken ist auch für Lola typisch: Schmerz muß gebannt, eliminiert, ausgemerzt werden.«

Vor anderthalb Jahren also hatte Ester Lolas Haus verlassen. Jetzt war eine Karte nach Ramat Gan gekommen, wo

Ester inzwischen lebte. Es war eine Kunstkarte mit einem Schwarzweißbild von Anselm Kiefer, und auf der Rückseite stand nur: »Ich muß dir was erzählen.« Kein Name darunter, aber Ester hatte Lolas feste, runde Handschrift sofort erkannt.

Sie hatte eine Woche verstreichen lassen und dann bei Lola angerufen. Lolas Stimme am Telefon hatte dünn und neutral geklungen. Dafür, daß es das allererste Mal nach so langer Zeit war, sogar irrsinnig normal. Erst nach den ersten vorsichtigen Höflichkeitsfloskeln waren sowohl Lolas als auch Esters Stimme allmählich rauher und verhaltener geworden.

»Ich habe dir so viel zu sagen!« war es Ester schließlich verzweifelt entfahren. Und darauf hatten sie geschwiegen, wie um noch für einen Moment dem Zuviel an Stille zu gedenken, das ihrem Gespräch vorangegangen war. Lola sagte, sie habe Esters Adresse von Philip bekommen. Maurice und sie seien nach Amsterdam gezogen. »Ja«, sagte Ester. »Ja, das verstehe ich.«

Warum genau Lola sie sprechen wollte, wurde in den folgenden Tagen zu einem Rätsel für Ester, das sie allmählich immer nervöser machte. An einem neutralen Ort, hatte Lola gesagt, irgendwo, wo es still und unpersönlich war, nicht zu Hause, das könne sie noch nicht – als wäre ihr Haus ein für andere verbotener Schrein oder Tempel, in dem sie sich mit ihren Liebsten verschanzt hatte. Wie besonnen sie geworden ist, Lola, Expertin ihres kaputten Herzens, dachte Ester.

In der Cafeteria des Stedelijk Museum würde es so früh am Morgen noch still sein, das hatte Lola gut bedacht.

Langsam suchte Ester die Tische nach Lolas alles überragendem blondem Schopf ab. Gerade als sie beschlossen hatte, sich irgendwohin zu setzen, um auf sie zu warten, fühlte sie eine Hand auf ihrer Schulter und hörte die Stimme. Vor Schreck hätte sie beinahe einen kleinen Satz gemacht. Lola. Sie schien sich zu freuen, Ester zu sehen. Sie war fast dieselbe – die Haare etwas fahler als früher, das Gesicht ein bißchen eingefallen und bleich, die hellen Augen nicht mehr so groß unter den schwerer gewordenen Lidern und die Haut vielleicht ein wenig trockener und weniger fein, aber ihr Blick war ruhig. Sie umarmten sich.

Irgendwie wirkte Lola nicht mehr so unheimlich groß wie früher. Ester war, als paßte sie besser in ihre Umarmung hinein. Auch weicher fühlte sich Lola an, nachgiebiger. Ester spürte eine Woge bequemen Kummers in sich aufsteigen, doch sie schluckte ihn runter. Mit geröteten Augen blinzelten Lola und sie einander zu, bevor sie sich setzten.

Stille senkte sich zwischen ihnen herab.

Als die Bedienung an ihren Tisch kam, blickten sie auf, als sei sie eine willkommene Erlösung.

»Was möchtest du? Tee, Kaffee? Hast du Lust auf ein Stück Kuchen?« fragte Lola. Einen Moment lang blitzte in ihrer Stimme etwas von der aufstachelnden Munterkeit auf, die Ester noch von früher kannte.

Die junge Frau war aber nur gekommen, um ihren Tisch abzuwischen und eine Tulpe darauf zu stellen. Hier war Selbstbedienung.

Ester lachte auf, wie um Zeit zu gewinnen. »Ein Stück Kuchen?« wiederholte sie. Sie schüttelte den Kopf. »Nein, du?«

Ihr Magen sagte heftig nein, sie fühlte sich schwach, schwach und wehrlos mit dem winzigen durchsichtigen Fischchen dort drinnen, das sie jetzt noch ein wenig mit ihrem Körper beschützen konnte. In den letzten Monaten hatte sie sich in einem Traum eingerichtet, den sie jetzt, hier, zum erstenmal zu verlassen gezwungen war, um sich der Gewalt zu stellen, die außerhalb wütete. Diese Welt außerhalb: Das war Lola. Nicht das Land, in dem sie jetzt lebte, das Land, in dem immer Krieg herrschte.

»Ich weiß auch nicht, was ich will«, sagte Lola. »Es ist noch zu früh.«

Jetzt schauten sie sich beide in der Cafeteria um, als hofften sie, daß sich beim beruhigenden Anblick fremder Museumsbesucher auf dem Weg zu einer Tasse Kaffee das Rumoren in ihrem Kopf legen würde. Sie seufzten gleichzeitig und sahen sich im selben Moment wieder an.

»Wie geht es dir?« sagten sie wie aus einem Munde und lächelten ein halbes Lächeln – zusammengenommen so viel wert wie ein ganzes, dachte Ester.

»Es geht«, sagte Lola.

»Ach«, sagte Ester.

Es war sofort klar gewesen. Eines Morgens war Ester mit dem Gefühl aufgewacht, daß etwas Neues in ihrem Bauch war. Etwas, das zog und quengelte, eine Anwesenheit. Der umgehend besorgte Test bestätigte das.

Sie hatten beide geflennt, Arik und sie. Und dann war die Zärtlichkeit in ihn gefahren, sofort und übermächtig, wie eine plötzliche Trunkenheit, und hielt nun schon seit mehr als drei Monaten an. Vom Beginn dieser Schwangerschaft an wußte Ester, daß sie bei allem Kummer ein stilles, überwältigendes Glück gefunden hatte, wie eine Luftblase, die sie schützend umgab. Ihr Einvernehmen bedurfte nicht vieler Worte, nicht nur, weil Arik ohnehin nicht redselig war, sondern auch, weil sie sich stillschweigend ergänzten.

In der Cafeteria wurde es voller, während Ester auf eine Mitteilung wartete, einen Satz, irgend etwas. Doch auf das, was dann kam, war sie trotz all ihrer Ängste nicht vorbereitet.

Lola wandte sich halb von ihr ab und platzte dann, während sie sich wieder zu ihr hindrehte, urplötzlich damit heraus: »Ich bin schwanger.« Während ihre Finger einen Bierdeckel zerpflückten, ruhte ihr langer Leib reglos auf dem Stuhl. Jetzt erst sah Ester die leichte Wölbung unterhalb von Lolas silberblauem Twinset. Ihr wurde schwindlig, weit weg war plötzlich ihre eigene Schwangerschaft. Lolas Bauch schuf eine unbegreifliche Distanz, da war auf einmal eine Welt zwischen ihnen.

Mechanisch faßte sie nach Lolas Hand und drückte sie fest. Sie erinnerte sich an Lolas gebräuntes Gesicht, ihre wilden langen Haare, ihre bei aller Schönheit so ungelenke Größe, als sie ihr vor achtzehn Jahren das gleiche mitgeteilt hatte, weinend. Auch damals hatte es draußen geregnet, und sie hatten beide das gleiche gedacht: Das ist eine Strafe, Lola steckt abscheulich in der Klemme. Ester entsann sich auch ihrer klammheimlichen Erleichterung. Daß Lola damit eingeschränkt sein würde, hatte etwas Beruhigendes gehabt.

Aber das hier war etwas anderes. Das hier war gewünscht,

etwas, das schön zu sein hatte, stolz, das hier bewies Lolas Trotz. Es konnte nicht anders sein. Warum war sie dann jetzt den Tränen nahe?

»Das ist phantastisch, Lo«, flüsterte Ester. Sie sog Luft in ihre Lungen und kniff sich in den Oberschenkel. Lola blinzelte nur kurz, als schirme sie sich ab. Ester stand auf und umarmte sie schweigend, wobei sie Lolas Schultern mit ihrer Wimperntusche befleckte.

Sie sahen beide nach draußen. Es regnete immer noch ein bißchen.

Nachdem Maurice sie gebeten hatte zu gehen, war Ester wochenlang wie benommen vor Schmerz in Jerusalem umhergelaufen. Der Universität Amsterdam hatte sie mitgeteilt, daß sie ihre Forschungsarbeit auch nach dem Oktober nicht fortzusetzen gedachte, und hatte um Empfehlungen für eine mögliche Anstellung in Jerusalem gebeten. Die hatte sie bekommen, aber viel hatte es nicht gebracht.

Dennoch wollte sie nicht zurück, zumal ihre Ersparnisse noch für einige Monate reichten. Sie war viel durch die Gassen der Altstadt gelaufen und hatte Cafés, Restaurants und Kinos aufgesucht, am liebsten solche, die voll und unbewacht waren. Auch war sie mehrmals mit dem Bus an ihr noch unbekannte Orte gefahren, unerbittlich gleichgültig gegen die Panik, die sie früher im Bus überfallen hätte. Beerscheba, Haifa, Aschdod. Wie schon einmal fuhr sie durchs ganze Land.

Sie verfolgte die Nachrichten nicht so genau, wie sie das in den Niederlanden getan hatte, vor allem auch, weil sie die Sprache nicht beherrschte. Aber sie hatte in den englischsprachigen Zeitungen alles über die junge Palästinenserin gelesen. Sie hatte Fotos gesehen, auf denen eine stolze Aischa Hammami der Welt lachend ihre Handschellen zeigte. Nachdem sie zunächst alles abgestritten hatte, hatte sie nach zweiwöchiger Vernehmung endlich gestanden. Und als es soweit war, nachdem Druck auf sie ausgeübt, sie vielleicht sogar gefoltert worden war, hatte sie die Wahrheit offenbar begrüßt und liebgewonnen und war stolz darauf. Ihre beiden Komplizen waren noch immer flüchtig (einer von ihnen schien sogar ihr Bruder zu sein), aber sie hatte man in ein israelisches Gefängnis gesperrt.

Die vielen Anschläge und die weitere Eskalation der Gewalt in Israel entgingen Ester nicht. Einmal fuhr sie aus reiner Selbstquälerei nach Tel Aviv. Vielleicht bildete sie es sich nur ein, nach allem, was an jenem schrecklichen Tag passiert war, aber vor allem die Strandpromenade schien sich noch immer nicht von der Explosion in der Diskothek erholt zu haben, bei der so viele junge Leute umgekommen waren. Vier Monate danach sah immer noch alles traurig und verwaist aus, wie das Überbleibsel einer im Krieg zerstörten Stadt. Allerdings war jetzt Oktober, und es war nicht mehr allzu warm, wahrscheinlich herrschte deswegen so viel weniger Leben auf der Promenade. An den Strand selbst hatte Ester sich nicht gewagt. Alles erinnerte sie an Daniel, alles tat weh, alles brachte sie zum Weinen, alles, was sie sah, von Autos über Bäume bis hin zu Menschen – bis sie glaubte, keine Tränen mehr zu haben.

Ester wohnte jenen ganzen Monat Oktober in einem preiswerten kleinen Hotel am Rande der Jerusalemer Altstadt. Mehrmals besuchte sie Ariks kolossales Projekt gegenüber der Klagemauer und hoffte dabei halb, ihn zufällig zu treffen, als sei eine zufällige Begegnung zu rechtfertigen, während auf einer, die sie bewußt in die Wege leitete, per definitionem kein Segen ruhen könne.

Vier Wochen wartete sie darauf, daß ihr der Zufall zu Hilfe kommen würde. Dann rief sie Arik an, als sie in einem Café in der Jaffastreet am Fenster saß. Urplötzlich war ihr, als sei keine Sekunde mehr zu verlieren.

Er war sofort am Apparat und schien nicht einmal verwundert, ihre Stimme zu hören. Das machte sie ruhig. Als hätte er seine Hand auf ihre Stirn gelegt.

»Wo?« fragte er.

Sie erklärte es ihm.

»Daß du gerade jetzt anrufst«, sagte er. »Bleib, wo du bist, ich komme zu dir, okay? Ich komme gerade von einem vierwöchigen Aufenthalt in Barcelona zurück und wollte gleich zur Baustelle. Ich hole dich unterwegs ab.«

Braungebrannt hatte er das Café betreten, eine alte Lederjacke über ausgebleichten Jeans, die Augen blauer denn je. Sein Anblick beruhigte sie sofort. Sie umarmten sich lange. Keinen Menschen auf Erden hätte sie in diesem Moment lieber gesehen – nur einige, die tot waren.

»Ich wollte dich anrufen«, sagte er. Und daß er sich unheimlich freue, sie zu sehen. Es klang, als wundere er sich über sich selbst, aber Ester spürte, daß es ihm ernst war.

Arik nahm sie mit in sein Haus, eine herrliche, lichtdurchflutete Villa in Ramat Gan mit Bücherschränken und Kunstwerken und Fotos von seinen Töchtern an der Wand. Daniels Schwestern, dachte Ester. Aber die beiden Mädchen sahen Daniel nicht ähnlich. Rothaarig waren sie und hatten genauso helle Augen wie ihr Vater. Er sah sie schauen. Rona und Sacha hießen sie, sagte er.

Auf einmal schämte sie sich für ihre lächerliche, theatralische Todessehnsucht der letzten Wochen.

Er zeigte ihr sein Arbeitszimmer, ein geräumiges Atelier mit Oberlicht, Schreibtisch zur Linken und großem Zeichentisch in der Mitte. Auf seinem Schreibtisch lag das Foto von Daniel, das sie auch auf seiner Website gesehen hatte. Da machte sie auf dem Absatz kehrt und ging ins Wohnzimmer zurück, wo sie mit dem Kopf in den Händen auf sein Sofa niedersank.

»Ich bin so müde«, sagte sie, »ich bin so furchtbar müde.«

Arik setzte sich neben sie und faßte ihre Hand. Seine Hände waren glatt und hart und erinnerten sie an das Holz, mit dem er früher gearbeitet hatte. Sie bedachte, wie wahnwitzig es war, daß sie hier saß, bei diesem Mann, den sie eigentlich immer noch nicht kannte. Ein Architekt, Daniels Vater.

Er brachte ihr ein Glas Wein. Sie lächelte ihn an. Für einen Moment war alles wieder hell. Und ehe sie sich's versah, hatte sie ihm von ihrer Schwangerschaft damals erzählt.

Arik starrte sie an. »Du warst schwanger, von mir?« wiederholte er, nicht begreifend.

»Ich hab's wegmachen lassen. Ich war schon wieder in den Niederlanden.«

»Warum hast du nie etwas gesagt oder geschrieben?«

Sie starrte auf seine Knie. »Ich weiß nicht.«

»Ihr seid so unterschiedlich«, sagte er. »Du und Lola. Du warst so verlegen, so jung. Du hast mich, glaube ich, nervös gemacht. Aber ich war natürlich auch jung.«

»Und Lola?« fragte Ester.

»Lola hat mich einfach provoziert«, sagte er. »Ich fühlte mich von ihr eingeschüchtert.«

»Oh«, sagte Ester.

»Ich hörte von ihr, daß du zurückgefahren warst«, sagte Arik.

»Ja, natürlich«, sagte sie.

»Das war eine wilde Zeit«, sagte Arik.

Der rechtfertigende Unterton brachte sie auf. *Eine wilde Zeit?* Sie spürte, wie sie rot anlief. Aber sie sagte nichts.

Arik sah sie an. Und unter diesem Blick verflüchtigte sich ihre Empörung sofort.

»Es ist sehr lange her, Ester«, sagte er. Und dann erzählte er es doch noch. Daß Baruch Lola damals mit einer schwedischen Schönheit betrogen hatte. Und daß Lola, obwohl sie sich ihrerseits tapfer mit allerlei Flirts gewehrt hatte, zu sehr in Baruch verliebt gewesen war, um ihm das auf Dauer vergeben zu können. Bitterböse war sie schließlich weggegangen, ohne sich von irgendwem zu verabschieden. Als sei der ganze Kibbuz schuld an Baruchs Verhalten. Erst zwei Jahre später habe sie von sich hören lassen, habe er von Daniel erfahren.

»Warum hast du sofort geglaubt, daß Daniel dein Kind war?« fragte Ester.

»Das habe ich ja gar nicht. Aber sie war sich vollkommen sicher. Wahrscheinlich stimmte es zwischen ihr und Baruch schon lange nicht mehr, als sie mich verführt hat.«

Als Daniel noch im Kleinkindalter gewesen war, hatte Lola Arik hin und wieder angerufen. Einmal, erinnerte er sich, als Daniel auf der Straße angefahren worden war.

Arik dachte kurz nach. »Ich habe es meiner Frau nicht erzählt«, sagte er. »Das mit Daniel. Es mußte nicht sein. Lola hat auch nichts von mir verlangt. Ich habe sehr hart gearbeitet, hatte meine Töchter, mußte mit meiner Ehe klarkommen, also beließ ich es dabei. Bis mir eines Tages aufging, daß Daniel fast zwölf sein mußte. Da bin ich aufgewacht. Ich wollte einfach Gewißheit, ob ich wirklich einen Sohn hatte. Lola willigte ein, eine DNA-Untersuchung machen zu lassen.«

»Ich frage mich, ob Daniel das gewußt hat«, sagte Ester. Sie dachte an die Geschichte mit dem Mohel.

»Jedenfalls stimmte es«, sagte Arik. »Daniel *war* mein Sohn. Ich wollte ihn so gerne sehen, damals, ihn zusammen mit meinen Töchtern besuchen. Aber Lola und ich bekamen deswegen Streit. Sie fand, daß es zu spät sei. Ich hätte nie Interesse an ihm gehabt, und nun passe es ihr nicht mehr, sagte sie. Ich solle schön warten, bis ihm selbst danach sei. Sie wollte mich bestrafen, glaube ich. Sie reagierte nicht einmal mehr auf meine Briefe.«

»Er hat seine Bar-Mizwa gemacht«, sagte Ester. »Wußtest du das?«

»Nein«, sagte Arik. »Nein, davon habe ich nie erfahren.« Er starrte nach draußen, mit hängenden Armen. »Wenn ich das gewußt hätte…«

Durch die riesigen Verandatüren sah Ester eine knorrige Gartenbank voller bunter Kissen und darüber hellgelbe Zitronen am Baum. Es erinnerte sie an früher, an die Zeit im Kibbuz.

Sie war in dieser Nacht bei ihm geblieben. Im Dunkeln war sie neben ihm aus dem Schlaf hochgefahren, ihr Nacken schmerzte, ihr linker Arm war eingeschlafen. Sie hatte Daniel von einem gigantischen Schiff hinunterfallen sehen, in die Tiefen des Meeres. Und sie, sie hatte einfach dagestanden und mit dem Kapitän geschwatzt und geflirtet, sie hatte nichts getan, um ihn zu retten, nur zugesehen, wie eine andere Frau Daniel einen Rettungsring zuwarf und versuchte, ihn die steile Schiffswand hinaufzuziehen. Doch die Arme der Frau waren zu schlapp, der Rettungsring entglitt ihren Händen, und sie mußte weinen, weinen, sie schrie um Hilfe ... Es war ihr eigenes Schreien gewesen, das sie geweckt hatte.

Sie blickte neben sich. Arik schlief, eine vollkommen in sich abgeschlossene Welt war er. Sie zog sich an, rasch, als hätte sie es eilig. Ein Geräusch hinter ihr ließ sie stocksteif stehenbleiben.

»Nicht weggehen«, hörte sie ihn sagen.

Sie bewegte sich noch immer nicht. »Ich muß dir etwas erzählen«, sagte sie. »Und danach wirfst du mich raus.« Und sie hatte sich umgedreht.

Ariks helle Augen waren einen Moment wie Spiegel gewesen, während er der Erzählung von ihrer Schuld lauschte. Danach hatte er sich vor sie gestellt, sie bei den Schultern gefaßt und sanft geschüttelt.

»Das hier ist Israel«, sagte er. »Du kommst aus einem viel unschuldigeren Land. Du hast Daniel geliebt, du liebst Lola, red dir doch nicht ein, du seist ein schlechter Mensch. Denk doch nicht, du hättest dieses Unglück vorausgesehen, wenn du ein besserer Mensch gewesen wärst. Das ist nicht so. Man muß wachsam sein, ja, aber zuviel Wachsamkeit macht mitschuldig. Dies ist ein Land im Kriegszustand.«

Ester fühlte sich kurz versucht, ihrer Schuld noch etwas hinzuzufügen, seine Weisheit und Versöhnlichkeit herauszufordern, seine Zärtlichkeit mutwillig zu verspielen. Doch sie stockte. Irgend etwas im Raum löste sich und begann zu schweben, ein Hauch von Hoffnung. Durch die hellen Vorhänge sah sie die ersten Andeutungen eines weiteren erbarmungslosen Tages.

»Ich bin eine Närrin«, sagte sie. »Ich habe geglaubt, alles besser zu wissen. Ich habe dieser jungen Palästinenserin mein dummes Vertrauen aufgebürdet, ich wollte einfach nicht mißtrauisch sein. Ich, die ich immer so mißtrauisch bin.«

Ihr Gesicht war warm, als Arik es an sich drückte.

»Sch«, sagte er. »Still jetzt.«

Und sie war geblieben.

»Nach zwei Jahren Untersuchungshaft hat man ihr jetzt endlich den Prozeß gemacht und sie offiziell schuldig gesprochen«, sagte Lola. »Sie haben die Geschichte auch hier überall in den Zeitungen abgedruckt. Alles. Lebenslänglich hat sie bekommen, sie bleibt für immer hinter Gittern.«

»Ich hoffe, sie hat es schwer«, sagte Ester.

»Oh, ich nicht«, sagte Lola. Mit einem Mal war ihre Stimme wieder so autoritär und klar wie früher: »das ist so eine, die das nur als Bestätigung auffassen würde: Daß es einen Sinn gehabt hat oder so. Das finde ich erst unerträglich. Weißt du … ich habe ihr einen Brief ins Gefängnis geschickt.«

»Das ist nicht dein Ernst«, sagte Ester geschockt.

»O doch«, sagte Lola. »Und auch ihrer Mutter hab ich geschrieben.«

»Aber warum denn um Himmels willen?«

»Weil's mir einfach gutgetan hat«, sagte Lola. »Zu wissen, daß diese Leute meine Briefe vielleicht lesen und über uns nachdenken würden, hat das Ganze etwas weniger teuflisch gemacht.«

»Und hast du Antwort bekommen?« fragte Ester steif.

»Nur von ihrer Mutter. Sie schrieb, daß es ihr ganz furchtbar leid für mich tut. Daß sie ihre Tochter einmal im Monat sehen darf. Daß ihre Tochter geschlagen wird und sehr oft Einzelhaft hat. Manchmal gelingt es mir wirklich, keine Rachsucht oder Genugtuung darüber zu empfinden.«

Ester nickte stumm. Ich werde Lola nie verstehen, dachte sie. »Wann ist dein Geburtstermin?« fragte sie.

»In fünfeinhalb Monaten, ich habe gerade die erste Phase der Übelkeit hinter mir. Es ist… manchmal freue ich mich richtig.« Sie lächelte schwach.

Ester erinnerte sich plötzlich an den kleinen silbernen Bären, den sie Daniel einmal geschenkt hatte, und wie er den eines Tages von der Kette an seinem Kinderwagen – so einer blöden Plastikkette, die viel zu schwach war für so etwas Schönes – gezogen und in die Gracht geworfen hatte. Daniel weinte um sein Spielzeug, wie sie auch, aber Lola? Lola lachte. Lola lachte immer, wenn etwas Unschönes passierte. Damit heiterte sie alle gleich wieder auf.

»Es ist großartig, Lo. Es ist gut«, sagte sie. Sie gab sich alle Mühe. Irgendwo in ihrem Kopf hörte sie Daniel zu ihnen sprechen, aber sie konnte ihn nicht verstehen.

Lolas Gesicht war auf einmal zu einer schmerzlichen Grimasse verzogen. »Ich habe dir nicht von ungefähr geschrieben, Ester. Ich wollte, daß du es weißt«, sagte sie. »Ich hoffte, daß du... daß du es verstehen würdest. Ich bitte dich nicht um deine Zustimmung, aber... Ester, ich wollte das hier wirklich, von ganzem Herzen. Und trotzdem... trotzdem ist es manchmal so, als hätte ich nachts Fieber, vor Angst. Als würde ich ihn verraten. Ich hoffte... findest du... kannst du dir das vorstellen?«

Ester konnte nicht antworten. Brüsk schob sie ihren Stuhl zurück. Irgendeine furchtbare, sengende Energie machte sie für einen Augenblick atemlos.

Es wurde still.

»Ich weiß nicht«, sagte Lola nach einer Weile. Ihr Tonfall hatte sich geändert. »Ein Trost ist es nicht, Ester. Es ist... Leben. Das ist alles. Leben.« Sie überlegte kurz. Dann fragte sie: »Und du, Ester? Wie ist es in Israel? Ich weiß so wenig von dir. Bist du immer noch allein?«

Ester dachte nach. »Ja«, log sie dann. »Und trotzdem möchte ich dort bleiben.«

Nein, lügen war es nicht. Sie *war* allein. Wer sie auch war, allein für sie bestand noch immer ein Jetzt, in dem sich ihr Vater vor Lachen ausschüttete, neben ihr auf dem Sofa sitzend, die Hand auf der ihren. »Hallo«, sagte er dann. Und sie strich ihm über den warmen, festen Arm, der meistens in einem grobgestrickten Pullover oder einem Tweedjackett steckte, das sich kratzig und doch auch weich anfühlte. Das alles war so nah und so wirklich, daß sie manchmal nicht mehr wußte, welches die wahre Wirklichkeit war. Auch Daniel hörte sie: *»Wow, cool, Ma, ein Baby!«* Aber es waren vor allem seine Augen, die sie sah: das Erstaunen darin, die Unschuld.

»Du mußt niemanden um Verzeihung bitten«, sagte sie. Sie streichelte Lolas Hände, und dabei verschwieg sie erschöpfend alles, was sie hatte sagen wollen – als zwänge man sie, eine Medizin einzunehmen.

Lola schien es nicht zu merken. Oder tat so als ob. Sie saß einfach nur da, in einer Art leerer Ruhe gefangen. Ester blickte auf Lolas Füße in flachen, ungewöhnlich soliden Schuhen, die stocksteif nebeneinander standen.

Wer schonte hier eigentlich wen?

Im Hintergrund akzentuierte das Quietschen einer vorüberfahrenden Straßenbahn die Stille zwischen ihnen, ebenso wie ein Polizeiauto, das brutal das Heulen seiner Sirene zu ihnen herüberwarf. Dadurch ging unter, daß die Sonne kurz durchbrach, flammendes Licht, das um Aufmerksamkeit heischte, aber genauso rasch, wie es aufgetaucht war, wieder hinter den Wolken verschwand. Irgendwo vibrierte ein Handy.

Sie erhoben sich gleichzeitig, als wäre die Lichtveränderung ein Zeichen gewesen, und begannen langsam und vorsichtig, als wollten sie einander nicht erschrecken, auf die Treppe zum Obergeschoß zuzulaufen.

Ester, die voranging, blieb wie von selbst bei einer schmutzigweißen Leinwand stehen, auf der nicht viel mehr zu sehen war als einige Vorsprünge und marginale Abstufungen von Weiß. Sie hörte, daß Lola hinter ihr ebenfalls stehenblieb.

Ester drehte sich zu Lola um. »Wir sind schlechte gute Freundinnen, Lo«, sagte sie. »Ich wünsche dir so viel Glück, wie du nur tragen kannst.«

Lola lachte nicht. »Das ist ganz schön viel, glaube ich«, sagte sie und drückte kurz Esters Arm.

Es war genug geredet.

Was jetzt verschwiegen worden war, würde für immer ungesagt bleiben.

Im Text verwendete Emoticons
mit deutscher Erläuterung

O:-)
Engel

:-*
Kuß

=^*
Küsse

:*
Kuß

^5
high five
(Ausdruck der Begeisterung, daß etwas klappt)

*****
Küsse

>-)
teuflisches Zwinkern

:)
Grinsen

::**
Kuß zurück

p*
Zungenkuß

~~:-(
brandeilige Nachricht

((( )))
Umarmungen
(in den Klammern können die Initialen oder der Name dessen stehen, der umarmt werden soll)

:**
Küsse

{{ }}
Umarmung
(in den geschweiften Klammern kann der Name dessen stehen, der umarmt werden soll)

Liste der Emoticons

!-(
Black eye

!-)
Proud of black eye

#-)
Wiped out, partied all night

#:-0
Shocked

$-)
Won the lottery, or money on the brain

%(|:-)
Propeller-head

%*}
Inebriated

%+}
Got beat up

%-(
Confused

%-)
Dazed or silly

%-6
Brain-dead

%-\
Hung over

%-{
Ironic

%-|
Worked all night

%-}
Humorous or ironic

%\
Hangover

>>:-<<
Furious

>-
Female

>->
Winking devil

>-<
Furious

>-)
Devilish wink

>:->
Very mischievous devil

>:-<
Angry

>:-<
Mad

>:-(
Annoyed

>:-)
Mischievous devil

>=^P
Yuck

<:>
Devilish expression

<:->
Devilish expression

<:-(
Dunce

<:-)
Innocently asking dumb question

<:-|
Dunce

<:|
Dunce

(8(|)
Homer

(<>..<>)
Alienated

(( )):**

((()))
Lots of hugging (initials or a name can be put in the middle of the one being hugged)

()
Hugging

(-:
Left-handed smile, or smiley from the southern hemisphere

(:&
Angry

(:-
Unsmiley

(:-&
Angry

(:-(
Unsmiley

(:-)
Smiley variation

(:-*
Kiss

(:-\
Very sad

(::()::)
Bandaid, meaning comfort

(:|
Egghead

*
Kiss

*<:-)
Santa Claus

*<|:-)
Santa Claus, or a clown

*-)
Shot to death

+<:-)
Religious leader

+<:-|
Monk or nun

+<||-)
Knight

+:-)
Priest

+O:-)
The Pope

-)
Tongue in cheek

-=
Snuffed candle to end a flame message

-=#:-)
Wizard

/\/\/\
Laughter

o:-)
Angel

12X@>--->---
A dozen roses

2B|^2B
To be or not to be

5:-)
Elvis

7:)
Ronald Reagan

7:^)
Ronald Reagan

8
Infinity

8:-)
Wizard

8)
Wide-eyed, or wearing glasses

8-#
Death

8-)
Wide-eyed, or wearing glasses

8-o
Shocked

8-O
Astonished

8-P
Yuck!

8-[
Frayed nerves, overwrought

8-]
Wow!

8-|
Wide-eyed surprise

:(
Sad

:)
Smile

:[
Bored, sad

:|
Bored, sad

:()
Loudmouth, talks all the time; or shouting

:*
Kiss

:*)
Clowning

:**:
Returning kiss

:+(
Got punched in the nose

:,(
Crying

:-
Male

:-#
My lips are sealed; or someone wearing braces

:-&
Tongue-tied

:->
Smile of happiness or sarcasm

:-><
Puckered up to kiss

:-<
Very sad

:-(
Frown

:-)
Classic smiley

:-*
Kiss

:-,
Smirk

:-/
Wry face

:-6
Exhausted

:-9
Licking lips

:-?
Licking lips, or tongue in cheek

:-@
Screaming

:-C
Astonished

:-c
Very unhappy

:-D
Laughing

:-d~
Heavy smoker

:-e
Disappointed

:-f
Sticking out tongue

:-I
Pondering, or impartial

:-i
Wry smile or half-smile

:-J
Tongue in cheek

:-j
One-sided smile

:-k
Puzzlement

:-l
One-sided smile

:-M
Speak no evil

:-O
Open-mouthed, surprised

:-o
Surprised look, or yawn

:-P
Sticking out tongue

:-p
Sticking tongue out

:-p~
Heavy smoker

:-Q
Tongue hanging out in disgust, or a smoker

:-Q~
Smoking

:-r
Sticking tongue out

:-s
What?!

:-t
Unsmiley

:-V
Shouting

:-X
My lips are sealed; or a kiss

:-x
Kiss, or my lips are sealed

:-Y
Aside comment

:-[
Unsmiling blockhead; also criticism

:-\'|
Sniffles

:-]
Smiling blockhead; also sarcasm

:-{)
Smile with moustache

:-{)}
Smile with moustache and beard

:-{}
Blowing a kiss

:-|
Indifferent, bored or disgusted

:-| :-|
Déjà vu

:-||
Very angry

:-}
Mischievous smile

:-~)
A cold

:-~|
A cold

:.(
Crying

:/)
Not funny

:/i
No smoking

:>
What?

:@
What?

:C
Astonished

:e
Disappointed

:P
Sticking out tongue

:X
Hear no evil

:x
Kiss

:\'
Crying

:\'(
Crying

:\'-(
Crying

:\'-)
Tears of happiness

:^D
Happy, approving

:'-(
Shedding a tear

:{
Having a hard time

:~)
A cold

:~-(
Crying

:~/
Confused

;)
Wink

;P
Wink with a raspberry

;(
Crying

;-(
Angry, or got a black eye

;-)
Winkey

;-D
Winking and laughing

=O
Surprised

=X
My lips are sealed

=):-)=
Abraham Lincoln

=:-)
Punk, or hosehead

=====:}
Snake

=^*
Kisses

=^D
Big grin

?(
Black eye

?-(
Black eye

@>--->---
A long-stemmed rose

@==
Atomic bomb

@}->--
Rose

B:-)
Sunglasses on head

d:-o
Hats off to you!

IOHO
In Our Humble Opinion

M-)
See no evil

M-),:X,:-M
See no evil, hear no evil, speak no evil

M:-)
A salute

O8-)
Starry-eyed angel

O:-)
Angel

O+
Female

O->
Male

O8-)
Starry-eyed angel

O:-)
Angel

P*
French kiss

Q:-)
College graduate

X-(
Just died

[:-)
Wearing a Walkman

[:-]
Square head

[:-|
Frankenstein

[:]
Robot

[:|
Frankenstein

[:|]
Robot

[[ ]]
Hug. Insert a name in the brackets of the one who is being hugged, as: [[Marcia]]

[]
Hug

\')
Winky

\'-)
Winky

_/
Empty glass

\~/
Full glass

]:->
Devil

]:-)
Happy devil

][
Back to back

^ ^ ^
Giggles

^5
High five

':-)
Raised eyebrow

{{ }}
Hug; the one whose name is in the brackets is being hugged. Example: **{{MJ}}**

{}
No comment

|(
Sleepy (on late night email message)

|-<>
Puckered up for a kiss

|-(
Sleepy, struggling to stay awake, or sleeping badly

|-D
Big laugh

|-O
Yawn

|-{
Good grief!

|-|
Asleep

|I
Asleep

|^o
Snoring

}-)
Wry smile

}-[
Angry, frustrated

}{
Face to face

~:-(
Steaming mad

~:-(
Flame message

~:-
Elvis

~:O
Baby

~:
Elvis

~=
Lit candle, indicating a flame (inflammatory message)

~==
Begins a flame (inflammatory message)

~~:-(
Especially hot flame message

~~:[
Net flame

~~~~8}
Snake

~~~~~8}
Snake

Jessica Durlacher im Diogenes Verlag

Jessica Durlacher, geboren 1961 in Amsterdam, veröffentlichte 1997 in den Niederlanden ihren ersten Roman, *Das Gewissen.* Für ihn sowie für ihren zweiten Roman, *Die Tochter,* wurde sie mit zahlreichen Preisen ausgezeichnet. Sie lebt mit ihrem Mann und ihren zwei Kindern in Bloemendaal und in Kalifornien.

»Eine Erzählerin, die Spannung mit Tiefgang zu paaren weiß.« *Buchkultur, Wien*

»Jessica Durlacher ist eine souveräne Erzählerin.«
Sabine Doering / Frankfurter Allgemeine Zeitung

Das Gewissen
Roman. Aus dem Niederländischen
von Hanni Ehlers

Die Tochter
Roman
Deutsch von Hanni Ehlers

Emoticon
Roman
Deutsch von Hanni Ehlers

Schriftsteller!
Deutsch von Hanni Ehlers

Der Sohn
Roman
Deutsch von Hanni Ehlers